GOLDMANN

Buch

Während sich Inspektor Charlie Resnick vom Nottinghamer Polizeirevier mit den an Weihnachten üblichen Fällen herumschlägt – ein Raubüberfall, diverse Trunkenheitsdelikte, Schlägereien –, erlebt Dana Matthieson eine höchst unerfreuliche Weihnachtsfeier. Nachdem sie sich der eindeutigen Avancen ihres Chefs nur mit Gewalt erwehren kann, weiß sie, daß sie sich höchstwahrscheinlich einen neuen Job suchen muß. Aber es kommt noch schlimmer. Ihre Freundin Nancy Phelan, die auf dem Sozialamt arbeitet, ist spurlos verschwunden. Alles deutet auf eine Entführung hin. Tatsächlich, wenige Tage später trifft eine Lösegeldforderung ein, zusammen mit einem Tonband mit Nancys Stimme: »Ich lebe, aber tut, was er sagt...« Für Resnick wird immer mehr zur Gewißheit, daß er es mit einem gefährlichen Psychopathen zu tun hat...

Autor

John Harvey, »die Stimme des britischen Kriminalromans in den neunziger Jahren« *(Daily Mail)*, legt hier den sechsten Roman seiner Resnick-Reihe vor. Nach langen Jahren im nordenglischen Nottingham lebt er heute in London.

Außerdem von John Harvey bei Goldmann erschienen

Spezialbehandlung (41454)
Tiefer Schnitt (41455)
Verführung zum Tod (41453)
Vermißt (41456)

JOHN HARVEY

NEBEL ÜBER DEM FLUSS

ROMAN

Aus dem Englischen
von Bernhard Schmid

GOLDMANN VERLAG

Die Originalausgabe erschien unter dem Titel
»Cold Light« bei William Heinemann, London

Umwelthinweis:
Alle bedruckten Materialien dieses Taschenbuches
sind chlorfrei und umweltschonend.
Das Papier enthält Recycling-Anteile.

Der Goldmann Verlag
ist ein Unternehmen der Verlagsgruppe Bertelsmann

Deutsche Erstausgabe 2/96

Umschlaggestaltung: Design Team München
Umschlagmotiv: Ernst Wrba, Sulzbach
Satz: Uhl + Massopust, Aalen
Druck: Elsner-Druck, Berlin
Verlagsnummer 43138
Ge · Herstellung: Ludwig Weidenbeck
Made in Germany
ISBN 3-442-43138-7

1 3 5 7 9 10 8 6 4 2

Obwohl dieser Roman in einer tatsächlich existierenden Stadt spielt, ist er Fiktion; sämtliche Personen und Ereignisse entspringen der Phantasie des Autors.

1

Sie rückte von dem schlafenden Gary ab und rutschte vorsichtig zur Bettkante. Immer dasselbe, Nacht für Nacht drehte er sich ihr zu, und sein Arm und der Oberschenkel lasteten auf ihr. Er erdrückte sie schier. Und seit man sie hier einquartiert hatte, war es noch schlimmer. Jetzt schlief er überhaupt nicht mehr ohne sie. Mit angehaltenem Atem wartete Michelle, bis das Quietschen der Bettfedern verstummte. Das rissige Linoleum unter ihren Füßen war kalt. Gary seufzte, und als sie sich umdrehte, sah sie sein Gesicht, so jung im schwachen Licht, und den offenen Mund. Eine Hand hatte er ins Laken gekrallt, und tiefe Falten lagen über den Augen – Michelle war froh, daß sie seine Träume nicht kannte.

Sie streifte einen von Garys Pullovern über ihr T-Shirt, zog seine Socken an und ging hinaus.

Die Kinder hatten eigentlich ihr eigenes Zimmer am schmalen Treppenabsatz, aber die letzten Wochen über war es zu kalt gewesen. Auf der Innenseite der Fenster wuchsen Eisblumen, ihr Atem bildete kleine Wölkchen in der Luft. Stellen Sie doch einen Ölofen in das Zimmer, hatten die Nachbarn gesagt, Sie brauchen ihn ja nicht voll aufzudrehen. Aber Michelle wußte, daß es in dieser Gegend seit Winteranfang schon zweimal gebrannt hatte; man konnte die Leitern nicht schnell oder nah genug heranbringen, und die Kleinen im ersten Stock saßen in der Falle und erstickten.

Jetzt legten sie im Wohnzimmer abends ordentlich Kohlengrus nach und paßten auf, daß das Kamingitter, das sich Michelle von ihren Eltern geborgt hatte, auch richtig saß. Natalies Kinderbett schoben sie in die Zimmermitte, wenn der Fernseher nicht mehr lief, und Karl schlief tief und fest in einem Nest aus Mänteln und Decken auf der Couch mit dem Daumen im Mund.

Unten angekommen, betrachtete Michelle lächelnd das Baby, das wieder mal so sehr gezappelt hatte, daß es mit dem Kopf in der unteren Ecke des Bettchens lag, ein Bein ragte durch die Stäbe. Michelle hauchte in die Hände, um sie zu wärmen, bevor sie den winzigen Fuß ihrer Tochter berührte und ihn sanft unter die Decke schob. Beide Kinder mußten nach dem Aufwachen gewickelt werden. Was sie daran erinnerte, daß ihre Blase sie aufgeweckt hatte. Sie wappnete sich schon mal gegen das Bad, die ehemalige Waschküche, die so miserabel gebaut worden war, daß die unglasierten Fliesen auf der bloßen Erde lagen und vom Frost aufgeworfen wurden.

Sie rieb einen Kreis ins Eis auf der Fensterscheibe, und die Dunkelheit starrte sie an. Auf der Straße waren kaum mehr als zwei, drei verschwommene blasse Lichter zu sehen. Wenn sie Glück hatte, blieben ihr noch ein paar Augenblicke für ein Täßchen Tee und die gestrige Zeitung – ein bißchen gestohlene Zeit, bis die Kinder schrien und Garys Schritte auf der Treppe zu hören waren.

Resnick war seit vier Uhr wach. Ganz auf Störungen dieser Art eingestellt, schien es ihm, als hätte er die ganze Zeit schon gegen den Schlaf angeblinzelt und bereits nach dem Hörer gegriffen, noch bevor es das erste Mal schrillte. Kevin Naylor war kaum zu verstehen und klang merkwürdig fern, so daß Resnick ihn gereizt auffordern mußte, alles zu wiederholen.

»Tut mir leid, Sir, ist das Funktelefon.«

Alles, was Resnick mitbekam, waren Wortfetzen, die wie eine Schar Stare in die Morgenluft stoben.

»Wählen Sie neu«, sagte Resnick, »versuchen Sie's noch mal.«

»Tut mir leid, Sir, ich höre Sie nicht.«

Fluchend unterbrach Resnick die Verbindung selbst,

und als Naylor noch mal anrief, war er perfekt zu verstehen. Ein Taxifahrer sollte zwei Jugendliche von der Stadtmitte aus zu einer Adresse in West Bridgford fahren, kurz vor der Lady Bay Bridge hatte einer von ihnen ans Fenster geklopft und den Fahrer gebeten anzuhalten, weil seinem Kumpel übel geworden sei und er sich übergeben müsse. Während einer der jungen Männer auf der Gehsteigseite ausstieg, kam der andere ans Fahrerfenster und bedrohte den Chauffeur mit einer Eisenstange. Noch ehe der Mann losfahren konnte, hatte er bereits die Scherben der Windschutzscheibe im Gesicht. Die Jugendlichen zerrten ihn aus dem Taxi und schlugen auf Kopf und Körper ein. Er robbte mitten auf der Straße, als ein Milchlaster auf die Brücke kam. Der Milchwagen hielt. Die Jugendlichen hatten sich mit den Einnahmen des Taxichauffeurs aus dem Staub gemacht.

»Die Waffe?« fragte Resnick.

»Sie wollten sie in den Trent schmeißen, Sir, ist aber im Schlamm gelandet.«

»Und der Fahrer?«

»Liegt im Queen's, Sir. Unfallstation.«

»Wer ist bei ihm?«

»Inzwischen dürfte eine uniformierte Streife da sein, Sir. Wir haben niemanden...«

»Graham Millington?«

»Hat sich freigenommen, Sir. Wollte mit seiner Frau weg. Zu den Schwiegereltern, glaube...«

Resnick stieß einen Seufzer aus; das hatte er ganz vergessen. »Dann eben Divine. Jedenfalls will ich, daß die ganze Zeit jemand bei ihm ist. Beim Taxifahrer, meine ich. Wer weiß, wie viele Chancen wir haben.«

»Ich könnte...«

»Sie bleiben, wo Sie sind.« Resnick kniff die Augen zusammen und warf einen Blick auf die Uhr neben dem Bett. »Ich bin in zwanzig Minuten da. Und sehen Sie zu, daß mir keiner mit seinen klebrigen Fingern ans Taxi geht.«

Geistesabwesend hob er eine Katze beiseite, die sich auf

seinem Schoß eingerollt hatte, und legte sie wieder aufs Bett. Eine der anderen stand an der Schlafzimmertür und kratzte sich an der massiven Kante den Kopf. Das letzte Mal war es ein Baseballschläger gewesen, und der Taxifahrer war tot. Rasch war er geduscht, angezogen und unten, wo er Kaffee für eine Tasse mahlte, die er nur halb trinken würde, bevor er ins kalte Licht des neuen Tages trat.

»Himmelarsch!« schimpfte Gary. »Wie spät ist es, verflucht noch mal?«

»Spät.«

»Wie spät?«

»Nach sieben.«

»Und das ist für dich spät?«

Michelle streckte den Rücken durch und verlagerte das Gewicht des Babys auf ihren Arm. Sie glaubte nicht, daß Natalie noch trank, vermutlich nuckelte sie nur noch, weil es kuschelig war. »Hängt ganz davon ab, wie lang man schon wach ist«, sagte sie.

Gary lehnte seitlich am Türpfosten, den Kopf gesenkt, und trug noch immer die Boxershorts und das Unterhemd, in denen er geschlafen hatte. »Ich war schon vor sechs unten«, erzählte Michelle, obwohl er sie nicht danach gefragt hatte.

Gary kratzte sich und ging am Tisch vorbei, an dem sie saß. »Ist wohl auch meine Schuld, nehme ich an«, sagte er, kaum laut genug, daß sie sicher sein konnte, ihn auch richtig verstanden zu haben.

»Was?«

»Du hast mich schon verstanden.«

»Wenn ich dich verstanden hätte, warum sollte ich...«

»Daß du so früh aufgewacht bist, war vermutlich meine Schuld.«

»Sei nicht albern.«

»Was heißt hier albern? Du hast mir nicht zu sagen, daß ich albern bin, verfluchte Scheiße! Wenn schon alles andere hier meine Schuld ist, wieso nicht auch das?«

»Gary...«

»Was?«

Zwischen ihnen aß der zweijährige Karl seinen Brei aus warmer Milch und Cornflakes, die zu groß waren für seinen Mund; seine Blicke huschten von einem zum anderen.

»Gary, kein Mensch sagt, daß du schuld bist. Weder daran noch an etwas anderem.«

»Nein?«

»Nein.«

Er warf den Kopf zurück und wandte sich ab. »Neulich hat sich das aber anders angehört.«

»Gary, ich war wütend. Ich hab' die Beherrschung verloren, okay? Gehen dir vielleicht nie die Gäule durch?«

Sie wußte, daß es dumm war, das zu sagen. Sie sah, wie seine Finger die gebogene Stuhllehne umklammerten.

»Gary...«

Michelle stand vorsichtig auf, das Baby noch an der Brust, und ging zu ihm. Er wandte sich ab, und sie legte ihr Gesicht an seinen Rücken; eine Locke ihres ungekämmten Haars strich ihm über den Nacken. Das Baby bewegte sich zwischen ihnen, und Michelle blies ein »Schhhh!« in den weichen Flaum auf seinem Kopf.

Die letzte Arbeit hatte Gary vor sechs Monaten auf einer Baustelle gehabt – keine Fragen, jeden Freitag den Lohn auf die Hand –, aber die Firma hatte Pleite gemacht. Eines Morgens, als er zur Arbeit kam, war der Bau abgesperrt, und die Gläubiger holten sich bereits die schweren Maschinen. Zuvor hatte er Nachtschicht geschoben in einer Fabrik, die Plastikschalter für Tischlampen herstellte. Vor diesem Job hatte er im Akkord kostenlose Floppydisks auf die Umschläge einer Zeitschrift für Software geklebt, die es nur ein paar Monate gab. Drei Jobs in ebenso vielen Jahren. Das war mehr als viele der Leute hatten, die sie kannten.

»Gary?«

»Mmm?«

Aber er wußte Bescheid. Michelles freie Hand streichelte ihn durch die gestreifte Baumwolle seines Unterhemds, glitt am Rand seines Brustkorbs entlang, dann über den flachen Bauch gleich über dem Bund seiner Shorts. Sie reckte den Kopf, um ihn zu küssen. Sein Mund schmeckte leicht säuerlich von der Nacht. Karl hinter ihnen rührte zu heftig um, und der Löffel landete auf dem Boden. Michelle drehte sich um und nahm Natalie von ihrer Brust, worauf das Baby sofort das Gesichtchen verzog und zu heulen begann.

Vom Fluß trieb in Schwaden der Nebel herein. Das Taxi stand mit weit geöffneter Fahrertür am Randstein und war mit einem gelben Band abgesperrt. Wie Eis funkelten im Licht von Resnicks Scheinwerfern die Glasscherben auf dem Asphalt. Gleich dahinter wurde die Straße schmaler und führte einspurig über die Brücke; Resnick wußte, daß der Verkehr stadteinwärts in einer knappen Stunde schlimmer denn je werden würde. Heiligabend – für viele der letzte Arbeitstag im alten Jahr.

Das Team von der Spurensicherung war dabei, die Außenseite des Taxis einzustäuben, das Innere wurde später an sicherer Stelle gründlicher untersucht, wenn das Fahrzeug abgeschleppt worden war. Uniformierte Beamte suchten den mit Reif überzogenen Schlamm und das spärliche Gras am Ufer des Flusses ab, andere sahen sich auf dem Weg um, der von der Brücke stadteinwärts führte. In diese Richtung hatte der Fahrer des Milchwagens zwei Männer laufen sehen, den abschüssigen Weg entlang und auf die Tag und Nacht geöffnete Tankstelle und die Straße zu. Und von da an? Entweder waren sie in Richtung Colwick und Rennbahn oder links nach Sneinton gegangen. Der Nachricht zufolge, die der Taxifahrer an die Zentrale durchgegeben hatte, und dem Eintrag in seinem Fahrtenbuch nach zu urteilen, sollte er die jungen Männer auf die andere Seite des Flusses bringen. Ein Täuschungsmanöver? Oder waren sie kopflos abgehauen?

»Sir?«

Naylor trat an ihn heran, wie immer mit einer gewissen Unterwürfigkeit in der Stimme, als wolle er sich entschuldigen. Anfangs war Resnick das auf die Nerven gefallen, und er hatte gehofft, es würde sich mit der Zeit und bei größerer Vertrautheit geben; jetzt akzeptierte er den Mann einfach so, wie er war. Das Gegenteil von Mark Divines bulligem Eifer vielleicht. Wie hatte Lynn Kellogg Divine mal beschrieben? Große Klappe und nichts in der Hose? Resnicks Mund verzog sich zu einem Lächeln.

»Der Taxifahrer, Sir, liegt jetzt auf der Intensivstation.«

Das Lächeln verblaßte: Es war ein allzu vertrautes Muster, das sich hier andeutete.

»Mark will wissen, ob er dableiben oder reinkommen soll?«

»Er bleibt. Solange eine Chance besteht, daß er eine Antwort kriegt, rührt er sich nicht vom Fleck.«

»Ja, Sir«, sagte Naylor zögernd. »Nur...«

»Ja?«

»Ich weiß, es geht mich... es ist nur, er scheint ein bißchen sauer zu sein, weil er den ganzen Tag nicht rauskommt. Sie wissen ja, die Geschäfte, ich meine, einige machen ja schon früh zu...«

»Und er will früher dienstfrei haben, um noch schnell ein paar Weihnachtseinkäufe zu machen?«

»Für seine Mutter«, sagte Naylor, ohne es auch nur einen Augenblick zu glauben.

»Sagen Sie ihm, er wird abgelöst wie alle anderen auch: wie und wann's eben geht.«

»Dann sag' ich ihm, daß Sie dran denken.« Naylor grinste.

»Wenn Sie meinen«, sagte Resnick. Einer von der Spurensicherung kam auf ihn zu; wahrscheinlich waren sie soweit, das Taxi auf den wartenden Laster zu ziehen und abzutransportieren. Das letzte, womit Resnick jetzt den Kopf voll haben wollte, war der Gedanke daran, was Divine wohl jemandem in den Weihnachsstrumpf schob.

2

Seit Monaten besorgte sie Sachen für die Kinder. Nichts Besonderes, nicht viel und schon gar nichts Teures. Kleinigkeiten, die ihr gefielen: ein Dennis-T-Shirt für Karl, leuchtend rot auf schwarz, einen gelben Spielzeughund für das Baby mit blau gestickten Klauen und Nase – nicht zu groß, aber weich, etwas, mit dem sich im Schlaf kuscheln ließ. Michelle war dem Weihnachtsclub im Laden an der Ecke, gegenüber vom alten Co-op, beigetreten; ohne Gary was zu sagen, hatte sie jede Woche ein Pfund beiseite gelegt, und wenn sie allein war, war sie in den Club gehuscht.

Hauptsache, es war Weihnachten was für die Kinder da, genug, um den Tag zu was Besonderem zu machen. Nicht daß die beiden schon begriffen, worum es ging. Dazu waren sie noch zu jung. Aber auf dem Rummel am alten Marktplatz waren sie gewesen. Sie waren um den Weinachtsbaum in dem großen roten Trog vor dem Rathaus herumgegangen, hatten sich die bunten Lichter und den Stern obendrauf angesehen. Ein Geschenk aus Norwegen oder Schweden oder weiß Gott woher, aber keiner schien zu wissen, warum.

Gary hatte ihnen einen Riesen-Hotdog gekauft, mit viel Tomatensoße und Zwiebeln, die so stark gebraten waren, daß einige schwarz und mürbe waren. Sie hatte sich an die Mauer hinter dem Brunnen gesetzt und redlich geteilt; Michelle hatte auf die Wurst geblasen und sie dann vorgekaut, bevor sie dem Baby den Bissen in den Mund geschoben hatte. Um sie herum andere Kinder mit ihren Eltern, Kinder ohne Eltern in Gruppen. Kinderwagen, Sportwagen. Arme und Mäntel, an denen sich zerren ließ. »Papa, kann ich das haben?« »Darf ich mal damit fahren?« »Darf ich? Darf ich? Wieso nicht? Ach, Mama, Papa!«

Michelle dachte, ihr Karl würde sich gleich genauso aufführen, wenn er das Karussell sah, die leuchtend bemalten Pferde, die sich aufbäumten und wieder senkten. Aber sie nahm ihm die Mühe ab, indem sie Garys Hand ergriff und ihn leise fragte: »Schau dir sein Gesicht an, du siehst doch, wie gern er damit fahren will.«

»Hast ja recht«, sagte Gary. »Aber nur dieses eine Mal.«

Sie waren zurückgetreten und hatten gewunken. Michelle mit der Hand des Babys, während Karl das Ganze bei aller Freude nicht so geheuer war, daß er den Sattel losgelassen und zurückgewunken hätte.

»Schneemann«, sagte Gary später und wies auf die Gestalt mit dem gelben Hut und den Handschuhen vor dem Autoskooter. »Siehst du den Schneemann, Karl?«

»Neemann«, antwortete Karl. Er kannte Schneemänner aus den Zeichentrickfilmen im Fernsehen.

»Schneemann«, lachte Gary. »Nicht Neemann, du Pfeifenkopf! Schneemann.«

»Gary», sagte Michelle und mußte selbst lachen. »Sag so was nicht.«

»Neemann!« sang Karl und sprang auf und ab. »Neemann! Neemann! Neemann!«

Er verlor den Halt und landete auf dem Bauch, schlug sich das Gesicht an und schürfte sich die Hand auf, an der er zuvor schon den Handschuh verloren hatte. Kurz darauf nahmen sie den Bus nach Hause.

Michelle sah auf und horchte: Von der Straße kamen Schritte, die Garys sein konnten. Als sie vorbeigingen, steckte sie die Hände wieder in das seifige Wasser, um die paar Sachen auszuwaschen, die sie in der Spüle hatte. Natalie hatte sie eine halbe Stunde vorher hingelegt. Karl lag bäuchlings vor dem Fernseher in eine Sendung über Löwen vertieft; wenigstens gab er Ruhe dabei.

Sie nahm die Kleidungsstücke aus dem Wasser und leerte die Schüssel aus, um sie zu spülen. Sie hoffte nur, Gary würde sich über sein Geschenk freuen, ein richtiges Torwarttrikot, für das sie achtundzwanzig Pfund bezahlt hatte; sie hatten es ihr im County-Shop zurückgelegt – siebenundzwanzig neunundneunzig.

Na ja, war ja nur einmal im Jahr.

Die Hintertür klemmte, als sie die Wäsche rausbrachte, um sie im Hof aufzuhängen, und als sie sie mit der Hüfte anstieß, fiel die untere Hälfte der Tür aus dem Rahmen.

»Michelle! Michelle! Bist du da?«

»Im Hinterhof!«

»Hättest ruhig die Tür zumachen können. Ist ja so kalt wie in einem verdammten Kühlschrank hier drin.« Abrupt blieb er stehen und starrte die verbogene Angel an.

»Tut mir leid«, sagte Michelle. »War nicht meine Schuld.«

Gary drehte sich auf dem Absatz um, und einen Augenblick später hörte sie die Haustür zuknallen. In seinem Bettchen wachte das Baby auf und schrie los.

»Öwe«, sagte Karl von der Tür her. »Öwe!« Dann kam er wankend auf sie zugerannt, die Hände wie Klauen gehoben, und knurrte dabei.

Mark Divine war kurz vor einem Tobsuchtsanfall. Erst hatten sie ihm gesagt, tut uns leid, aber Sie müssen vor der Intensivstation warten, und ihm versprochen, sofort Bescheid zu sagen, wenn Mr. Raju das Bewußtsein wiedererlangte. Also hatte er dagesessen, seine kräftige Gestalt in den tiefen Sessel geklappt, die Beine stark angewinkelt, und hatte, die einen flüsternd, die anderen heulend, diverse Mitglieder der Familie Raju kommen und gehen sehen. Ausgerechnet, als er sich auf den Weg gemacht hatte, um sich nach der Kantine und einer anständigen Tasse Tee umzusehen, suchte eine Stationsschwester nach ihm.

»Er ist zu sich gekommen, ja?« fragte Divine, nachdem sie ihn endlich gefunden hatte.

Neben der Plastiktasse, die ihm ein Loch in die Finger zu brennen drohte, versuchte er noch zwei Stück Schokoladenkuchen und ein Zitronentörtchen zu halten.

»Sie haben wohl Angst um Ihren Blutzucker, was?«

fragte die Schwester und beobachtete mit hochgezogener Braue Divines einhändige Balancenummer.

«Nicht, daß ich wüßte«, sagte Divine großspurig.

»Vielleicht sollten Sie aber.«

Ein Stück Kuchen fiel zu Boden und rollte unter den nächsten Stuhl. »Keine Sorge«, sagte sie, «die Putzkolonne findet ihn schon. Warum deponieren Sie den Rest nicht auf dem Tisch und kommen mit rein?«

»Sie meinen jetzt sofort?«

»Sie wollen doch mit ihm reden, oder?«

»Ja, schon...«

»Ein paar Fragen stellen?«

»Ja.«

»Dann würde ich das tun, bevor man ihn in den OP bringt.«

Divine biß in das Zitronentörtchen, riskierte mit einem Schluck Tee eine verbrannte Zunge und folgte der Schwester durch die Doppeltür auf die Station. Netter Arsch, dachte er, frag mich, ob hier wohl irgendwo ein Mistelzweig hängt.

Als Resnick nach dreißig lebhaften Minuten mit dem Superintendent in sein Büro zurückkam, fand er ein großes Paket in seinem Papierkorb: braunes Papier, verschnürt, das Ganze in zwei Plastiktüten gesteckt. Knapp fünf Kilo, schätzte er, als er es in der Hand wog. Die innere der beiden Tüten enthielt eine ansehnliche kleine Pfütze Blut. Ihm war gar nicht klar gewesen, daß Lynn Kellogg schon wieder zurück war.

Die Akten mit den Vorfällen der Nacht, Nachrichten, Rundschreiben, das Protokoll über das Kommen und Gehen der Häftlinge in den Gewahrsamszellen, alles lag kaum berührt auf seinem Tisch. Betrunkene Randalierer, ein halbes Dutzend Männer und eine Frau, die meisten waren Resnick bereits bekannt. Wahrscheinlich hatte man sie inzwischen verwarnt und zurück auf die Straße geschickt. Bis Mittag waren sie vermutlich wieder voll und ließen den Abend angehen. War schließlich Weihnachten. War das nicht der Sinn von Weihnachten?

Im großen Büro draußen klingelten gleich zwei Apparate auf einmal, und Resnick schaltete geistig ab.

In Anbetracht der Möglichkeiten – all die verlassenen Häuser, die teuren Geschenke, fertig verpackt – war der Anstieg der Einbrüche geringer, als man erwartet hätte. Trotzdem würden immer noch genug Leute vom Fertigessen auf dem Betriebsweihnachtsfest, dem Ritual gewagter Witze und Anspielungen, nach Hause kommen und feststellen, daß die goldene Gans ausgeflogen war. All die kostspieligen Symbole, die Status und Bewunderung sichern sollten, in weniger als einer Viertelstunde abgestaubt von emsigen Händen, denen ein Paar Socken des Hausherrn als Handschuhe dienten.

Die Telefone klingelten nach wie vor. Resnick stieß die Tür auf, drauf und dran, einen Befehl hinauszuschreien, als er merkte, daß keiner da war. Ein Aktenschrank mit schlampig geschlossenen Schubladen, Teebecher, deren orange Patina auch immer satter wurde, Schreibmaschinen, Computerbildschirme, und alles mutterseelenallein. Resnick nahm den Hörer, der ihm am nächsten war, identifizierte sich und bat den Anrufer zu warten, während er sich um den zweiten Apparat kümmerte. Ein Postbote war mit dem Rad zur Sortierstelle an der Incinerator Road unterwegs gewesen, als ihm ein Taxi entgegenkam, das zur Brücke wollte; er hatte die beiden Jugendlichen im Fond ziemlich gut gesehen. Eine Frau, die sich im Tankstellenshop Zigaretten und eine Tüte Milch geholt hatte, wäre beinahe von zwei jungen Burschen umgerannt worden. Resnick notierte sich Namen und Adressen der beiden und war noch dabei, mit dem Postboten einen Termin für seine Aussage auszumachen, als Lynn Kellogg rückwärts zur Tür hereinkam.

Als sie sich ihm zuwandte, hatte sie zwei Sandwiches in der Hand, zwei Tassen Filterkaffee, eine schwarz. Mittelgroß, mittelbraunes Haar, rotes Gesicht, Kriminalconstable Lynn Kellogg kam frisch von der Geflügelfarm ihrer Eltern in Norfolk mit einem Umweg über das Delikatessengeschäft gegenüber der Wache.

»Mozzarella und Tomaten«, sagte Lynn, als sie Resnick eine braune Tüte reichte, aus der das French Dressing rann. »Ich dachte, Sie haben womöglich noch nichts gegessen.«

»Danke.« Er stemmte den Plastikdeckel vom Kaffee und trank. »Ich dachte, Sie hätten erst am Nachmittag wieder Dienst.«

Lynn machte große Augen, als sie an ihren Schreibtisch trat.

»Zu Hause was nicht in Ordnung?« fragte Resnick.

Lynn zuckte mit den Achseln. »Es geht.« Sie schüttelte einige lose Salatblätter aus der Papiertüte und stopfte sie in ihr Sandwich zurück.

»Ich habe den Truthahn gefunden«, sagte Resnick mit einem Nicken in Richtung seines Büros.

»Gut.« Und dann grinste sie plötzlich. »Ist eine Ente.«

»Ich habe mich grade gefragt…«, sagte Divine. Er war auf dem Weg aus der Station – die Aussage war aufgenommen – und hatte seinen Abgang so getimt, daß er mit Stationsschwester Brutons entschlossenen Schritten, die auf den Medikamentenwagen zusteuerten, zusammenfiel. Lesley Bruton – groß, noch größer durch die dunkle Haarpracht, die noch nicht mal die Schwesternhaube zu zähmen vermochte … ihr Name stand auf ihrem Schild. »Wie gesagt, Lesley, ich habe mich grade gefragt…«

»Ja?«

»Wann sind Sie hier fertig? Ich meine, wann ist Ihre Schicht aus?«

»Ich weiß, was Sie meinen.«

»Also?«

Sie bedachte ihn mit einem Blick, der einen sensibleren Mann vernichtet hätte, und nahm ein Klemmbrettchen von der Seite des Wagens.

»Hören Sie, ich versuchte nicht, Sie anzumachen. Ich doch nicht.«

In ihren Augen blitzte es belustigt auf. »Dann kann ich Ihnen wohl bei Ihren Ermittlungen helfen, was? Oder was in der Art?«

Was? dachte Divine. Jetzt gib mir doch eine Chance!

»Nein«, sagte er, »nicht offiziell...«

»Hab' ich mir fast gedacht.«

»Passen Sie auf, folgendes, ich muß hierbleiben, bis er wieder auf der Station ist. Dieser Raju. Das könnte – was meinen Sie? – Stunden dauern.«

»Schon möglich.«

»Die Sache ist die, ich muß unbedingt noch ein Geschenk besorgen. Sie wissen schon, für morgen.«

»Was Besonderes, wie?«

Divine nickte und sah sie mit offenem Blick an.

»Freundin?«

»So ungefähr.«

»Also Unterwäsche?«

Divine bedachte sie mit einem schiefen Grinsen; langsam kam er tatsächlich ins Schwitzen.

»Schwarz und sexy?«

»Schon möglich. Warum nicht?«

Sie sah ihn an, ohne was zu sagen. Wartete ab.

»Es gibt da einen Laden«, sagte Divine. »In der Passage hinter dem Rathaus. Todschick.«

»Ich weiß«, sagte Lesley Bruton. »Mein Freund bringt mir oft was von dort mit.«

Großer Gott! dachte Divine. Sein Blick glitt über ihren Schwesternkittel, er fragte sich, ob sie wohl im Augenblick was davon trug.

Lesley fuhr mit einer Hand die Stange um den Rand des Wagens entlang. »Und da soll ich mal rasch für Sie reinspringen, wenn ich frei habe?« sagte sie. «Ihnen was Nettes besorgen. Für Ihre Freundin. Eine Kombination – BH, Höschen. Vielleicht ein Camisol. Einen Teddy.«

»Ja«, sagte Divine, »so was in der Art.« Er fragte sich,

ob ein Teddy wohl das war, was er hoffte, eins von diesen Dingern aus einem Stück, so was wie ein Badeanzug aus Spitze.

»Und es für Sie anprobieren, wenn ich schon mal dabei bin?«

»Warum nicht?« sagte Divine, der sein Glück nicht so recht fassen konnte.

»Warum nicht?« wiederholte Lesley und fixierte ihn scharf. »Für Sie?«

»Na ja, ich…«

Einen Augenblick beugte sie sich zu ihm und senkte die Stimme. «Sie träumen wohl«, sagte sie und ließ ihn, ohne ihn auch nur noch einmal anzusehen, stehen.

Seit fast zwei Stunden plagte Gary sich jetzt mit der Tür – noch länger, wenn man die Zeit rechnete, die er gebraucht hatte, um zu Brian, seinem Freund in derselben Straße, zu gehen, um sich einen ordentlichen Schraubenzieher und eine Feile zu borgen. Michelle hatte inzwischen eine zweite Schüssel Wäsche gewaschen, Natalie gestillt, Karl mit Fischstäbchen und Bohnen versorgt und sich eine Scheibe Toast gemacht. Gary hatte behauptet, keinen Hunger zu haben. Ihre Mutter hatte sie gebeten, die Kinder irgendwann am Nachmittag wegen der Geschenke vorbeizubringen, und obwohl das bedeutete, den Sportwagen in zwei Busse und wieder heraustragen zu müssen, dachte Michelle, daß sie sich die Mühe machen sollte. Ihre Eltern würden gleich morgen früh nach Darlington fahren, um bei Marie, Michelles älterer Schwester, und deren Familie das Weihnachtsdinner zu genießen. Doppelhaushälfte, vier Zimmer, so ließ es sich leben; sie hatten sie billig bei einer Zwangsversteigerung erstanden.

»Michelle!« Gary Stimme von der Hintertür.

»Ja?«

»Geh mir mal rasch zur Hand, ja?«

»Bin gleich da.«

»Nicht gleich, sofort!«

Der Kessel begann zu kochen, Natalie fing zu quengeln an, Karl rief etwas aus dem Wohnzimmer, was sie nicht verstand; sie hatte gedacht, sie könnte versuchen, aus dem restlichen Gehackten noch einige Pastetchen zu zaubern, während der Tee zog.

»Michelle! Kommst du?«

Mit einem Seufzter stieß sie die Teekanne beiseite. Durch die offene Wohnzimmertür sah sie Karl, der sich abmühte, auf das Sofa zu klettern, von dem er sich für sein Leben gern herabkugeln ließ.

»Sei ja vorsichtig«, rief sie ihm im Vorbeigehen zu. »Wirst dir noch weh tun dabei.«

»Hier«, sagte Gary und deutete mit dem Finger. »Halt das mal fest, ja?«

»Wo?«

»Herrgott noch mal, Mädel! Da!«

Michelle drückte mit zwei Fingern oben und mit dem Daumen unten gegen das Scharnier.

»Okay, jetzt rück mal 'n Stück, damit ich mit dem Schraubenzieher rankomme.«

Deutlich hörte sie seinen Atem, laut und leicht rasselnd unter dem Hemd. Er haßte Reparaturarbeiten im Haus.

»Gut so. Egal was, laß nur nicht los. Immer schön festhalten. Drück!«

Aus dem Haus kam plötzlich ein Schrei, und sie wußte, daß Karl gefallen war und sich weh getan hatte.

Gary spürte ihre Bewegung und kam ihr zuvor. »Ich bin gleich fertig. Augenblick noch.«

»Es ist Karl, er...«

»Augenblick, sag' ich, verflucht noch mal!«

Eine letzte Drehung, und die Schraube sprengte das Holz des Rahmen, rutschte seitwärts und riß ihm den Schraubenzieher aus der Hand. Michelle konnte das Scharnier nicht mehr halten, die Tür kippte nach außen und riß das untere Scharnier mit heraus.

»Scheiße!« schrie Gary. »Gottverfluchte Scheiße!«

»Gary!« rief Michelle. »Nicht.«

Von irgendwoher lief Blut zwischen ihre Finger und sammelte sich in ihrer Hand.

Karl stand neben der Tür, die Fäuste gegen die Augen gedrückt, und riß den Mund auf, um eine Reihe von Schreien hervorzustoßen.

»Scheiße!« fluchte Gary noch mal und trat gegen den Rahmen. »Und du«, sagte er, wobei er Karl bei den Armen packte und hochriß. »Du willst was zu schreien, ja?« Er ließ seinen Sohn fallen, und zog ihm, noch bevor er auf dem Boden aufkam, mit voller Wucht den Handrücken übers Gesicht.

3

»Die war schon ganz verrückt drauf.«

Mittagszeit in der Kantine. Divine, von seinen Pflichten im Krankenhaus abgelöst, erzählte Kevin Naylor von seiner Begegnung mit Schwester Bruton neben dem Medikamentenwagen. Noch vor einem Jahr wäre Naylor beeindruckt gewesen, jetzt war seine Miene, milde ausgedrückt, skeptisch.

»Nein, wenn ich's dir sage. Kein Scheiß.«

»Hat sie dir das gesagt?« fragte Naylor. »Ich meine, das hat sie dir einfach so ins Gesicht gesagt, ja?«

Divine stippte eine seiner Fritten in die braune Lache auf seinem Teller. »Als ob die das eigens sagen müßten. Man braucht doch bloß 'n bißchen Bescheid zu wissen, dann sieht man das doch.« Er wies mit der Gabel auf Naylor und kleckerte dabei Soße über den Tisch. »Ein Großteil des Problems zwischen dir und Debbie...«

»Ich habe keine Probleme mit Debbie.«

»Im Augenblick vielleicht.«

»Wir haben kein Problem.« Naylor war lauter geworden und zog Blicke auf sich.

»Ich sage doch nur«, fuhr Divine munter fort und spießte eine weitere Fritte auf, »ein Blinder sieht, daß du, verdammt noch mal, einen Dreck über Frauen weißt.«

»Wogegen du«, sagte Lynn Kellogg, die sich vom Nachbartisch herüberbeugte, »inzwischen ein Fachmann bist, was, Mark?«

Sarkastische Kuh! dachte Divine. »Wenn du mir nicht glaubst«, sagte er, »dann kannst du mich ja auf der Feier heute abend in Aktion sehen. Den Mann, der das Aufreißen zur Kunst gemacht hat.«

»Kann's kaum erwarten!«

»Nicht?« Divine nahm ein Stück Hackbraten auf seine Gabel. »Zu schade, du wirst es wohl müssen. Ich meine, ich würde ja gern aushelfen, aber in der Schlange stehen schon 'ne ganze Menge vor dir.«

Lynn schob ihren Teller zurück und stand auf. »Was muß ich tun, damit es so bleibt? Mir ein Kreuz um den Hals hängen? Knoblauch essen?«

Divine bedachte sie mit einem abschätzenden Blick. »Nicht nötig. Bleib nur so, wie du bist.«

Mit einem Zwinkern für Naylor lehnte er sich zurück, als Lynn ging, mit hochrotem Gesicht, weil einige der Kollegen schon leise lachten.

»Das hätt's nun wieder nicht gebraucht«, sagte Kevin Naylor leise.

»Hat sie doch keiner gebeten, ihren Senf dazuzugeben. Egal, es stimmt auf jeden Fall. Ich meine, würdest du was von der wollen? Mal ehrlich.«

Naylor antwortete nicht; er senkte den Blick wieder auf seinen Teller.

»Dieser Arsch«, sagte Lynn auf der Treppe, »versteht in etwa so viel von Frauen wie ein Fünfjähriger.« Ihr fiel ein, wie er ein Magazin von ihrem Schreibtisch genommen hatte, weil was Blondes mit roten Lippen vorn drauf war, darunter die Schlagzeile *Shere Hite and the Clitoral Tendency.* Divine hatte sie für eine neue Popgruppe gehalten.

Gary James wartete schon seit fast zwei Stunden und hatte immer noch fünf Leute vor sich, zwei davon Pakis. Denen brauchte man bloß irgendwo aufzumachen, und schon wimmelte es nur so: Onkel, Tanten, Schwestern, Cousins, bis unter die Decke – wie die Wanzen. Hatte er alles schon gesehen. Daneben schleckte sich ein Pärchen ab, ständig hatte einer die Zunge im Ohr vom andren, dabei sahen sie aus, als gehörten sie noch auf die Schule und nicht aufs Wohnungsamt. Tätowierungen bis hinauf zum Hals; mit den Ringen, die die Kleine in der Nase hatte, hätte sie einen Laden aufmachen können, und der Kerl, die Haare gezwirbelt wie ein Rasta, und dabei war er nicht weniger weiß als Gary. Etwas weiter in seiner Reihe saß eine aus der Karibik, der reinste Panzer, die Frau, drei Kinder am Rockzipfel, eins unterwegs.

Herrgott! Gary hatte keine Uhr, und die im Warteraum stand schon eine ganze Weile auf fünf vor halb acht.

»He, Sportsfreund.« Er tippte dem nächsten Paki auf die Schulter und deutete auf sein eigenes Handgelenk, für den Fall, daß der Knabe ihn nicht verstand. »Wie spät hast du's?«

»Kurz vor Viertel vor vier«, sagte der Mann höflich und lächelte. Grins mich bloß nicht an, du Schleimscheißer, dachte Gary, als er sich wieder zurücklehnte, spar dir das lieber für die da drin. Und dann: Herrgott noch mal, das sind jetzt fast drei Stunden, na jedenfalls mindestens zwei!

»He!« rief er. »He, Sie!« Er zog einen der Metallstühle aus der Reihe und stieß ihn hart gegen die Wand. »Sie meinen wohl, ich hock' den ganzen Tag hier, was? Ich will mit jemandem reden, und zwar auf der Stelle, verflucht noch mal!«

»Sir«, sagte die Frau an der Anmeldung, »Sir, wenn Sie sich wieder auf Ihren Platz begeben würden, Sie kommen so bald wie möglich dran.« Dabei kroch ihre Hand langsam in Richtung des Alarmknopfs auf der Unterseite der Theke.

Mit Mavis Alderney sprach Resnick selbst. Sie war dankbar für die Gelegenheit, sich eine Zigarette anstecken zu können hinter der Wäscherei in einer Nebenstraße des Tret Boulevard, in der sie arbeitete.

Mavis war die Frau, die am Morgen beinahe von zwei Jugendlichen umgerannt worden wäre – »Grad, daß ich mich nicht auf den Arsch gesetzt hab'«, wie sie sich ausdrückte. »Die Kerls sollte sich mal einer vorknöpfen, denen gehört gehörig das Fell gegerbt. Finden Sie nicht? Wäre bei denen schon vor langer Zeit fällig gewesen. Dann wären sie womöglich erst gar nicht so geworden.«

Resnick hatte sie nach einem unverbindlichen Grunzen gedrängt, etwas genauer zu sein, was ihre Beschreibung anging. Mit »zwei von diesen Rabauken, Sie wissen schon, Stiefel und Jeans, kein Respekt vor irgendwas oder irgend jemandem« konnte er nichts anfangen.

Jetzt war er im Einkaufszentrum Victoria Centre im ersten Stock, und da sämtliche Sitzplätze im italienischen Café besetzt waren, mußte er seinen Espresso im Stehen trinken; er hörte dabei einer angeregten Diskussion darüber zu, warum gleich beide Fußballclubs der Stadt am unteren Ende ihrer jeweiligen Ligen herumkrebsten.

»Wenn du mich fragst«, sagte jemand, »wär's das beste, die beiden Manager würden, verflucht noch mal, einfach die Posten tauschen.«

»Was redst du wieder für 'n Zeug daher, Mann.«

»Na, viel schlechter können sie nicht mehr werden.«

»Ach was«, warf ein anderer ein, »ich sag' euch mal was. Das beste Weihnachtsgeschenk für die, und zwar für beide, wäre, wenn ihre Vorsitzenden die anrufen würden, Cloughie wie Warnock, ihnen ein frohes Fest wünschen und ihnen dann sagen, daß sie gefeuert sind.«

»Was? Die feuern doch Cloughie nicht, trauen die sich doch gar nicht. Da hätten die sofort einen Volksaufstand an der Hacke.«

»Schon, vielleicht, aber schlimmer, als wie wenn sie absteigen, kann's auch nicht sein.«

Resnick lächelte und langte zwischen zwei der Männer hindurch, um Tasse und Unterasse auf die Theke zu stellen. Auf dem Weg nach draußen würde er sich noch polnische Wurst kaufen, zu seiner Ente, ein Stück Gruyère, etwas Blue Stilton, eine ordentliche Portion Apfelstrudel und saure Sahne statt des Plumpuddings.

Unter ihm schoben sich die Massen von Laden zu Laden, eine Menge Leute klauten sich in letzter Minute rasch noch ihre Geschenke zusammen. Um die Emmett-Uhr hatten sich noch mehr Leute versammelt als sonst; sie hielten ihre Kleinen hoch, damit sie sahen, wie die phantastischen Metalltiere sich drehten, und immer wenn beim Öffnen der vergoldeten Blütenblätter das Wasser spritzte, lachten sie staunend auf. Und das ein ums andere Mal.

Von der hohen Decke hing ein Weihnachtsmann auf einem leuchtendroten Schlitten und hetzte seine Polypropylenrentiere durch die stickige Luft.

Resnick war bereits auf der Straße, als er die erste Sirene hörte.

Nancy Phelan war bei dem Geschrei aus ihrem Büro getreten, neugierig, wer für den Radau verantwortlich war. Abgesehen davon, daß ihr eine kleine Pause von ihrer gegenwärtigen Aufgabe ganz gelegen kam: einem Paar mit einem anderthalbjährigen Kind zu erklären, daß sie sich mit dem Auszug aus dem feuchten Kellerraum, für den die Mutter der jungen Frau eine horrende Miete verlangt hatte, in eine selbstverschuldete Obdachlosigkeit begeben hätten.

»Selbstverschuldete Obdachlosigkeit, verflucht noch mal«, sagte der Mann immer wieder. »Was, zum Teufel, ist das denn?« Nicht laut, noch nicht mal zornig, er fluchte nur aus Gewohnheit.

Das, *verflucht noch mal*, ist, dachte Nancy, eine Formel, die sich irgendein Beamter ausgedacht hatte, damit das Wohnungsamt aus dem Schneider war.

Nicht, daß sie das ihrer Kundschaft sagte, nein, den beiden sagte sie: »Sir, das habe ich Ihnen doch jetzt bereits mehrmals erklärt.«

Mehrmals? Fünfzigmal.

Was immer da draußen für Krawall war, es konnte nur interessanter sein. Eine winzigkleine Verschnaufpause.

Falsch.

Gary James – Nancy glaubte, ihn zu erkennen, womöglich war er sogar einer von ihren Kunden, obwohl ihr sein Name nicht einfallen wollte – stand so ziemlich in der Mitte des Korridors und hielt mit beiden Händen einen Stuhl über den Kopf. Einen von denen mit Metallrahmen und Segeltuchsitz. Penny, die Kollegin von der Anmeldung, kauerte an der Wand, vornübergebeugt, die Arme vor dem Gesicht. Entweder hatte er sie mit dem Stuhl geschlagen, oder er war kurz davor.

Howard, der Wachmann, stand am anderen Ende des Korridors und spähte hoffnungsvoll und mit zusammengekniffenen Augen herauf. Nancy wußte genau, daß er ohne Brille noch nicht mal die eigene Hand vor den Augen sah.

»Sie!« rief Gary über die Schulter.

»Ich?«

»Genau mit Ihnen möchte ich reden.«

O Gott, dachte Nancy, das mußte ja so kommen. Ihr zweiter Antrag auf eine Ausbildung zur Englischlehrerin im Ausland war gerade abgelehnt worden; sie hätte in Hongkong oder Japan höflichen Geschäftsleuten im Anzug Englisch beibringen können. Heute morgen war sie davon überzeugt gewesen – obwohl das nicht so einfach zu sagen war –, daß eine ihrer Gespenstheuschrecken gestorben war. Und zu allem Überfluß wartete sie seit drei Tagen auf ihre Periode.

Und jetzt das.

»Sie sind doch die, mit der ich und Michelle geredet haben, stimmt's? Um aus der Bruchbude rauszukommen, in die Sie uns gesteckt haben.«

»Ich sagte doch, ich würde es versuchen, ja...«

»Hören Sie! Jetzt sag' ich Ihnen mal was: Sie sollten schon mehr tun, als es versuchen, verfluchte Scheiße! Und Sie, Sie bleiben gefälligst, wo Sie sind, verfluchte Scheiße, oder ich schlag' dem Flittchen hier den Schädel ein!«

Penny zuckte zusammen und unterdrückte einen Schrei, während Howard ein paar Schritte weiter zurückwich, als er näher gekommen war.

»Haben Sie einen Termin?« fragte Nancy so normal wie möglich.

Gary warf ihr einen weiteren Blick zu. »Was meinen Sie wohl?«

»Wenn Sie bitte warten würden, bis ich mit meinen augenblicklichen Antragstellern fertig bin – was nicht mehr lang dauern dürfte –, dann werde ich Ihre Akte gern noch mal überprüfen.« Noch während sie das sagte, dachte sie, daß sie sich dieses Amtskauderwelsch schon so angewöhnt hatte, daß man hätte meinen können, sie hätte selbst Englisch als Fremdsprache gelernt.

Gary schwang den Stuhl im Halbkreis und knallte ihn gegen die Wand, nahe genug neben Pennys Kopf, um ihr die Haar zu Berge stehen zu lassen.

»Na schön«, sagte Nancy. «Warum unterhalten wir uns nicht gleich?«

»Ja?« sagte Gary, der etwas außer Atem war. »Und was ist mit Clint Eastwood da vorn?«

»Howard«, sagte Nancy. »Ist schon in Ordnung. Ich spreche mit Mister...« Sie sah Gary hoffnungsvoll an.

»James.«

»Ich nehme Mr. James mit ins Büro. Kein Grund zur Sorge. Aber wenn Sie vielleicht mal nach Penny sehen, ob alles in Ordnung ist.«

Gary beobachtete sie unsicher. Die Frau war nicht viel älter als er, wenn überhaupt, und sie übernahm die Kontrolle und meisterte die Situation. Sie schien nicht die geringste Angst zu haben. Groß, dachte Gary, einsdreiundsiebzig, -vierundsiebzig – die Größe hatte vermutlich was damit zu tun. Sah noch nicht mal schlecht aus. So wie sie dastand in ihrer flotten blauen Kostümjacke, dem Faltenrock und darauf wartete, daß er den nächsten Schritt tat.

Als er nichts sagte, wandte sich Nancy an das Paar, mit dem sie eben gesprochen hatte – die beiden standen inzwischen mit großen Augen vor ihrer Tür –, und erklärte ihnen, es handle sich sozusagen um einen Notfall, wenn sie sich vielleicht noch etwas gedulden würden, sie würde sie gleich wieder drannehmen, mal sehen, ob sich nicht eine Lösung finden ließ. Sie gab ihnen einige Münzen aus ihrer Börse und schlug ihnen vor, sich etwas aus dem Getränkeautomaten im oberen Stock zu holen.

»Bitte sehr«, sagte sie zu Gary und hielt ihm ihre Bürotür auf. »Nach Ihnen.«

Etwas zögernd ließ Gary den Stuhl sinken, stellte ihn dann ab und trat ein. Den Bruchteil eines Augenblicks zögerte Nancy selbst – bis jetzt hatte sie sich von Instinkt und Ausbildung leiten lassen, sie hatte die Situation ohne besondere Rücksicht auf ihre eigene Person entschärft. Erst jetzt kam ihr der Gedanke, in welche Gefahr sie sich begab. Sie schnitt rasch eine Grimasse in Richtung Howard, die besagte »Tut irgendwas!«, dann trat sie forsch hinter Gary ein und schloß die Tür.

4

»Sperren Sie ab«, sagte er.

»Was?«

»Sperren Sie ab.«

Nun geriet Nancy doch leicht ins Schwitzen; sie fragte sich, worauf sie sich da eingelassen hatte. »Das ist gegen die Vorschriften...«, begann sie, sah jedoch, daß Gary sich zunehmend gereizt nach etwas umsah, was sich auf ihrem Kopf kaputtschlagen ließ. Schweigend zog sie die kleine

Schublade rechts an ihrem Schreibtisch auf und nahm den Schlüssel heraus.

Kaum hatte sie abgeschlossen und sich hinter ihren Schreibtisch gesetzt, klingelte das Telefon – einmal, zweimal, dreimal; sie sah Gary an, wartete auf ein Zeichen, daß sie abnehmen sollte.

»Hallo«, sagte sie in den Hörer. »Nancy Phelan.«

Eine Pause, dann: »Nein, ich bin in Ordnung.« Sie warf einen Blick über den Schreibtisch, vor dem Gary noch immer stand. »Wir sind in Ordnung. Ja, ich bin sicher. Nein. Tschüs.«

Bedächtig legte sie auf, und noch während sie dabeiwar, bückte sich Gary und riß das Kabel aus der Dose über der Fußleiste.

»Tja«, sagte Nancy, »warum setzen Sie sich nicht?«

Aber Gary sah sich in ihrem Büro um, registrierte, was es zu sehen gab: die Postkarten von diversen Urlauben im Ausland, mit Reißzwecken an den Aktenschrank gepinnt, der Efeu am Fenster, der dringend umgetopft werden müßte, der überquellende Korb mit den zu bearbeitenden Akten, ein Farbfoto von den Zwillingen ihrer Cousine. In einem durchsichtigen Plastikbehälter mit luftdichtem Deckel grüne Blätter und dünne Zweige. Gary nahm ihn in die Hand und schüttelte ihn.

»Nicht!« schrie Nancy entsetzt. Dann etwas leiser: »Wenn Sie das lassen könnten. Es ist etwas... da sind Gespenstheuschrecken drin. Zwei. Glaube ich jedenfalls.«

Gary hielt sich den Behälter vor die Augen und schüttelte versuchsweise.

»Ein Geschenk«, sagte Nancy, ohne zu wissen, warum sie das Bedürfnis hatte, ihm das zu erklären. »Von einem Wohnungssuchenden.«

»Meiner Ansicht nach sind die tot«, sagte Gary.

Nancy dachte, daß er recht haben könnte.

Der erste Streifenwagen war erst einige Augenblicke da, als Resnick, Strudel, Käse und Wurst in der Plastiktasche in seiner Linken, ins Wohnungsamt trat. Im Foyer sprach ein junger Constable mit dem Wachmann, ein zweiter, der etwas älter war, hatte Probleme mit seinem Funkgerät. Da Resnick keinen von beiden kannte, zeigte er seinen Dienstausweis.

»Constable Bailey, Sir«, sagte der Beamte mit dem Funkgerät. »Das hier ist Hennessey.«

Aber nicht der, wie Resnick annahm, der früher mal bei Forest das Mittelfeld beherrscht hatte. Er hörte sich einen raschen Situationsbericht an und ging dann zur Treppe.

»Meinen Sie nicht, wir sollten auf weitere Unterstützung warten, Sir?« fragte Bailey.

»Mal sehen, ob wir nicht selbst was unternehmen können«, sagte Resnick. »Die Person, die er da drin hat, dankt es uns vielleicht nicht gerade, wenn wir hier trödeln.«

Der Großteil derer, die einen Termin gehabt hatten, und eine wachsende Zahl von Leuten aus anderen Stockwerken drängten sich im Korridor vor der verschlossenen Tür.

»Halten Sie die Leute zurück«, trug Resnick Hennessey auf. »Bringen Sie sie ins Wartezimmer und machen Sie die Tür zu.«

»Ich habe mit Nancy telefoniert, gleich nachdem sie rein ist«, sagte die Frau von der Anmeldung. »Sie sagte, es sei alles in Ordnung.«

Resnick nickte. »Kann ich mit ihr reden?«

Penny schüttelte den Kopf. »Die Leitung ist tot.«

»Der Mann«, sagte Resnick, »wissen wir, wer das ist?«

»Er heißt James. Gary James.«

»Und schien er bewaffnet zu sein? Hatte er irgendeine Art Waffe bei sich?«

»Er hat mit dem Stuhl nach mir geschlagen.« Bei dem Gedanken daran fuhr Penny unwillkürlich ein Zittern durch die Schultern.

»Gary James«, sagte Resnick zu Bailey, der sich den Namen bereits notierte. »Lassen Sie ihn überprüfen, mal sehen, ob er uns bekannt ist.«

»Und die Verstärkung, Sir?«

Resnick bedachte ihn mit der Andeutung eines Lächelns. »Wenn die jemanden übrig haben.« Er wandte sich wieder an die Frau von der Anmeldung: »Haben Sie drinnen jemanden schreien hören? Irgendwelche Hinweise darauf, daß was nicht stimmt?«

»Ich bin so nah an die Tür, wie ich mich getraut habe«, erzählte Penny leicht atemlos. »Er hat über den Zustand des Hauses gejammert, in dem er wohnt, das ist alles, was ich gehört habe. Wie kalt und feucht es ist und daß es ein Wunder wäre, wenn die Kinder den Winter ohne Lungenentzündung überstehen. Aber das ist schon eine Weile her. Seither habe ich kein Sterbenswörtchen mehr gehört.«

»Irgend jemand muß doch einen zweiten Schlüssel für den Raum haben?«

»O ja. Der Hausmeister. Für die Putzkolonne.«

»Haben Sie ihn zu erreichen versucht?«

»Nein. Tut mir leid. Daran hab' ich bei all der Aufregung nicht gedacht. Ich kann's jetzt versuchen, obwohl, um ehrlich zu sein, ich könnte nicht sagen, wo er um diese Zeit steckt. Irgendwo bei seinen Heizkesseln wahrscheinlich.« Sie wies auf den Wachmann, der hinter seiner Brille hervorblinzelte. »Howard weiß es vielleicht.«

»In Ordnung, fragen Sie Howard für mich, ob er ihn nicht auftreiben kann.« Resnick hielt ihr seine Tragetasche mit den Lebensmitteln hin. »Und tun Sie mir die Liebe und passen Sie darauf auf, ja?«

Sie nahm die Tasche und warf einen Blick hinein. »Möchten Sie, daß ich die Sachen in den Kühlschrank stelle? Wir haben hier nämlich einen.«

Resnick schüttelte den Kopf. »Ihre Kollegin, Nancy, wie heißt sie mit Nachnamen?«

»Phelan. Nancy Phelan.«

Resnick dankte ihr und trat an die Tür.

»Wissen Sie was«, sagte Gary. Es war das erste Mal seit

Minuten, daß er – daß überhaupt einer von ihnen – was sagte.

»Was?« fragte Nancy.

»Ich kenne Sie.«

»Ja, das sagten Sie bereits. Als Sie und Ihre Frau...«

»Sie ist nicht meine Frau.«

»Na, was immer.«

»Ich und Michelle, wir sind nicht verheiratet.«

»Als Sie und Michelle das letzte Mal hier waren, haben sie mit mir gesprochen.«

»Aber das meine ich nicht. Hat mit dem Amt überhaupt nichts zu tun. Ich kenne Sie schon von vorher.«

Nancy glaubte ihm nicht.

»Von der Schule. Wir waren auf derselben Schule. Wissen Sie nicht mehr?«

»Nein.«

»Top Valley. Sie waren zwei Klassen über mir. Doch. Sie sind damals mit – wie heißt er gleich wieder? – Brookie... mit Brookie sind Sie gegangen. Er und mein Bruder waren Kumpels.«

Malcolm Brooks. Brookie. Sie hatte ihm abends im Pub beim Pool zugesehen, während sie an einer Rum-Cola nuckelte, bis er sie endlich nach Hause fuhr. Dann parkte er den Escort seines alten Herrn hinter dem Tesco, bis Nancy ihm sagte, sie würde furchtbar was zu hören kriegen, wenn sie schon wieder zu spät nach Hause kam. Sie hatte seit Jahren nicht mehr an Brookie gedacht.

»Nancy«, kam Resnicks Stimme durch die Tür. »Nancy, ist bei Ihnen alles in Ordnung da drin?«

Gary packte schneller zu, als sie gedacht hätte, und erwischte ihr Haar. »Sagen Sie's ihm«, knurrte er. »Sagen Sie ihm, daß alles in Ordnung ist.«

»Nancy, hier ist die Polizei. Inspector Resnick, Kriminalpolizei.«

»Sagen Sie's ihm«, sagte Gary und drehte ihr Haar mit der Hand. »Sagen Sie ihm, er soll sich verdrücken und uns allein lassen.«

»Hallo? Inspector?« Ihre Stimme kam gedämpft, schwer zu beurteilen. »Hören Sie, Sie brauchen sich keine Sorgen zu machen, wirklich.«

Nancy verdrehte die Augen in Garys Richtung; er sollte sie ansehen. Er zerrte an ihrem Haar, daß ihr beinahe die Tränen in die Augen schossen.

»Sind Sie sicher?« fragte Resnick, das Gesicht an die cremefarbene Tür gedrückt, die ziemlich dürftig war. Ein paar ordentliche Schläge, und sie läge flach. »Sind Sie sicher, daß alles in Ordnung ist?« Er gab sich alle Mühe, hörte aber nichts als seinen eigenen Atem. »Nancy?«

Sie starrte in Garys Gesicht, um ihn zu zwingen, sie loszulassen.

»Nancy?« Resnick klopfte gegen die Türmitte, nicht fest, aber selbst so bewegte sie sich schon leicht gegen den Rahmen.

Mit einem Blick auf die Tür und einem Seufzer richtete sich Gary auf und lockerte den Griff um ihr Haar. Sie las in seinen Augen: Das war der Blick eines Menschen, dem klarwurde, daß er zu weit in etwas hineingeraten war, aus dem er nicht so leicht wieder herauskommen würde.

»Wir unterhalten uns«, sagte Nancy, lauter jetzt, ohne den Blick von Gary zu wenden. »Über ein Problem, das Gary mit seiner Unterbringung hat. Es gab da ein kleines Mißverständnis, das ist alles.«

»Und Gary«, sagte Resnick, »lassen Sie mich Ihre Stimme hören, ja? Sagen Sie was. Hallo. Irgendwas.«

Gary schwieg.

Bailey winkte Resnick zu sich. »James, Sir. Ganz nettes Vorstrafenregister. Kleinkram als Jugendlicher. Wurde unter Aufsicht gestellt. Im Augenblick ist er auf Bewährung. Schwere Körperverletzung. Hat einen ganz schön zugerichtet. Unsere Leute sind unterwegs.«

»Gary«, sagte Nancy, »ich habe den Eindruck, je eher das hier vorbei ist, desto weniger Ärger bekommen Sie.«

»Ach ja?« sagte Gary spöttisch. »Ich seh' richtig, was für Sorgen Ihnen das macht – daß ich Ärger kriege.«

»Ist aber so, Gary«, sagte sie. »Wirklich.«

»Nancy«, sagte Resnick von draußen, »wenn schon alles in Ordnung ist bei Ihnen, meinen Sie, Sie könnten die Tür aufschließen?«

Sie sah Gary an; Schweißperlen, so groß wie Pickel, bildeten sich auf seiner Haut. Er wich ihrem Blick aus. Nancy hatte daran gedacht, den Schlüssel abzuziehen, der jetzt zwischen ihnen am anderen Ende des Tisches lag, einen knappen halben Meter von ihrer Hand entfernt. Und seiner. Sie bewegte die Finger darauf zu, hielt dann aber inne; seine Absichten waren deutlich zu sehen.

»Nein«, sagte Nancy laut, aber ruhig. »Ich glaube nicht, daß das geht. Nicht im Augenblick.«

Bailey gab Resnick ein Zeichen, daß die Verstärkung eingetroffen war; nicht mehr lange, und Resnick würde ihre Schritte hören, wenn sie die Treppe in Angriff nahmen.

»Gary«, sagte er, »das ist Ihre einzige Chance. Kommen Sie freiwillig raus, bevor wir reinkommen und Sie rausholen.«

»Sehen Sie«, sagte Nancy und neigte ihm das Gesicht geradezu flehentlich entgegen.

»Ich weiß nicht«, sagte Gary, der sich den Schweiß von den Härchen auf seiner Oberlippe leckte. »Verfluchte Scheiße, ich weiß es nicht.«

Seine Stimme zitterte; er erinnerte Nancy an ihren kleinen Bruder, damals, als man ihn, ganze neun Jahre alt, dabei erwischt hatte, wie er Geld aus Mutters Börse gestohlen hatte. Langsam, ganz langsam, damit er sehen konnte, was sie machte, nahm Nancy den Schlüssel zwischen Zeigefinger und Daumen, stand auf und ging die vier Schritte zur Tür.

»Okay, Gary?« fragte sie mit einem Blick über die Schulter.

Als sie den Schlüssel umdrehte und die Tür aufstieß, waren sie im Raum wie der Blitz: Bailey und Hennessey und zwei andere. Sie packten Gary, als er zu fliehen versuchte, an Händen und Armen, rissen ihn brutal herum und zwangen ihn an die Wand. Sie traten ihm die Beine auseinander, rissen die Arme nach hinten, und schon schnitten die Handschellen in seine Gelenke.

»Sind Sie in Ordnung?« fragte Resnick und berührte vorsichtig Nancys Schulter dabei.

»Hab' ich Ihnen doch gesagt, oder? Mir geht's gut.« Die Arme vor der Brust übereinandergelegt trat sie beiseite. Ihr Atem war jetzt doch etwas schwer, obwohl sie sich zu beherrschen versuchte. Als man Gary aus dem Raum zerrte, wandte sie sich ab. Sie wollte ihm nicht ins Gesicht schauen, seinen Ausdruck nicht sehen, als sie ihn fortschleppten.

5

»Zu Hause was nicht in Ordnung?« hatte Resnick gefragt. Lynn lächelte grimmig, schaltete herunter und setzte den Blinker für die nächste Abzweigung nach links. Daß was nicht in Ordnung war, sah man schon an der Art, wie ihre Mutter, die Lippen zusammengepreßt, den Tränen nahe, den Plumpudding angerührt hatte, und das drei Tage vor Weihnachten. Früher standen bereits Ende Oktober mindestens drei davon fix und fertig, dick und fett, in ihren weißen Schalen im Schrank.

»Es ist wegen Papa, Lynnie.« Mehr hatte sie nicht gesagt.

Lynn hatte ihn schließlich Trübsal blasend zwischen den Hühnerställen gefunden, eine nicht angezündete Zigarette zwischen den Lippen, in den Augen die nackte Angst.

»Was ist denn, Paps?«

Der elektrische Apparat, mit dem die Vögel vor dem Schlachten betäubt wurden, war ausgefallen, und das mitten in der Hochsaison: achtundvierzig Stunden waren beim Teufel und mehrere tausend Pfund, bevor er repariert werden konnte. Aber was für ihren Vater noch schlimmer war, bevor der Fehler entdeckt wurde, waren bereits mehrere hundert Mastkapaunen bei lebendigem Leibe abgebrüht worden, am Hals aufgeschlitzt, gerupft – um vier Uhr morgens wachte er auf, weil er sie schreien hörte, mochte es noch so unlogisch sein. »Komm schon, Paps«, hatte Lynn ihm gesagt, »jetzt kannst du auch nichts mehr tun.«

Sie hätte wissen müssen, daß das nicht alles war. Am Morgen ihrer Abreise fand sie ihn bei Tagesanbruch in der Küche, in der Hand einen Becher ausgezeichneten Tees. »Es ist wegen dem Doktor, Lynnie. Er meint, ich muß ins Krankenhaus, zu einem Spezialisten. Wegen irgendwas hier, in meinem Bauch.« Er hatte sie über die Länge des Tisches hinweg angestarrt, und Lynn war hinausgelaufen, damit er sie nicht weinen sah.

Es war nachmittags, kurz nach vier, und es begann bereits dunkel zu werden. Trotzdem konnte man noch die Schmierereien an der Wand des asiatischen Ladens lesen: *Weihnachten Bleibt Weiß – Verpißt Euch.* Die Buchstaben gut einen halben Meter groß. Lynn warf wieder einen Blick auf ihren Stadtplan und stellte sich schon mal auf einen weiteren Kreisverkehr ein.

Michelle war noch nicht lange zu Hause. Die Busse waren gerammelt voll mit Leuten, die noch einkaufen waren, dazu kamen die, deren Arbeitstag mit einem Besuch im Pub zu Ende gegangen war; vom Oberdeck ertönte gelegentlich ein Weihnachtslied, freilich meist eine primitive Parodie auf den eigentlichen Text. Ein rothaariger Mann, noch in Postbotenuniform, saß, die Beine quer über den Gang, auf seinem Sitz und führte Kartentricks vor. Als sich der Bus in den Kreisverkehr am Ende des Gregory Boulevard neigte, lehnte sich ein Geschäftsmann in grauem Nadelstreifenanzug und rotweißer Weihnachtsmütze weit über die Plattform hinaus und spuckte sein Mittagessen zwischen die Räder des herankommenden Verkehrs.

Natalie war bei all dem Geschaukel eingeschlafen, während Karl neben ihr saß, beide Hände in den Ärmeln von Michelles Mantel gekrallt, völlig fasziniert von alledem, was sich um ihn herum abspielte. Als der Briefträger sich herüberbeugte und ein glänzendes Zehnpencestück hinter Karls linkem Ohr hervorzauberte, kreischte er vor Vergnügen.

»Was ist denn mit dem passiert, das arme Lämmchen?« hatte Michelles Mutter gefragt und dabei mit dem Finger auf die schlimme Schwellung auf der Seite seines Gesichtchens gezeigt.

»Hingefallen ist er«, hatte Michelle rasch gesagt. »Weil er immer alles im Eiltempo angehen muß. Weißt ja, wie er ist.«

»Ja, ja«, hatte ihre Mutter gesagt. »Ein verrückter Kerl halt, ganz wie der Papa.«

Auf dem Weg von der Bushaltestelle sahen sie Weihnachtslichter in einigen Fenstern: kleine rote und blaue Birnchen an Plastikbäumen. Ein Nachbar rief ihr einen Gruß zu, und Michelle durchlief ein wohliger Schauer. Vielleicht war das hier ja doch nicht so schlecht. Wenn sie nur erst den Winter hinter sich hätten, dann könnte es wirklich ein Neuanfang sein.

Beim Öffnen der Haustür hatte sie nach Gary gerufen, in der Erwartung, er sei bereits wieder da; die Schlange am Wohnungsamt war wohl länger gewesen, als er gedacht hatte. Rasch wickelte sie die Kinder, verfrachtete Karl mit einem Marmeladenbrot vor den Fernseher und löffelte dem Baby Apfelreis in den Mund. Nachdem die Kleine gefüttert war, legte sie sie in ihr Bettchen, kümmerte sich um das Feuer, damit es brannte, bevor Gary nach Hause kam, und setzte sich schließlich mit einer frischen Kanne Tee vor den Fernseher, um *Nachbarn* zu sehen.

Das Klopfen an der Tür war kurz und forsch, und obwohl sie zuerst dachte, Gary hätte seinen Schlüssel verlegt, hörte es sich nicht nach ihm an.

»Michelle Paley?«

»Ja.«

»Constable Lynn Kellogg, Kriminalpolizei. Ich würde gern einen Augenblick mit Ihnen reden, wenn's möglich ist.«

Michelle registrierte den Dienstausweis, das sauber geschnittene dunkle Haar, die sichere Haltung und die Backen, die ganz rot waren im Licht aus dem Haus.

Lynn warf einen Blick an Michelle vorbei in den Raum, sah, daß eben Feuer gemacht worden war und im Fernsehen eine Zeichentrickversion von Dracula lief; der Ton war leise gestellt, und auf dem Teppich, der auch schon bessere Tage gesehen hatte, lag, die Beine hinter sich in der Luft, ein unscheinbares Kerlchen, das über die Schulter spähte.

»Sie lassen noch die ganze Kälte rein«, sagte Lynn.

Michelle trat mit einem Nicken beiseite, und nachdem sie hinter Lynn die Tür geschlossen hatte, schob sie das zurückgefaltete Stück Teppich wieder vor, damit es nicht zog.

Lynn knöpfte ihren Mantel auf, machte aber keine Anstalten, ihn auszuziehen.

»Was ist passiert?« fragte Michelle, die das Schlimmste befürchtete, mit einem flauen Gefühl im Magen. »Es ist wegen Gary, nicht wahr? Ist es Gary? Ist er in Ordnung? Sagen Sie mir, daß es ihm gutgeht.«

»Warum setzen wir uns nicht?« sagte Lynn.

Michelle geriet etwas ins Schwanken, als ihr die Beine zu versagen drohten.

»Es ist ihm nichts passiert«, sagte Lynn. «Machen Sie sich keine Sorgen. Nicht, was Sie denken.«

Michelle setzte sich schließlich, wenn auch nervös, auf das Sofa und griff nach der Lehne, um sich zu stützen. »Dann ist er also in Schwierigkeiten«, sagte sie.

»Er ist auf der Wache«, sagte Lynn. »Am Canning Circus. Man hat ihn heute nachmittag festgenommen.«

»O Gott, wieso?«

Lynn war sich des kleinen Jungen bewußt, der, an die Truhe hinter dem Fernseher gelehnt, nur noch Augen für sie hatte. «Es gab da einen Zwischenfall auf dem Wohnungsamt...«

»Einen Zwischenfall? Was ist passiert...?«

»Es hat ganz den Anschein, als hätte er das Personal dort bedroht. Handgreiflich. Dann hat er sich mit einer Beamtin in einem Büro eingeschlossen und sich geweigert, sie wieder herauszulassen.«

Michelles Gesicht hatte das bißchen Farbe verloren, das es noch gehabt hatte.

»Ich weiß noch nicht«, sagte Lynn, »ob man ihn über Nacht dabehalten wird. Möglich wäre es. Wir dachten nur, Sie sollten Bescheid wissen.«

»Kann ich ihn sehen?«

»Später. Ich gebe Ihnen eine Nummer, die Sie anrufen können.«

Oben begann das Baby zu schreien und hörte dann ebenso abrupt wieder auf.

»Hat er zugeschlagen?« fragte Michelle.

»So wie's aussieht nicht. Nicht diesmal.«

»Wie meinen Sie das?«

»Es ist doch schon vorgekommen, nicht wahr? Er ist auf Bewährung.«

»Das ist doch schon eine Ewigkeit her.«

»Ein Jahr.«

»Aber er ist jetzt ganz anders. Gary hat sich geändert.«

»Tatsächlich?«

Karl saß mit wippendem Oberkörper unter dem Fernseher; über ihm verbürgte sich ausgerechnet der Fußballmanager eines Absteigers für die Großartigkeit von britischem Gas.

«Ist das Ihr Junge?«

»Karl. Ja.«

»Was ist denn mit seinem Gesicht passiert?«

Divine bedankte sich bei der Oberschwester der Intensivstation und legte auf. Mr. Raju war aus dem Gröbsten raus, er hatte ein Beruhigungsmittel bekommen und schlief, sein Zustand war kritisch, aber stabil. Unwahrscheinlich, daß er vor morgen früh kräftig genug wäre, um was zu sagen.

»Du hast es dir also nicht anders überlegt?« sagte er, als Naylor hinter ihm vorbeikam.

»Was?«

»Daß du heute abend Debbie mitbringst.«

Naylor warf zwei Aktendeckel auf seinen Schreibtisch: Vernehmungsprotokolle zum Überfall auf den Taxifahrer. Einige tausend Worte, und noch immer keine eindeutige Identifizierung. Zwei Jugendliche in Stiefeln und Jeans, wie viele andere auch. »Warum sollte ich nicht?« sagte er.

Divines Grinsen glich einer Zote und war in etwa von der gleichen Subtilität. »Letzte Chance vor dem Fest, noch was aufzureißen.«

»Vergiß es, Mark, ja?« Naylor schlug den ersten Aktendeckel auf und begann zu lesen. Er hatte seine ganze Überredungskunst aufbringen müssen, um Debbie zum Mitkommen zu bewegen. »Du willst mich doch gar nicht dabeihaben«, hatte sie ihm gesagt, »ich wäre dir doch bloß im Weg. Allein hast du weit mehr Spaß.« Es hatte mal eine Zeit gegeben, da hätte Naylor ihr nur beipflichten können, aber damals hatte in ihrer Ehe auch nichts mehr gestimmt. Eine Gelegenheit, einen Abend mit den Jungs zu verbringen, da hätte er nicht lange gefackelt. Jetzt war das anders, er spürte es. »Na schön«, hatte er gesagt, »wenn du nicht mitwillst, bleib' ich eben daheim.« Und so kam sie denn mit.

Jetzt warf er einen Blick auf seine Uhr, dann auf die Arbeit auf seinem Tisch; am besten, er rief Debbie rasch an.

Lynn saß in Resnicks Büro und erzählte ihm von ihrem Besuch. Zuvor hatte Resnick erst mit Gary James, dann mit Nancy Phelan gesprochen, zwei Unterhaltungen in stillen, stickigen Räumen, während sich das Digitalzählwerk der Bandmaschine durch den zähen Nachmittag tickte.

Gary hatte sich abwechselnd zerknirscht und zornig gegeben, alles auf fauliges Holz geschoben, hängende Türen, die Feuchtigkeit, die im Haus die Wände hochkroch.

»Ihnen ist doch klar«, hatte ihm Resnick gesagt, »daß Ihr Verhalten Ihrem Fall nicht eben dienlich sein wird.«

»Nein?« hatte Gary gesagt. »Dann sagen Sie mir doch, was dienlich ist.«

Um eine Antwort verlegen, hatte ihn Resnick dem für den Gewahrsamstrakt zuständigen Sergeant übergeben; jetzt saß er schmollend in einer der Zellen.

Nancy Phelan blieb eisern dabei, daß Gary ihr letztlich nichts getan hätte, nicht einen Augenblick hätte sie sich wirklich bedroht gefühlt. Die Geschichte sei einfach außer Kontrolle geraten.

»Dann hat er Sie also nicht geschlagen?« hatte Resnick gefragt.

»Nein.«

»Er hat sie also nicht angerührt?« Eine Pause, dann, mit einem Griff an die Kopfhaut: »Er hat wohl mal meine Haare gepackt.«

»Und Sie hatten keine Angst?«

»Nein, aber er.«

Daran mußte Resnick denken, während er Lynn zuhörte, die ihm die Spuren auf dem Gesicht des Jungen beschrieb: die Schwellung, die ihm fast das Auge geschlossen hatte, der violett-gelbe Bluterguß, der langsam nachdunkelte.

»Sie, die Mutter, sagt also, er sei gefallen«, sagte Resnick.

Lynn nickte. »Als er zur Hintertür rausrannte. Das heißt, eigentlich war die Tür ausgehängt. Ich weiß nicht, sie und Gary waren eben dabei, sie wieder einzuhängen, als der Junge angelaufen kam. Lief schnurstracks dagegen.«

»Glaubhaft ist es aber, oder?«

»Doch.«

»Aber Sie glauben ihr nicht?«

Lynn schlug erst das eine Bein über, dann das andere. »Unter anderen Umständen, vielleicht. Aber bei diesem Gary James, bei seinen Vorstrafen...«

»Nichts, was auf Gewalt gegenüber den Kindern wiese.«

»Irgendwas muß den aufgebracht haben, bevor er zum Wohnungsamt kam. Das Warten allein war es nicht.«

»Tja...« Resnick stand auf, kam um seinen Schreibtisch herum. Durchs Glas der Tür sah er Divine telefonieren; Kevin Naylor machte sich gewissenhaft Notizen, den Füller hielt er dabei auf die für ihn so typische, scheinbar unbeholfene, Art, als beherrsche er den Umgang damit noch nicht ganz. »...am besten Sie reden mal mit dem Sozialamt.« Er warf einen Blick auf die Uhr. »Falls die heute schon zeitiger dichtgemacht haben, können Sie's ja beim Notdienst versuchen.« Wenn auch nicht mehr lange, dachte er, Gerüchten zufolge sollte der bei der nächsten Sparwelle dichtgemacht werden. Dann konnten Karl und seinesgleichen bis nach den Feiertagen warten.

An der Tür blieb Lynn stehen. »Und James, Sir? Behalten wir den da?«

Resnick verzog das Gesicht. »Weihnachten. Das möchte ich eigentlich nicht. Nicht, wenn es sich vermeiden läßt.«

»Aber wenn er ein Risiko für den Kleinen ist?«

»Ich weiß. Schicken wir jemanden vorbei und bringen ihn zum Arzt, der soll sich den Jungen genau ansehen. Bis dahin soll sich James gedulden.«

»In Ordnung.« Lynn trat mitten in Divines brüllendes Lachen und die Sirene eines Krankenwagens, der draußen vorbeifuhr, ein weiteres Opfer der Festtage auf dem Weg ins Krankenhaus. Neben ihrem Schreibtisch blieb sie stehen und wandte sich noch mal in Richtung von Resnicks offener Tür. »Ich nehme an, es hat wohl keinen Sinn, mit seinem Bewährungshelfer zu reden. Ob das vielleicht etwas Licht auf die Sache werfen könnte, was auch immer dabei rauskommen mag?«

»Versuchen können Sie's ja«, sagte Resnick. Sein Ausdruck ließ durchblicken, daß sie damit vermutlich nur ihre Zeit verschwendete. Die Beziehungen zum Amt für Bewährungshilfe waren nicht gerade auf Vertrauen gebaut; und dann war das nun wirklich nicht die günstigste Zeit.

»Ich frag' trotzdem mal nach«, sagte Lynn über die Schulter, »mal sehen, wer ihn betreut.«

»Pam Van Allen.«

Lynn sah ihn an.

»Ich habe Neil Park angerufen. Vorhin schon.«

»Aber mit ihr haben Sie nicht geredet, Sir? Mit der Van Allen?«

Resnick schüttelte den Kopf.

»Es macht Ihnen doch nichts aus, wenn ich...«

»Machen Sie nur.«

Wieder an seinem Schreibtisch, schloß Resnick einen Augenblick die Augen, sah sie von dannen ziehen, Pam Van Allen, nach einer Besprechung, die sich als Fehlschlag erwiesen hatte. Ihr silbergraues Haar glänzte im Licht. »Das macht der Druck, Charlie«, hatte Neil Park, ihr Vorgesetzter, ihm später gesagt. »Ein Mann, in höherer Position, daran gewöhnt, den Leuten zu sagen, was sie zu tun haben, und der erwartet, daß sie's auch tun. Das hat sie dir verübelt.« Resnick glaubte nicht, daß er da viel Glück hätte. Wenn Lynn mit ihr reden konnte, um so besser. Und dennoch ertappte er sich dabei, das Telefon anzustarren; irgendwie hätte er doch gern selbst angerufen.

»Sir.« Lynn klopfte an seine Tür und schob sie weit genug auf, um den Kopf durchzustecken. »Sie ist schon nach Hause gegangen. Für die Feiertage.«

»Na gut«, sagte Resnick, »warten wir eben. Mal sehen, was die vom Sozialamt zu sagen haben. Ach, übrigens, Lynn...«

»Ja?«

»Diese Geschichte bei Ihnen daheim – was immer es ist, wenn Sie drüber reden wollen...«

Zum erstenmal seit einer geraumen Weile brachte sie so was wie ein Lächeln zustande. »Danke.«

Auf der anderen Seite des Kripobüros klingelte ihr Apparat bereits wieder. Jemand summte »Stille Nacht«. Divine hat irgendwo ein Papierhütchen organisiert, rot und grün, das trug er jetzt, während er einen Eintrag vom Bildschirm las. Aus seiner Brusttasche spitzte hoffnungsvoll ein Mistelzweig.

6

»Also, wie war er?« fragte Nancys Mitbewohnerin Dana, unter dem pladdernden Rauschen der Dusche kaum zu verstehen.

»Wie war wer?«

»Na, wer schon, dein Entführer.«

Nancy streckte den Kopf aus dem Wasserfall. Durch das dicke geblümte Plastik des Duschvorhangs konnte sie Danas schwarzen Schatten auf dem Klo sitzen sehen, so gut wie nackt, beim Pinkeln. Vor einem halben Jahr, als sie zusammengezogen waren, wäre Nancy, nun ja, nicht schockiert, aber es wäre ihr doch peinlich gewesen. Und auch bei dem, was sie jetzt machte, hätte sie sich geniert: Sie stellte die Dusche ab, zog den Vorhang beiseite, trat auf den gefliesten Boden und begann sich abzufrottieren.

»Also?« sagte Dana und hob den Kopf. »War er sexy oder was?«

Nancy bedachte sie mit einem schiefen Lächeln. »Kaum.« Sein abgefressenes Haar fiel ihr ein, der saftlose Mund, die Art, wie er schwitzte, die nervöse Fahrigkeit seiner Hände, die tiefliegenden Augen. »Außerdem spielt das in solchen Situationen doch keine Rolle.«

»Nicht?« sagte Dana. Sie riß ein Stück Toilettenpapier

ab, faltete die Blätter und betupfte sich zwischen den Beinen. »Hätte ich eigentlich schon gedacht, irgendwie.«

Nancy frottierte sich kräftig das Haar. »Weil es deiner Ansicht nach immer und überall eine Rolle spielt.«

Dana lachte und spülte. »Wie war er dann?« fragte sie.

»Ein Junge. Ein Kind.«

»Na und?« Übertrieben zog Dana eine Braue hoch und lachte wieder.

Als Nancy einmal unerwartet nach Hause gekommen war und ihre Mitbewohnerin beim Nahkampf mit einem Siebzehnjährigen auf dem Wohnzimmerteppich überrascht hatte, war das für sie in mehr als einer Hinsicht eine Offenbarung gewesen. »Er ist seinem Alter weit voraus«, hatte Dana erklärt. »Er hat schon in zwei Fächern Studienreife. Arbeitet hart an seiner Aufnahme in Cambridge.«

»Das hab' ich gemerkt«, hatte Nancy gesagt. Ihr waren die Kratzer auf dem Rücken des Jungen aufgefallen, bevor er sich das Simple-Minds-T-Shirt über den Kopf gestreift hatte.

»Hab' ich dir eigentlich schon erzählt«, sagte Nancy jetzt, »daß wir, dieser Gary und ich, auf derselben Schule gewesen sind?«

»Nein, echt?«

»Ja, er war zwei Klassen unter mir.«

»Und er heißt Gary?«

»Mhm.«

»Und du erinnerst dich noch an ihn?« Dana stand halb auf Zehenspitzen vor dem Spiegel und untersuchte ihre Brüste.

»Überhaupt nicht.«

«Dann hat er sich also an dich erinnert.«

Nancy wickelte sich das erste Handtuch um den Kopf und griff nach einem zweiten. »Ich ging damals mit einem Jungen, der mit seinem großen Bruder befreundet war.«

»Siehst du, paßt doch alles zusammen. Gary, der dich

aus der Ferne anhimmelt, und du hast ihn noch nicht mal bemerkt. Der Stoff, aus dem die Sexträume pickliger Teenager sind.«

Lachend schnitt Nancy eine Grimasse und tat, als müsse sie sich in die Kloschüssel übergeben.

»Meinst du, das ist ein Knoten? Hier, kuck mal?«

Ernst starrte Nancy die linke Brust ihrer Freundin an.

»Ich weiß nicht. Ich seh' nichts...«

»Fühl doch mal.«

Nancy streckte die Hand aus, und Dana nahm sie und führte sie an die richtige Stelle.

»Und?«

Nancy drückte mit den Fingerspitzen gegen das Fleisch und machte kreisende Bewegungen; es war was da, ein winziger Muskel vielleicht, aber kein Knoten. »Nein«, sagte sie, »ich denke, das ist in Ordnung. Du brauchst dir nicht die geringsten Sorgen zu machen.«

»Natürlich nicht.« Dana lächelte. Eine andere Freundin von ihr war für Anfang nächsten Jahres im Krankenhaus angemeldet – Brustamputation. Mit fünfunddreißig.

»Kann ich deinen Fön haben?« fragte Nancy. »Meiner ist im Eimer.« Und dann, in der Tür: »Die Party heute abend, da brauchen wir uns doch nicht zu sehr zu stylen, oder?«

Diesmal war Danas Lächeln echt. »Nur bis an die Zähne.«

Vielleicht, so dachte Nancy auf dem Weg ins Schlafzimmer, hätte es ja was geholfen, wenn der Nachmittag wirklich der Alptraum gewesen wäre, der er nicht war. Womöglich hätte mir das einen Stups gegeben und endlich diese verdammte Periode in Gang gebracht.

Martin Wrigglesworth teilte seine Arbeitstage längst nicht mehr in gut oder schlecht ein, sondern nur mehr in Nuancen von letzterem – schlecht, weniger schlecht, schlechter, zum Kotzen. Seine solide klassische Schulbildung lag so gut wie brach. Es gab Tage, da dachte er, wann immer sein schrottreifer alter R5 an der Ampel in der Noel Street den Geist aufgab, daß ganz Forest Fields zum Sozialfall erklärt werden müßte. Was heißt Forest Fields? Hyron Green. Radford. Die ganze Pastete. Alles über sechzig ins Seniorenheim, Kinder unter elf in die Hände dankbarer Pflegeeltern, und zwischen zwölf und siebzehn gehörte sowieso alles in Jugendhaft. Für alles, was dann noch übrig war, sollte man einen Arbeitsdienst einrichten, damit sie sich ihre Stütze verdienten. Sollten sie tagsüber was Nützliches tun – zum Beispiel das Gras im Park hier mit der Nagelschere schneiden. Das waren die Gedanken, die Martin so über die besseren Tage halfen.

An den Wochenenden, zu Hause in Nuthall, wenn er das Bad strich, seine Kinder vom Schwimmen abholte oder seiner Frau die Wäsche abnehmen half, versuchte er sich an den exakten Augenblick zu erinnern, an das Gefühl, das ihn einen so soliden und ehrbaren Beruf wie den des Sozialarbeiters hatte ergreifen lassen.

Aber was, so dachte er, als er in eine weitere enge Straße in einem weiteren Labyrinth enger Straßen bog, konnte er tun? Welche ehrbare Richtung ließe sich einschlagen? Brutus hätte sich selbstverständlich sofort in sein Schwert gestürzt, ehrbarer Mann, der er war, aber die Hypothek auf sein Haus, die Pension und der Traum seiner schlaflosen Nächte – ein verfallenes Bauernhaus in Südfrankreich zu renovieren – hatten Martin sein Schwert bisher nicht anrühren lassen.

»Martin«, sagte seine Frau immer wieder mal müde und sah von den zu korrigierenden Arbeiten auf, »warum reichst du nicht einfach die Kündigung ein, wenn es dir so sehr zu schaffen macht? Nimm deinen Abschied. Du findest schon was.« Bei drei Millionen Arbeitslosen! Er wußte nur zu gut, was er finden würde. Statt zu kündigen, resignierte er.

Nummer 37, sagte er sich, und warf noch mal einen Blick auf die hastig hingekritzelte Notiz auf dem Sitz neben ihm. Eine Reihe zweigeschossiger Häuser mit flachen

Fassaden, deren Wohnzimmer auf die Straße hinausführten. Er schloß den Wagen ab und überquerte den schmalen Gehsteig mit dem unebenen Pflaster in Richtung der abblätternden Tür. Ein Hinweis einer Polizistin kurz vor Dienstschluß, sie mache sich Sorgen um die Sicherheit eines Kindes; Gott allein wußte, was er auf der anderen Seite finden würde. Es war noch gar nicht so lange her, da hatte eine junge Mutter den Penis ihres Zweijährigen in heißen Tee getunkt und den Kleinen in eine Wäscheschleuder gesteckt.

»Hallo«, sagte er, als Michelle die Haustür aufmachte. »Miss Paley? Martin Wrigglesworth, Sozialamt...« Er zeigte ihr seinen Ausweis. »...Ich habe schon angerufen, wegen Ihrem Sohn Karl. Ich frage mich, ob wir uns wohl drinnen unterhalten könnten?«

»Wie seh' ich aus?«

Nancy stand in der Tür zu Danas Zimmer: silberner Häkelpulli, kurzer schwarzer Rock, silbergraue Strumpfhose mit erhabenen silbernen Punkten und knöchelhohe Stiefeletten mit spitzen Absätzen. Als Dana sie Mitte November gefragt hatte, ob sie nicht Lust hätte, auf ihr Betriebsweihnachtsfest mitzukommen, schien ihr das eine prima Idee. »Toll«, begeisterte sich Dana. «Siehst toll aus.«

»Ich komme mir drei Meter groß vor.«

»Besser als zwei breit wie ich.« Dana sah aus, als wäre sie kopfüber in ihre Garderobe gesprungen und in leuchtende Gelb-, Lila- und Grüntöne gehüllt wieder aufgetaucht. Nancy dachte an einen Wellensittich mit Dekolleté.

»Nein, im Ernst, ich komme mir blöd vor.«

»Du siehst wunderbar aus. Die Typen dort brauchen dich nur einmal anzusehen...«

»Genau das macht mir ja Sorgen.«

»...und schon werden sie sich auf die Zehen treten, um mit dir zu tanzen.«

Nancy betrachtete sich in Danas Ganzfigurspiegel. »Ich sehe aus, als wollte ich für die Hauptrolle aus *Aladin* vorsprechen.«

»Na und? Die Rolle ist dir sicher.«

Nancy durchquerte das Zimmer, versuchte klein auszusehen. Zwei, drei von Danas Kollegen kannte sie schon, Architekten und dergleichen, schienen gar nicht so übel zu sein. Jedenfalls interessanter als die Leute bei ihr. «Vielleicht ist das doch keine so gute Idee«, sagte sie. »Vielleicht sollte ich gar nicht gehen. Es sind deine Freunde, du arbeitest mit ihnen, ich kenne ja kaum jemanden.«

»Du bist meine Freundin. Und außerdem habe ich ihnen von dir erzählt...« Nancy legte eine Hand über die Augen. »...und noch was: Für deine Karte gibt's das Geld nicht zurück.«

»Na schön«, sagte Nancy, »du hast mich überredet. Ich komme mit.«

Dana nahm ihre Uhr von der Kommode und hielt sie sich vor die Augen. »Das Taxi ist in zwanzig Minuten hier.«

»Ich dachte, wir müßten nicht vor acht dort sein?«

»Wir trinken zuerst noch was bei Sarah Brown.«

»Ist es dort nicht furchtbar voll?«

»Um so besser. Bißchen Tuchfühlung mit den Reichen und fast Berühmten.«

»Trotzdem«, sagte Martin Wrigglesworth zu Michelle. »Ich meine, nur um sicherzugehen, wäre mir wirklich lieber, ihn rasch zum Doktor zu bringen, damit ihn sich jemand richtig ansehen kann.« Er quälte sich ein Lächeln ab. »Sicher ist sicher.«

»Sie meinen doch nicht etwa jetzt sofort?« sagte Michelle. »Sie wollen jetzt mit ihm zum Arzt?«

»Ja«, sagte Martin und klemmte seinen Kuli in die Brusttasche. »Jetzt.«

Das Taxi kam fast eine Viertelstunde zu früh, und der Fahrer wollte ihnen die Wartezeit berechnen, aber den Zahn hatte Dana ihm rasch gezogen. Nancy hatte ihren schwarzen Rock gegen eine weite schwarze Hose getauscht, dann aber doch wieder den Rock angezogen. Sie hatte sich einen von Danas Mänteln geborgt, einen aus leuchtendroter Wolle, eine Augenweide für jeden Stier.

»Hast du deine Karte?«

Nancy tätschelte die Paillettentasche in ihrem Schoß.

»Kondome?« Dana lachte.

Nancy streckte ihr die Zunge raus. »So ein Abend wird das ja wohl nicht werden.«

Dana lehnte sich in die Ecke des Taxis und lächelte. »Kann man nie wissen.«

Das war Nancy sehr wohl bewußt; sie hatte, allzeit bereit, drei Stück in der Tasche.

Das Taxi schoß aus dem Park in den Verkehr auf der Derby Road. Sie näherten sich dem Canning Circus, als Nancy sich plötzlich vorbeugte und den Fahrer zu halten bat.

»Was ist?« fragte Dana. »Was hast du vergessen?«

»Nichts.« Nancy öffnete die Tür auf der Beifahrerseite. »Ich schau' nur mal rasch auf der Wache vorbei, das ist alles.«

»Wozu das denn?«

»Ist doch egal. Fahr du nur weiter. Ich treffe dich dann am Hotel. Ich komm' gleich danach hin. Tschüs.«

Nancy stieß die Tür wieder zu und stand einen Augenblick da, um dem Taxi nachzusehen – Danas Gesicht hinter der Scheibe erwiderte ihren Blick völlig verdutzt.

Der Beamte von Dienst, der in Resnicks Büro anrief, um ihm zu sagen, daß er Besuch hatte, konnte sich den süffisanten Ton nicht ganz verkneifen. Erst als Nancy Phelan durch die Tür des verlassenen Kripobüros trat, verstand Resnick, warum.

»Inspector…«

»Ja?«

»Ich war heute schon mal hier…«

»Ich weiß.« Resnick lächelte. »Wenn auch in einem anderen Aufzug.« Nancy bedachte ihn mit dem Anflug eines Lächelns. Sie hatte auf dem Weg nach oben den geborgten roten Mantel aufgeknöpft, der ihr jetzt lose von den Schultern hing. »Heiligabend, Sie wissen ja, wie das ist. Die ganze Stadt ist am Feiern.«

Während Kevin Naylor die Stellung gehalten hatte, war Resnick rasch nach Hause gefahren, um die Katzen zu füttern, seinen besten Anzug aufzubürsten, ein weißes Hemd zu bügeln, seine Schuhe aufzupolieren, die getrocknete Kräutersoße von seiner Krawatte zu kratzen. Der einzige Abend im Jahr, an dem er etwas herzumachen versuchte. »Ich hab' mich selbst umgezogen«, sagte er freundlich.

»Tut mir leid«, sagte Nancy, »hab' ich gar nicht gemerkt.«

»Tja, dann… worum geht's denn?«

»Wegen heute nachmittag…«

»Ja?«

»Wie gesagt, es ist eigentlich gar nichts passiert, mir jedenfalls nicht. Ich meine, es war nicht gerade ein traumatisches Erlebnis oder so…«

»Aber es will Ihnen trotzdem nicht aus dem Kopf.«

»Tatsächlich?«

Resnick zuckte mit den breiten Schultern. »Sie sind hier.«

»Ja, aber nicht meinetwegen. Wegen ihm.«

»Ihm?«

»James. Gary James.«

»Was ist mit ihm?«

Nancy trat von einem Bein aufs andere. »Ich weiß nicht so recht. Ich nehme an… Ich dachte mir nur, ich meine, mir kam der Gedanke, als ich hier vorbeifuhr, mit dem Taxi… Ich möchte nicht, daß er hier eingesperrt ist, daß er meinetwegen Weihnachten in einer Zelle verbringt.«

Der Sozialarbeiter hatte sich mit Lynn Kellogg in Verbindung gesetzt, nachdem der Doktor Karl untersucht hatte: Seine Verletzungen stünden durchaus im Einklang mit der Erklärung seiner Mutter – daß er kopfvoran gegen eine schwere Tür gelaufen sei. Das Sozialamt würde eine Akte anlegen, und falls noch mal Grund zur Sorge bestand... Gary James jedenfalls hatte man vor gut einer halben Stunde wieder nach Hause geschickt, mit einer Verwarnung in bezug auf sein künftiges Verhalten; außerdem hatte man ihm zu verstehen gegeben, daß durchaus die Möglichkeit einer Anzeige bestand.

»Sie brauchen sich keine Sorgen zu machen«, sagte Resnick. »Wir haben ihn gehen lassen.«

Nancys Lächeln war eine Augenweide. »Und das wär's dann?«

»Nicht unbedingt.«

»Aber...«

»Es gibt da noch andere Probleme.« Resnick ging zur Tür, und sie folgte ihm; der abgetretene Teppich dämpfte das Klappern ihrer Absätze.

»Dann brauchen Sie mich wohl nicht mehr? Als Zeugin vor Gericht oder so?«

»Ich glaube nicht. Ist eher unwahrscheinlich.«

In der Tür schien sie ihm irgendwie größer, ihr Gesicht war nur eine Spanne von seinem entfernt.

»Na ja, dann frohe Weihnachten, denk' ich«, sagte Nancy, und einen absurden Augenblick lang dachte Resnick schon, sie würde die Distanz zwischen ihnen mit einem Kuß überbrücken.

»Frohe Weihnachten«, sagte Resnick, als sie schon im Korridor war. »Und viel Spaß heute abend.«

Vor der Treppe hob Nancy die Hand und winkte. »Ihnen auch«, sagte sie.

Resnick wandte sich wieder dem Büro zu und machte sich daran, die Lichter zu löschen.

7

Es lief folgendermaßen: Große Gruppen bekamen einen eigenen Saal, kleinere hielt man dazu an, sich einen zu teilen. Wie auch immer, die Ausstattung war die gleiche: lange Tischreihen zu beiden Seiten der Tanzfläche in der Mitte und ein Discjockey im cremefarbenen Anzug, der darauf eingestellt war, Elvis Presleys »Blue Christmas« zwischen Abba und Rolf Harns Massaker an »Stairway to Heaven« zu schmuggeln. Eine effiziente Kellnerriege schleppte Platten und Schüsseln heran: Suppe, Eiermayonnaise, auf eine blaue Eintrittskarte gab's Truthahn, auf eine rosafarbene Lachs; den Obstsalat gab es mit Sahne oder ohne. Zwei Flaschen Wein für acht Leute, eine rot, eine weiß; alle weiteren Getränke holte man sich an der Kellerbar. Wenn es zu eng wurde, hatte man immer noch die Möglichkeit, über den Hof in den Hauptteil des Hotels auszuweichen, an der Rezeption und den breiten Clubsesseln vorbei, in die Bar im Foyer.

»Also dann!« kreischte der Discjockey viel zu schrill in das letzte Kratzen des Bestecks und die aufbrandende Unterhaltung. »Wer schwingt das Tanzbein als erster?«

»Was meinst du, Charlie«, bellte Reg Cossall Resnick ins Ohr. »Verdrücken wir uns und nehmen ordentlich einen zur Brust?«

»Später vielleicht, Reg. Später.«

Cossall schob sich das Haar zurück und kam auf die Beine. »Ich bin 'ne Weile auf der andren Seite, falls du's dir noch überlegst. Später dann schau' ich wahrscheinlich mal runter ins Blue Bell.«

Vor langer Zeit hatten Resnick und Cossall zu oft bis zur Sperrstunde die Bars unsicher gemacht, als daß er den Kater am nächsten Morgen vergessen hätte. Er würde noch eine halbe Stunde oder so bleiben, lange genug, um nicht als Spielverderber dazustehen, und sich dann verdrücken, die Leute ihrer Feier überlassen. Er sah, daß Divine bereits auf Touren kam: Er versuchte zwei Tische weiter eine der neuen Kolleginnen auf die Tanzfläche zu bringen, bot ihr an, an ihrem Knallbonbon zu ziehen.

»Lassen wir's doch mal krachen!« rief der DJ und drehte Slade auf, daß die Dezibel nur so von der Decke prallten.

Jack Skelton trug einen Smoking und eine mitternachtsblaue Fliege dazu; er lehnte etwas abseits an der Wand, in ein Gespräch mit Helen Siddons, die vor kurzem Chief Inspector geworden war, vertieft. Freilich war für sie die Stadt nur das Sprungbrett auf ihrem raschen Weg nach oben. Sie gaben ein elegantes Paar ab, so wie sie dastanden, die Siddons in einem knöchellangen hellgrünen Kleid.

Von seinem Platz aus sah sich Resnick um, in der Sorge, Skeltons Frau könnte sich irgendwo allein langweilen. Was er sah, waren Kevin Naylor und seine Frau Debbie, die einander lächelnd ansahen und Händchen hielten. Die zweiten Flitterwochen, dachte Resnick, und das keine Minute zu früh. Wie so viele Polizistenehen schien sich auch diese bis vor kurzem vor seinen Augen auflösen zu wollen. Es war mehr als ein Zeichen der Zeit; selbst als Familien noch stabiler zu sein schienen und auf Beziehungen nicht von vornherein das Haltbarkeitsdatum stand, war die Scheidungsrate bei Polizisten besonders hoch. Wie oft hatte Reg Cossall der ganzen Belegschaft Zigarren spendiert, seinen Namen ins Buch des Standesbeamten eingetragen? Zweimal? Dreimal? Und es hieß, daß er mal wieder soweit sei. Resnick lehnte sich zurück. Entweder man war wie Reg, oder man versuchte es mal und schloß, wenn es vorbei war, ab und verlegte den Schlüssel.

Wie ist das denn bei dir, Charlie?

Dann sah er Skeltons Frau Alice drei Reihen weiter, den Kopf nach hinten gelegt, während sie ihr Weinglas leerte; sie füllte sofort nach, klopfte eine Zigarette aus der Packung vor ihr, holte ein kleines goldenes Feuerzeug aus ihrer Handtasche und neigte den Kopf wieder zurück, als sie eine Rauchwolke von sich blies, die ihre Augen verschleierte.

»Alice?« Er stand neben ihr und wartete darauf, daß sie sich umdrehte.

»Charlie. Na so was... wie nett. Privat oder dienstlich?«

Resnick zuckte mit den Achseln, ihm war plötzlich nicht mehr so ganz wohl in seiner Haut. »Ich habe Sie gesehen...«

»Ganz allein. Eine Maid in Not. Ein blasses Mauerblümchen.«

Von der Tanzfläche kam ein Schrei, ein Versuch, Michael Jackson zu imitieren, mißglückte, der Betreffende schien sich Arme und Beine ausrenken zu wollen.

»Um Himmels willen, nun setzen Sie sich schon, Charlie. Sie stehen ja da wie ein zweiter Schwanz in der Hochzeitsnacht.«

Resnick nahm den Stuhl neben ihr und rechnete nach, wieviel sie wohl intus hatte, wie viele Stunden vor der Fahrt hierher sie schon angefangen hatte. Bei keiner der seltenen Gelegenheiten, in denen er ihr in den letzten zehn Jahren privat begegnet war, hatte sie je die Stimme erhoben oder war ordinär geworden.

»Er hat sie rübergeschickt, nicht wahr, Charlie?«

Resnick schüttelte den Kopf.

»Um ein Auge auf mich zu haben. Bißchen mit mir zu reden. Tu mir die Liebe, Charlie, sieh zu, daß sie sich amüsiert. Dreh doch 'ne Runde mit ihr auf dem Tanzboden, ja?«

»Alice, ich weiß nicht –«

Ihre Hand, nicht die mit dem Glas, legte sich auf sein Knie. »Kommen Sie schon, Charlie, spielen Sie hier nicht den Naiven. Wir wissen doch, wie das ist, ihr Jungs haltet doch immer zusammen, egal wie alt ihr seid. Haltet euch gegenseitig die Stange.« Sie trank und tauschte das Glas gegen ihre Zigarette. »Darauf läuft's doch hinaus, Charlie. Letzten Endes. Daß man sich die Stange hält.«

Rauch trieb an Resnick vorbei. Am Rande seines Gesichtsfeldes sah er Jack Skelton, lässig an die Wand ganz hinten gelehnt, Helen Siddons ihm zugewandt; sie unterhielten sich, die Köpfe zusammengesteckt. Während Resnick zusah, bewegte sich Skeltons Hand an seine Jackentasche und streifte Helens nackten Arm dabei.

»Trinken Sie denn nichts, Charlie?« Alice Skelton hielt ihm die Flasche hin.

Resnick nickte in Richtung seines alten Platzes. «Ich hab' was drüben.«

»Auch noch abstinent. Abstinent und loyal. Kein Wunder, daß Jack so scharf darauf ist, Sie auf Ihrem Posten zu halten.« Sie leerte die Flasche in ihr eigenes Glas, kaum mehr als den Bodensatz.

»Ich hole eine andere...«

Ihre Hand hatte sein Bein losgelassen, aber jetzt, wo er Anstalten machte aufzustehen, war sie wieder da. Resnick begann ein klein wenig zu schwitzen; der eine oder andere beobachtete Skelton mit der Siddons – wie viele behielten wohl ihn und Skeltons Frau im Auge? Wie viele versuchten zwei und zwei zusammenzuzählen?

»Alice...«

»Sie sollten eines klar sehen, Charlie, die besorgt es nicht nur ihm, die legt auch Sie aufs Kreuz.«

»Alice, tut mir leid...« Er war aufgestanden, aber sie hielt ihn nach wie vor fest, die Finger hinter seinem Knie. Auf der anderen Seite des Tisches drückte sich Divine vorbei, eine lachende EDV-Kraft am Arm; als er Resnicks Blick erhaschte, zwinkerte er ihm zu.

»Was brauchen Sie noch, Charlie?« Er mußte sich ihr zubeugen, um sie bei all dem Lärm zu verstehen; er wollte nicht, daß sie noch lauter wurde und alles hinausschrie. »Beweise nach allen Regeln der Kunst, Charlie? Wie viele wollen Sie? Wollen Sie die beiden in *Ihrem* Bett erwischen?«

»Tut mir leid, Alice, ich muß los.«

Er stemmte ihre Hand von seiner Kniekehle und schob

sich zwischen Rücken und Stühlen, Gelächter, lauschigen Schwüren und gedankenlosem Verrat aus dem Saal.

Lynn Kellogg trug ein trägerloses Kleid, königsblau, und hatte irgend etwas mit ihrem Haar gemacht, was Resnick bisher nie aufgefallen war. Der Mann im Abendanzug zwischen ihnen an der übervölkerten Bar war sichtlich beeindruckt. »Die gehen auf meine Rechnung.« Lächelnd, eine Zwanzigpfundnote in seiner Hand. »Nein, danke. Ich mach' das schon«, sagte Lynn und wandte sich ab. »Später vielleicht?« »Was?« »Ich lade Sie später noch zu etwas ein.« Sie schüttelte den Kopf und schob sich durch die Menge.

Resnick sah sie zu Maureen Madden hinübergehen, Maureen in einem dunklen Frack und Jeans; sie sah eher nach einer Country-Sängerin aus als wie ein Sergeant, der für die Notzucht zuständig war. Reg Cossall rief ihm vom anderen Ende der Bar etwas zu und winkte mit einem leeren Glas.

»Noch 'n Glas für den da, was immer er trinkt«, sagte Resnick dem Barmann im weißen Frack, »und dazu einen doppelten Bell's. Für mich eine Flasche tschechisches Budweiser, wenn Sie welches haben.«

Er hatte. Resnick drängte sich durch und lauschte eine Weile Cossalls sachkundigem Vortrag über die Arbeitslosenrate, jugendliche Straftäter, überteuertes Importbier, Brian Clough und die gesellschaftlichen Vorzüge der Kastration. Ein halbes Dutzend junger Beamten stand herum, trank mäßig, aber regelmäßig und sog dabei seine Weisheiten auf. Resnick erinnerte sich noch gut daran, wie er und Cossall so gewesen waren, eifrig darauf bedacht, die älteren und überlegeneren Kollegen nachzuäffen; damals, als man noch einsdreiundachtzig sein mußte, um Polizist zu werden, und man in einem Pub entweder Bass oder Worthington, selbstverständlich vom Faß, bekam, oder man ging nicht mehr hin. Zwanzig Jahre war das jetzt her.

Als er genug gehört hatte, ließ Resnick sie stehen und gesellte sich zu Lynn Kellogg und Maureen Madden, die jetzt auf der Treppe neben dem Eingang in den Salon saßen.

»Da haben Sie ja eine Eroberung gemacht«, sagte Resnick zu Lynn mit einem Nicken in Richtung Bar.

»Oh, der hat wohl was getrunken. Sie wissen ja, wie das ist.«

»Kannst du das nicht mal lassen?« sagte Maureen.

»Was?«

»Dich ständig runterzumachen. Anzunehmen, daß ein Kerl besoffen sein muß, bevor er was von dir will.«

»Stimmt doch für gewöhnlich auch.«

»Finden Sie nicht, daß sie toll aussieht?« fragte Maureen Resnick und verdrehte dabei den Hals, um ihn anzusehen.

»Ausgesprochen hübsch«, sagte Resnick.

Lynn spürte, daß sie rot anlief. »Waren Sie schon tanzen?« fragte sie ihn, um ihre Verlegenheit zu überspielen.

Resnick schüttelte den Kopf.

»Er wartet nur auf dich«, hänselte sie Maureen.

»Mehr darauf, daß die etwas leiser machen«, sagte Resnick, »und einen Walzer auflegen.«

»Das stimmt aber jetzt auch wieder nicht«, sagte Lynn. »In meinem ersten Jahr haben Sie eine Sohle aufs Parkett gelegt, bis dem Rest die Puste ausging. Zu ›Be-bop-a-lula‹ und so 'nem Zeug.«

Wider Willen mußte Resnick lächeln: Die Vorstellung von Gene Vincent in schwarzem Leder mit Grasröckchen und Hawaiigitarre, das hatte doch was.

»Tja«, verkündete Maureen und stellte ihr leeres Glas auf den Boden. »Ich bin in Stimmung. Was meinst du, Lynn? Machst du mit? Bevor dich dein Verehrer da drüben auffordert.«

Der Mann im Abendanzug saß in einem der Sessel im Salon, ein Glas in der Hand, und starrte unverhohlen herüber.

»Na, dann kommt«, sagte Lynn und stand auf. «Nichts wie raus hier.« Maureen war bereits unterwegs. »Kommen Sie mit?« fragte Lynn.

»Gehen Sie schon mal voraus«, sagte Resnick.

Mit einem letzten Blick folgte Lynn Maureen Madden zum Ausgang.

»Als sähe man sie aus dem Nest fliegen, was Charlie?« sagte Reg Cossall an Resnicks Schulter.

»Wie meinst du das?«

»Du weißt schon, die Jungen, die Küken...«

»Sie ist wohl kaum noch ein Kind, Reg.«

»Ist doch egal.«

»Sie ist alt genug, um –«

Cossalls Finger krallten sich in Resnicks Schulter. »Herrgott, du nimmst doch sonst nicht alles so verflucht wörtlich, Charlie. Nur wenn's dir grade paßt.« Cossall bedachte Resnick mit seinem besten Philosophenblick. »Kinder. Familien. Kriegen wir sie nicht auf die eine Weise, dann eben auf die andere. Es ist schon ein verdammter Jammer.«

Er steckte sich eine kleine Zigarre an und hielt sie in der Innenseite der Hand. »Ich nehme an, du hast keine Lust, noch um die Häuser zu ziehen, was?«

»Ich glaube nicht.«

»Wie du meinst. Machst ja verdammt noch mal eh immer, was du willst.«

Resnick wandte sich der Bar zu und wartete auf eine Gelegenheit, sich ein letztes Bier zu bestellen.

Im Friar Tuck Room ging es im heißen Rhythmus dem Höhepunkt zu. Whitney Houston, Rod Stewart, Chris der Burgh, The Drifters – eine Menge Hände lagen auf glänzenden Hintern, die nicht zum selben Körper gehörten. Divine, der die Krawatte abgelegt und das Hemd aufgeknöpft hatte, brachte einen Limbo zu «Twist and Shout«, das Hindernis, unter dem er durchrutschte, war eine Leine aus zusammengeknüpften BHs. Skelton und Helen

Siddons an der Wand schienen sich kaum bewegt zu haben, noch immer die Köpfe zusammengesteckt, in dieselbe eindringliche Unterhaltung vertieft; Helen war ein Träger von der Schulter gerutscht. Lynn und Maureen Madden tanzten mit einer Gruppe anderer Frauen, lachten, klatschten in die Hände dabei. Ohne auf das Tempo zu achten, tanzten Naylor und Debbie Wange an Wange, fast auf der Stelle. Alice Skelton konnte Resnick nirgendwo sehen, und er war dankbar dafür.

»Noch fünf Minuten bis Weihnachten«, verkündete der Discjockey. »Ich möchte alle hier in einem großen Kreis sehen. Nehmt euch bei der Hand.«

Resnick schlüpfte zur Tür hinaus.

»Inspector?«

Er blickte auf und sah lange Beine, eine paillettenbesetzte silberne Tasche, ein Lächeln.

»Wußte gar nicht, daß Sie auch hier feiern«, sagte Nancy Phelan.

Resnick setzte ein kleines Lächeln auf. »Sieht fast so aus.«

»Wie finden Sie's denn?« fragte Nancy. Resnick sah, daß sie im Hof ein Wagen erwartete. »Amüsieren Sie sich?«

»Es geht, nehme ich an.«

»Tja...« Lächelnd drehte sie die Hände nach außen. »Dann noch mal frohe Weihnachten. Und ein gutes neues Jahr.«

»Ein gutes neues Jahr«, sagte Resnick wie ein Echo, während Nancy aus seinem Gesichtsfeld verschwand. Die Hände in den Taschen, wandte er sich nach links und ging über das Kopfsteinpflaster des Hofs hinaus auf die Straße.

8

Resnick hatte sich zu Weihnachten *The Complete Billie Holiday on Verve* gekauft, dazu eine Neuausgabe von Dizzy Gillespie's Autobiographie und den *Penguin Guide to Jazz on CD, LP and Cassette.* Jetzt fehlte ihm nur noch ein CD-Spieler.

Aber was hätte er machen sollen, als er vor gar nicht so langer Zeit vom Canning Circus Richtung Stadt geschlendert war, strahlender Sonnenschein, über sich einen jener glasklaren blauen Winterhimmel, und dann der Blick ins Schaufenster von Arcade Records. Zwischen Eric Clapton und Elton John hatte er sie entdeckt, eine schwarze Box mit einem winzigen Foto von Billie; zehn CDs und ein 220seitiges Booklet, siebenhundert Minuten Musik, eine limitierte und numerierte Edition, nur sechzehntausend Exemplare weltweit.

Weltweit, hatte Resnick gedacht – nur sechzehntausend weltweit. Das schien ihm nicht viel. Und da hatte er ein Exemplar vor sich, das ihn anlachte – und ein Sonderangebot obendrein. Er hatte sein Scheckheft dabei, aber keine Karte. »Schon gut«, hatte der Ladeninhaber gesagt. »Ich denke, Ihnen können wir trauen.«

Resnick hatte den größten Teil des Vormittags – zwischen der Zubereitung der Ente, Kartoffelschälen und Saubermachen im Bad – damit verbracht, sie zu bewundern. Sie in der Hand zu halten. *Billie Holiday on Verve.* In dem Booklet war ein Foto von ihr von: New York, 1956 – eine Frau, nicht mehr die jüngste, keine Spur von Glamour, eine Hand in die Hüfte gestemmt, nicht eben geduldig, eine Frau bei der Arbeit, *nun macht schon, sehen wir zu, daß wir fertig werden.* Er macht die Augen zu und stellt sie sich bei »Cheek to Cheek« vor, mit Ben Webster – war das nicht sechsundfünfzig? »Do Nothing Till You Hear From Me«. »We'll Be Together Again«. Die Nummer auf seiner Box, auf die Rückseite gestempelt, lautete 10691.

Ist um so vieles leichter, immer wieder in dem Heftchen zu blättern, die Platten aus ihren braunen Papphüllen zu nehmen, die Reproduktionen der Originalcovers zu bewundern, die in einer speziellen Hülle untergebracht waren, leichter jedenfalls, als die paar Schritte an den Kamin zu tun und die Karte vom Sims zu nehmen, die dort in einem Umschlag auf ihn wartete. Der Stempel war verschmiert, Devon jedoch eine Möglichkeit; unverkennbar die fahrige Handschrift seiner geschiedenen Frau.

Die Ente war ein Gedicht, würzig, bestimmt nicht mager, aber auch nicht zu fett. Dizzy jedenfalls war ganz seiner Meinung; noch bevor Resnick es bemerkt hatte, sprang er mit einem Satz auf den Tisch und ließ sich seinen Zehnten an der Brust schmecken; nur allzu gern ließ er sich schließlich, einen Flügel zwischen den Zähnen, in den Garten verjagen.

Resnick schnitt das Fleisch rund um die Stellen, die die schwarze Katze angebissen hatte, ab und verteilte es unter den anderen: Miles, sofort auf den Hinterbeinen, Bud, den Kopf gegen seinen Knöchel gedrückt, Pepper saß geduldig vor seinem Napf.

Neben denen, die er mit dem Vogel in die Röhre gab, setzte Resnick noch extra Kartoffeln auf, die er mit einer schwedischen Rübe zerstampfte, mit Paprikapulver bestäubte und mit Sauerrahm übergoß. Den Rosenkohl hatte er in kochendem Wasser blanchiert, bevor er ihn mit kleingeschnittenen Salamischeiben in die Bratpfanne gab. Die polnische Wurst hatte er in Bier gedünstet, bis sie aufgequollen und fertig war.

Kurz nachdem er sich eine zweite Portion zusammengeschaufelt hatte, rief Marian Witczak an. »Charles, wie geht es dir? Ich wollte dir schon den ganzen Tag ein frohes Fest wünschen, aber ich weiß auch nicht, ständig kam etwas dazwischen.«

Resnick stellte sie sich vor, wie sie, allein in ihrem Haus auf der anderen Seite der Stadt, zwischen extravaganten viktorianischen Möbeln Weihnachtstoasts auf längst verstorbene polnische Helden ausbrachte, der blasse Sherry in empfindlichen Kristallgläsern; womöglich setzte sie sich ans Klavier, spielte etwas Chopin, bevor sie die Memoiren irgendeines Generals oder einen alten Fotoband vom Regal holte.

»Also, Charles, jetzt mußt du mir aber sagen, wie dir meine Geschenke gefallen haben.«

Die lagen nach wie vor auf der Truhe im Flur, sauber verpackt in schneeweißem Papier, das rote Band zu einer Schleife gebunden.

»Tut mir leid, Marian, danke schön. Vielen Dank.«

»Sie gefallen dir wirklich?«

»Natürlich.«

»Wenn du wüßtest, wieviel Zeit ich gebraucht habe, mich zu entscheiden. Na ja, ich dachte mir, du wärst vielleicht überrascht. Aber die Farben, das Muster, es sollte genau das Richtige sein.«

Socken? dachte Resnick. Eine Krawatte?

»Trotzdem, ich habe den Bon aufbewahrt. Für den Fall, daß du sie zurückgeben und umtauschen möchtest...«

»Nicht doch, Marian. Sie ist hübsch.« Eine Krawatte.

»Und das andere Geschenk, Charles, was hältst du von dem?« Das andere? Er rief sich ein zweites Päckchen vor Augen, eckig, flach, er hatte es für eine Karte gehalten. Ach was, Marians Karte lag im Wohnzimmer – eine Sternennacht über dem Wenzelsplatz.

»Ich hoffe, du hältst mich nicht für anmaßend.«

»Wir sind doch alte Freunde, Marian...«

»Genau. Das habe ich mir auch gesagt.«

»Du kennst mich gut genug.«

»Du kommst also mit, ja?«

Mitkommen? Resnick verschluckte den größten Teil eines Seufzers. Wohin?

»Was hältst du davon, Charles, wenn wir beide unsere Tanzschuhe anziehen?«

Nachdem das Gespräch vorbei war, ging Resnick in die

Diele. Angesichts der nackten Oberfläche der breiten Schachtel hatte sich Bud auf Marians Geschenken zusammengerollt. Die Krawatte war aus Seide, das Rankenmuster in dezenten Farben gehalten, Blau in Blau. Im zweiten Päckchen fand er eine Eintrittskarte für die Silvesterfeier des Polnischen Clubs, ein Abendessen mit Tanz. Was war nur los, daß ihn plötzlich alle Welt auf den Tanzboden zu bekommen versuchte?

Im Weihnachtsprogramm des Fernsehens dieselben Filme wie immer, nicht weniger feste Einrichtungen als die Weihnachtsansprache der Queen. Ihm war nach einer zünftigen altmodischen Erstligabegegnung, Southend gegen Grimsby zum Beispiel. Als ein aus dem Strafraum in die gegnerische Hälfte getretenes Leder noch als kreativer Spielzug galt und die Leute so hart in den Mann gingen, daß der Fernseher zu zittern schien. Was man ihm vorsetzte, waren wagemutige Kriegsgefangene, Strohmänner, eine Hügelkette, auf der man das Edelweiß hätte wachsen hören, hätten die Leute nicht ständig gesungen. Ob es wohl Exeter war – der bis zur Unkenntlichkeit verschmierte Ortsname? Exmoor? Exmouth? Resnick hielt den Umschlag hoch, im Winkel gegen das Licht. Durch das Papier sah er die verschwommenen Konturen – einer Kutsche mit Pferden? Eines Rentierschlittens? »*Laß mich ihnen von den Briefen erzählen, Charlie. All den Briefen, die ich Dir geschrieben habe und die Du nicht beantwortet hast. All die Male, in denen ich angerufen habe und Du ohne ein Wort aufgelegt hast.*« Sorgfältig stellte er ihn auf den Sims zurück. »*Erzähl's ihnen, Charlie, wie Du mir geholfen hast bei allem, was ich durchgemacht habe.*«

Er hatte seit Jahren nichts mehr von Elaine gehört, nicht seit der Scheidung. Und dann waren plötzlich die Briefe gekommen, in Umschlägen, auf denen selbst seine eigene Adresse oft kaum zu lesen war. Aus Angst vor dem, was drinstehen könnte, hatte er sie zerrissen, verbrannt, in den hintersten Winkel der Schublade in der Anrichte gesteckt. Er hatte nichts wissen wollen, und sie hatte es ihm schließlich ins Gesicht sagen müssen; ihre Stimme schneidend und in der falschen Tonlage, hatte sie Löcher in seine scheinbare Gleichgültigkeit gehackt mit ihren Anschuldigungen, dem nicht zu überhörenden Schmerz; später dann, hier im Haus, in diesem Raum, hatte sie ihm mit beunruhigender Ruhe ihren Weg geschildert, von einer Fehlgeburt in die Einsamkeit eines Krankenhauses, der Behandlung bis in den Sessel des Analytikers.

Damals hatte sich in Resnick das Mitgefühl geregt, Liebe sogar, nicht die von früher, sicher, aber immerhin. Fast wäre er zu ihr gegangen, um sie in die Arme zu nehmen. Aber vor lauter Schuldgefühlen war er wie erstarrt. Aber auch sein Selbsterhaltungstrieb spielte mit.

Sie hatte das Haus verlassen, und er hatte seither nichts mehr von ihr gehört.

Bis jetzt.

Vom Fenster im ersten Stock aus betrauerte er das langsame Schwinden des Lichts.

Kaffee – er mahlte ihn fein, machte ihn stark und trank ihn mit einem Glas Whisky neben der Tasse. Er ließ ein Ellington-Album aus der geknickten Hülle gleiten und legte es auf. Er überflog die Notizen über den Zwischenfall im Wohnungsamt und Gary James' Vernehmung und fragte sich zum x-tenmal, ob es richtig gewesen war, ihn nach Hause zu lassen. Womit waren die Verletzungen des Kleinen zu vereinbaren? Gegen eine Tür zu laufen? Oder in die Faust seines Vaters? Eine der Katzen sprang auf Resnicks Schoß, stupste mit der Nase gegen seine Finger, drehte sich zweimal, bevor sie sich hinlegte, und schlief dann, eine Pfote über den Augen, ein. Jimmy Blantons Baß brachte die ganze Band zum Swingen. Exmouth oder Exeter? Kutsche oder Schlitten? Miles blickte grollend zu ihm auf, als er sich auf dem Boden abgesetzt sah. Es war so einfach, er brauchte nur mit dem Finger unter die

Klappe des Umschlags zu fahren, ihn aufzureißen, den Inhalt in die Hand zu schütteln. Es war eine Postkutsche, Stechpalmenzweige in den Fenstern, Schneeflocken um die Räder; auf dem Kutschbock saß einer, der strahlend den Hut lüpfte und wie Mr. Pickwick aussah. *Verzeihst du mir, Charlie?* stand innen drin, und darunter, fast als wollten sie von der Karte fallen, die Worte: *Frohe Weihnachten, Elaine.*

Keine Grüße, keine Küsse.

Verzeih mir.

Er hatte Alice Skeltons rauhes Flüstern im Ohr. *Wie viele Beweise wollen Sie denn? Wollen Sie die beiden in Ihrem Bett erwischen?*

Das Bett hatte jemand anderem gehört, ein leerstehendes Haus, das Federbett sorgfältig wieder zurechtgezogen, die Kisse überlappten sich leicht, aber so perfekt auch wieder nicht. Das Federbett beiseite gezogen, das Gesicht über die Mitte des Lakens gebeugt, gab es nicht den geringsten Zweifel: die anhaltende Wärme, der Geruch einer kürzlich vollzogenen schnellen Nummer. Das Lächeln auf Elaines Gesicht, als er sie wenige Minuten zuvor aus dem Haus hatte kommen sehen. Dieses Lächeln. Als Resnick sich die Hand ans Gesicht legte, so wie jetzt, und die Augen schloß, schmeckte er tief in den Falten zwischen den Fingern diese Erinnerung, salzig wie das Meer.

9

Dana hatte nicht sonderlich auf die Komplimente geachtet, die man ihr auf der Weihnachtsfeier gemacht hatte. Jedenfalls nicht von vornherein. Die üblichen Bemerkungen über das, was sie trug, ihre Haare, ihre Formen, die Vergleiche mit Madonna. »Ihnen schenkt einer Sex zu Weihnachten, da möchte ich wetten.« »Jetzt hör aber auf, Jeremy, du siehst doch, die hat ihr Geschenk schon gekriegt.« Für einige Männer, auch für einige von ihren Kollegen, war das so natürlich wie das Atmen. Vor allem für die Verheirateten; die sagten ihr alles, was sie ihren Frauen längst nicht mehr sagten. Sie fühlte sich dadurch noch nicht mal belästigt. Sie empfand es nicht als Bedrohung, und es war ihr selten peinlich; es ging ständig so, innerhalb der Grenzen dessen, was allgemein akzeptabel ist, und selbst wenn es einem mit der Zeit auf den Wecker ging, war es allemal bessser, als seine Zeit mit einem Haufen Prolls zu verbringen, die vermutlich bei der ersten Gelegenheit in ein lautes «Titten raus!« ausbrachen.

Außerdem hatte sie es ganz gern, wenn man sie bemerkte. Vor allem die Männer. Nicht, daß sie sich produzierte, aber sie wußte gern, daß ihre Anwesenheit nicht unbemerkt blieb. Wie sie Nancy mal gesagt hatte, wenn noch nicht mal mehr ein kleiner sexueller Schlagabtausch erlaubt war, wenn die Blume keine Bienen mehr anzog – tja, wie sollte dann je was passieren? Sie hatte das Gefühl, daß zuviel Unterdrückung nur schaden konnte. Wie auf Eiern umeinander herumzutanzen und so zu tun, als hätte man Scheuklappen an, kein Wort, kein Blick, der sich nicht gehörte – da kommt es noch so weit, daß sich ein Kerl plötzlich nicht mehr beherrschen kann, einen hinter den Farbkopierer zieht und seine unerwiderte Leidenschaft über den Boden verspritzt. »Mmm«, hatte Nancy gesagt – sie war sich nicht so ganz sicher –, »vielleicht gibt's ja noch was dazwischen.«

Tja, hatte sich Dana gedacht, als Andrew Clarke sie mit einer sachten Berührung des Ellenbogens auf die Tanzfläche führte, vielleicht gibt es das wirklich.

Andrew war Seniorpartner, hatte ein viktorianisches Haus am Park – mit Originalbalken! – und dergleichen mehr. Die Familie fuhr einen BMW, aber Dana hatte seit kurzem den kleinen Toyota MR2 auf seinem Parkplatz bemerkt. Das Provozierendste, was ihm ihr gegenüber im Büro je über die Lippen gekommen war, hatte mit der Klimaanlage zu tun. Nein, er war gewissenhaft und korrekt;

sie hatte ihn noch nicht mal dabei ertappt, daß er ihren Hintern bewunderte, wenn sie sich entfernte.

»Ich bin kein großer Tänzer, wissen Sie. Obwohl es mir meine Töchter auf Familienfeiern immer wieder beizubringen versuchen.«

Es drängten sich so viele auf dem kleinen Kreis aus poliertem Holz, daß es keine Rolle spielte, daß Andrew Clarkes Tanzversuch eher dem Todeskampf eines Mannes im Treibsand glich. Im Gegenteil, Dana fand die Ernsthaftigkeit, mit der er zu Werke ging, geradezu liebenswert.

Als man dann was Altes von Stevie Wonder auflegte und er sie an sich zog, um einen verschmusten Walzer zu tanzen, hatte sie nichts dagegen. Überrascht war sie erst, als sich nach einem Weilchen etwas gegen ihren Schenkel schob, was sich verdächtig nach einer Erektion anfühlte.

Es war bereits nach eins, und sie stand auf der Treppe vor der Garderobe, als sie ihn wiedersah. Er trug den Mantel von Crombie, den Kragen etwas verschoben, und hatte die Wagenschlüssel in einer Hand.

»Geht's allein nach Haus?«

Sah ganz so aus; Nancy schien, trotz ihres Protests am Abend, passende Gesellschaft gefunden zu haben.

»Sie wohnen doch immer noch am Newcastle Drive, oder? Liegt auf meinem Weg. Ich kann Sie heimfahren.«

Im Wagen roch es nach Lederpolitur und Kölnisch Wasser. Als die Einladung zu einem letzten Kaffee kam, war sie darauf gefaßt und fest entschlossen, sie abzulehnen; sogar den genauen Ton hatte sie schon geübt, um ihn nicht zu verletzen.

»Ja«, sagte sie. »Ein Täßchen auf die Schnelle. Warum nicht?«

Die Familie war, wie hätte es anders sein sollen, schon früh am Morgen in den Norden gefahren. »Wir haben ein kleines Häuschen an der northumbrischen Küste. Seit Jahren schon. Nichts Besonderes.« Dana bemerkte ein

Foto von Andrew und seinen Söhnen vor etwas, das ihr eher nach einem Schlößchen aussah, Andrew und sein Ältester, beide mit Flinte, hielten ihr lächelnd ihre toten Vögel entgegen.

»Trotzdem...«, er drückte ihr ein großes Glas Brandy in die Hand, »...da sie nicht hier sind, sind wir beide für uns allein. Eine gute Gelegenheit, sich etwas näherzukommen.«

Als Dana vierzig Minuten später aus dem Haus hinkte, hatte sie ihren offenen BH um den Hals, die Strumpfhose war zerrissen, und an einem Schuh fehlte ein Absatz. Andrews Stimmung war umgeschlagen, von sinnlich auf wütend und wieder zurück, und als sie ihn schließlich weggeschubst, ihm eine gelangt und gesagt hatte, er solle erwachsen werden, brach er zu ihrem Erstaunen in Tränen aus.

Als sie in ihre Wohnung kam, war der erste Weihnachtsfeiertag bereits zwei Stunden alt und Nancy noch immer nicht da. Dana hoffte nur, sie amüsierte sich besser als sie. Sie zog sich rasch aus, duschte und machte sich einen Kamillentee. Dann saß sie im Schneidersitz auf dem Boden vor dem Fernseher und hob ihrem Spiegelbild auf dem dunklen Bildschirm die Tasse entgegen. »Fröhliche Weihnachten«, sagte sie.

Irgendwann mußte es ihr wohl zu kalt geworden sein, jedenfalls war sie aufgewacht und ins Bett gegangen; als sie jedoch, gegen halb sieben wie es schien, unter ihrem geblümten Federbett aufwachte, konnte sie sich nicht mehr daran erinnern. Der Digitalwecker auf dem Boden zeigte 11:07. Das Telefon klingelte. Dana stolperte zum Bad, rieb sich dabei die Reste ihres Make-ups aus den Augen. Unterwegs nahm sie den Hörer ab und legte ihn, ohne etwas zu sagen, neben den Apparat. Im Spiegel sah sie wie fünfzig aus.

Eine halbe Stunde im Bad, und sie wurde gerade mal fünf Jahre los. Na toll! dachte sie. Jetzt seh' ich aus wie meine Mutter nach vierzehn Tagen Schönheitsfarm. Sie zog sich ein T-Shirt über, einen Pullover und alte Jeans. Im Kühlschrank standen zwei Mandarinenjoghurts, sie aß sie beide und spülte mit etwas schalem Evian nach. Tja, Nancy, Mittag – du mußt dich ja toll amüsieren.

Als ihr das Telefon einfiel, wies eine Frauenstimme vom Band sie an, aufzulegen und noch mal zu wählen. Kaum lag der Hörer auf dem Apparat, klingelte es auch schon wieder.

»Hallo?«

Es war Nancys Mutter, die aus Merseyside anrief, um ihrer Tochter frohe Weihnachten zu wünschen. Den Geräuschen im Hintergrund nach zu urteilen, stand die Familie bereit, dasselbe zu tun.

»Tut mir leid, Mrs. Phelan, aber sie ist im Augenblick nicht da.«

»Ach, wir dachten, sie verbringt den Weihnachtsfeiertag mit Ihnen. Sie hat gesagt –«

»Tut sie, tut sie ja. Es ist nur...« Es ist nur, daß sie nicht da ist, weil sie sich's weiß Gott wo besorgen läßt. »Sie ist rasch mal raus. Auf einen Spaziergang. Sie wissen schon, um einen klaren Kopf zu bekommen.«

»Sie ist doch nicht krank.«

»Nein, nein. Wir waren nur gestern abend auf einem Essen mit Tanz...« Es entstand eine Pause, dann hörte sie undeutlich, wie Mrs. Phelan die Nachricht an die Familie weitergab. »Richten Sie Nancy aus, daß ich angerufen habe«, sagte sie, als sie ihre Stimme wieder in der Leitung hatte. »Ich versuch's später noch mal.«

Was sie im Lauf der nächsten Stunden mehrere Male tat. Von Mal zu Mal wurden ihre Fragen besorgter und Danas Antworten vager. Als ihr schließlich die Ausreden auszugehen drohten, meldete sich Mr. Phelan persönlich. »Schluß jetzt mit dem Theater, klar? Ich will wissen, was los ist.«

Dana sagte es ihm, so gut sie konnte.

»Warum haben Sie denn das nicht früher gesagt?«

»Ich wollte Ihre Frau nicht aufregen.«

»In dem Augenblick, in dem sie sich zur Tür reinschleppt«, sagte Mr. Phelan, «sagen Sie ihr, sie soll uns anrufen, klar?«

Alles klar. Sie hörte noch ein scharfes Schnaufen am anderen Ende, dann war die Verbindung tot.

Dana sah sich den Truthahn an, der fast den ganzen Kühlschrank in Anspruch nahm; aus dem schwarzen Gemüsefach quollen die Vorräte für mehrere Wochen. Sie nahm eine tiefgefrorene Broccolilasagne aus dem Gefrierfach, deren Haltbarkeitsdatum seit nur zwei Tagen abgelaufen war, und steckte sie in die Mikrowelle. Während sie kochte, sah sie mindestens ein halbes dutzendmal auf ihre Uhr und die an der Küchenwand. Als Nancys Vater das nächste Mal anrief, hatte sie gerade das Telefonbuch zur Hand genommen, um in der Unfallstation des Queen's anzufragen.

»Sieht ihr das ähnlich?« fragte Mr. Phelan, der seine Besorgnis erst gar nicht zu verschleiern versuchte. »Daß sie Sie nicht wissen läßt, wo sie steckt?«

»Ich weiß nicht.«

»Ihr wohnt doch zusammen, Mädel.«

»Ja schon, aber ich meine... na ja, es ist nicht gerade so, daß es da so viele Gelegenheiten gegeben hätte.«

»Ist also da unten nicht gleich ein Flittchen aus ihr geworden – wird ihre Mutter ja freuen. Was ist, muß ich mich jetzt ins Auto setzen und zu euch runterfahren oder was? So wie's aussieht, betrachten Sie das Ganze nicht mit dem nötigen Ernst.«

»Ich glaube wirklich nicht, daß wir uns Sorgen zu machen brauchen, ich bin sicher, ihr geht es gut.«

»Ja? Wär's Ihnen auch recht, wenn unsere Nancy das denken würde, wenn Sie nicht nach Hause kommen?«

Pause. »Ich war gerade dabei, im Krankenhaus anzufragen, als Sie angerufen haben«, sagte Dana.

»Gut. Und doch wohl auch bei der Polizei.«

10

Weihnachtsmorgen oder nicht, Jack Skelton war bereits seine üblichen vier Meilen gejoggt; als er sich auf den Weg gemacht hatte, schien seine Frau noch zu schlafen, als er zurückkam, erwartete sie ihn mit einem vorwurfsvollen Blick in den Spiegel des Ankleidezimmers.

»Habt ihr euch amüsiert, ihr zwei?« fragte Kate beim Frühstück mit entwaffnender Freundlichkeit.

Mit dem Löffel drückte Skelton seinen Weizenschrot auf den Grund seiner Schale und zerbröselte ihn; Alice goß sich vorsichtig Tee in die Tasse.

»Hätte ich zu gern gesehen«, fuhr Kate in das Schweigen hinein fort, »euch beide, wie ihr das Tanzbein schwingt. Die reinsten Roy Rogers und Fred Astaire.«

»Sie hieß Ginger…«, begann Alice, der ihre Wut anzuhören war.

»Das weiß sie doch«, sagte Skelton leise.

»Warum sagt sie's dann –«

»Merkst du nicht, wenn dich jemand aufziehen will? Es war ein Witz.«

»Komischer Witz.«

»Haben das Witze nicht so an sich?« sagte Kate, die das boshafte Funkeln in ihren Augen erst gar nicht versteckte.

»Katie, das reicht«, sagte Skelton.

»Dein Problem, junge Dame«, sagte Alice, »ist, daß du zu neunmalklug bist.«

»Kommt davon, wenn man so clevere Eltern hat«, erwiderte Kate. Halb aus dem Stuhl, lehnte sich Alice abrupt nach vorn, um ihrer Tochter mit dem Handrücken das Lächeln vom Gesicht zu wischen. Kate starrte sie an, forderte sie geradezu heraus, es zu tun. Alice nahm Tasse und Untertasse und ging hinaus.

Skelton schüttelte langsam den Kopf und seufzte.

»Habt ihr euch nun amüsiert?« fragte Kate, diesmal so, als würde sie es tatsächlich interessieren.

»Es war ganz in Ordnung, nehme ich an.«

»Aber nicht grade toll?«

Skelton mußte fast lächeln. «Toll nicht.«

»Bei mir auch nicht.«

»Auf deiner Party?«

»Total langweilig und immer dasselbe. Die Leute haben sich zugesoffen, so schnell's ging, und dann bei wildfremden Leuten den Teppich vollgekotzt.«

»War Tom auch da?«

Tom war Kates jüngste Flamme, Student, ehrgeizig obendrein – Skeltons Ansicht nach eine willkommene Abwechslung zu ihrer letzten großen Liebe, einem arbeitslosen »Grufti«, der von Kopf bis Fuß Schwarz trug und mit dem Teufel auf du zu stehen schien.

»Er hat kurz mal vorbeigeschaut.«

»Ihr habt euch doch nicht gestritten?«

Kate schüttelte den Kopf. »Er kann solche Partys nicht ausstehen – hält die Leute für unreife Wichser.«

Skelton konnte sich gerade noch zurückhalten, auf ihre Wortwahl zu reagieren; außerdem schien Tom damit den Nagel auf den Kopf getroffen zu haben. »Warum, um Himmels willen, bist du dann geblieben? Wieso bist du nicht mit ihm gegangen?«

»Weil er mich nicht gefragt hat. Und außerdem sind das meine Freunde.«

Dieselben Freunde, dachte Skelton, mit denen du auf euren Raves nächtelang Ecstasy genommen hast.

»Ich hoffe«, sagte Kate, »du erwartest nicht, daß ich den ganzen Tag hier rumhänge, bloß weil Weihnachten ist.«

Der Tag verging still und mit zermürbender Langsamkeit. Der Truthahn war außen trocken und verbraten, an den Knochen rosa und blutig. Spielend schaffte Alice den Übergang vom Sherry zum Champagner und von diesem zum Cherry Brandy. Kate verbrachte eine Stunde im Bad, noch mal eine am Telefon und verkündete dann, daß sie ausging und sie nicht aufbleiben mußten. Als es dunkel zu werden begann, erschien Skelton im Wohnzimmer in seinem marineblauen Jogginganzug und neuen Asics.

»Wofür trainierst du, Jack?« fragte ihn Alice. »Willst du mir weglaufen?«

Noch bevor sich die Haustür hinter ihm geschlossen hatte, saß sie wieder über Barbara Vine.

Als Skelton fast eine Stunde später nach Hause kam, saß Alice im Dunkeln, die Beine hochgelegt, das Sofa ans Feuer gezogen. Sie rauchte eine Zigarette, das Likörglas stand neben ihr auf dem Boden.

»Warum sitzt du im Dunkeln?« fragte Skelton.

»Es hat jemand angerufen«, sagte Alice. »Von der Wache.« Und als er zur Tür ging: »Brauchst dich nicht zu beeilen. War nicht sie.«

Auf dem Gehsteig vor der Wache lagen Glasscherben. Kreppapier und Lametta hing trostlos von einem Geländer gleich nebenan. Im Warteraum saß eine junge Frau, die eine Hälfte ihres roten Haars zu Stoppeln rasiert, die andere zu einem festen Zopf geflochten hatte; die schwarze Promenadenmischung in ihrem Arm blutete aus einem übel zugerichteten Ohr.

»Was ist mit dem Armentierarzt?« fragte Skelton den Beamten vom Dienst.

»Jeden Tag außer Weihnachten, Sir.«

Als Skelton dem Hund zu nahe kam, fletschte er knurrend die Zähne.

Die Tür zum Büro der Kripo oben stand offen. Resnick sprach mit einer Frau, die Skelton auf Anfang bis Mitte Dreißig schätzte, gute Figur. Die Freundin der Vermißten, wie er annahm. Sah gar nicht so übel aus, wenn man auf Dralles stand. In entgegengesetzten Ecken des Büros saßen Lynn Kellogg und Kevin Naylor beim Telefonieren.

»Wenn Sie vielleicht einen Augenblick Zeit hätten, Charlie«, rief Skelton von der Tür aus.

Er gab vorsichtig Koffeeinfreien in den Filter seiner neuen Kaffeemaschine, als Resnick klopfte und eintrat.

»Na denn, Charlie, wie weit sind wir? Ich hoffe doch, wir machen nicht voreilig die Pferde scheu?«

Resnick wartete, bis sein Superintendent Wasser in den Behälter gefüllt und den Apparat angeknipst hatte. Neu oder nicht, dachte er, der Kaffee war vermutlich immer noch viel zu dünn. Als Skelton hinter dem Schreibtisch saß, setzte Resnick sich ebenfalls und berichtete ihm von Dana Matthiesons Sorgen um ihre Mitbewohnerin Nancy Phelan.

»Das ist aber nicht die, die gestern in diesen Zwischenfall verwickelt war, oder? Phelan?«

»Die vom Wohnungsamt, doch.«

»Wurde die nicht bedroht?«

»In gewisser Weise.«

»Und der Verantwortliche...«

»Gary James, Sir.«

»Den haben wir laufen lassen.«

»Gestern abend, ja.«

»Kein Hinweis darauf, daß er was damit zu tun hat?«

Resnick schüttelte den Kopf. »Nicht, daß wir wüßten.«

»Was genau ist da passiert, am Wohnungsamt, war das was Persönliches?«

»Nicht, daß wir wüßten.«

«Was wissen wir eigentlich?«

»Bis jetzt sehr wenig.«

Skelton ging wieder zur Wand; der Kaffee war so gut wie durchgelaufen.

»Schwarz, Charlie?«

»Danke.« Als der Superintendent die Glaskanne hochhob, erschrak Resnick: Man sah glatt durch.

»Aber Sie haben doch jemanden losgeschickt, um mit ihm zu reden, diesem James, oder?«

»Noch nicht, Sir.«

Skelton setzte sich wieder. »Hat sie einen Freund?«

»Nichts Festes, nicht im Augenblick. Jedenfalls laut ihrer Mitbewohnerin. Sie hat uns aber ein paar Namen gegeben. Wir fragen grade bei ihnen nach.«

»Familie.«

»Mit der haben wir uns in Verbindung gesetzt.«

Skelton drückte die Armlehnen seines Stuhls. Ihm war früher nie aufgefallen, wie ihn Alices Augen auf dem Foto vor ihm verfolgten; mit Zeigefinger und Daumen stupste er sie vorsichtig in einen Winkel, von dem aus sie die verrußten Backsteine der Stadt sehen konnte. »Wie lange ist es her, daß sie jemand gesehen hat?«

»Neunzehn Stunden, so um den Dreh.«

»Also um Mitternacht.«

»Ich glaube«, sagte Resnick und stellte seine Tasse auf den Boden, »daß ich womöglich der letzte war, der sie gesehen hat, Sir. Soweit wir im Augenblick wissen.«

Schlagartig hatte er die Aufmerksamkeit seines Vorgesetzten, als er ihm von Nancy Phelans unaufgefordertem Besuch hier auf der Wache erzählte, ihre zufällige Begegnung später im Hof des Hotels, der leer drehende Motor des Wagens, der so stand, daß er nicht mehr zu sehen war.

»Marke? Nummer?«

Resnick schüttelte den Kopf. »Limousine, wahrscheinlich viertürig. Normale Größe und Form. Ein Astra oder was in der Richtung.«

»Farbe?«

»Schwarz, möglicherweise. Jedenfalls dunkel. Dunkelblau. Braun.«

»Verdammt noch mal, Charlie, das ist ein Riesenunterschied.«

»Es war so gut wie dunkel.«

»Ich weiß, und Sie hatten ja auch keinen besonderen Grund, darauf zu achten.«

Trotzdem, dachte Resnick, habe ich das Gefühl, nicht auf Draht gewesen zu sein.

»Wir können vermutlich noch nicht mal mit Sicherheit davon ausgehen, daß der Wagen auf sie gewartet hat.«

»Nein.«

»Sie haben sie nicht einsteigen sehen?«

»Nein.«

»Sie hätte also auch ins Hotel zurückgehen können.«

»Möglich wär's, aber ihren Worten nach zu urteilen... ich würde sagen, sie wollte gehen.«

Skelton lehnte sich zurück und verschränkte die Finger hinter dem Kopf.

»Wenn der Wagen – oder überhaupt irgendein Wagen – zwischen Hotel und Schloß an mir vorbeigekommen wäre, er wäre mir wohl aufgefallen. Aber er brauchte ja bloß nach links abzubiegen, statt nach rechts, dann hätte ich ihn nie gesehen.«

»Ihn?« fragte Skelton.

Die Ellenbogen auf den Knien strich sich Resnick über die Stirn und schloß die Augen.

11

Dana Matthieson saß in Resnicks Büro auf der Stuhlkante und gab sich alle Mühe, sich zu konzentrieren, während er noch mal die Liste mit den Namen der Leute auf dem Weihnachtsessen durchging, ihre Verbindungen untereinander, um sicherzugehen, daß auch alles notiert war. Die Tür zum Gemeinschaftsbüro stand offen, weit genug, um die sich überlappenden Gespräche, die gelegentlichen Wutausbrüche hereinzulassen. Es war schwierig, nicht ständig an Nancy zu denken und wo sie im Augenblick sein könnte.

»Die hier«, sagte Resnick, »Yvonne Warden...«

»Andrews Assistentin. Sie hat sicher eine Liste sämtlicher Gäste, so Sachen laufen ja über sie.«

»Und wer ist Andrew?«

»Andrew Clarke. Der Seniorpartner.«

»Der war auch da?«

Dana stellte sich Clarkes Ausdruck vor, als er sie gefragt hatte, ob er sie nicht nach Hause bringen könnte. Wollte sie nicht noch rasch auf einen Kaffee mit reinschauen? Mit zusammengekniffenen Schweinsäuglein.

Wie hatte sie nur so naiv sein können? »O ja«, sagte sie, »der war auch da.«

Resnick machte sich eine Notiz. »Mit dem sollten wir aber reden.«

»Ja«, sagte Dana. »Das sollten Sie wohl.« Ob Clarke es wohl auch bei anderen aus dem Büro versucht hatte? Wahrscheinlich, entschied sie. Clarke und Typen wie er. Führten sich auf, als wäre sexuelle Belästigung nur eine Überschrift in der Morgenzeitung; mit ihnen hatte das ja nichts zu tun. Männer mittleren Alters, in Machtpositionen. Sie sah sich Resnick auf der anderen Seite des Schreibtisches an, die Krawatte im Hemdkragen verdreht, tiefe Sorgenfalten teilten sein Gesicht in kleine Säckchen. Vorhin, als sie den Tränen nahe gewesen war und sich Vorwürfe gemacht hatte, weil sie Nancy zum Mitkommen überredet hatte, war er mitfühlend gewesen, offen, hatte sein Bestes getan, ihr zu versichern, daß ihre Freundin wohlbehalten wieder auftauchen würde.

»Warum dann das hier?« hatte Dana gefragt. »Warum all die Umstände?«

Er hatte ein beruhigendes Lächeln in den Augen. »Eine Vorsichtsmaßnahme. Nur für den Fall.«

Jetzt stand er da und sagte ihr, das wäre alles. »In dem Augenblick, wo Sie von ihr hören, geben Sie uns Bescheid, ja?« Dana versprach es ihm.

In der vergangenen Stunde hatte Resnick mehrmals mit Nancys Eltern gesprochen, ihre Mutter abwechselnd in Tränen und von tapferer Nüchternheit, ihr Vater eher zornig, frustriert, weil er noch niemanden hatte, auf den sich seine Wut richten ließ. Resnick setzte ihnen auseinander, was man unternahm; er wollte nicht, daß sie sich ausgeschlossen fühlten oder ihr Zorn sich gegen ihn richtete. Falls Nancys Verschwinden sich als unfreiwillig erwies, mußten sie die Eltern auf ihrer Seite haben.

»Werden Sie kein Foto brauchen? Ihre Mutter hat sicher ein neueres…«

Resnick erklärte ihm, daß sie von Dana eins bekämen, das erst wenige Wochen alt war. Eine ausführliche Beschreibung war bereits an alle Wachen der Stadt und sämtliche diensthabenden Beamten gegangen.

»Und was ist mit dem Fernsehen, ich meine, wollen Sie es nicht in den Nachrichten bringen?«

Er hatte bereits mit Skelton darüber gesprochen und Skelton mit dem Oberrat. Man war sich einig, noch zwölf Stunden zu warten, bevor man an die Öffentlichkeit ging.

»Ich dachte, Sie behandeln das als dringlich? Es geht hier um meine Tochter, verdammt noch mal...«

»Mr. Phelan, wir sind nach wie vor der Ansicht, daß die wahrscheinlichste Erklärung die ist, daß Nancy sich einfach ganz spontan entschlossen hat, den Weihnachtstag bei Freunden zu verbringen.«

»Ohne jemandem was zu sagen?«

»Die Möglichkeit besteht durchaus.«

»Ach ja, wenn die Hunde mit den Schwänzen bellen vielleicht!«

»Mr. Phelan, wir müssen –«

»Sie müssen nur eins: endlich Ihren Hintern hochkriegen und nach ihr suchen!«

»Mr. Phelan –«

»Hören Sie. Vergessen Sie ganz rasch Ihre blödsinnigen Theorien. Egal, was ihr da plötzlich für Weihnachten eingefallen sein soll, sie hätte ihre Mutter angerufen. Und was ist mit ihrer Freundin, mit der sie zusammenwohnt? Die hätte sie doch angerufen, um ihr zu sagen, was sie vorhat, da sind wir uns doch wohl einig? Ich meine, so ein Anruf ist nicht die Welt.«

»Die wahrscheinlichste Erklärung, die, mit der wir im Augenblick arbeiten, ist die, daß sie gestern abend einen Mann getroffen hat...«

»Was für einen Mann?«

»Das wissen wir noch nicht. Wir sind noch dabei –«

»Was für einen Mann? Einen, den sie gekannt hat oder was?«

»Nicht unbedingt.«

»Wollen Sie mir sagen, daß meine Tochter eine Schlampe ist?«

Hundert oder mehr Meilen nordwestlich von Resnick knallte ein Hörer gegen die Wand. Besser eine Schlampe und am Leben, dachte Resnick, als tugendhaft und tot.

Naylor und Divine arbeiteten die Listen durch, die Lynn zusammengestellt hatte: Männer, mit denen Nancy mal aus gewesen war, mit denen sie an Heiligabend getanzt oder mehr als nur ein paar Worte gewechselt hatte. Auf die Vollständigkeit beider Listen hätte Dana freilich keinen Eid leisten wollen.

Es mußte wirklich einfachere Jobs geben, Tage, an denen man sich nicht so zu plagen brauchte.

Den Hörer zwischen Kinn und Schulter geklemmt, fummelte Divine ein extrastarkes Minzbonbon aus der Tasche. Noch im Auflegen strich er einen weiteren Namen auf seiner Liste.

»Ja, Sir«, sagte Naylor auf der anderen Seite des Raums, »Phelan. P-h-e-l-a-n. Nancy. Ja, genau die.«

Taub, dachte Divine, taub oder blöd. Komatös. Mußten sich alle erst vom Sofa schleppen, auf dem sie eingepennt waren, den Ranzen voll Mince pies und Truthahn. Divine war selbst erst am Nachmittag aufgetaucht, noch ganz duslig von Bacardi und Bitter; sein Kopf hatte sich angefühlt wie ein Hinterreifen, der eine Runderneuerung hätte vertragen können.

»Hallo, Kleine. Ja. Kann ich bitte mal Mr. McAllister sprechen?«

Divine saß an seinem Schreibtisch ganz hinten – an der Wand, an der er früher mal den Kalender von der *Sun* hängen hatte, bis Lynn ausgeklinkt war und ihn zerrissen hatte. Das hatte ihm vielleicht gestunken! Diese Kellogg, kaum läuteten die ersten Krämpfe ihre Geschichte ein, schon kam sie einem auf diese beinharte Feministentour. Trotzdem hatte er sich *Die Hübschen von der dritten*

Seite auch fürs kommende Jahr geleistet; zierten jetzt die Wand in seinem Bad – munterte ihn richtig auf, wenn er aus der Dusche kam.

»Hallo, Mr. McAllister? Hier Constable Divine, Kriminalpolizei.«

Als Andrew Clarkes Frau ihm sagte, die Polizei sei am Apparat, war er gerade mit den Jungs von einem ausgedehnten Spaziergang am so gut wie verlassenen Strand heimgekommen. Die Möwen besonders tief kurz vor der Rückkehr der Flut. Ein verschwommener Mond am Himmel, das Tageslicht fast schon fort. Gegen die Kälte eingepackt, hatten sie ein forsches Tempo vorgelegt, so rasch es sich eben auf Sand so ging. Später erwarteten ihn Glühwein, Sandwiches, Snooker und Karten.

»Bist du sicher, daß es für mich ist?« fragte Clarke, der den Schal abnahm, mit den ersten Anzeichen einer Panik im Bauch.

Seine Frau hatte eine Braue hochgezogen und sich wieder dem Küchentisch zugewandt.

»Hallo«, sagte Clarke in den zweiten Apparat in der Diele, »Andrew Clarke.«

Am anderen Ende einer miserablen Leitung identifizierte sich Resnick und sagte, er hätte da einige Fragen zur Abendgesellschaft vom Vortag.

Großer Gott, dachte Clarke, hab' ich's mir doch gedacht! Ist das dumme Luder doch glatt losgelaufen und hat mich angezeigt.

»Wie kann ich Ihnen helfen, Inspector?« fragte er.

»Es geht um eine junge Frau«, sagte Resnick, »die unter den Gästen war...«

Herr im Himmel, dachte Clarke, jetzt kommt's. Er legte sich bereits Ausreden zurecht, Erklärungen: zuviel getrunken, Streß im Büro, sie hat's doch gewollt.

»...nach allem, was wir wissen, ist sie gegen Mitternacht gegangen, möglicherweise hat sie sich mitnehmen lassen. Seither hat man sie nicht mehr gesehen.«

»Dana«, sagte Clarke.

»Wie bitte?«

»Die Frau, von der Sie sprechen, Dana Matthieson.«

»Nein, nein. Nicht Dana. Ihre Freundin.«

»Ihre Freundin?«

»Ja. Nancy Phelan.«

Resnick hörte Andrew Clarke die Erleichterung deutlich an. »Sie kennen Sie also?« fragte er.

»Ich fürchte, nein. Dana kenne ich natürlich, sie ist ja schon eine ganze Weile bei uns. Gute Kraft. Sehr gut sogar. Zuverlässig, zeigt Initiative...«

»Nancy Phelan«, sagte Resnick.

»Nein, überhaupt nicht. Das heißt, ich kann sie natürlich mal gesehen haben. Vielleicht hat man uns vorgestellt. Ich fürchte, ich erinnere mich nicht so recht.«

»Sie erinnern sich nicht, mit ihr getanzt zu haben?«

Andrew Clarke lachte nervös, mehr ein Bellen. »Ich bin kein großer Tänzer, Inspector. Ist nicht mein Stil.«

»Trotzdem, an Weihnachten? Ist doch ein besonderer Anlaß. Könnte mir denken, nur um Ihren guten Willen zu zeigen...«

»Getanzt habe ich natürlich. Ein-, zweimal.«

»Dann natürlich mit Mrs. Clarke?«

»Meine Frau war nicht dabei, sie...«

»Also mit jemand anderem?«

»Natürlich. Sie glauben doch nicht, daß ich mich zum Narren mache...«

»Und bei der Betreffenden könnte es sich nicht vielleicht um Nancy gehandelt haben?«

»Nein.«

»Da sind Sie sicher?«

»Habe ich nicht gesagt...«

»Aber wenn Sie nicht mit Sicherheit sagen konnten, wer sie war, Nancy, meine ich, besteht dann nicht die Möglichkeit, daß...«

»Inspector, ich kenne die Person, mit der ich getanzt habe.«

»Und, würde es Ihnen was ausmachen, mir zu sagen mit wem, nur für...«

»Wenn Sie's genau wissen wollen, mit Dana Matthieson.«

»Mit Dana?«

»Ja?«

»Und gegen Ende des Abends?«

»Wie meinen Sie das?«

»Wie gesagt, soweit wir wissen, hat man Nancy Phelan eine Mitfahrgelegenheit angeboten.«

»Ich bestimmt nicht, Inspector.«

»Sind Sie da ganz sicher?«

»Absolut.«

Resnick ließ ihm etwas Zeit, wenn auch nicht zu lange. »Bei solchen Veranstaltungen, Heiligabend, da kann man so was schon mal vergessen...«

»Ich versichere Ihnen...«

»Ich meine, Sie haben ja auch zuerst gesagt, Sie hätten nicht getanzt, und dann, als Sie noch mal nachdachten, haben Sie doch.«

»Inspector...«

»Mr. Clarke, es ist wichtig, daß wir uns ein so genaues Bild wie möglich vom gestrigen Abend machen. Ich bin sicher, Ihnen ist klar, wie ernst die Situation möglicherweise ist.«

Clarke drehte sich so, daß er mit dem Rücken zur Küchentür stand. »Ich habe zufällig tatsächlich jemanden nach Hause gefahren...«

»Ich verstehe.«

»Es war sogar Dana.«

»Dana Matthieson.«

»Ja. Sie wohnt gar nicht so weit von uns entfernt.«

»Mit anderen Worten auch Nancy.«

»Anzunehmen. Ich weiß es wirklich nicht.«

»Und Sie haben sie nicht gesehen, als Sie Dana nach Hause fuhren?«

»Nein.«

»Was genau ist passiert? Haben Sie sie einfach vor dem Haus abgesetzt, hat Sie sie noch eingeladen, auf einen Kaffee vielleicht? Wie war das?«

Die Pause war zu lange. »Vor dem Haus«, sagte Clarke. »Ich habe sie nur abgesetzt.«

»Und sie wird uns das bestätigen, falls es nötig ist?«

»Wir sind nicht auf direktem Weg zu ihr gefahren«, sagte Clarke mit gesenkter Stimme, »wir haben erst noch bei mir haltgemacht.«

»Auf einen Kaffee?« fragte Resnick.

»Auf einen Schlummertrunk, ja.«

»Und dann haben Sie sie nach Hause gebracht?«

»Nicht direkt, nein.«

»Nicht direkt?«

»Sie ging lieber zu Fuß.«

»Kam Ihnen das nicht, na ja, etwas merkwürdig vor? Ich meine, wo sie doch zuerst Ihr Angebot angenommen hatte, sich nach Hause fahren zu lassen?«

»Vielleicht wollte sie einen klaren Kopf bekommen.«

»Hat sie das gesagt?«

»Das weiß ich nicht mehr.«

»Sie wissen nicht mehr, warum sie plötzlich zu Fuß gehen wollte, nachdem sie Ihr Angebot angenommen hatte?«

»Nein.«

»Sie haben also nicht die geringste Ahnung, ob sie wohlbehalten zu Hause angekommen ist?«

»Ich nahm es an…«

»Natürlich. Jeder nimmt so was an. Aber ihre Freundin, Nancy Phelan, ist anscheinend nicht nach Hause gekommen.«

»Ich habe Ihnen doch gesagt, daß ich darüber nichts weiß, Inspector. Nicht das geringste. Sie mag mir ja im Verlauf des Abends ein-, zweimal aufgefallen sein, als sie mit Dana sprach. Wenigstens nehme ich an, daß sie das war. Aber später, nein, tut mir leid. Ich wünschte, ich könnte Ihnen eine größere Hilfe sein.«

»Wann, meinen Sie, sind Sie wieder hier, Sir? In der Stadt.«

»Wir hatten geplant, bis nach Neujahr zu bleiben.«

»Wir brauchen noch ein paar Adressen«, sagte Resnick. »Sie haben doch nichts dagegen, wenn wir Ihre Assistentin bemühen?«

»Yvonne? Nein, natürlich nicht. Die Firma wird tun, was sie kann.«

»Und Sie, Mr. Clarke. Sie persönlich?«

»Selbstverständlich, aber ich sehe wirklich nicht...«

»Ich danke Ihnen, Mr. Clarke. Vielen Dank für Ihre Zeit.«

Als Andrew Clarke durch die geflieste Küche ging, um sich einen fünfzehnjährigen Malt zu genehmigen, bemerkte seine Frau, daß er schwitzte. Sie hoffte, da war nichts im Anzug; alles, nur keine Erkältung.

Divine tat der Rücken weh, zu lange in derselben Haltung gesessen, dieselben Fragen gestellt. Naylor war unterwegs gewesen, um nach einem Imbiß zu suchen, war aber mit leeren Händen wiedergekommen, die ganze Stadt war dicht wie ein verkniffener Arsch. Und dann waren ihm auch noch die Pfefferminzbonbons ausgegangen.

»Ach, die mit dem Kleid und den Beinen«, sagte eine Stimme am anderen Ende der Leitung. «Soll das ein Scherz sein? Natürlich erinnere ich mich an die. Was ist mit ihr?«

Als Dana in die Wohnung kam, hätte sie einen Augenblick lang geschworen, daß Nancy zu Hause war. Was freilich nur so lange dauerte, bis sie die Wohnungstür hinter sich geschlossen, die Sicherheitskette vorgezogen und sich die Leere wie ein Tuch um ihre Schultern gelegt hatte.

12

»Noch Tee?«

»Was sagst du?«

»Ob du noch Tee möchtest?«

Gary streckte sich nach dem Fernseher und machte ihn leiser – unmöglich, Michelle in der Küche über das Gelächter aus der Konserve zu hören.

»Tee?«

Sie stand inzwischen in der Tür, in Skihose und Pullover, und obwohl der ziemlich weit war, konnte er sehen, daß sie nach Natalie zu ihrer alten Figur zurückfand. Na also, hatte er's nicht gesagt? Einige Haarsträhnen hingen ihr ins Gesicht. Gary hätte ihr gern einen Blick zugeworfen, mit einem Nicken in Richtung Treppe, aber er wußte genau, was er zu hören bekäme. Karl war eben eingeschlafen, und das Baby würde jeden Augenblick aufwachen.

»Gary?«

Na schön, wieso nicht hier unten? Wenigstens wäre ihnen hier, vor den Resten des Feuers, nicht kalt.

»Komm her«, sagte er.

»Wozu?«

Aber sie kannte das Grinsen, wußte, was es bewirken sollte. »Ich mach' gerade Wasser heiß«, sagte sie.

»Dann schalt es wieder aus.«

»Ach, Gary. Ich weiß nicht.«

»Na, ich schon. Komm her.« Er zwinkerte ihr zu. »Solang's noch heiß ist.«

Michelle schob sich das Haar aus den Augen, ging zurück in die Küche und schaltete den Blitzkocher aus. Sie hatte sich so gefreut, als Gary noch am Abend nach Hause gekommen war, so erleichtert war sie gewesen, sie hätte zu gern mit ihm geschlafen, aber er hatte ja nichts Besseres zu tun gehabt, als über die Scheißbullen herzuziehen, die Scheißschmiere, das Scheißwohnungsamt, das ja an allem schuld war. Noch nicht mal die Kinder hatte er sehen wollen. Geschweige denn, daß er nach Karl gefragt oder sich sein Gesicht angesehen hätte.

Das mit Karl hatte sie ihm gar nicht erzählt. Nicht ein Wort. Weder daß der Sozialarbeiter hier gewesen war, noch daß sie beim Arzt waren, nichts. Sie hätte nur noch mehr Ärger heraufbeschworen. Wenn Gary was nicht haben konnte, dann, daß hier Hinz und Kunz vom Sozialamt hereinschneien konnten, als gehöre ihnen das Haus, und ihnen obendrein noch sagten, wie sie ihre Kinder zu erziehen hatten.

»Besorgen Sie uns eine anständige Bleibe«, hatte er das letzte Mal gesagt, »besorgen Sie uns eine anständige Bleibe, dann ziehen wir sie auch anständig auf.«

Aber was, wenn nicht? hätte Michelle zu gern gefragt. Was, wenn wir hierbleiben müssen? Was dann?

»Michelle? Kommst du jetzt oder was?«

Als sie wieder ins Zimmer kam, hatte er den Fernseher und das Licht ausgemacht, die Couch näher an den Kamin gerückt. Er lehnte in der hinteren Ecke, die Beine ausgestreckt, leicht gespreizt. Bei den Jeans war nicht zu übersehen, daß er erregt war.

»Na?«

Sie rang sich ein Lächeln ab und ging auf ihn zu; wenn sie nur die Erinnerung daran, wie er Karl geschlagen hatte, loswerden könnte, dann ginge es ja vielleicht noch.

Er küßte sie, schob ihr die Zunge gegen die Zähne, eine Hand unter den Pulli, als Lynn Kellogg scharf an die Tür klopfte.

Lynn hatte vorhin auf der Wache mit Dana gesprochen, bei einer Tasse Tee; sie hatte sich alle Mühe gegeben, den Rauch ihrer Zigaretten zu ignorieren, der ihr ins Gesicht trieb und die Augen reizte. Wie alt ist sie, dachte Lynn? Sechs Jahre älter als ich? Sieben? Eins dieser runden Gesichter, ihrem eigenen gar nicht so unähnlich, die unter den richtigen Umständen so lebhaft sein konnten; schwelende dunkle Augen voll Energie. Aber so wie sie dagesessen hatte, Nancy dies, Nancy das, immer wieder dieselben Einzelheiten, Fakten, Verdächtigungen, hatte sie eher grob ausgesehen, erschöpft, schwammig und blaß.

»Haben Sie nicht eine Freundin, bei der Sie unterkommen könnten?« hatte Lynn sie gefragt. »Nur für heute nacht. Anstatt so allein zu sein.«

Aber Dana hatte darauf bestanden, zu Hause zu sein, am Telefon, für den Fall, daß Nancy anrief, um sofort an der Tür zu sein, falls sie hereinkommen sollte.

»Sie glauben doch, daß sie in Ordnung ist, oder?« hatte Dana plötzlich mit einem Griff nach Lynns Arm gefragt. »Davon gehen Sie doch aus, oder?«

Noch waren keine vierundzwanzig Stunden vergangen, noch konnte sie wieder auftauchen, unangekündigt, unversehrt. Eine Postkarte. Ein Anruf: Ich mußte einfach mal weg, tut mir leid, wenn du dir Sorgen gemacht hast. Hat sich so plötzlich ergeben, da habe ich zugepackt. Derlei kam ständig vor. Leute, die spontan verreisten, aus einer Laune heraus. Paris, London, Rom. Das waren freilich nicht die Fälle, mit denen Lynn zu tun hatte. Aus den vierundzwanzig Stunden würden achtundvierzig, und wenn man dann noch immer nichts gehört hatte, kein Zeichen, kein nichts... Na ja, noch hatten sie Zeit.

Obwohl das Licht aus zu sein schien, hörte sie Stimmen im Haus; sie drehte die behandschuhte Hand und klopfte noch mal.

»Ja?« Als die Tür schließlich aufging, war es Gary selbst, der noch dabei war, sich den Hemdzipfel in die Hose zu stecken. Michelle hinter ihm hatte das Licht angemacht.

Lynn zeigte Gary ihren Dienstausweis und fragte ihn, ob sie hereinkommen könnte.

»Um was geht's?«

»Es wäre vielleicht einfacher, das im Haus zu besprechen.«

»Für wen?«

»Gary...«, begann Michelle.

»Du hältst dich da raus!«

Michelle, jetzt in der Mitte des Zimmers, zuckte zusammen, die Angst fuhr ihr wie ein Krampf in den Blick.

Lynn setzte einen Fuß auf die narbigen Dielen jenseits der Schwelle.

»Wer hat denn gesagt, daß Sie...«

»Gary...«

»Ich dachte, ich hab' dir gesagt, du sollst...«

»Besser, wir unterhalten uns hier«, sagte Lynn, »als auf dem Revier. Meinen Sie nicht?« Gary senkte den Kopf und trat beiseite. «Sie sollten nicht allzuviel Kälte reinlassen«, fügte sie noch hinzu. »An so einem Abend.« Damit schloß sie die Tür.

»Ich wollte eben Tee machen«, sagte Michelle.

»So lang ist sie nicht da«, sagte Gary. »Das hier wird wohl nicht den ganzen Abend dauern.«

»Eine Tasse Tee wäre nett«, sagte Lynn. »Danke.« Sie lächelte, und Michelle ging in die Küche, ganz froh, aus dem Zimmer zu sein und die beiden allein lassen zu können.

Abgesehen davon, daß man das Sofa verrutscht hatte, schien kaum was anders zu sein als bei ihrem Besuch tags zuvor. Dieselben abgetretenen Teppichstücke, das Sammelsurium gebrauchter Möbel von Family First. Zwei, drei an die Wand gepinnte Weihnachtsgirlanden. Einige Weihnachtskarten. In den Ecken der Schimmel, die Wände feucht. Obwohl im Kamin noch der Rest eines Feuers glomm, war es so kalt, daß Lynn es sich zweimal überlegte, bevor sie die Handschuhe auszog.

»Also?« Gary steckte sich eine Zigarette an und warf das abgebrannte Streichholz auf den Boden.

»Wo waren Sie gestern abend?« fragte Lynn.

»Sie wissen verdammt gut, wo ich gestern abend war.«

»Nachdem man Sie entlassen hat.«

»Wo glauben Sie denn, daß ich war?«

»Das frage ich Sie.«

»Hier natürlich. Wo, glauben Sie, sollte ich wohl hingehen, verfluchte Scheiße?«

Michelle, die in der Tür stand, biß sich auf die Zunge; wenn er nur nicht ständig die Beherrschung verlieren würde.

»Sie waren also den ganzen Abend über hier?«

»Ja.«

»Ab wann?«

»Hören Sie, jetzt sagen Sie mir erst mal, was das alles soll?«

»Ab wann waren Sie hier?«

»Von dem Augenblick an, an dem ihr Drecksäcke mich rausgelassen habt!«

»Und das wäre wann?« fragte Lynn. »Acht? Halb neun?«

»Zwanzig vor neun«, sagte Michelle. »Fast genau. Das weiß ich noch.«

Gary sah aus, als wolle er ihr noch mal über den Mund fahren, aber er sah sie nur finster an.

»Und Sie sind nicht noch mal weggegangen?«

»Hab' ich das nicht gerade gesagt?«

»Nicht direkt.«

»Tja...« Er kam auf sie zu, an der Sofakante vorbei, und baute sich direkt vor ihr auf. »...jetzt sag' ich's Ihnen. Ich bin heimgekommen und hiergeblieben. Bis heute morgen. Alles klar?«

Lynn roch den Tabak in seinem Atem, der sie warm streifte. Das Abendessen. Bier.

»Und Nancy Phelan?«

»Wer?« Aber sie sah es in seinem Blick, daß er Bescheid wußte.

»Nancy Phelan.«

»Was ist mit der?«

»Sie wissen also, wen ich meine?«

»Natürlich.«

»Und, haben Sie sie gesehen?«

»Wann?«
»Gestern.«
»Das wissen Sie doch verdammt genau…«
»Nicht im Wohnungsamt. Später.«
»Wann?«
»Überhaupt.«
»Nein.«
»Sie haben Nancy also nicht mehr gesehen?«
»Nein.»
»Nicht am Abend? Später, meine ich. Heiligabend.«
»Hab' ich das nicht gerade gesagt? Ich war nicht mehr weg.«
Michelle stand auf der Schwelle. »Wie wollen Sie Ihren Tee?« fragte sie.
»Wie meinst du denn, daß sie'n will? In 'ner Tasse, verflucht noch mal!«
»Ich meine, ob Sie Zucker wollen?«
»Einen Löffel, danke.«
Gary wandte sich entrüstet ab. Ein Kind, dachte Lynn. Sitzt hier in dieser Bruchbude fest mit einer Frau und zwei Kindern. Nur, daß sie nicht seine Frau ist. Wie alt mag er wohl sein? Neunzehn? Zwanzig? Einundzwanzig? War's da ein Wunder, daß er herumschreien mußte? Und natürlich schreit er mich an. Wäre Divine oder Naylor gekommen, dachte sie, hätte er sich nicht so aufgeführt. Wenigstens nicht in ihrer Gegenwart. Er hätte seinen Zorn in sich hineingefressen – für später.
Sie dachte an das verängstigte Zucken auf Michelles Gesicht. An Karls blauen Fleck.
Die Verletzungen, die laut der Darstellung seiner Mutter entstanden waren, als er gegen eine Tür gelaufen war.
»Ich helfe Ihnen mit dem Tee«, sagte Lynn.
»Nicht nötig«, sagte Gary, tat aber nichts, um sie davon abzuhalten, in die Küche zu gehen.

Michelle schenkte Milch ein, dann erst den Tee. Ein Teebeutel, schätzte Lynn, für eine Mordskanne.

»Wie geht's den Kindern?« fragte Lynn.

»Sie schlafen, Gott sei's gedankt. Sie waren so was von aus dem Häuschen, wissen Sie, die Geschenke und alles.«

»Und Karl?«

Michelle, die Zucker in die Tasse löffelte, hielt inne, der Löffel stand schräg in der Luft.

»Wie geht es Karl?«

»Der Arzt hat gesagt...«

»Ich weiß, was der Arzt gesagt hat.«

»Na ja, dann. Dann wissen Sie's doch. Ihm geht's gut.«

»Er war verletzt.«

»Es war ein Unfall. Er...« Als Reaktion auf den plötzlichen Lärm huschten Michelles Augen in Richtung Tür. Gary hatte den Fernseher wieder angemacht.

»Der Zucker«, sagte Lynn.

»Was?«

»Sie verschütten den Zucker.«

Lynn nahm ihr den Löffel aus der Hand und rührte in einem Becher mit dem dünnen Tee.

«Ich habe ihm nichts gesagt«, flüsterte Michelle hastig. »Ich habe es ihm nicht erzählt.«

»Hast mir was nicht erzählt?« sagte Gary vom Flur her und kam herein.

»Hier«, sagte Lynn und reichte ihm einen der Becher. »Ihr Tee.«

»Was hast du mir nicht erzählt?« Er ignorierte sie und starrte Michelle an.

Michelles Hand fuhr zum Hals.

»Als ich gestern hier war...«, begann Lynn.

»Hab' ich gar nicht gewußt, daß Sie gestern hier waren.«

»Genau das hat Michelle gemeint«, sagte Lynn.

Gary ignorierte sie jetzt so gut wie völlig; er konzentrierte sich ganz auf Michelle. »Warum hast du's mir nicht gesagt?«

»Ich weiß nicht. Als du nach Hause kamst, war ich so froh, da hab' ich es wohl vergessen.«

»Wie kannst du so was vergessen? Daß die Scheißbullen hier –«

»Es war nichts Wichtiges«, sagte Lynn. »Ich kam nur vorbei, um Michelle zu sagen, wo Sie sind.«

Gary hatte seinen Becher abgestellt; jetzt schnappte er so hastig danach, daß ihm der heiße Tee über die Hand spritzte. »Was, zum Teufel, soll das sein? Schmeckt ja wie Spülwasser!«

»Ich mache neuen«, sagte Michelle und griff nach dem Wasserkocher.

»Spar dir die Zeit.«

Zwischen seinem mißmutigen Geschrei und dem Krach vom Fernseher kam von oben ein klägliches Wimmern.

»Das Baby«, sagte Michelle und stellte den Kocher wieder ab.

»Wann ist es das nicht?« brummte Gary.

»Gary, das ist nicht fair.«

Was Gary egal war; er war bereits wieder unterwegs ins Wohnzimmer und ließ Natalie oben schreien. Michelle sah Lynn unsicher an.

»Gehen Sie ruhig rauf«, sagte Lynn. »Ich kümmere mich um den Tee.«

Als Lynn aus der Küche kam, balancierte sie drei Becher Tee auf einem Brotschneidebrett, das sie als Tablett benutzte; Michelle saß in einem Sessel mit geschwungenen Holzarmen, das unruhige Baby an ihrer Brust. Gary saß auf dem Sofa, tat als sehe er fern und schmollte schweigend vor sich hin.

Lynn trank ihren Tee, plauderte mit Michelle über Natalie, hielt das Gespräch so unverfänglich wie möglich. Sie wäre zu gern hinaufgegangen, um sich Karl anzusehen, spürte aber, daß Gary sicher Einwände erhoben hätte. Besser, sie sprach noch mal mit dem Sozialarbeiter; sollten die tun, wozu man sie ausgebildet hatte.

Als sie aufstand, ging Michelle mit ihr an die Tür,

während Gary, noch immer vornübergebeugt auf dem Sofa, etwas brummte, was durchaus ein »Wiedersehen« hätte sein können.

Als sie an der Tür an Michelle vorbeiging, sagte Lynn leise: »Falls Sie mit jemandem reden wollen, melden Sie sich. Rufen Sie an. In Ordnung?«

Michelle trat rasch zurück und schloß die Tür.

Später, als Michelle zusammengerollt mit dem Rücken zu Gary lag und auf das pfeifende Ein und Aus seines Atems lauschte, konnte sie nicht schlafen. Es wollte ihr nicht aus dem Kopf. Nicht, was Gary gesagt hatte, als Lynn weg war – daß Michelle ihm was verschwiegen hätte, und auch nicht der Schmerz in ihren Rippen. Er hatte sie in eine Stelle geboxt, die tief genug war, um nicht zu sehen zu sein. Nein, das war es nicht, sondern das, wonach ihn die Polizistin gefragt hatte: Ob er am Abend zuvor noch mal weg gewesen war. Warum hatte er wohl gelogen?

13

»Kevin?«

»Schhh!«

»Wie spät ist es?«

»Noch früh. Schlaf weiter.«

»Die Kleine…«

»Ich habe ihr die Flasche gegeben, und sie ist wieder eingeschlafen.«

Debbie rollte sich auf die Seite, das Gesicht im Kissen. Es war dunkel im Zimmer, noch nicht mal durch den Spalt über den Vorhängen, der sich einfach nicht schließen lassen wollte, kam Licht.

»Du hast Frühschicht.«

»Ja.« Bis auf das Jackett fertig angezogen, setzte Kevin sich auf die Bettkante, direkt neben ihren bloßen Arm.

»Tut mir leid, hab' ich vergessen.«

Er strich ihr zärtlich über die Schulter und lächelte. »Kein Problem.«

»Das konntest du doch früher nie haben.«

»Was?«

Als sie langsam das Gesicht hob, zog sich, bis er riß, ein Speichelfaden vom Mundwinkel zum Kissen. »Na, wenn ich deinen Dienstplan vergessen habe, wann du dran bist.«

»Ich konnte so einiges nicht haben.« Ihr Mund war feucht und schal von der Nacht. »Hab' dich lieb«, sagte er.

»Ich weiß«, sagte Debbie. Sie legte einen Arm um ihn und klemmte seinen Nacken in die Armbeuge. Eine ihrer Brüste rutschte aus dem Snoopy-T-Shirt, das sie zum Schlafen trug.

»Ich komme zu spät.«

»Ich weiß«, sagte Debbie.

Sie drückte ihm einen kräftigen Kuß auf und ließ ihn los.

Als er die Haustür hinter sich zuzog und auf die Straße trat, hatte er wieder dieses Gefühl im Magen, das ihm mittlerweile vertraut war: Wie nah war er doch dran gewesen, das alles zu verlieren und es einfach sausen zu lassen.

Resnick war kurz vor vier aufgewacht und um fünf aufgestanden. Als er Dizzy die Hintertür aufgemacht hatte, war die schwarze Katze mit erhobenem Schwanz und federnden Schritts hereingekommen, als wäre das völlig normal. Draußen war es unter dem Gefrierpunkt; auf Dizzys glattem Fell lag Reif.

Resnick wärmte ihm in einem Topf etwas Milch an und prüfte die Temperatur mit dem Finger, bevor er sie ihm in seinen Napf goß. Das Schnurren der Katze füllte die Küche, während sie die Milch aufschleckte und Resnick an seinem heißen schwarzen Kaffee nippte – ein Geheimnis zwischen den beiden, sonst war noch keiner wach.

Die erste Meldung über Nancy Phelans Verschwinden würden um sechs die Lokalnachrichten bringen, und vielleicht wäre es eine Stunde später auch einem der überregionalen Sender eine Erwähnung wert. Jack Skelton hatte für neun eine Konferenz einberufen. Dort würde man zusammentragen, was man bis jetzt hatte, sämtliche Hinweise auswerten, analysieren und dann die Aufgaben verteilen, je nachdem, welche Aussagen einer weiteren Beachtung wert schienen, welche Lücken noch zu füllen waren. Der Schmerz und der Zorn ihres Vaters am Telefon. Wir tun, was wir können. Er mußte daran denken, wie Nancy im leeren Büro der Kripo ausgesehen hatte, der rote Mantel offen und an den Schultern lose. Später am Abend dann die Stimme, die aus dem Nichts zu kommen schien, das silbrige Lächeln, ihr Atem in der Luft zwischen ihnen.

»Also, meine Damen und Herren, wenn Sie sich dann mal beruhigen könnten.«

Der neue Chief trug sein Studium am Polytechnikum von Wolverhampton wie einen dünnen Lack, aber seine herablassende Blasiertheit wurde von seinen Black-Country-Vokalen Lügen gestraft. Erst kürzlich über die Köpfe beider hinweg befördert, war Malcolm Grafton dennoch zehn Jahre jünger als Resnick oder Cossall – wie Reg kein einziges Mal zu bemerken versäumte.

»Herrgott, Charlie! Meinst du, er hat die Dinger bei der Inspektorenprüfung angehabt, was sagst du?«

Als Grafton sich wieder auf seinen Platz auf dem Podium gesetzt und ein Bein hoch über das andere geschlagen hatte, enthüllte er eine Socke, die – wie Reg Cossall bemerkte – aussah, als hätte man sie in ein mitternächtliches Currydesaster getunkt und dann auf die Leine gehängt.

Resnick brummte und behielt seine Ansicht für sich;

es war noch gar nicht so lange her, da hatte er selbst zwei verschiedene Socken getragen, eine blau, eine braun. Kein Wunder, daß er die Farbe des Wagens nicht hatte festmachen können, der auf Nancy Phelan gewartet hatte.

»Im Augenblick suchen wir den potentiellen Entführer in drei Richtungen...« Jack Skelton war aufgestanden und wies mit einigen Gesten auf die Tafeln zu seiner Rechten. »...als erstes Freunde, Liebhaber, wie immer Sie sie nennen wollen, dann die Gäste, die Heiligabend im Hotel waren – in erster Linie die, die wie sie auf der Architektenparty waren, aber letztlich natürlich jeder, der am selben Abend dort war. Aus welchen Gründen auch immer.« Ein Stöhnen seitens der versammelten Beamten. »Und zu guter Letzt, wenn im Augenblick auch unter ferner liefen, dieser Gary James.«

Die Köpfe drehten sich in Richtung von Skeltons Finger, der auf Garys Porträt wies, daneben die beiden Profile, links und rechts.

»Wie die meisten von Ihnen wissen dürften«, fuhr Skelton fort, »war es im Wohnungsamt am selben Nachmittag zu einem Zwischenfall gekommen, bei dem James gewalttätig wurde und mehrere Angestellte dort bedrohte, inklusive der vermißten Frau, Nancy Phelan, die er eine Zeitlang in ihrem Büro gefangengehalten hat. Sein Groll gegen sie scheint auf eine Auseinandersetzung über die Wohnung zurückzuführen zu sein, die man James, seiner Lebensgefährtin und ihren beiden Kindern zugewiesen hat. Ob das gestrige Ereignis ein Nachspiel hat, wissen wir nicht.«

Skelton trat zurück, sein Blick pickte Lynn Kellogg aus dem aufsteigenden Tabakdunst. »Lynn, Sie haben, glaube ich, gestern mit ihm gesprochen.«

Etwas befangen knöpfte Lynn sich im Aufstehen das Jackett zu, nur um den Knopf gleich wieder zu öffnen.

»Ich habe gestern mit James gesprochen, Sir. Er behauptet, den Rest des Abends zu Hause gewesen zu sein, und seine Frau, Michelle Paley, bestätigt es.«

»Glauben Sie, daß sie die Wahrheit sagt?«

»Ich habe keinen Grund, ihr nicht zu glauben.«

»Aber überzeugt sind Sie nicht.«

Pause. »Nein, Sir.«

»Die Frau, diese Michelle, würde sie lügen, um ihm ein Alibi zu geben?«

Ohne zu zögern, sagte Lynn: »Sie hätte viel zuviel Angst, es nicht zu tun.«

»Prügelt sie recht, was?«

»Keine direkten Hinweise, Sir. Keine offensichtlichen Anzeichen. Aber er ist jähzornig, braust wegen nichts und wieder nichts auf. Und dann sind da natürlich die Verletzungen des kleinen Jungen.«

»Ich dachte, das hätten wir geklärt?« Skelton richtete seinen Blick auf Resnick. »Daß er da aus dem Schneider wäre.«

»Laut Arzt«, sagte Resnick und stand halb auf dabei, »sind die blauen Flecke und die Schwellung durchaus mit der Darstellung der Mutter zu vereinbaren. Ein Unfall.«

»Aber Ihrer Ansicht nach könnte es auch was anderes sein?«

Resnick hob die Schultern. »Möglich.«

»Hat da jemand ein Auge drauf?«

»Die vom Sozialamt, ja.«

Skelton nickte ernst und drückte dann die Fingerspitzen aneinander; Resnick sank wieder auf seinen Stuhl.

Lynn stand noch immer.

»Ja?« sagte Skelton.

»Ich habe mich gefragt, Sir, ob das wohl genügt. Die ganze Situation bei denen, ich weiß nicht, als stünde sie kurz vor der Explosion.«

»Wie wir gehört haben, kümmert sich das Sozialamt um sie…«

»Trotzdem, überbelastet wie die sind…«

»Wir vielleicht nicht?« In Skeltons Stimme schwang mehr mit als nur ein Anflug von Zorn.

»Aber falls dieser James derart unter Verdacht steht…«

»Tut er das? Sind wir uns darin einig? Ist er wirklich ein brauchbarer Verdächtiger in unserem Fall?«

Lynn antwortete nicht; sie sah Resnick um Unterstützung bittend an. Ganz hinten im Raum trat Kevin Naylor von einem Bein aufs andere und sah dabei aus, als geniere er sich für sie.

»Wollen Sie damit sagen«, mischte sich Malcolm Grafton ein, »daß James den Wagen gefahren haben könnte, der darauf wartete, Nancy Phelan mitzunehmen?«

»Das wissen wir nicht«, sagte Resnick.

»Was ist am wahrscheinlichsten, Charlie? Sie entscheiden.« Grafton lehnte sich zurück, legte die Beine wieder übereinander und zeigte einmal mehr seine Socken. »Aber wir müssen uns doch wohl überlegen, wo wir suchen. Doch sicher nicht bei diesem armen Würstchen. Frau und Kinder verprügeln ist wohl mehr seine Kragenweite.«

»Das heißt doch nicht –«, begann Lynn, der sofort das Blut in die Wangen schoß.

»Lynn…« Resnick war aufgestanden, schneller diesmal.

»Sie wollen doch nicht etwa sagen, Sir«, sagte Lynn, während ihre Hände sich um den Stuhl vor ihr schlossen, »daß Gewalt in der Familie…«

»Ich glaube, was der Chief meint…«

»Danke, Charlie, aber ich brauche keinen Dolmetscher«, sagte Grafton.

»Bloß 'n Paar anständige Socken«, murmelte Reg Cossall.

»Uns geht es darum, Nancy Phelan zu finden, zu erfahren, was ihr zugestoßen ist«, fuhr Grafton fort. »Alles andere ist uns nur im Weg.«

Lynn setzte sich wieder, ganz langsam.

»Wird aber auch Zeit!« sagte Divine zu niemandem speziell. »Können wir endlich zur Sache kommen, verdammt noch mal.«

Grafton gestattete sich ein flüchtiges Grinsen.

»Nichtsdestotrotz«, sagte Resnick, »einen mit einer aktenkundig gewalttätigen Vergangenheit, der die Vermißte bereits tatsächlich angegriffen hat, werden wir nicht so einfach von den Ermittlungen ausschließen, oder?«

Grafton starrte mit zusammengekniffenen Augen auf ihn hinunter.

»Dann stellen Sie ihn unter Beobachtung, Charlie, Ihr Team.« Skelton war wieder auf den Beinen, um dazwischenzugehen. »Aber ohne Priorität, die gilt Nancy Phelans Männerbekanntschaften, die sind Ihr Fall. Reg...«

»Als hätt' ich's mir nicht gedacht!« meinte Cossall mit einem Bühnenflüstern.

»...die Hotelgäste, wenn Sie so freundlich wären. Malcolm wird noch ein paar Leute abstellen.«

»Wo er die wohl hernehmen will?«

»Wie bitte?«

»Nichts, Sir. Alles klar.«

Insgesamt waren siebenundfünfzig Gäste auf der Abendgesellschaft gewesen; Andrew Clarkes Assistentin lieferte ihnen die Namen und nahezu alle Adressen. Man fragte sie nach ihrer Ankunftszeit und prüfte diese, wo immer das möglich war, nach; wenn sie mit dem Wagen gekommen waren, notierte man die Marke. Erinnerten sie sich daran, wann sie Nancy Phelan das letzte Mal gesehen hatten? Und wenn, wo? Und mit wem?

Nachdem das erledigt, die Antworten verglichen, tabellarisch aufgelistet waren, nachdem man Hinweisen gefolgt war und offene Fragen geklärt hatte, erwarteten sie die langsam entstehende Liste der übrigen Hotelgäste. Insgesamt kam man auf drei-, vierhundert – nicht mitgerechnet jene, die nur kurz in der Bar gewesen waren.

Reg Cossall, ob er nun noch zusätzliche Leute bekam oder nicht, würde alle Hände voll zu tun haben.

Resnick saß mit Lynn Kellogg, Naylor und Divine in seinem Büro, die Namen der vier Männer vor sich, mit denen Nancy laut Dana Matthiesen in letzter Zeit etwas gehabt hatte. Patrick McAllister. Eric Capaldi. James Guillery. Robin Hidden. Mit McAllister hatte Divine bereits telefoniert und für nachmittags einen Termin vereinbart. Naylor hatte von Guillerys Eltern erfahren, daß ihr Sohn bis Neujahr in Italien beim Skifahren sei. Eric Capaldis Anrufbeantworter bot neben verschwommener Klaviermusik nichts. Robin Hidden blieb bis auf weiteres seinem Namen treu – er war nicht zu finden.

»Besteht nicht die Möglichkeit«, sagte Kevin Naylor, »daß es da noch andere gibt? Ich meine, von denen ihre Mitbewohnerin nichts weiß?«

»Soweit ich weiß«, hatte Dana gesagt, »sind das die, mit denen sie gegangen ist. Jedenfalls sind es die einzigen, die sie erwähnt hat.«

»Glauben Sie, daß es da noch andere gegeben haben könnte? Die sie nicht erwähnt hat?«

»Möglich ist alles.«

»War sie verschlossen, was das anbelangt?«

»Nicht besonders. Aber Sie wissen ja, wie das ist... irgendwo gibt's doch immer einen, nicht? Einen, über den man, warum auch immer, noch nicht mal mit der besten Freundin spricht.«

Tatsächlich? hatte Resnick gedacht.

Und dann – ja, natürlich.

Naylors Frage hatte ihn auf Andrew Clarke gebracht. War das die Art Beziehung, die Dana hatte andeuten wollen? Ältere Männer, verheiratet, jemand am Arbeitsplatz?

»Die Frau von der Anmeldung im Wohnungsamt«, sagte Resnick.

»Penny Langridge«, las Lynn in ihren Notizen.

»Reden Sie mal mit der, fragen Sie, ob die Phelan vielleicht was mit einem Kollegen hatte, etwas, was sie nicht an die große Glocke gehängt hätte.«

»Schnelle Nummer im Stehen in der Ecke eines Großraumbüros«, grinste Divine. »Was in der Art.«

Lynn warf ihm einen wütenden Blick zu. Zu jedem anderen Zeitpunkt, so dachte Resnick, hätte diesen Blick eine scharfe Bemerkung begleitet. Aber im Augenblick beschäftigte sie anderes.

Kaum war Resnick allein in seinem Büro, als das Telefon klingelte: Graham Millington rief von seinen Schwiegereltern in Taunton aus an, er hätte eben in den Nachrichten von der Vermißten gehört und frage sich, ob man ihn wohl brauche.

14

Graham Millington hatte seine Frau auf der Damentoilette der Grundschule an der Creek Road kennengelernt, eines Vormittags, kurz vor elf, nachdem sich inmitten eines Vortrags vor siebenundvierzig Zehnjährigen die Blase gemeldet hatte. Bei Millington, nicht bei seiner Frau.

Wenn er etwas haßte, mehr noch als sich Freitag abends ins Chaos einer Kneipenkeilerei mit fliegenden Gläsern zu stürzen, mehr noch als sich am Samstagnachmittag in die Südkurve zu drängeln, um sich irgendeinen Witzbold zu greifen, der mit einem geschliffenen Fünfzigpencestück den Torhüter der Gäste flachgelegt hat, dann war das, sich in Sonntagsstaat und besten Manieren vor eine Klasse zu stellen, um sie über die Gefahren von Lösungsmitteln und Alkohol bei Minderjährigen aufzuklären. Allein das wissende Grinsen auf den geschrubbten kleinen Visagen!

Und an diesem speziellen Vormittag beantwortete er eben die üblichen sporadischen Fragen nach Flugzeugleim, und welche Sorten am schnellsten wirkten, als ihm ein stechender Schmerz hinter dem Skrotum sagte, daß er dringend zum Pinkeln mußte.

»Ich, ah…«, stammelte er auf den Konrektor ein, der an

einem Tisch in der Ecke saß und etwas ausfüllte, was Millington verdächtig nach einem Stellungsgesuch aussah. »Wenn Sie mir...?«

Die Ursache von Millingtons Unbehagen war für jeden deutlich zu sehen.

»Den Flur hinauf, erste rechts, zweite links.«

Millington kam durcheinander und nahm die erste links. Er hatte ihn eben aus der Hose geholt und suchte verzweifelt nach den Becken, als, mit einem flotten Rauschen der Spülung, Madeleine Johnstone aus der Kabine kam – flaschengrünes Kleid von Laura Ashley, hellgrüne Strümpfe, vernünftige Schuhe.

»Tut mir leid, ich...«

»Hier«, sagte Madeleine und schob ihm die Tür auf, »gehen Sie mal besser rein.« Und dann, als er an ihr vorbeistach, die Tür zuknallte und fummelnd den Riegel vorschob: »Ich stehe solange Wache.«

Irgendwas stimmte da doch nicht, dachte sie auf dem Korridor, umgeben von Schülerzeichnungen zum Thema »Hungernde dritte Welt«, ein Mann seines Alters mit einem Prostataproblem.

Das nächste Mal lief er ihr im Victoria Center über den Weg, Madeleine kam rückwärts aus dem Laden für pädagogisch wertvolles Spielzeug, mit Geschenken für die Zwillinge ihrer Schwester bepackt, Millington war pfeifend auf dem Weg zu Thorntons, ein Viertelpfund Pfefferminzplätzchen im Kopf, vielleicht den einen oder anderen Wiener Strauben dazu.

»Verzeihung!« Er rannte sie schier über den Haufen, und ein ganzer Schwung sorgfältig durchdachter pädagogisch wertvoller Päckchen landete zu seinen Füßen.

So wie sich ihr Blick sofort auf seinen Hosenstall senkte, ob er sich im künstlich reproduzierten Tageslicht zur Schau zu stellen versuchte, sah er, daß sie ihn wiedererkannt hatte.

Millington hob ein Päcken mit leuchtenden Bällen

(achtzehn Monate bis drei Jahre) auf und drückte es ihr in die Hand. Sie schlug einen Tasse Tee vor und führte ihn bei Next in die Café-Bar, wo er sich mit Unbehagen auf einen schwarzledernen Hocker setzte und einen Teekuchen nahm, der merkwürdig nach Zitrone schmeckte.

»Das kommt daher, daß sie den auf demselben Brett streichen, auf dem sie die Salate anrichten«, erklärte sie.

Das Mädchen hinter der Theke war schwarz und schnippisch; ihr schwarzes Haar sah wie Glasgespinst aus.

»Die ist hübsch, was?« sagte Madeleine, die Millingtons hoffnungslosem Blick folgte.

Selbst Millington, vielleicht nicht der sensibelste, kapierte, daß das nichts anderes bedeutete als: Was ist mit mir? Hier spielt die Musik.

Madeleine hatte breite Schultern, schmale Hüften und kräftige Waden, die darauf schließen ließen, daß sie als Mädchen viel Hockey, Korbball oder beides gespielt hatte. Sie hatte braunes Haar, einige Nuancen heller als eine Kastanie, einen gesunden Schwung in der Oberlippe und beunruhigend blaue Augen. Ihrem Teint nach, hätte Millington einen Wochenlohn gewettet, daß sie von irgendwo aus dem Süden kam, Sussex vielleicht oder Kent oder weiter südwestlich, wo es laue Winde und Schlagsahne gab.

Er hatte bis jetzt gebraucht, um sich den Ringfinger ihrer linken Hand anzusehen – eine Schande für einen Kriminaler.

»Die sind nicht für mich, falls Sie gedacht haben.« Madeleine warf einen Blick auf die Tüten zu ihren Füßen. »Für meine Schwester. Sie hat Zwillinge. Liegt bei uns in der Familie.«

Tief im Innern überlief Millington ein Schauder.

«Gilt heute als altmodisch, nicht wahr?« sagte Madeleine. »Daß Männer Eheringe tragen.«

Sie hatte keine Kinder bekommen können. Jedenfalls

nicht bisher. Nicht daß sie es nicht versucht hätten. Was immer sie in der Familie hatten, die Gene, die fast unverantwortliche Fruchtbarkeit ihrer vielen Schwestern, bei ihnen jedenfalls klappte es nicht. Sie hatten Therapie gemacht, Tests, alles, bis auf Akupunktur – allein beim Gedanken daran waren Millington die Tränen gekommen. »Graham, die stecken die Nadeln doch nicht dahin.« Spielte keine Rolle, Akupunktur war nicht drin.

Madeleine bemühte sich um Beförderung und wurde belohnt; sie begann eine endlose Reihe von Kursen, von chinesischer Küche über diverse europäische Sprachen bis hin zu den englischen Visionären. An der Küchenwand hing eine Tabelle mit Alter und Geburtstagen von Neffen und Nichten, auf daß auch ja keiner ungefeiert blieb und jeder seine Karte bekam.

Weihnachten, das sie im Elternhaus in Taunton verbracht hatten, war ein Malstrom hemmungsloser junger Mittelschichtstimmen gewesen, die einander mit Bedürfnissen zu übertönen versuchten, die auf der Stelle befriedigt zu werden hatten. Madeleine und ihre Schwestern hatten um den Eichentisch gesessen, der einst das Refektorium einer nahe gelegenen Abtei geziert hatte, und über alte Witze und Fotos gelacht. Um sie herum, rein, raus, drunter und drüber, die Kinder; aber nur ein gelegentliches »Ach, Jeremy!« »Nicht doch, Tabetha! Jetzt schau mal, was du wieder gemacht hast!« ließ erkennen, daß ihre Anwesenheit überhaupt zur Kenntnis genommen wurde.

Millington hatte sich die Ansichten ihres Vaters über Gesetz und Ordnung, den Zerfall der Familie, den mangelnden Respekt vor Autorität und das Versagen der Religion angehört, nicht zu vergessen alleinerziehende Eltern und die Zulassung von Priesterinnen, zwei Übel, die auf derselben Stufe zu stehen schienen. Selbst das Tischgebet am Weihnachtsfeiertag begleitete ein Seitenhieb auf die Nachsicht gegenüber jugendlichen Straftätern; erst dann stieß er das Messer tief in den Vogel.

»Fehlt dir was?« fragte Madeleine von Zeit zu Zeit, wenn sie zufällig vorbeikam.

»Mir? Nein, natürlich nicht. Mir geht es gut.«

Dann war sie auch schon wieder weg gewesen, ihre Aufmerksamkeit von einer zerzausten Dreijährigen in Anspruch genommen, die an ihrem Ärmel zog. »O ja, Miranda, das ist ja wunderschön! Komm, wir zeigen es Oma, ja?«

Er hatte mangels einer sinnvolleren Tätigkeit Zuflucht im Bad gesucht, um die Spitzen seines Schnurrbarts zu trimmen, als sie die Nachricht durchgaben. Das kleine Roberts, das puderbestäubt auf der Ablage stand, war leise gelaufen. Beim Namen der Stadt hatte er etwas lauter gedreht. Heiligabend war eine junge Frau verschwunden, die Eltern waren außer sich; die Polizei hatte die Ermittlungen aufgenommen.

Millington hatte vom Telefon im Salon aus angerufen. «Hier Graham, Sir. Ich dachte, ich frage mal, ob Sie mich brauchen.«

»Wie schnell können Sie hier sein?« hatte Resnick gefragt.

Millington schlängelte sich grinsend durch die Kinder, öffnete Türen auf der Suche nach seiner Frau, um ihr zu sagen, es tue ihm leid, aber es gehe nicht anders, er müsse weg.

15

»Hab mich ganz schön zum Narren gemacht, was?« Lynn teilte sich mit Resnick eine Bank auf dem Friedhof, einer der wenigen Orte in der Nähe der Wache, wo man noch Zuflucht fand. Vor ihnen fiel das Gelände steil ab, zwischen viktorianischen Grabsteinen, auf denen man in Liebe Herbert, Edith oder Mary Ellen gedachte, die mit zwei Jahren oder drei Monaten in eine bessere Welt gegangen waren, schlängelten sich die Wege. In mittlerer Entfernung, jenseits der Waverly Street, leuchtete stumpf das Grün des Arboretums in der Mittwintersonne.

Resnick kaute einen Mundvoll Hühnersandwich. »Sie haben gesagt, was Ihrer Ansicht nach gesagt werden mußte.«

»Aber zur unpassenden Zeit«, sagte Lynn. »Und dann Grafton auf die Art die Stirn zu bieten, das war einfach dumm.«

»Was er gesagt hat, war auch kein Geniestreich.«

»Aber taktisch…« Lynn schüttelte den Kopf. »Wenn ich jedesmal den Mund aufmachen würde, wenn ein Vorgesetzter etwas Sexistisches oder schlicht Unsensibles von sich gibt, wie lange, meinen Sie, würde ich mich bei der Kripo wohl halten? Von einer Beförderung mal ganz abgesehen.«

Resnick biß krachend in eine Gurke, den Kopf vergeblich nach vorn gebeugt, um sein Hemd vor dem Essigstrahl zu bewahren.

»Was mir wirklich Sorgen machen würde«, fuhr Lynn fort, »wenn man Gary James deswegen nicht ernst nimmt. Wissen Sie, wenn es heißen würde: Lynn schon wieder, muß mal wieder eins ihrer Steckenpferde reiten.«

Resnick grinste reumütig. »Das sagt man über mich schon seit Jahren.«

Lynn sah ihn an. Sie fragte ihn nicht, was es ihm gebracht hatte, das brauchte sie nicht. Sie wußten beide, daß man ihm bei der Beförderung einen jüngeren, weniger erfahrenen Mann vorgezogen hatte.

»Sie haben ihn also wirklich in Verdacht, diesen James? Im Fall Phelan?«

»Wenn schon nicht in dem, dann wegen was anderem.«

»Was den Kleinen angeht?«

»Vielleicht.«

Resnicks Magen machte eine nervöse Bewegung. »Sie waren noch mal beim Sozialamt?«

»Martin Wrigglesworth, ja. Na ja, ich hab's wenigstens

versucht. Hab' ihm ein paar Nachrichten hinterlassen, aber bisher hat er sich noch nicht gemeldet. Wird wohl frei haben.«

Im Aufstehen knüllte Resnick die Tüte, in der er sein Mittagessen gehabt hatte, zusammen und wischte sich die Krümel vom Jackett. »Hoffen wir, daß Sie da nicht bis nach Neujahr warten müssen.«

Während sie durch den Torbogen zurück auf die breite Straße gingen, sprach ihn Lynn auf Gary James' Bewährungshelferin an. »Pan Van Allen, ich glaube, sie würde eher mit Ihnen reden als mit mir. Man kann nie wissen, vielleicht kann sie ja Licht in die Sache bringen.«

Resnick nickte, nicht eben begeistert. »Ich habe in einer halben Stunde Nancy Phelans Eltern bei mir. Danach werd' ich mal sehen.«

Der Feiertagsverkehr war dünn genug, um über alle vier Spuren auf die Insel zu gelangen, ohne aus dem Tritt zu kommen. Ein staubiger Ford Prefect mit einer andersfarbigen Fahrertür bog auf den Parkplatz neben der Wache: Mr. und Mrs. Phelan kamen zu früh.

Harry Phelans Vater hatte wie schon der Großvater im Albert Dock gearbeitet, bevor es zum Zuhause von Boutiquen und einer Kunstgalerie geworden war; für Harry war es völlig klar gewesen, daß er in ihre Fußstapfen treten würde. Aber als es an der Zeit war, von der Schule abzugehen, waren die Zeichen schon zu deutlich gewesen, und so hatte er bei Raleigh Fahrräder bauen gelernt und war in die East Midlands gezogen. Jetzt war auch dieses Handwerk so gut wie tot, und die Familie war in ihre Heimat zurückgezogen.

Harry war ein hochgewachsener Mann mit schütterem, sandfarbenem Haar, blondem Schnurrbart und breiten Händen, zwischen deren Knöcheln rötliche Büschel sprießten. Der Knoten seiner Krawatte saß zu fest, so daß er ihn ständig von einer Seite auf die andere zupfte. Seine Frau Clarise, die etwa einsachtundfünfzig war, hatte ausladende Hüften und große Brüste und hantierte pausenlos, den Tränen nahe, mit der schwarzen Tasche auf ihrem Schoß.

Resnick empfing sie zusammen mit Jack Skelton. Sie hatten sich im Büro des Superintendent vier Stühle zusammengezogen, und einer der uniformierten Constables brachte eine Kanne Tee aus der Kantine, dazu einen kleinen Teller Gebäck.

Zunehmend aufgebracht hörte sich Harry Phelan die Erläuterungen der Schritte an, die man unternommen hatte, in welche Richtungen die Ermittlungen gingen. Er hätte viel lieber was über Verhaftungen, Aufrufe und Belohnungen gehört als Computerchecks, methodische Befragungen, das langwierige Aussondern der Verdächtigen.

»So, wie's aussieht«, sagte er schließlich, »behandeln Sie das hier, als hätte einer, verflucht noch mal, seinen zweitbesten Mantel verlegt.«

»Nicht doch, Harry«, sagte Clarise und fingerte ein kleines Tuch aus der Tasche.

»Ging's um einen von Ihren Leuten hier, dann bekämen wir was andres zu sehen, das ist ja wohl klar.«

»Mr. Phelan, ich kann Ihnen nur versichern...«, begann Skelton.

Aber Phelan hatte den Stuhl gegen die Wand geschoben und war auf den Beinen. »Und ich kann Ihnen versichern...«, sein Finger fuhr in Richtung des Superintendent, »wenn hier nicht bald einer in die Gänge kommt, dann schlag' ich einen Krach, daß Sie noch dankbar sein werden, wenn sie bloß wieder auf Streife landen!«

»Harry«, bat Clarise, »damit erreichst du doch nichts.«

»Nein? Womit dann, verflucht noch mal?« Er wies wieder auf Skelton und machte dann eine Geste, die auch Resnick mit einschloß. »Achtundvierzig Stunden, so rechnen Sie doch, oder? Wenn man sie dann noch nicht gefunden hat, ist sie wahrscheinlich tot!«

»Harry, nicht!« Clarise Phelan hielt sich die Hände vors Gesicht und begann laut zu weinen.

Resnick war automatisch aufgestanden, um ihr zuzusprechen, aber Harry Phelan trat ihm in den Weg. Es war schlicht unmöglich, den Zorn zu übersehen, der in seinem Blick loderte. Einen Augenblick lang hielt Resnick ihm stand, dann wandte er sich langsam ab und setzte sich wieder.

»Komm«, sagte Phelan und nahm seine Frau am Arm. »Wir verschwenden hier nur unsere Zeit.«

»Wann fahren Sie wieder zurück?« fragte Skelton, als sie hinausgingen.

»Wir fahren nirgendwohin. Wir bleiben, bis die Geschichte geklärt ist.« Das »auf die eine oder andere Weise« schenkte er sich.

»Haben Sie wenigstens eine Adresse«, fragte Skelton, «wo Sie zu erreichen sind?«

Harry Phelan nannte ihnen ein kleines Hotel in der Mansfield Road.

»Sie dürfen ihm das nicht übelnehmen«, sagte Clarise durch ihre Tränen. »Er ist nur so, weil ihn das so aufregt.«

Harry schob sie auf den Korridor und knallte die Tür hinter sich zu.

Skelton und Resnick saßen noch ein Weilchen schweigend beisammen und vermieden es, einander in die Augen zu sehen. Skelton versuchte es mit einem Schluck Tee, aber der war bereits kalt. Als Resnick sich endlich bewegte, dann nur um auf die Uhr zu sehen. »Bleiben uns noch knapp zehn Stunden.«

Skelton hob eine Braue.

»Dann sind's achtundvierzig«, sagte Resnick.

Patrick McAllister besuchten Divine und Naylor zusammen. Er hatte eine Adresse in Old Lenton, einer ehemaligen Spielautomatenfabrik, aus der man einen Apartmentblock für aufstrebende Singles und junge Paare auf der Durchreise gemacht hatte. McAllister erwartete sie am Treppenabsatz, khakifarbene Chinos, künstlich verwaschenes Hemd, fester Handschlag, kumpelhaftes

Lächeln. Er freute sich richtig, sie in die Wohnung zu bitten.

Sie stellten ihm ihre Fragen und sahen sich dabei um.

Sicher, sagte McAllister, kenne er Nancy Phelan. Hatte sie gekannt. Um genau zu sein, er sei ein paarmal ausgewesen mit ihr. Clubbing, wissen Sie, ein-, zweimal Kino, ein, zwei Abende im Pub. Nettes Mädel, lebhaft, immer gerade raus. Gerade das hatte ihm an ihr gefallen. Er konnte Frauen nicht haben, die die ganze Nacht dahockten und gerade mal ein halbes dutzendmal den Mund aufmachten und davon noch zweimal für bitte und danke.

An der Wand des kleinen Wohnzimmers hingen Fotos von McAllister mit diversen jungen Frauen; weitere waren mit Magnetfrüchten – Himbeeren, Ananas und Bananen – an den Kühlschrank geklebt. Divine nahm eines davon ab und hielt es ins Licht.

»Moment mal…«

»Macht Ihnen doch nichts aus oder?«

McAllister schüttelte achselzuckend den Kopf.

»Wo ist das?« fragte Divine. McAllister saß vor einem Café, irgendwo, wo's warm war, das Hemd über der roten Badehose offen, Nancy Phelan lächelte, hielt dem Fotografen ein großes Glas mit etwas Kühlem hin. Sie trug ein helles Bikinioberteil, enge Shorts und sah geschmeidig und braungebrannt aus. Divine sah, was McAllister an ihr gefallen hatte.

»Mallorca«, sagte McAllister.

»Sie waren zusammen im Urlaub?« fragte Naylor.

»Wir haben uns da kennengelernt. Im Juni. Sie war mit ihrer Freundin dort.«

»Dana Matthieson?«

»Genau der.«

»Eine Urlaubsromanze also«, sagte Naylor.

»So fing's wohl an, ja.«

»Liebe auf den ersten Biß«, sagte Divine, während er eine Ecke des Fotos zurück unter eine Plastikbanane schob.

»Wie meinen Sie?« fragte McAllister.

»Nichts.«

»Wie lang ging das noch«, fragte Naylor, »nachdem Sie wieder zu Hause waren?«

»Paar Monate, mehr oder weniger.«

Sie sahen ihn an, warteten auf mehr.

»Sie wissen ja«, meinte er achselzuckend und schaffte es, keinem von beiden in die Augen zu sehen, »wie das so geht.«

»Sie hat Ihnen den Laufpaß gegeben«, sagte Divine.

»Von wegen!«

»Sie hat Sie nicht abserviert?«

»Nein.«

»Dann also umgekehrt.«

»Nicht direkt.«

»Was war dann direkt?« Divine war ganz in seinem Element.

Durch eines der kleinen Fenster sah Naylor einen Mann, der mit dem Rad einen schmalen Abschnitt des Kanals entlang fuhr; ein älterer Mann, der mit Sicherheit schlief, saß beim Angeln.

»Es hat sich im Sand verlaufen.« McAllisters Miene deutete an, daß sie schon verstanden, als Männer von Welt, so was passierte andauernd.

»Ohne besonderen Grund?«

»Hören Sie...«

»Ja?«

»Ich sehe keinen Grund für all die... die...«

»Fragen?«

»Ja. Es ist schließlich nicht, als...«

»Was?«

McAllister schien es etwas warm zu werden für diese Jahreszeit, aber andererseits war das Zimmer auch wirklich klein. Die Manschetten seines Hemds waren einmal umgeschlagen. »Ich hab's in den Nachrichten gesehen. Heiligabend obendrein, kaum zu glauben. Ein Mädel wie sie.« Er sah erst Naylor an, dann Divine. »Ich nehme nicht an, daß Sie... ich hätte fragen sollen – Tasse Kaffee? Tee?«

»Wie sollen wir das verstehen?« fragte Naylor. »Ein Mädel wie sie?«

McAllister nahm sich Zeit. »Man glaubt doch immer, oder nicht... ich meine, das mag nicht sonderlich fair klingen, aber man glaubt doch, die, na ja, vielleicht waren die nicht allzu helle, wenn sie nicht sehen, was da auf sie zukommt... Sie verstehen doch, oder?«

»Von wem reden Sie denn?« fragte Naylor.

»Na, diese Frauen, von denen man so liest, die so entführt werden, angegriffen, was immer. Sich mit einem Typ zu treffen, den sie noch nicht mal kennen, was weiß ich.« Er spannte die Schultermuskeln, die Hände in den Taschen. »Also Nancy zu was zu kriegen, was sie nicht will, das können Sie vergessen.«

Divine warf Naylor einen Blick zu und grinste.

»Wo waren Sie denn Heiligabend?« fragte Naylor, den Block einsatzbereit.

»Im Cookie Club.«

»Sind Sie da sicher?«

»Natürlich, ich bin...«

»Den ganzen Abend?«

»Von – tja, wann? – halb zehn, elf an.«

»Und davor?«

»Tja, einige Gläschen im Baltimore Exchange, noch ein paar im Old Orleans, Heiligabend, Sie wissen ja, wie das ist. Da muß ich so gegen elf im Cookie gelandet sein, ja, später nicht. Na gut, halb zwölf, höchstens.«

»Und wie lange sind Sie geblieben?«

»Eins. Viertel nach eins. Ich bin nach Hause gelaufen. Am Taxistand auf dem Platz standen sie Schlange, hundert, hundertfünfzig Leute.«

»Haben Sie Zeugen?« fragte Divine.

»Zeugen?«

»Jemand, der Ihre Geschichte bestätigt, der einen Eid darauf schwört, daß Sie dort waren.«

»Ja, ich nehm's doch an. Ich war ja nicht allein, falls Sie das meinen. Klar, waren Leute dort, Freunde. Ja, natürlich.«

»Geben Sie uns die Namen?« sagte Naylor. »Damit wir das nachprüfen können.«

McAllisters Mund war trocken, seine Augen begannen zu brennen; diese verdammte Zentralheizung. »Hören Sie, ich nehme an, Sie müssen das tun, aber...«

»Wann haben Sie sie zum letztenmal gesehen«, fragte Divine und rückte ihm auf den Leib.

»Nancy?« Er feuchtete sich mit der Zunge die Lippen an.

»Wen sonst?«

»Vor sechs Wochen. Mindestens.«

»Eine Verabredung?« Divine stand jetzt direkt vor ihm, nahe genug, um die starke Mischung aus Aftershave und Schweiß zu riechen.

»Nicht genau, nein.«

Divine lächelte mit den Augen, den Mundwinkeln und wartete.

»Ein Gläschen, weiter nichts. Im Baltimore.«

»Gehen Sie da oft hin?«

»Ist ja gleich in der Nähe.«

Um nicht zu sagen viel zu teuer, dachte Divine. Wenn sie einen nicht überhaupt übersahen.

»Seither habe ich sie nicht mehr gesehen«, sagte McAllister. »Mein Wort drauf.«

»Na, was meinst du?« fragte Naylor.

Sie überquerten die schmale Straße, um zu ihrem Wagen zu kommen. Sie befanden sich direkt vor dem Klinikum, und Divine mußte kurz an Lesley Bruton denken, die ihn mit ihrem Vorschlag, als Unterwäschemodel herzuhalten, auf die Schippe genommen hatte. War auch schon wieder mehr als einen Tag her, und noch immer nichts Neues von Raju, dem armen Schwein; der schmachtete noch immer auf der Intensivstation.

»Also?« Naylor stand neben der Beifahrertür.

»Kein Zweifel«, sagte Divine. »Sie hat ihm den Laufpaß gegeben.«

16

Es gab Tage, Resnick wußte das nur zu gut, da legte man Billie Holidays »Our Love is Here to Stay« einfach nicht auf; Tage, an denen es auf pures Selbstmitleid hinauslief, ganz zu schweigen von Dummheit, sich ihre flotte Wanderung durch »They Can't Take That Away From Me« anzuhören, weil man sich des Gefühls nicht erwehren kann, daß man ihr bereits alles genommen hat. In Ordnung ging dagegen Ben Websters Sax in »Cottontail«, in der Version, in der Oscar Peterson sich am Flügel austobt; Jimmy Witherspoon, wenn er auf dem Monterey Jazz Festival versichert »Tain't Nobody's Business What I Do«. Oder was er im Augenblick aufzulegen gedachte: Barney Kessels »to swing or not to swing« mit dem Titel ohne Großbuchstaben und den Wörterbuchdefinitionen auf dem Cover. Am liebsten waren ihm die unbeschwert flotten Nummern, in denen Georgie Auld das Tenorsax bediente, »Moten Swing«, »Indiana«.

Bud in der Armbeuge, ging er die Treppe hinunter in die Küche und machte sich daran, Dosen mit Katzenfutter zu öffnen, goß dann Milch ein und sondierte den Kühlschrank, um zu sehen, was es später aufs Sandwich gab. Allem Anschein nach hatte Reg Cossall tatsächlich vor, seinen Namen zum drittenmal ins Buch des Standesbeamten zu setzen. Die Glückliche war Hausmutter eines Altersheims hinter Long Eaton, eine dralle rosige Person mit strahlender Miene. Resnick war ihr zweimal begegnet. »Sie richten sich wohl so langsam auf die Pension ein«, hatte ein tolldreister Constable gesagt. Cossall hatte gute Lust gehabt, ihn mit seinem Reservegebiß zu kastrieren.

Während er Kaffee mahlte, versuchte Resnick zu überlegen, was Reg Cossall wohl an sich haben mochte – vulgärer, zynischer Sauertopf, der er war –, was ihn wohl zu einer so attraktiven Partie machte. Aber andererseits, Charlie, sagte er sich, während er auf das Wasser wartete, es ist ja nicht grade so, daß du keine Angebote gehabt hättest.

Marian Witczak, die nur darauf wartete, daß er zu ihr in ihr merkwürdiges Leben in der Vergangenheit trat, selbstverständlich immer sorgfältig darauf bedacht, das Thema nicht selbst anzuschneiden; sie verließ sich ganz auf die Winke mit Zaunpfählen ihrer alten Freunde im Polnischen Club. Und dann Claire Millander, die Maklerin mit der unmöglichen Aufgabe, ihn aus diesem viktorianischen Mausoleum in etwas Kompaktes, Modernes umzusiedeln, mit Mikrowelle und ordentlich schließenden Türen, durch die sich die Faust stecken ließ. »Was muß es denn bei Ihnen sein, Charlie? Wahre Liebe?« Das letzte, was er gehört hatte, war, daß sie wieder in Neuseeland war; sie hatte ihm eine Karte aus der Bay of Plenty geschickt, wo sie und ihr Lover, der Obstbauer, Kiwis und Kinder großzogen.

Aus der Gegend um seine Füße kam eine leise Beschwerde, als sich Dizzy über Buds Napf hermachte, und Resnick nahm die große Katze am Bauch und setzte sie vor die Tür.

Vielleicht mußte es ja wirklich nicht die wahre Liebe sein – oder überhaupt Liebe.

Er schenkte sich einen kleinen Scotch ein, aus der Flasche Springbank, den er bei der Kripo-Tombola gewonnen hatte. Fünfzehnjähriger Single Malt. Das Glas nahm er zusammen mit seinem schwarzen Kaffee mit nach vorn.

Pam Van Allen stand im Telefonbuch. Er stellte die Anlage leiser und wählte. Wann war das gewesen? Mit Sicherheit war noch kein Jahr vergangen, als er in die Weinstube gegenüber vom Snookersalon gekommen war – ihre erste und letzte Begegnung. Sie saß allein an einem

Tisch in der Nähe der Wand, mit einem offenen Buch und einem Glas Wein, in einer Welt ganz für sich. Er wußte, es war ein Fehler, sie jetzt anzurufen, es war ungehobelt und dumm obendrein, aber noch bevor er wieder auflegen konnte, war sie auch schon dran.

»Hallo?« Ihre ganze Verkniffenheit in einem einzigen Wort.

»Ja, Pam Van Allen...?«

»Ja?«

»Charlie Resnick.«

»Wer?«

»Der Inspector von der Kripo...«

»Wer gibt Ihnen das Recht, mich hier zu Hause anzurufen? Und noch dazu heute? Wir haben Feiertag.«

»Ich weiß, und es tut mir auch leid, aber wenn es nicht wichtig wäre –«

»Kommen Sie zur Sache, Inspector.«

»Gary James, einer Ihrer Fälle, glaube ich...«

»Ich bin morgen früh im Büro. Solange Sie's nicht auf Informationen abgesehen haben, auf die Sie kein Recht haben, können Sie mich dort erreichen.«

Und damit war das Gespräch auch schon wieder vorbei. Resnick beäugte den Hörer, als könnte er irgendwie für ihren Zorn verantwortlich sein; dann legte er sachte auf. Er kippte seinen Whisky auf einen Zug weg. Mit einer aufgesetzt munteren Coda stolzierte Barney Kessels »Twelfth Street Rag« dem Ende entgegen. Dann war es still. Resnick streichelte Pepper mit einem Knöchel hinter dem Ohr, bis die Katze zu schnurren begann.

Er stand wieder in der Küche und schabte nicht mehr ganz taufrischen Stilton auf eine Mischung aus Entenfleisch und Tomaten, als das Telefon klingelte.

»Tut mir leid wegen vorhin. Sie haben uns bei einem Mordskrach erwischt.«

Das »uns« hallte durch Resnicks Kopf. »Schon gut«, sagte er.

»Aber andererseits«, fuhr Pam Van Allen fort, »ist heute der zweite Weihnachtsfeiertag.«

Er dachte, wenn er sie sehen könnte, womöglich war sie einem Lächeln nahe.

»Tja, und jetzt, paßt es jetzt besser? Ich meine, wenn Sie grade mitten in was...«

»Ist schon in Ordnung. Mit einem Nachschlag ist wohl nicht zu rechnen. Ich bin im Schlafzimmer. Versuche, meinen zweiten Wind zu bekommen.«

Resnick versuchte sich das vorzustellen; dann wieder nicht.

»Sie wollten mir was über Gary James sagen?«

»Eigentlich wollte ich mehr was fragen.«

»Ah ja.«

»Eine Information teilen.«

»Teilen?«

»Natürlich.«

Diesmal hörte er sie lachen. »Ist noch etwas früh für Entschlüsse fürs neue Jahr, meinen Sie nicht, Inspector?«

»Charlie.«

»Was?«

»So heiße ich.«

»Inspector geht leichter über die Lippen.«

Seine guten Vorsätze umgehend, sprang Resnicks Phantasie in ihr Schlafzimmer. Lag sie wirklich auf dem Bett, einen Stapel Kissen im Rücken, die schlanken Beine gestreckt? Herrgott! dachte Resnick. Was ist bloß los mit mir?

»Dann teilen Sie mal«, sagte Pam.

Er erzählte ihr von dem Vorfall im Wohnungsamt, von Nancy Phelans Verschwinden und Lynns Verdacht, was Karls Gesicht anbelangte.

Am anderen Ende der Leitung herrschte Schweigen; Pam Van Allen überlegte. Schließlich sagte sie: »Sie wollen also wissen, wozu er meiner Ansicht nach fähig ist?«

»Ich will alles wissen, was hier von Nutzen sein könnte.«

Nach weiteren Überlegungen sagte Pam: »Ich nehme mir Zeit für ihn, Gary, meine ich, man hat schnell einen Eindruck von ihm, aber er ist nicht so schlimm, wie man denken möchte. Es wäre ein Leichtes für ihn gewesen, Michelle mit den beiden Kleinen sitzenzulassen, eine Menge Männer an seiner Stelle würden das tun. Ist schließlich nicht so, daß sie verheiratet sind. Aber so ist Gary nicht. Er ist nicht verantwortungslos. Nicht wirklich. Aber in seiner Situation, keine Arbeit, und das bestimmt nicht, weil er's nicht versucht. Herzlich wenig Geld, ein Haus, in das entweder ein Vermögen gesteckt oder das abgerissen werden müßte, wen wollte es da wundern, daß er frustriert ist? Und dann ist er jähzornig. Er wird durchaus handgreiflich. Wie sollte das auch anders sein, bei seiner Bildung.«

Sie gab Resnick Zeit, das auf sich wirken zu lassen.

»Wenn Sie mich also fragen, ob er seinem Kleinen eine geknallt haben könnte, so würde ich sagen, das ist durchaus drin. Genauso wie ihn die Warterei auf dem Wohnungsamt dazu gebracht haben könnte, mal einen Stuhl gegen die Wand zu donnern. Weder hinter dem einen, noch dem anderen steckt ein Vorsatz, und deshalb sehe ich das andere nicht – ich glaube nicht, daß Gary einen Groll hegen, etwas planen könnte, einen Racheakt, und dann wartet, bis er ihn ausführen kann.«

Resnick überlegte noch einige Augenblicke, wog ab, was Pam Van Allen gesagt hatte. »Danke, ich weiß das wirklich zu schätzen. Ihre Meinung bedeutet mir viel. Ich gebe sie an Lynn weiter.«

»Freut mich, daß ich helfen konnte.« Es entstand eine weitere Pause, in der Resnick nach den richtigen Worten rang, und er war sich schon sicher, daß sie sich verabschieden würde, aber statt dessen sagte sie: »Das letzte Mal sagten Sie was von einem Gläschen oder was, nach der Arbeit.«

»Ja.«

»Und?«

»Sie sagten, Sie würden sich melden. Sie wollten es sich überlegen.«

Mit einem Lächeln in der Stimme sagte sie: »Ich habe gelogen.«

»Alles klar.«

»Aber jetzt meine ich es ernst.«

»Und?«

»Kann ich Sie anrufen? Innerhalb der nächsten Tage?«

»Natürlich.«

Im Hintergrund hörte Resnick gedämpft eine weitere, eine laute Stimme. »Gegen zwei«, sagte Pam Van Allen und unterbrach an diesem Abend die Verbindung zum zweitenmal.

Garys Kumpan aus der Straße hatte vor neun geklopft, auf dem Weg in den Pub an der Ecke. »Pleite«, hatte Gary gesagt, aber Brian hatte ihm pfeifend und mit großer Geste einen Zwanziger präsentiert. »Mensch, hast du 'n Strahl!« hatte Gary gerufen. »Wo hast du den her?« »Sharons Oma«, Brian grinste, »hat ihn zu Weihnachten geschickt.« Michelle hätte fast was gesagt, verkniff es sich aber. Wieso einen Streit riskieren? Nicht schon wieder. »Wird nicht so spät werden«, hatte Gary gesagt, und schon waren sie fort gewesen, lachend, mit großen Augen, zwei große Kinder.

Im Grunde war es ganz gut, daß er gegangen war, da kaum eine Viertelstunde darauf Karl zu plärren begann, vermutlich ein Alptraum, und Michelle rauf mußte, um ihn zu beruhigen, ihm was zu trinken bringen, sich eine Weile zu ihm setzen, bis er wieder einschlafen konnte. Es war kalt in seinem Zimmer, nicht so kalt wie die Nacht davor, aber Karls Beinchen waren trotzdem wie Eiszapfen unter der Decke, aber um ihn für die Nacht hinunterzutragen, dazu war es noch zu früh, also steckte sie ihn in ihr Bett, ihres und Garys, und legte ihm noch eine Decke über. Natalie wachte kurz darauf auf, und Michelle wickelte und fütterte sie und setzte sich dann mit ihr auf die Couch; das schlafende Kind an der Brust sah sie sich eine Komödienserie mit Bobby Davro an.

Auf der Uhr war es fünf vor zehn, und trotz allem, was Gary gesagt hatte, wußte sie, daß er erst kommen würde, wenn der Pub dichtmachte. Der war weg. Sie faßte den Entschluß, die Kinder bis dahin hier unten hingelegt und heißes Wasser parat zu haben, für den Fall, daß ihm noch nach einer Tasse Tee war; sie selbst wollte sich schon mal fürs Bett zurechtmachen.

Wenigstens wurde Gary nicht aggressiv, wenn er einen über den Durst getrunken hatte, ganz im Gegensatz zu vielen anderen. Ebensowenig wie es ihn scharf machte. Sie hatte von Brians Frau gehört, daß der spät abends heimkomme, kaum den Schlüssel in die Tür brachte und trotzdem von ihr erwartete, es mit ihm zu treiben, wenn er über der Schwelle war. Gary dagegen schlief einfach ein. Er wurde ein bißchen kuschlig, das schon, drückte sich an ihren Rücken und murmelte vor sich hin, nicht, daß sie je auch nur ein Wort verstanden hätte; dann, nach einer Weile, rollte er sich auf den Rücken und war dahin. Süß sah er dann aus, wenn er so dalag, eine Art Lächeln auf dem Gesicht, richtig jung, zu jung, um ehrlich zu sein.

Sie brachten Nachrichten, Michelle dachte daran, umzuschalten oder gleich ganz aus. Aber der Kopf der kleinen Natalie lag gerade richtig, ihr Atem an ihrer Haut. Seit Heiligabend vermißt, sagte der Nachrichtensprecher, und dann zeigten sie ein Foto von ihr, dunkles Haar, bis über die Schultern, die Frau, mit der sie und Gary auf dem Wohnungsamt gesprochen hatten, die nach endlosen Bitten, Drängeln und Formularen das Haus hier aufgetan hatte. Nancy Phelan.

Sofort war Michelle auf den Beinen, das Baby wimmerte leise, aufgebracht über die Störung. All die Fragen, die die Polizistin gestellt hatte. Haben Sie sie gesehen? Wann haben Sie sie gesehen? Auf dem Wohnungsamt? Später nicht mehr? Nicht später?

Die Nachrichten waren bereits bei der nächsten Meldung, einem Tanker, der irgendwo nördlich von Schottland auf Grund gelaufen war, aber Michelle hatte noch die Worte des Sprechers im Ohr: zuletzt gesehen in der Nacht von Heiligabend auf den ersten Weihnachtsfeiertag, kurz vor Mitternacht.

Und Gary, der ihr die Stirn geboten hatte, der Frau von der Polizei. »Ich bin heimgekommen und hiergeblieben. Bis heute morgen. Alles klar?«

Michelles Hände auf dem Körper des Babys waren feucht, kalt und klamm.

»Sie haben Nancy also nicht mehr gesehen?« hatte die Polizistin gefragt.

»Hab' ich das nicht gerade gesagt? Ich war nicht mehr weg.«

Michelle drückte sachte die Lippen gegen Natalies Kopf, das Haar flaumig und kaum zu spüren. »Falls Sie mit jemandem reden wollen, melden Sie sich. Rufen Sie an.«

Michelles Beine zitterten.

17

Am Abend des zweiten Weihnachtsfeiertages um fünf nach halb elf wählte Robin Hidden die Nummer der Wache. Er war in einem Pub in Lancaster, bei einem Glas Boddington's; tagsüber waren sie auf der Ostseite der Seen klettern gewesen und dann mit angenehm schmerzenden Muskeln nach Hause gefahren, zu Mark, einem Freund, der in der Nähe der Uni wohnte. Sie waren ihre Wanderstiefel losgeworden, hatten sich umgezogen und dann in den kleineren Raum der Kneipe gesetzt. Vor ihnen standen die Teller, die eben noch voll Pasteten, Fritten und Soße gewesen, mittlerweile jedoch mit riesigen Butterstullen blank geputzt waren. Das Bier ging runter wie Öl, während ihnen die Rückseiten ihrer Beine steif zu werden begannen. Im großen Raum der Bar lief, an einer Halterung hoch an der Wand, der Fernseher, und als Mark einen Blick über die Schulter warf, blitzte Nancys Bild auf den Schirm.

»He! Ist das nicht…?«

Als sie endlich in die Bar gehumpelt waren und Robin seine Brille herausgefummelt hatte, lief bereits etwas anderes, und kaum einer, den sie fragten, hatte groß aufgepaßt, was vorher gesagt worden war.

»Weiß der Himmel, Sportsfreund«, hatte ihm einer gesagt, »aber was immer, was Gutes war's nicht, darauf kannst du dich verlassen.«

»Die Kleine«, sagte der Barkeeper, der eben am Zapfen war, »ist verschwunden. Sie haben sie doch nicht etwa gekannt, oder?«

Robin Hidden zog einen Fünfer aus der Hosentasche und legte ihn auf den Tresen. »K-Kleingeld, bitte. S-soviel Sie nur haben. Fürs Telefon.«

Der Constable, der den Anruf entgegennahm, wollte ihm nicht viel sagen, nur die Fakten, soweit man sie bekanntgegeben hatte, schlicht und ungeschönt. Er hörte zu, als Robin ihm sagte, er hätte Nancy gekannt, gut gekannt, notierte sich seinen Namen und stellte ihm dann selbst ein paar Fragen.

»Wann könnten Sie auf die Wache kommen, Sir? Ich bin sicher, einer der Kollegen, die den Fall bearbeiten, würde gern mit Ihnen sprechen, persönlich sozusagen, möglicherweise haben Sie ja eine Aussage zu machen.«

Robin hatte zuerst auf der Stelle losfahren wollen, hatte aber bereits, wie Mark meinte, zwei Halbe getrunken; in diesem Zustand die weite Strecke zu fahren, da müßte er schon Glück haben, keinen Krampf in den Beinen zu kriegen.

»Schläfst doch bloß ein am Steuer«, sagte Mark. »Wem wäre damit gedient? Ist doch viel besser, du legst dich jetzt schlafen, stellst dir den Wecker auf halb sechs und fährst früh los.«

»Am Vormittag«, sagte er dem Polizisten. »Ich bin am Vormittag da.«

»Sehr gut, Sir. Ich werde es weiterleiten. Gute Nacht.«

Mark drückte seinem Freund mitfühlend die Schulter. Nicht, daß er Nancy was Schlimmes gewünscht hätte, sicher nicht, aber so wie Robin während ihrer ganzen Wanderung vor sich hin geträumt hatte... Abgesehen davon hatten sie ohnehin nicht zueinander gepaßt, jeder, der Robin kannte, sah das auf den ersten Blick.

James Guillerys Eltern hatten sich mit ihrem Sohn in Aosta in Verbindung zu setzen versucht, aber das Hotel, in dem er angeblich abgestiegen war, behauptete, noch nie von ihm gehört zu haben; im Reisebüro sei ein Versehen passiert, man habe das Hotel überbucht. Man hatte ihnen zwei weitere Nummern gegeben, von denen die eine ständig besetzt war, während man bei der anderen nur ein ununterbrochenes Pfeifen bekam, das darauf schließen ließ, daß es den Anschluß nicht gab. Das Reisebüro hatte geschlossen, und der Anrufbeantworter machte mitten in der Nachricht der Guillerys Schluß.

»Ich weiß nicht, wie er sie kennengelernt hat«, sagte Mrs. Guillery. »Sie waren ein paarmal aus...«

»Öfter als nur ein paarmal«, warf Mr. Guillery ein.

»Meinst du? Ja, na ja, hast wohl recht. Trotzdem glaube ich nicht, daß das war Ernstes gewesen ist.«

»Sie meint damit, daß er sie nicht gleich heiraten wollte«, dolmetschte Mr. Guillery.

»Nein, ich meine damit, daß James sie wirklich zu mögen schien, das heißt, er hatte über sie nur das Beste zu sagen, aber, wie gesagt, ich hatte nicht den Eindruck, daß es was war, was ich als was Ernstes bezeichnen würde.«

»Was sie nicht versteht«, wußte Mr. Guillery ganz im Vertrauen zu sagen, »ist, daß das bei den jungen Leuten heute ganz anders ist. Nicht wie zu unserer Zeit. Die Jungen heute, die können auch ernst machen, ohne daß es was Ernstes wird. Wenn Sie verstehen, was ich meine.«

Eric Capaldis Nachbarn in Beeston Rylands wußten nur wenig von ihm, abgesehen davon, daß er Toningenieur bei der BBC Nottingham war. Oder war das Radio Trent? Er fuhr einen Sportwagen, nicht neu, einen von diesen kleinen Flitzern, in denen man fast auf der Straße saß; alle naselang warf er eine alte Decke und eine Plane auf die Straße und krabbelte unter dem Motor herum.

Einer dachte, er könnte Nancy Phelan auf dem Foto erkannt und sie mal mit Eric gesehen haben; darauf geschworen hätte der Mann freilich nicht. Wie sollte er? War ja spät abends gewesen, und die Straßenbeleuchtung da unten, die sparte der Gemeinde ja vielleicht Geld, aber ohne Mond sah man nicht mal die Hand vor den Augen – was ja wohl so auch nicht recht sein konnte, oder?

Die Telefonistin von Radio Nottingham bestätigte, daß Mr. Capaldi vierzehn Tage Urlaub genommen hatte, hatte aber keine Ahnung, wohin er gefahren war. Ja, gewiß, wenn es so wichtig sei, dann würde sie mal nachfragen. Wer denn am Apparat sei?

Andrew Clarke hatte einen kleinen Snookertisch in dem Raum, den sie trotzdem noch das Frühstückszimmer nannten; dorthin hatte er sich mit einer Flasche Sherry zurückgezogen und übte, die Kugeln der Reihe nach zu versenken, erst die roten, dann die farbigen bis hin zur schwarzen. Er tarierte jeden Stoß aus, dachte daran, sich in der Hüfte zu beugen, den Blick das Queue entlang, die rechte Hand fest um den Griff.

»Und du meinst nicht, Andrew«, sagte seine Frau, als sie ihn dort fand, »daß du zurückfahren solltest?«

»Wozu, um alles in der Welt?« Die Braune landete zu nah an der Bande, und so stieß er sie zurück neben das D.

»Na ja, irgendwie hast du schließlich damit zu tun.«

»Unsinn.« Das muß noch besser werden, sieh zu, daß du dir die Stoßkugel für die Grüne zurechtlegen kannst.

»Dein Verhältnis –«

»Verhältnis?«

»Deine Beziehung zu ihr als Gastgeber der Party, von der sie verschwand.«

»Das macht mich wohl kaum verantwortlich.«

Audrey wünschte, er würde sie ansehen, wenn er mit ihr sprach, nicht ständig um den verflixten Tisch herumlaufen, um mit zusammengekniffenen Augen nach den Kugeln zu spähen wie ein in seinen Schlachtplan vertiefter General. »Außerdem«, sagte sie und stellte sich so, daß sie in seine Blickrichtung kam, »ist sie nicht die beste Freundin deiner Bibliothekarin?«

»Dana, hmm. Sie wohnen zusammen, glaube ich. Sie teilen sich nur die Wohnung, die beiden sind nicht...« Er brachte seinen Stoß an, und die Grüne rollte langsam auf die Tasche zu, blieb aber kurz vor dem Rand stehen, weigerte sich zu verschwinden.

»Was sind sie nicht, Andrew?«

Fast schon mit einem Seufzen richtete er sich auf und griff nach der Kreide. »Ich meine, die beiden sind keine – wie sagt man gleich wieder? – keine Lesben.«

»Ach? Woher willst du das wissen?«

»Na, das sieht man doch.«

»Ich weiß nicht. Wenn du meinst. Ich hätte nicht gedacht, daß das so einfach ist. Vor allem heutzutage.«

»Dafür hat sie die Männer zu gern, Dana, meine ich. Hast sie doch kennengelernt, gesehen, wie sie daherkommt. Heiligabend zum Beispiel, ihr Kleid – oder was immer sie da anhatte – zeigte mehr, als es verdeckte.«

»Andrew, ich glaube nicht, daß alle Lesbierinnen kurzes Haar haben und Motorradanzüge tragen.«

Einen Augenblick lang starrte er sie an; er konnte sich nicht erinnern, von seiner Frau je das Wort »Lesbierin« gehört zu haben.

»Na jedenfalls.« Audrey Clarke leckte sich die Spitze des Zeigefingers; sie hatte eben Lemoncurdtörtchen gemacht. »Das sieht dir so überhaupt nicht ähnlich. Dir ist doch sonst so darum, alles im Griff zu haben.«

»Audrey, wenn ich den Eindruck hätte, daß meine Anwesenheit auch nur im geringsten von Nutzen sein könnte, dann wäre ich bereits dort. Aber so wie die Dinge liegen, bin ich im Urlaub, und ich habe die Absicht, ihn zu genießen. Mit dir.«

Irgendwann, früher mal, hatte Audrey Clarke das etwas bange Lächeln ihres Mannes für attraktiv gehalten, die tiefe Furche zwischen den Augen – nahm sie jedenfalls an.

»Ich spring' mal rasch raus«, sagte sie, »auf einen Spaziergang am Meer.«

Er sah ihr nach – eine Frau mittleren Alters im langen Tweedrock, Barbour-Mantel, grünen Schaftstiefeln und einem Tuch mit fernöstlichem Muster. Als sie weit genug vom Haus entfernt war, schlug Andrew Clarke Dana Matthiesons Privatnummer nach und wählte sie auf dem Apparat in der Diele.

Der Anrufbeantworter schaltete sich ein, und Andrew senkte bereits den Hörer, als Danas Stimme durchkam. »Nancy? Nancy, bist du's?«

»Ich bin es, Andrew«, sagte er etwas schriller, als er beabsichtigt hatte. »Andrew Clarke. Ich habe mich eben gefragt, wie es Ihnen so geht. Ich meine...«

Aber Dana hatte bereits aufgelegt, und er sprach in die tote Leitung.

»Schwein!« flüsterte sie leise in sich hinein. »Mieses Schwein!«

Dana kauerte neben dem niederen Tischchen, auf dem das Telefon stand. Sie war gerade aus dem Bad gekommen, als Andrew Clarke angerufen hatte, zwei Badetücher lose um den Körper gewickelt, Wasser tropfte zu Boden. Jedesmal, wenn sie in einen Spiegel blickte und sah, daß ihr schon wieder Mascaraspuren übers Gesicht liefen, sagte sie sich: Jetzt ist aber Schluß mit Heulen, kannst doch keine Tränen mehr haben. Zitternd legte sie sich die Arme um die Brust und wiegte sich sachte vor und zurück.

18

»Was ist, Charlie, kommen wir der Sache schon näher, was meinen Sie?« Skelton stand mit beiden Händen flach gegen die Wand, die Arme gestreckt, und spannte die Beinmuskeln, bis sie stramm waren; das letzte, was er wollte, war, daß ihm beim Joggen die Derby Road hinauf eine Kniesehne riß.

Resnick zuckte mit den Achseln. »Dieser junge Kerl, dieser Hidden, kommt heute vorbei, nach allem, was wir wissen, war er ihr letzter Freund.«

»Und was ist mit dem Knaben, den sich Divine und Naylor gestern vorgeknöpft haben?« Skelton hob ein Bein mit der Hand, die Finger um die Zehen seiner Joggingschuhe gelegt, und hielt es so, daß die Ferse seine Hinterbacke berührte, erst das rechte, dann das linke.

»Hat Alibis für die maßgeblichen Zeiten. Wir überprüfen das noch. Aber nach allem, was ich gehört habe, fällt er für mich, ehrlich gesagt, flach.«

»Der Wagen, Charlie, der ist der Schlüssel.«

Resnick nickte; als ob man ihn daran erinnern müßte.

»Ihnen selbst ist wohl nicht vielleicht noch was eingefallen? Noch immer kein klareres Bild?«

Wie ein hartnäckiger Fleck hielt sich das verschwommene Ding am Rande von Resnicks Blickfeld, weigerte sich, eine richtige Farbe anzunehmen, der Fahrer nichts weiter als der Eindruck einer Person.

»Jemand hat ihr angeboten, sie mitzunehmen, Charlie, das ist mal klar. Höchstwahrscheinlich jemand, den sie nicht kannte, den sie erst diesen Abend kennengelernt hat, sie gefällt ihm, er tanzt ein bißchen mit ihr – so war's doch aller Wahrscheinlichkeit nach. Und dann saust er mit ihr davon, weil er meint, daß er zum Zug kommt bei ihr. Danach, wer weiß?«

Wenn sie Glück hatten, konnten Cossall und seine Leute bis zum Abend die erste Runde schaffen: die Zuordnung der männlichen Gäste zum jeweiligen Wagen. Danach begann ein zäher Eliminierungsprozeß. Und Zeit, das wußten sie, war das einzige, was Nancy Phelan nicht hatte.

»Für drei ist eine Pressekonferenz anberaumt«, sagte Skelton. »Ihre Eltern werden auch dabeisein. Mir ist das ja gar nicht recht, aber was will ich machen? Wenn Sie also glauben, daß uns dieser Hidden weiterbringt, dann lassen Sie mich das so schnell wie möglich wissen.«

»Alles klar.«

Skelton wandte sich ab, trabte kurz auf der Stelle, hob die Knie und lief dann, den Kopf in den Abgaswolken des entgegenkommenden Verkehrs, in strammem Tempo den Gehsteig entlang.

Resnick wußte schon an der Tür zur Toilette, daß es Graham Millington war. Das fröhlich gepfiffene Musicalpotpourri war ein untrügliches Zeichen, daß sich sein Sergeant wieder im Einsatz befand.

»*Das Phantom der Oper*, Graham?«

»*Karussell*«, sagte Millington, leicht gekränkt. »Wir haben es vor Weihnachten in London gesehen, die Gattin und ich. Also diese Patricia Routledge – hätte nie gedacht, daß die so eine Stimme hat, nie.«

Er schüttelte sich einige Male, nur um sicherzugehen, zog den Reißverschluß hoch und trat zurück. »Also, bei dem einen Lied – was war das gleich wieder? – ›You'll Never Walk Alone‹, ich sage Ihnen, da blieb kein Auge trocken.«

»Heute vormittag kommt einer«, sagte Resnick, »der mit Nancy Phelan befreundet war. Helfen Sie mir doch bei dem, ja?«

»Alles klar.« Mit einem Blick in den Spiegel wischte sich Millington einige weiße Stäubchen von den Schultern seines dunklen Anzugs. Wenn nur diese Schuppen nicht wiederkamen, er hatte gedacht, die wäre er endgültig los. »Alles klar, ich bin dabei.«

Damit schlenderte er den Flur hinauf und interpretierte dabei Rodgers und Hammerstein mit einer Atonalität, die selbst Schönberg mit Stolz erfüllt hätte.

Robin Hidden war spät dran. Drei Baustellen allein auf der M6; auf der A1 war ein Wohnwagen umgekippt. Der Schweiß stand ihm unter Pullover und Cordsamthose, als er die Wache betrat. Als er seinen Namen nannte, kam er ins Stottern. Das passierte ihm immer, wenn er aufgeregt oder gestreßt war. Nancy hatte ihn damit aufgezogen, daß alles, was er im Bett so ausrief, »in Spritzern« käme.«

»Robin Hidden?«

Erschrocken fuhr er herum und sah einen Mann mit rundlichem Gesicht, gepflegtem Schnurrbart, elegantem Anzug und sauber geknoteter Krawatte. »Sergeant Millington, Kriminalpolizei.«

Robin wußte nicht, ob er ihm die Hand schütteln sollte oder nicht.

»Wenn Sie mitkommen würden.«

Er folgte dem Sergeant die Windungen zweier steiler Treppen hinauf und dann einen Korridor entlang bis zu einer offenen Tür; dahinter eine Leere, nicht gerade das, was man einen Raum nennen wollte, dann eine weitere Tür.

»Bitte schön, hier durch, Sir.«

Das kam dem, was er erwartet hatte, was er vom Fernsehen her kannte, schon eher nahe: schlichter Tisch, gegen die Wand geschoben, leere Stühle zu beiden Seiten. Weniger sicher war er gewesen, was die Bandmaschine auf dem Regal im Hintergrund anbelangte: Doppelkassettendeck, daneben ein Sechserpack Kassetten in Zellophan.

»Mr. Hidden, das hier ist Inspector Resnick.«

Ein großer Mann kam auf ihn zu und hielt ihm die Hand entgegen; sein Handschlag war kräftig, flink, und fast noch bevor er wieder losließ, hatten der Inspector und sein Sergeant sich bereits ihre Stühle zurechtgezogen und sich gesetzt. Jetzt warteten sie, daß er es ebenso machte.

»Es müßte jeden Augenblick Tee kommen«, sagte Resnick mit einem Blick auf die Tür hinter ihnen.

»Sie können ja sicher einen Schluck vertragen«, fügte Millington freundlich hinzu. »Nach der langen Fahrt.«

»Wenn Sie rauchen wollen...«, sagte Resnick.

»Müßten freilich die eignen sein«, meinte Millington lächelnd. »Ich versuche mich schon vor Neujahr an meine guten Vorsätze zu halten.«

»Schon gut, danke«, sagte Robin Hidden. »Ich rauche nicht.«

»Sehr gescheit«, sagte Millington. »Vernünftig.«

Es klopfte an der Tür, und ein uniformierter Beamter kam mit einem Tablett, drei Tassen und einigen Tütchen Zucker herein.

»Wie haben Sie das mit Nancy erfahren?« fragte Resnick.

»In den Nachrichten, im Fernsehen, in einem Pub in Lancaster...«

»Sie waren wandern?«

»Ja, ich...«

»Allein, oder...«

Robin schüttelte den Kopf.

»Freundin, Freund?«

»Ein Freund, Mark. Er...«

»Ach, das ist nicht so wichtig«, sagte Millington, der nach dem Tee griff. »Nicht im Augenblick.«

Robin versuchte eine Ecke des Zuckertütchens einzureißen, was ihm aber nicht gelangt, und als er die Zähne zu Hilfe nahm, schüttete er die Hälfte über seine Arme und auf den Tisch.

»Keine Bange«, sagte Millington. »Ist gut für die Mäuse.«

Robin hatte keine Ahnung, ob das als Scherz gemeint war oder nicht.

»Nancy«, sagte Resnick, »wie haben Sie sie gleich wieder kennengelernt?« Als hätte er es bereits gewußt, könne sich aber im Augenblick nicht erinnern.

»Auf dem Marathonlauf…«

»Hier am Ort?«

»Der Robin-Hood-Marathon, ja.«

»Und da sind Sie beide mitgelaufen?«

»N-nein. Nur ich. Nancy sah nur zu. In der Lenton Road, wo's durch den Park geht. Ich bekam einen Krampf. Ziemlich schlimm. Ich mußte stehenbleiben und, na ja, mich hinlegen, das Bein massieren, bis er verging. N-Nancy und ihre Freundin standen genau dort, wo ich ausgefallen bin.«

»Und da sind Sie ins Gespräch gekommen?«

»Sie haben mich gefragt, ob ich in Ordnung bin, ob ich H-Hilfe bräuchte.«

»Und, brauchten Sie welche?«

»Ach was, aber sie meinte, Nancys Freundin, sie…«

»Sie meinen Dana?«

»J-ja. Sie meinte, wenn ich mal jemanden bräuchte, der mich mit Ralgex einreibt, da wüßte sie jemanden, der mir nur zu gern behilflich wäre.«

»Sie selbst?«

»N-Nancy.«

»Und Sie haben sie beim Wort genommen?« sagte Millington lächelnd. Er lächelte ganz schön was weg an diesem Tag, froh darüber, endlich wieder bei der Arbeit zu sein, weg von Taunton, wieder im Gespann mit dem Chef. Ein Genuß. »So ein Angebot bekommt man nicht alle Tage. Schon gleich gar nicht in Shorts, möchte ich mal behaupten.«

»Ich hab's nicht ernst genommen. Ich hielt es für einen Scherz, dachte, die wollen mich auf die Schippe nehmen, aber noch bevor ich weiterlief, sagte Nancy: ›Hier‹ und gab mir ihre Nummer. Auf einer Ecke der Sonntagszeitung.«

»Und, haben Sie sich die ins Suspensorium gesteckt«, überlegte Millington laut, »um sie warm zu halten?«

Robin schüttelte den Kopf. »In meinen Schuh.«

Millington lächelte gleich noch mal und warf Resnick,

der hin und wieder ein Wort auf sein Blatt kritzelte, einen Blick zu.

»S-sollten wir nicht...?« sagte Robin einen Augenblick später mit einem Blick über die Schulter auf den Recorder.

»Ach was«, sagte Millington. »Das glaube ich nicht. Uns geht's nur um Hintergrundinformationen. Ein informeller Plausch, weiter nichts.«

Warum, dachte Robin Hidden, spüre ich davon nichts?

Dana hatte den ganzen Nachmittag über an Robin Hidden gedacht, auf ihrem Spaziergang im Park, wo sie, ihr Kopftuch unter dem Kinn geknotet, ein paarmal langsam den See umrundete. Von seinem Körper mal abgesehen – der ihr ganz brauchbar schien, daran hatte es vom ersten Augenblick keinen Zweifel gegeben –, sah sie nicht, was dran war an ihm. Er war nicht sonderlich interessant, bestenfalls Mittelmaß, Durchschnittsjob beim Finanzamt Nottingham 2. Ein Abend mit Robin schien aus *Wiedersehen in Howards End* im Showcase zu bestehen, danach *Rhogon josh* und *Peshwari nan* beim Inder in der Derby Road. Oder, besser noch, die gute Nancy kochte Schwein und Pilze Stroganoff, das Ganze vorm Fernseher vertilgt, Robin blinzelnd hinter seiner Brille bei einer Sendung über das Aussterben des peruanischen Lamas. Das einzige Mal, daß sie ihn wirklich hatte auftauen sehen, das war bei der Planung eines Wanderwochenendes in den Mavern Hills, das Nancy für künftige Berge in Form bringen sollte.

Aber Nancy schien glücklich mit ihm, oder immerhin zufrieden, mehr jedenfalls als mit den anderen. Eric, zum Beispiel, der sie, wenn er sie nicht gerade sonntags durch Läden mit Autozubehör hetzte, auf der Jagd nach diesem und jenem für seinen Wagen, in die Hinterzimmer irgendwelcher Pubs geschleppt hatte, zu Konzerten von Megabite Disaster und Gruppen mit ähnlichen Namen. Oder Guillery, dieser Spinner, der Kampfstiefel und Wollsachen trug, die ihm seine Mutter strickte, und Nancy dazu überredete, mit ihm in Horrorfilme zu gehen, wo sie dann mit Popcorn in der ersten Reihe saßen. Einmal, so hatte Nancy erzählt, nachdem sie miteinander ins Bett gegangen waren – offensichtlich an sich schon ein merkwürdiges Erlebnis, obwohl sie nicht ins Detail gehen wollte –, hatte Guillery darauf bestanden, ihr seine Lieblingsstellen aus etwas mit dem Titel *Slugs* vorzulesen, während er ihr mit dem großen Zeh über die Innenseite der Schenkel strich.

Und alle waren sie besser als McAllister, dieser geschniegelte Klugscheißer, der ihnen zu ihrem Unglück über den Weg gelaufen war, als sie und Nancy gerade mal zuviel Sonne und Campari getankt hatten. Er hatte ihr sogar selbst gefallen, Gott steh ihr bei! Paul-Smith-T-Shirt und ein Abo des *Gentleman's Quarterly* – wäre ein Yuppie gewesen, wenn er gewußt hätte, was das ist. Das Hirn einer vertrockneten Zuckererbse und, obwohl sie Nancy nie wirklich danach gefragt hatte, höchstwahrscheinlich den passenden Schniepel dazu.

Auf der anderen Seite des Sees stiegen ein Paar Kanadagänse auf, drehten eine träge Runde über den Bäumen und rutschten dann, ganz in ihrer Nähe, wieder auf das eisige Wasser zurück. Hatte sie nicht irgendwo gelesen, daß die nicht mehr in den Süden zogen und in irgendeinem Londoner Park bei Morgengrauen Angestellte der Stadt loszogen, um sie zu schießen? Sie konnte sich nicht mehr erinnern, ob es stimmte und wenn, warum.

Ebensowenig wie sie wußte, warum Nancy, die doch gescheit und gewiß hübsch und selbstsicher war, solche Probleme hatte, einen Mann zu finden, der halbwegs zu ihr paßte. Wenn man erst mal in ihr eigenes Alter kam, dann konnte man schon bald sagen, daß die Guten alle schwul oder vergeben waren; und trotzdem schien Nancy, die schließlich erst in den Zwanzigern war, von einer Katastrophe in die andere zu geraten.

Vielleicht war Robin Hidden gerade deshalb so attraktiv: Das merkwürdigste an ihm war wahrscheinlich, daß er seine Wanderstiefel verkehrt herum schnürte. Hatte Nancy daran gedacht? Rechtzeitig aufzugeben und einen Hausstand zu gründen? Babys? Wanderungen mit Herrn Verläßlich und Wainwrights Bergführer?

»Es war also was Ernstes zwischen Ihnen, Robin, ja?«

»I-ich weiß nicht so recht.«

»Aber nicht nur was fürs Bett.«

»Nein.«

»Also die wahre Liebe?«

Robin Hidden lief rot an. Er hatte noch einen Fingerbreit Tee in der Tasse, längst kalt, aber er trank sie aus. »Ich liebe sie, ja.«

»Und liebt sie Sie auch?« fragte Resnick.

»Ich weiß nicht. Ich denke doch. Aber ich weiß nicht. Meiner Ansicht nach weiß sie's selber nicht.«

»Aber Sie standen sich sehr nahe, sagen Sie?«

»O ja.«

»Nahe genug, um zum Beispiel Feiertage miteinander zu verbringen?«

»Ja, ich denke schon. S-sicher, ja. Wir waren –«

»Aber nicht Heiligabend?«

»Wie bitte?«

»Sie hatten nicht vor, Heiligabend zu zweit zu verbringen?«

»Nein, ich wollte ja... normalerweise... aber ich fuhr zu meinen Eltern nach Glossop, weil Nancy bei D-Dana bleiben wollte. Sie wollte sie nicht allein lassen.«

»Und von Glossop ging's weiter an die Seen?« fragte Millington. »Am zweiten Weihnachtsfeiertag?«

»Ja, schon ganz früh.«

»Und wann sind Sie zu Ihren Eltern gefahren? Heiligabend?«

»Nein.«

»Nicht Heiligabend?«

Robin Hidden schluckte trocken. »A-am ersten W-Weihnachtsfeiertag.«

»Wo waren Sie dann Heiligabend?« fragte Resnick und beugte sich dabei etwas vor, nicht zu weit. »In der Stadt?«

»Ja.«

»Merkwürdig, nicht?« sagte Millington, fast schon beiläufig, »daß Sie sich nicht getroffen haben, Sie und Nancy, Heiligabend? Wenn Sie doch erst am ersten Weihnachtsfeiertag zu Ihren Eltern wollten. So nah, wie Sie sich standen.«

Schweißperlen liefen Robin in die Augen, und er wischte sie ab. »Ich habe sie ja gefragt«, sagte er.

»Ob Sie sich Heiligabend treffen könnten?«

»Sie wollte nicht.«

»Wieso nicht?«

Robin wischte sich die Hände an den Hosenbeinen ab.

»Warum nicht, Robin?« fragte Resnick noch mal.

»W-Wir hatten, n-na ja, es w-war nicht gerade ein Streit, eine Diskussion, könnte man wohl sagen, ein paar Tage davor. Sie hatte... Nancy meinte, gehen wir was essen, irgendwo, wo's nett ist, ich lade dich ein. Es war gar nicht so einfach, einen Tisch zu kriegen, Sie wissen ja, wie das ist in der Weihnachtswoche, aber dann klappte es doch noch, in diesem Restaurant in Hockley, Fisch und vegetarisch, wie heißt das doch gleich wieder? Zu dumm, jetzt fällt's mir nicht ein...«

»Spielt auch keine Rolle«, sagte Resnick leise, »wie das jetzt heißt.«

»Ich nehme an, ich war wohl aufgeregt«, sagte Robin, »wissen Sie, wegen uns beiden. Ich dachte, sie hätte sich endlich entschieden. Weil sie nie so recht zu wissen schien, von einem aufs andere Mal, wie schon gesagt, was sie für mich empfindet, aber ich war sicher, ich meine, bei dem Aufwand, daß sie mir sagen wollte, daß sie dasselbe fühlt wie ich. Ich w-war m-mir absolut sicher. Ich sagte, gehen wir doch wieder aus, Heiligabend, so richtig f-feiern. Sie sagte, tut ihr leid, aber ihr wäre klargeworden, daß sie nicht f-fair zu mir war, daß sie mich nur hinhält und daß sie mich nicht mehr sehen will, nie mehr.«

Robin Hidden ließ das Gesicht in seine Hände sinken, und womöglich heulte er dahinter sogar. Resnick streckte die Hand aus und drückte seinen Arm. Millington warf Resnick einen zwinkernden Blick zu und machte Zeichen, daß er noch Tee organisieren ging.

19

Robin Hiddens Wagen stand dicht an der Hauswand im steilen Winkel zu dem grünen Metallpfosten, an dem kurz vor der Spitze die Überwachungskamera angebracht war. Er hatte ihn vor neun Monaten gekauft, die Anzahlung von den Eltern geborgt, nachdem man seinem Vater endlich seine Entlassungsabfindung ausgezahlt hatte. Den Rest bezahlte er über drei Jahre zu vernünftigen Zinsen ab.

»Ist 'n bißchen groß, mein Sohn, meinst du nicht?« hatte sein Vater gefragt, »ich hätte gedacht, so ein Kompaktwagen, zwei Türen, Fiesta, Nova, wäre eher was gewesen für dich. Und wirtschaftlicher obendrein.«

Aber Robin hatte nun mal etwas Bequemes für die Autobahn vorgeschwebt, fürs Wochenende; man warf seine Wanderausrüstung hinten rein, und schon konnte es losgehen. Freitagabend, kaum daß der Verkehr nachgelassen hatte, machte er sich auf den Weg nach Brecon Beacons, Dartmoor oder Striding Edge. Sonntagabend ging's mit einem Minimum an Streß wieder heim. Wenn ein, zwei Freunde aus dem Büro mitkommen wollten, was sich gelegentlich so ergab, kein Problem, im Wagen war Platz.

Er hatte sich etwas umgesehen und dann den hier in einer Werkstatt am Mapperly Top aufgetan, nur ein Vorbesitzer, wenn auch ein Vertreter, aber ein Vorteil der vielen Kilometer war, daß sich der Preis in vernünftigen Grenzen hielt. »Nein«, hatte er seinem Vater erst dieser Tage wieder gesagt, »da gibt es gar nichts, der Wagen ist sein Geld wert.«

Resnick und Millington sahen ihn zuerst auf dem Monitor, in schwarzweiß, das Bild vibrierte etwas, da die Kamera im Wind zitterte. Von der obersten Stufe vor dem Hinterausgang der Wache aus sahen sie dann, daß ihm bei seinem jüngsten Ausflug der Dreck in Wellen über die Räder hinausgespritzt und von schlechten Wischerblättern in gerade noch zu erkennenden Halbkreisen über die Scheibe verschmiert worden war. Die Antenne, die teilweise herausstand, war kurz vor der Spitze verbogen. Aber alles in allem ein guter Wagen. Robin Hiddens' Vauxhall Cavalier, mitternachtsblau, hohe Steuerklasse.

Sie hatten ihn im Vernehmungsraum sitzen lassen, die Tür weit geöffnet. Nur ein paar Minuten, Sir, wenn es Ihnen nichts ausmacht zu warten. Der Tee war stark, und diesmal gab es Plätzchen dazu, Roggenkekse und ein angeschlagener mit Zitronencreme. Er brauchte nur hinauszugehen, die Treppe hinunter, und er wäre im Nu auf der Straße. Sie könnten ihn nicht aufhalten. Soviel stand fest. Er war aus freien Stücken hier. Wie jeder andere, der eine Aussage zu machen hatte...

Auf dem Korridor näherten sich Schritte, und er setzte sich automatisch gerade hin, wischte sich die Kekskrümel von den Schenkeln. Die Schritte gingen vorbei.

»Dann ist es also aus?« hatte Mark, sein Freund, ihn gefragt. »Mit dir und Nancy?«

O ja, das war's. Aus.

»Also, was wollen Sie damit sagen, Charlie? Haben Sie einen Verdächtigen oder nicht?«

»Dazu ist es noch zu früh, Sir.«

Skelton legte die Stirn in Falten. »Versuchen Sie das mal dem Vater der Kleinen zu sagen.«

»Besser, als ihm falsche Hoffnungen zu machen.«

Skelton seufzte, wandte sich dem Fenster zu, warf einen Blick auf die Uhr. Der Wagen, der ihn zur Hauptwache bringen sollte, wo am Nachmittag die Pressekonferenz stattfand, würde jeden Augenblick kommen, den Hügel herauf aus der Stadt.

»Und wegen dem Cavalier meinen Sie...«

»Er könnte es sein.«

»Könnte.«

»Unmöglich, da sicher zu sein. Aber die Form, die Farbe...«

»Die Zulassung?«

Resnick schüttelte den Kopf.

»Herrgott noch mal, Charlie!« Der Superintendent kam um seinen Schreibtisch herum, schüttelte ein sauberes Taschentuch aus der Tasche, schneuzte sich und warf einen Blick auf den Inhalt, bevor er es wieder wegsteckte. »Wie wär's mit ›sachdienlichen Hintergrundinformationen von einem Freund der Vermißten‹?«

»Wenn Sie denen das sagen, können Sie genausogut erzählen: ›Wir haben einen Verdächtigen‹. Die bringen doch schon in der Morgenausgabe sein Bild.«

Skelton seufzte erneut. »Sie haben recht. Besser, ich sage nichts. Sollen Sie denken, wir pfuschen noch rum, langsam, aber stetig, immer hinter dem eigenen Schwanz her. Bis wir etwas Konkreteres haben.«

Resnick nickte und machte sich auf den Weg zur Tür.

»Was sagt der Instinkt, Charlie?«

»So wie sie ihn abserviert hat, hat sie ihm mehr weh getan, als er sich anmerken läßt.«

»Genug, um ihr was anzutun?«

»Manchmal«, sagte Resnick, »glauben die Leute, es ist das einzige Mittel, den Schmerz zu stoppen.«

«Ich will ja nichts sagen«, hatte Mark gesagt. Sie saßen auf einem Felsvorsprung über einem in Nebel gehüllten Tal. Mars-Riegel und eine Thermoskanne Kaffee mit einem Schuß Scotch. Sorgfältig darauf bedacht, nicht zu lange zu rasten, um die Muskeln nicht steif werden zu lassen.

»Dann laß es«, hatte Robin gesagt.

»Du hättest dich von vornherein nicht mit ihr einlassen sollen.«

»Hör auf, Mark.«

»Na ja, sie war ja nicht gerade dein Typ.«

»Genau.«

»Genau was?«

»Das war's doch, nicht wahr? Weil sie nicht irgendein Groupie vom Wanderverein war, das nichts andres im Kopf hatte als das nächste Wochenende in einer Jugendherberge am Wrekin. Sie war so anders als alle, die ich je gekannt habe, und ich werde wohl kaum wieder eine wie sie finden.«

Mark kippte die Thermosflasche über die Tasse und schüttelte den letzten Tropfen heraus. »Frauen wie die kriegst du im Dutzend billiger.«

So wie Robin ihn darauf angesehen hatte, im Aufstehen, hätte man meinen können, er würde jeden Augenblick einen Arm ausstrecken, um seinen Freund von der Kante zu stoßen.

»He!« hatte Mark gerufen und war erschrocken zurückgewichen. »Laß es nicht an mir aus. Ich hab' dir keine Hoffnungen gemacht und dann: Danke, mach's gut. Das war schon sie. Denk dran. Wenn du deinen Zorn an jemandem auslassen willst, dann an ihr.«

Und Robin hatte an der Kante gestanden, nahe am Abgrund, und hinuntergestarrt. »Ich bin nicht wütend auf sie. Was für ein Recht hätte ich darauf, ihr böse zu sein?«

»Mr. Hidden?« sagte Millington. »Robin?« Er war so in Gedanken, in Erinnerungen versunken gewesen, daß er gar nicht bemerkt hatte, daß der Sergeant wieder im Raum war. »Wir würden gern noch den ein oder andren Punkt klären«, sagte Millington. »Wenn Sie die Zeit erübrigen könnten.«

Robin Hidden nickte kaum merklich, blinzelte und drehte seinen Stuhl wieder in Richtung Tisch. Millington schloß die Tür und wartete, bis Resnick sich gesetzt hatte, bevor er zur Bandmaschine ging.

»Ich dachte, das geht so wie's erste Mal? Sie haben gesagt, nur ein paar Punkte.«

»Um mehr geht es auch nicht«, sagte Resnick.

Millington nahm die Lasche mit Zeigefinger und Daumen und zog, befreite die Kassette aus ihrer Hülle, machte dasselbe mit einer zweiten und steckte sie ein. Ein Doppelkassettendeck.

»Zu Ihrem Schutz«, sagte Resnick. »Eine genaue Aufzeichnung dessen, was Sie sagen.«

»Brauche ich den denn?« fragte Robin. »Den Schutz?«

»Diese Einvernahme«, begann Millington, der sich setzte, »wird aufgezeichnet am 27. Dezember um« – er warf einen Blick auf die Uhr – »elf Minuten nach zwei. Anwesend sind Robin Hidden, Kriminalinspektor Resnick und Sergeant Millington.«

»Was uns interessieren würde, Robin«, sagte Resnick, »ist, wo Sie am späten Heiligabend gewesen sind.«

In der Fleet Street war nichts los an diesem Tag. Keine verschlüsselten Hinweise der IRA an den Telefondienst der Samariter, in denen von Bomben vor Kasernen und Einkaufszentren die Rede war; kein Kabinettsmitglied mit den Fingern in der Kasse des Schatzamtes oder im Höschen einer Frau, die nicht seine eigene war; keine Fotos von verhungernden Kindern, die nach dem Weihnachts-Overkill noch jemanden interessiert hätten; keine Schwulen, auf die man einhacken konnte, keine Ausländer in die Pfanne zu hauen, kein Sex, keine Drogen, kein Rock 'n' Roll.

So kam es, daß sich auf der Pressekonferenz nicht nur die Lokalpresse der Midlands einfand, ebensowenig wie die überregionalen Blätter nur ihre freien Mitarbeiter vor Ort hergeschickt hatten; hier waren die großen Kaliber angetreten, Männer und Frauen mit dicken Spesenkonten und nicht weniger dicken Verfasserangaben, richtige Zeitungsleute. Sowohl Central TV als auch die BBC hatten ihre Kameras postiert, beide hatten sich ein Interview mit

Skelton gesichert, im Anschluß daran und separat. Ein Rechercheur von *Crimewatch* war dabei, mit in Gummi gebundenem Notizbuch und Handy.

Vier Zeitungen – zwei Tageszeitungen, zwei Sonntagsblätter – waren darauf vorbereitet, später mit den Phelans zu sprechen, um schon mal wegen eines Exklusivvertrags – »Unsere Tochter Nancy« – auf den Busch zu klopfen, für den tragischen Fall, daß man sie tot finden würde.

»Wollen Sie damit sagen, Superintendent, daß die Polizei nach all den Aktivitäten noch immer keinen Anhaltspunkt hat? Weder vom Aufenthalt des Mädchens noch von der Identität ihres Entführers?«

»Mrs. Phelan, könnten Sie uns Ihre Gefühle schildern, was das Verschwinden Ihrer Tochter anbelangt?«

»Mr. Phelan, möchten Sie einen Kommentar abgeben über die Art und Weise, wie die polizeilichen Ermittlungen bisher geführt wurden?«

»Sie sind also gegen zehn noch mal weggegangen, Robin?«

»Ja.«

»Ohne etwas Spezielles vorzuhaben?«

»Ja.«

»Kein Plan, kein Ziel?«

»Nein.«

»Und Sie waren mit dem Wagen unterwegs?«

»Ja.«

»Mit dem Cavalier?«

»Ja.«

»Und Sie sind einfach so herumgefahren?«

»Ja.«

»In der Stadt?«

»Ja.«

»Immer im Kreis?«

»J-ja.«

»Sie haben nicht ein einziges Mal angehalten?«

Robert Hidden nickte.

»Heißt das ja oder nein?« fragte Millington.

»J-ja.«

»Sie haben also angehalten?« fragte Resnick.

»Ein-, zweimal, ja.«

»Und wo?«

»D-das weiß ich nicht mehr.«

»Versuchen Sie's?«

Im Hintergrund das leise Summen des Tonbandgeräts.

»Einmal am Platz.«

»Auf welcher Seite des Platzes?«

»Vor Halfords.«

»Wo sonst noch?«

»In der King Street.«

»Wozu?«

»W-wie bitte?«

»Wieso hielten Sie in der King Street an?«

»Ich hatte Hunger, ich wollte was essen. Einen Burger. Cheeseburger. Fritten, was man so ißt.«

»Wo denn?«

»Burger King.«

»Und Sie haben dazu in der King Street geparkt?«

»Näher kam ich nicht ran.«

»Und Nancy«, sagte Resnick, »Sie wußten, wo sie Heiligabend verbringt.«

»Mit Dana, ja. Auf diesem blöden Tanz.«

»Aber Sie wußten, wo?«

»Wo was?«

»Wo die Veranstaltung war«, sagte Resnick.

»Der blöde Tanz«, sagte Millington lächelnd.

»Robin, Sie wußten, wo diese Abendgesellschaft war? Von Danas Firma, das wußten Sie doch...«

»Ja, natürlich...«

»Wo Nancy war?«

»Ja.«

»Und Sie fuhren die ganze Zeit – wie lange? –, zwei Stunden, mehr oder weniger. Sie fuhren die ganze Zeit rund ums Zentrum und sind nicht einmal, nicht ein einziges Mal auch nur in der Nähe der Gegend gewesen, in der Sie sie wußten?«

Robin Hidden hatte sich halb im Stuhl gedreht und starrte auf den Boden, der nicht weniger weit weg, nicht weniger dunstig und verschwommen war als ein Tal aus großer Höhe. »Wenn du deinen Zorn an jemandem auslassen willst«, hatte Mark gesagt, »dann an ihr.«

»Nicht wenigstens in der Hoffnung«, sagte Millington und beugte sich etwas vor, »ihr vielleicht über den Weg zu laufen?«

»Sie vielleicht zu sehen?« sagte Resnick.

»N-na schön, n-na und w-wenn schon? Was, wenn ich hin bin zu diesem scheißblöden Hotel – all die Idioten, die da rumliefen, aufgezäumt wie die Clowns, um mit ihrem Geld zu protzen, was ist schon dabei, wenn ich dort war?«

»Sie sind also am Hotel gewesen, Robin? An jenem Abend?«

»Hab' ich das nicht gerade gesagt?«

»Sind Sie bloß vorbeigefahren, oder sind Sie auch in den Hof neben dem Haupteingang eingebogen?«

»Im Hof.«

»Tut mir leid, aber könnten Sie das etwas deutlicher sagen.«

»Ich war im Hof. Ich fuhr in den Hof.«

»Und Sie haben dort geparkt.«

»Ja.«

»Wann war das?«

»So gegen… so… es muß kurz vor zwölf gewesen sein.«

»Und da haben Sie Nancy gesehen? Als sie im Hof des Hotels parkten, Heiligabend, kurz vor Mitternacht?«

»Ja«, sagte Robin. »Genau das.« Seine Stimme schien von ganz weit weg zu kommen.

20

Dana hatte gleich morgens eine Stunde damit verbracht, in ihrem Zimmer Ordnung zu schaffen, Dinge auszumustern, von denen sie noch nicht einmal mehr wußte, daß sie sie besaß. Danach hatte sie vier Plastikmüllsäcke mit Anziehsachen – drei für die Hungerhilfe oder die Krebsforschung, der vierte, in der Hauptsache Zeug, das zu abgetragen, zu schmutzig oder einfach nicht mehr zu flicken war, kam in den Müll.

Nachdem das geschafft war, taute sie das Gefrierfach ab, putzte den Herd – nur außen, nicht die Bratröhre, so viel Ablenkung brauchte sie nun auch wieder nicht – und wischte ein bißchen im Bad herum. Sie war auf den Knien und hantierte mit einem jifgetränkten Vileda-Tuch in der Kloschüssel, als ihr eine Szene aus einem Film einfiel, den sie kürzlich gesehen hatte: Eine junge Frau – die aus *Weiblich, Ledig, Jung, sucht…*, aber nicht die Hauptdarstellerin, sondern die andere – hatte die Innenseite ihrer Toilettenschüssel mit dem blauen T-Shirt eines ihrer Verflossenen poliert.

Hätte sie gekonnt, wie sie wollte, sie hätte Andrew Clarkes Kopf in die Schüssel gesteckt, bis die Nase den Knick erreichte, und ihn dann festgehalten, während sie an der Kette zog.

Aber was sie wirklich tun könnte, dachte Dana und stand mit einem ganz neuen Schwung wieder auf, war, den Saukerl wegen sexueller Belästigung am Arbeitsplatz zu verklagen. Mal sehen, wie sich das auf seine Teilhaberschaft, sein Landhaus und den flotten kleinen Sportflitzer auswirkte.

Sie machte das Radio an, schaltete aber nach einigen Minuten Suede wieder ab und suchte ihre Kassetten nach Rod Stewart durch, zögerte bei Eric Clapton und den Dire Straits, und fand die Gesuchte schließlich in einer Hülle von Elton John. Das traf es schon eher. Der alte Rod.

»Maggie May«, »Hot Legs«. Seit der neuen Frisur konnte man ihn ja vergessen, sie hatte lieber den alten Rod, den Flegel. Lustlos blätterte sie in *Vanity Fair.* Eines könnte sie noch tun, die Schubladen ihrer Kommode durchgehen, und dann würde sie einkaufen gehen, sich im Ausverkauf was total Überflüssiges gönnen.

Diese Stimmung hielt bis zu dem Augenblick an, in dem sie einen von Nancys Ohrringen unter ihren eigenen fand; dann kam alles zurück wie ein eisiger Wind, der ihr auf der Stelle in die Glieder fuhr. Sie glaubte nicht daran, Nancy jemals wiederzusehen.

Kevin Naylor hatte den Anruf vom Krankenhaus entgegennommen und einen Augenblick zugehört, bevor er Divine den Hörer hinhielt. »Für dich.«

»Stationsschwester Bruton, ich rufe wegen Mr. Raju an.«

Hat's das arme Schwein erwischt, dachte Divine.

»Er macht große Fortschritte, und es geht ihm gut genug, um mit Ihnen zu sprechen.«

»Tja«, sagte Divine, »das Problem ist nur, uns ist da was Wichtiges dazwischengekommen, diese vermißte Frau, und ich weiß wirklich nicht –«

»Der Mann hätte sterben können«, sagte Lesley Bruton.

»Wie bitte?«

»Mr. Raju, so wie ihn diese beiden Jugendlichen zugerichtet haben, er hätte sterben können.«

»Ich weiß, tut mir ja auch leid und...«

»Und das spielt wohl keine Rolle?«

»Hören Sie, man möchte doch meinen, so was würde Ihnen gefallen. Ich meine, da passiert einer Frau was, und...«

»Und hier geht es nur um einen Asiaten.«

Großer Gott, dachte Divine, geht das wieder los.

»Dann richte ich ihm aus, daß Sie beschäftigt sind, soll ich?«

»Nein«, sagte Divine.

»Vielleicht könnten Sie ja jemand anderen schicken?«

»Nein, das geht schon…« Er warf einen Blick auf die Uhr. »Ich könnte in vierzig Minuten bei Ihnen sein. Was halten Sie davon?«

»Falls er einen Rückfall hat«, sagte Lesley Bruton, »werde ich versuchen, es Sie wissen zu lassen.«

Die Schlange vor Next ging über den Gehsteig vor Yates' und schlängelte sich in Viererreihen um die Ecke, die Market Street hinauf bis zu Guava Records. Im Warehouse trat sich die Kundschaft, ganz wild auf die bis zu fünfzig Prozent herabgesetzten Sachen, auf die Füße, und im Monsoon drängten sich wohlerzogene Damen über fünfunddreißig um die Schnäppchen vom letzten Jahr.

Dana ging am Futonshop vorbei zu Hockley und dachte daran, sich ein Mittagessen bei Sonny's zu gönnen; Besonnenheit jedoch führte sie das Goose Gate hinauf in Browne's Wine Bar, ein Glas trockenen Weißen von der Hausmarke, ein Baguette mit Hühnersalat. Aus einem Glas wurden zwei und drei, dann machte sie sich, etwas unsicher auf den Beinen, auf den kurzen Weg in das Architektenbüro, in dem sie angestellt war.

»Geschlossen bis 3. Januar«, hieß es in geschwungenen schwarzen Lettern auf der Karte, die an der Türmitte klebte.

Sie hatte die Schlüssel in der Tasche.

Ein Weilchen spazierte sie von Raum zu Raum, an Zeichentischen und aufwendigen kleinen Modellen vorbei in die Bibliothek, deren sorgfältig katalogisierte Sammlung von Dias und Plänen ihr Arbeitsraum war.

Sie ging in Andrew Clarkes Büro. Nur allmählich, während sie auf der Kante seines mattschwarzen Direktorenschreibtisches mit dem Lippenstift spielte, den sie sich eben bei Debenhams gekauft hatte, formte sich – in Moroccan Scarlet – eine Idee.

Dafür daß Raju über den Berg war, dachte Divine, hingen auf die eine oder andere Weise noch immer eine Menge britischer Steuergelder an ihm: gerade daß Divine zwischen all den Ständern, Schläuchen und Apparaten noch einen Platz fand, wo sich ein Stuhl parken ließ.

Aber dafür hatte der alte Raju, mittlerweile ganz munter auf die Kissen gestützt, was die Personenbeschreibung anbelangte, genau, was sie brauchten. Einer der Jugendlichen, der, der das Reden besorgt und an die Trennscheibe geklopft hatte, damit er anhielt, hatte eine kleine Narbe in der Form eines Halbmonds direkt unter dem rechten Auge. Und blond war er. Ausgesprochen blond. Divine wußte genau, daß von blonden Haaren bei den anderen Zeugen nicht die Rede gewesen war.

»Sind Sie sicher«, sagte er, »wegen der Haare?«

»O ja. Ganz sicher.«

Ich habe eher den Eindruck, dachte Divine, daß du noch nicht so ganz bei dir bist, Alter.

Der zweite Jugendliche, der ihm von hinten eins übergebraten hatte – auch da war Raju sich sicher –, hatte einige Tätowierungen auf den Armen. Auf dem einen so ein komisches Tier, eine Schlange vielleicht oder was in der Art. Und dann einer auf einem Pferd. Ein Ritter? Ja, das wird's wohl gewesen sein. Und einen Union Jack. Also da gab es keinen Zweifel. Aber auf dem linken Arm – das tat ihm leid –, das konnte er nicht sagen.

»Und das Alter?« fragte Divine.

»Genau wie man's erwarten würde. Junge Kerle. Sechzehn, siebzehn.«

»Nicht älter?«

Raju schüttelte den Kopf, eine Bewegung, die ihn sofort scharf den Atem einsaugen ließ. »Um ein, zwei Jahre vielleicht. Aber mehr nicht.«

Divine schloß sein Notizbuch und rückte seinen Stuhl zurück.

»Jetzt werden Sie sie doch erwischen, oder?«

»Klar doch. Mit dem hier. Im Handumdrehen.«

Lächelnd lehnte sich Raju in die Kissen zurück und schloß die Augen.

Lesley Bruton telefonierte im Schwesternraum, und Divine mußte warten, bis sie fertig war. »Noch mal vielen Dank«, sagte er. »Hatte ein paar gute Hinweise, unser Raju.«

Ohne was zu sagen, sah sie ihn an, und wartete.

»Hören Sie«, sagte Divine. »Ich hab' mir gedacht, Sie hätten nicht vielleicht Lust, mit mir mal was trinken zu gehen, nein?«

»Das soll wohl ein Witz sein?« sagte Lesley Bruton. »Oder?« Damit wischte sie so nah an Divine vorbei, daß er aus dem Weg gehen mußte; es war Viertel nach drei, und sie mußte einen Einlauf machen.

»Haben Sie einen Anwalt, Mr. Hidden?« fragte Graham Millington. Sie standen im Korridor vor dem Vernehmungsraum. Nach der zweiten Sitzung zitterte Robin ganz entschieden, und sie hatten ihm vorgeschlagen, ein bißchen auf- und abzugehen, bei offenen Fenstern, damit er etwas frische Luft abbekam. Zu beiden Seiten der Treppe wurden Stimmen laut und legten sich wieder. Ein privates Radio erwachte zum Leben, viel zu laut. Hinter Türen das gedämpfte Lärmen von Telefonen.

»Nein, warum? Ich sehe nicht...«

»Wäre nicht das schlechteste, wenn Sie sich mit einem in Verbindung setzten. Wenn Sie selbst keinen kennen, wir können Ihnen eine Liste stellen.«

Robin Hidden starrte dem Sergeant ins Gesicht, die ungerührten braunen Augen, der geschwungene Mund unter einem Schnurrbart, der so perfekt war, daß er gut und gern falsch hätte sein können.

»Ich dachte, wenn ich Ihre Fragen beantworte, dann könnte ich wieder gehen«, sagte er.

Der Mund zerfloß zu einem Lächeln. »O nein, das glaube ich nicht, Mr. Hidden. Soweit sind wir noch nicht. Nicht ganz.«

21

Der Anwalt, der Robin Hidden zur Seite stehen sollte, hieß David Welch und war ein neunundvierzigjähriger Junggeselle mit zwei kleinen Jack Russells, die er auf dem Rücksitz seines BMWs ließ – mit der Bitte an den Beamten vom Dienst, sie nach zwei Stunden herauszulassen, damit sie ihr Geschäft erledigen konnten.

Welch war erfahren, aber faul; vor wenigen Jahren war ihm klargeworden, daß ihm zum wirklichen Erfolg einiges fehlte. So hatte er keine Frau, obwohl er keinesfalls schwul war; er war weder Freimaurer noch Rotarier, noch hatten seine Krawatten die Farben der richtigen Schulen; ihn trieb kein brennender Ehrgeiz, und seine Bemühungen um das Erscheinungsbild des Erfolgsgewohnten schlugen fehl. Der arme David spielte weder Bridge noch Poker, ja noch nicht einmal Golf. Er hatte sich umgesehen und wußte, wie es um ihn stand. Er hätte durchaus eine neue Kanzlei aufmachen, in einer anderen Stadt neu anfangen können; er hätte sich sogar verändern können, aber er entschied sich für ein bequemes Leben.

»Ihr Mandant wartet schon, Mr. Welch«, sagte Millington. »Den Flur lang die dritte links.«

»Ich nehme an, Sie haben ihm die vorgeschriebenen Pausen zugestanden? Ruhezeiten? Eine anständige Mahlzeit?«

»Kabeljau und Fritten«, sagte Millington. »Tee. Zwei Scheiben Brot und Butter. Kuchen und Eiercreme wollte er nicht.« Millington tätschelte sich den Bauch. »Will wahrscheinlich nicht zulegen.«

»Ich hätte gern eine gute halbe Stunde«, sagte Welch.

»So lange Sie wollen«, sagte Millington. Sie wußten beide, daß das gelogen war.

Divine saß an seinem Schreibtisch im Kripobüro und unterhielt sich mit einer jungen Frau, der man erst zwei

Stunden zuvor mitten in der Stadt die Handtasche und zwei Beutel mit nagelneuen Sachen gestohlen hatte. Gegen Ende der Mittagspause. Sandra Drexler hatte die Unterführung unter dem Maid Marian Way genommen, die mit dem Zeitungsstand in der Mitte, gleich in der Nähe des Robin Hood Experience. Mehrere Familien waren zu dem Zeitpunkt durchgekommen, Kinder mit grünen Filzhütchen und Pfeil und Bogen. Zwei Jugendliche in Jeans und Hemdsärmeln kamen die Treppe am St.-James-Street-Eingang heruntergerannt, packten Sandra Drexler bei den Armen und wirbelten sie herum – der Unfug zweier Betrunkener, so schien es zunächst. Zwei Sechsjährige hatten lachend mit dem Finger auf sie gedeutet, und ihre Mutter hatte sie mit einem *Schhhh* weitergeschubst. Aber die zwei jungen Kerle hatten Sandra gegen die gekachelte Wand gedrückt, ihr die Tüten aus den Händen und die Tasche von den Schultern gerissen. Dann waren sie am Kiosk vorbei, den Tunnel hinauf Richtung Friar Lane und Burg gerannt, während Sandra auf den Knien zurückblieb, zu Tode erschrocken, in Tränen aufgelöst; die Leute machten einen Bogen um sie. Fünf Minuten war sie langsam zur Straße gehinkt, bevor eine ältere Frau sie fragte, ob es ihr nicht gutgehe.

»Diese Tätowierungen«, unterbrach Divine ihren Bericht.

Sandra studierte im zweiten Jahr Kunst und Design am South Notts College. Sie nahm ein A4-Blatt und einen Bleistift und hatte innerhalb weniger Minuten einen Union Jack sowie St. Georg und den Drachen skizziert.

»Sechzehn, siebzehn, sagen Sie?«

»Genau.«

»Und was das Haar anbelangt, da sind Sie sicher?«

»Ja, ganz sicher. Eine verwaschene Sandfarbe. So richtig blond.«

Divine dankte ihr für ihre Mühe und zeigte ihr sein zweitbestes Lächeln; wenn er nicht gar so von sich eingenommen wäre und ohne den grauenvollen Anzug, dachte Sandra, sähe er womöglich gar nicht so schlecht aus.

Resnick war müde. Seine Nackenmuskeln schmerzten, und nach all dem Kantinentee hatte er das Gefühl, ein Fell aus Gerbsäure auf der Zunge zu haben. Robin Hidden auf der anderen Seite des Tisches hatte auf Zuraten seines Anwalts dichtgemacht: Sowenig wie möglich sagen, und schon gleich gar nichts umsonst.

»Robin«, sagte Resnick, »glauben Sie nicht, daß wir uns das hier schwieriger machen als nötig?«

Robin antwortete nicht; David Welch warf ostentativ einen Blick auf die Uhr.

Im Recorder drehten sich fast geräuschlos die beiden Bänder.

Jeden Augenblick, das wußte Resnick, würde Hidden von seinem Recht Gebrauch machen, sie einfach sitzenzulassen. Ein anderer Anwalt als Welch hätte ihm dazu mit Sicherheit längst geraten.

»Na schön«, sagte Graham Millington nüchtern, »dann lassen Sie uns das mal ein für allemal klarstellen.«

»Ist es wirklich nötig, das noch mal durchzugehen?« fragte Welch.

»Sie kamen also zwischen halb und Viertel vor zwölf am Hotel an«, fuhr Millington fort, ohne ihn zu beachten. »Sie haben den Wagen am Rand des Hofes geparkt, haben sich kurz in der Bar umgesehen, hielten sich eine Weile – nicht mehr als fünf, zehn Minuten – dort auf und stiegen dann wieder in Ihren Wagen. Sie fuhren ein paarmal um den Block, kamen wieder zum Hotel zurück...«

»Bis dahin muß es kurz vor Mitternacht gewesen sein«, sagte Resnick.

»Kurz vor Mitternacht«, sagte Millington.

»Und da haben Sie Nancy gesehen.« Resnick sah Robin Hidden in die Augen; Robin blinzelte und stammelte: »Ja.«

»Und, hat sie Sie auch gesehen?«

»Nein.«

»Nein?«

»Ich weiß nicht.«

»Sie hat den Wagen gesehen?«

»I-ich weiß nicht. W-woher soll ich das wissen?«

»Sie können von meinem Mandanten keine Spekulationen erwarten...«

»Aber Ihren Wagen kannte sie doch«, sagte Resnick im Zurücklehnen, und sein Ton verlor an Schärfe dabei. »Sie muß ihn doch öfter gesehen haben. Und ihn mit Ihnen in Verbindung bringen.«

»Ich nehme es an, aber –«

»Inspector...«

»Bei dieser Gelegenheit jedoch fiel ihr diese Verbindung entweder nicht ein, oder sie ignorierte den Wagen bewußt. Und damit Sie.«

Robin Hidden schloß die Augen.

»Und Sie haben nichts unternommen? Sie sind im Wagen geblieben und haben nichts getan, um ihre Aufmerksamkeit zu erregen, Sie haben sie nicht gerufen, Sie sind nicht ausgestiegen, Sie haben absolut nichts gemacht – das wollen Sie uns doch hier sagen?«

»Ja, habe ich Ihnen doch gesagt. Habe ich das nicht gesagt?«

»Inspector...«

»Na schön, Robin, jetzt hören Sie mal...« Resnick streckte die Hand aus und legte Robin einen Augenblick die Finger auf die Hand. »Hören Sie. Ich will hier keinen Fehler machen. Sie waren aufgebracht, weil Nancy Sie nicht mehr sehen wollte, aufgebracht darüber, wie das zwischen Ihnen gelaufen war, wie alles auseinanderzufallen schien. Sie waren allein, Sie fuhren herum, Sie haben an sie gedacht. Ist das richtig?«

Robin nickte. Resnicks Hand lag noch immer neben der seinen auf dem narbigen Tisch. Tief und leise klang seine Stimme in der Stille des Raums.

»Sie haben sich doch gedacht, wenn Sie nur mal mit ihr

reden könnten, dann könnten Sie vielleicht alles klären, alles wieder ins Lot bringen.«

Robin starrte auf den Tisch, auf die Kerben, auf seine Hände, wie klein seine Finger auf einmal erschienen, schmal und dünn; sein Atem wurde schneller, lauter.

»Und als Sie zum Hotel zurückkamen, hatten Sie sie plötzlich vor sich. Sie kam über den Hof auf Sie zu. Allein.» Resnick wartete, bis Robin ihm in die Augen sah. »Sie mußten mit ihr reden. Deswegen waren Sie doch dort, oder? Und Sie haben mit ihr geredet, nicht wahr? Mit Nancy. Entweder Sie sind ausgestiegen, oder sie kam zu Ihnen, aber gesprochen haben Sie mit ihr, ja?«

»Nein.«

»Robin.«

»N-nein.«

»Und warum nicht?«

Den Kopf in die Hände gelegt, waren seine Worte nicht genau zu verstehen, so daß Millington ihn bat, sie zu wiederholen. »Weil ich Angst hatte. Weil ich wußte, was s-sie s-sagen würde. Sie h-hätte m-mir n-nur gesagt, daß s-sie m-mich nicht mehr sehen will. N-nie m-mehr. Und d-das... d-das hätte ich nicht vertragen. Also h-habe ich gewartet, b-bis sie vorbei war, und b-bin dann gefahren.«

Die Tränen rannten jetzt ungehindert, und David Welch war auf den Beinen und protestierte, aber Resnick hatte sich bereits abgewandt, während Millington peinlich berührt an die Decke sah; das Verhör war damit praktisch vorbei. Fünf Uhr siebenunddreißig.

22

»Volltreffer, Charlie, was? Die Zähne zusammengebissen und drauf auf die Mutter.« Reg Cossall lehnte im Rahmen der offenen Tür zu Resnicks Büro und bedachte ihn mit seinem anzüglichen Grinsen.

Resnick war nach einem tiefen Seufzer zumute; zu gern hätte er Cossalls Optimismus geteilt.

»Was ist? Ihr Freund hat sie auf einen kleinen Spaziergang eingeladen. In der Nacht vor Weihnachten. Herrgott, Charlie, da braucht man doch kein Genie zu sein, um den zu knacken.«

»Zu einfach, Reg.«

Cossall suchte nach etwas auf Resnicks Schreibtisch, worin sich seine Zigarette ausdrücken ließ, und behalf sich dann mit dem Absatz. »Kann gar nicht zu einfach sein. Nicht bei solchen Typen. Die quetschst du aus, sperrst sie weg und siehst zu, daß du zur Öffnungszeit vor dem Pub stehst.« Eine Philosophie der Polizeiarbeit, der Cossalls Ansicht nach auch die Tatsache nichts anhaben konnte, daß die meisten Pubs heute ganztags geöffnet waren.

»Da ist das letzte Wort noch nicht gesprochen, Reg«, sagte Resnick.

Cossall klopfte eine weitere Silk Cut aus seiner Packung. »Na, wenigstens habt ihr eine heiße Spur, in die ihr euch verbeißen könnt. Ich steh' noch immer bis zum Arsch in Endlospapier mit diesen verfluchten Kreuz- und Querchecks.« Als sein Feuerzeug nicht wollte, fummelte er eine Schachtel Streichhölzer aus der Jacke; das abgebrannte zerbrach er zwischen Finger und Daumen und warf es in die Tasche zurück. »Ich treff' mich mit Rose im Borlace, später gehen wir wahrscheinlich noch einen Happen essen.« Er blies eine Wolke blaugrauen Rauchs durch die Nase. »Hast du Lust?«

Resnick schüttelte den Kopf. »Danke, Reg. Ich hab' noch zu tun.«

Cossall nickte. »Dann halt ein andermal.«

»Vielleicht.«

»Hat 'ne Schwäche für dich, weißt du das? Rose. Wegen deinem Sinn für Humor. Ich hab' ihr gesagt, daß sie dich wohl mit jemandem verwechselt.«

»Nacht, Reg.«

Cossall machte sich lachend auf den Weg.

War es wirklich zu einfach? dachte Resnick. Zu leicht? Er rief sich den Ausdruck auf Robin Hiddens Gesicht vor Augen, als der junge Mann von seinem letzten Abend mit Nancy erzählt hatte, ihr letztes Essen zusammen, alle seine Hoffnungen mit einem Schlag zunichte gemacht. Die Lüge, sie vor dem Hotel gesehen zu haben. Wieviel Zorn war zu so was wohl nötig? Wieviel Schmerz? Schmerz, der sich wie eine deutliche Linie durch seine Augen zog. Wie oft hatte er sonst noch gelogen?

»Wie wollen Sie's angehen?« hatte Skelton gefragt. »Ihn über Nacht dabehalten? Ordentlich Druck machen?«

Resnicks Gefühl nach hatten sie Hidden genug unter Druck gesetzt; mehr würde nichts bringen. Von seinem eigenen Eingeständnis schockiert, hatte er sich rasch abgekapselt, und selbst ein David Welch war genügend auf Draht, ihn in seinem Schweigen zu bestärken. Also hatten sie ihn nach Hause geschickt, in seine Wohnung in der Musters Road in West Bridgford, zweiter Stock, alleinstehendes Haus mit Einstellplatz und Gegensprechanlage. Nach Hause zu seiner Mikrowelle, seinen Wanderkarten und seinen Gedanken. »Wir werden uns noch mal mit Ihrem Mandanten unterhalten müssen«, hatte Millington mit einem wohlwollenden Lächeln an der Tür noch gesagt.

Resnick stand auf, rieb sich mit den Handballen die Augen. Die Umrisse der Gebäude vor seinem Fenster waren in lila Licht getaucht.

Lynns Wohnung lag in einem kleinen Bauherrenkomplex am Lace Market, Balkons an einem zum Teil kopfsteingepflasterten Innenhof. Die Räume waren groß genug, um nicht über die eigenen Füße zu fallen, aber andererseits auch nicht so groß, daß sie sich viel hätte anschaffen wollen. Etwa einmal die Woche saugte und wischte sie die Böden, alles andere staubte sie ab, wenn die Möglichkeit bestand, daß jemand kam. Ein grauer Film sammelte sich an ihrer Fingerspitze, als sie sie über den gekachelten Sims über dem Gaskamin zog. *Herrenbesuch* – wo hatte sie das gleich wieder gehört? Sie versuchte den Staub wegzublasen, aber er klebte an ihrer Haut, so daß sie die Hand schließlich an der Seite ihres Rocks abwischte, als sie sich bückte, um an dem runden Schalter neben dem Gasfeuer zu drehen. Jetzt fiel es ihr wieder ein: ein Film, den sie im Fernsehen gesehen hatte, irgendwas mit *Glas... Glasmenagerie*, genau. Die junge Frau, die etwas hinkte, das heißt, so jung war sie gar nicht mehr, darum ging's ja – umgab sich mit einer Sammlung kleiner Glastiere, während sie vergeblich auf Herrenbesuch wartete.

Das Radio stand in der Küche, und Lynn machte es an, bevor sie den Wasserkocher zur Hälfte füllte; ein Sänger, den sie nicht kannte, mit einem irischen Volkslied. Die Stimme war warm und weich und erinnerte sie aus irgendeinem unerfindlichen Grund an zu Hause. Während sie die Kanne mit warmem Wasser ausschwenkte und sie dann in die Spüle leerte, sah sie ihre Mutter vor sich, die jahraus, jahrein dasselbe getan hatte. Sie stellte das Radio ab und warf einen einzelnen Teebeutel in die Kanne. Wie lange war es wohl jetzt schon her, fragte sie sich, seit sie aufgehört hatte, auf Herrenbesuch zu warten? Noch bevor der Tee Zeit zu ziehen hatte, klingelte das Telefon.

»Ich versuche dich schon den ganzen Tag zu erreichen«, sagte ihre Mutter.

»Ich bin diesen Augenblick von der Arbeit gekommen«, sagte Lynn etwas ungeduldiger als beabsichtigt.

»Auf dem Revier habe ich's auch mal versucht. Aber es war besetzt.«

»Überrascht mich gar nicht. Wir haben schließlich Feiertage, und wir sind noch schlimmer unterbesetzt als sonst. Und dann wird dieses Mädchen vermißt, du weißt ja.«

Meistens rief eine solche Bemerkung bei ihrer Mutter eine Ermahnung hervor, besonders vorsichtig zu sein, die Tür zu verriegeln – oben und unten – und die Fenster nachzusehen, bevor sie schlafen ging; für ihre Mutter war jede Stadt, die größer als Norwich war, ein Ort ständiger Gefahren, das Schlimmste, was sie je über New York und New Orleans gelesen hatte, in einem. Jetzt jedoch kam nichts, ein dumpfes Schweigen. Dann kam aus dem Hof unten gedämpft das Geräusch eines Anlassers. Eine Fehlzündung. Lynn überlegte, ob sie sich wohl einen Augenblick entschuldigen könnte, um ihren Tee abzugießen und ans Telefon zu bringen.

»Lynnie, ich denke, du solltest heimkommen.«

»Mami...«

»Ich brauche dich hier.«

»Ich bin doch erst vor ein paar Tagen wiedergekommen.«

»Ich weiß mir einfach nicht mehr zu helfen.«

Lynn unterdrückte den größten Teil eines Seufzers.

»Es ist wegen deinem Vater.«

»Ach, Mama...«

»Du weißt doch, daß er ins Krankenhaus soll...«

»Morgen.«

»Das haben sie geändert, seinen Termin. Sie haben extra angerufen. Er war schon dort. Gestern.«

»Und?«

Schon ihr Zögern sagte Lynn das Schlimmste, dann hörte sie es noch einmal in Worte gefaßt. »Er muß noch mal hin. Sie wollen noch einen Test machen.« Ich will das nicht hören, dachte Lynn. »Nur um sicherzugehen, hat der Doktor gesagt. Nur um sicherzugehen, daß es nicht das ist, was sie gedacht haben, weißt du, daß er, daß...«

»Mami.«

»Sie haben gedacht, bei all den Problemen, die er hat, mit dem Essen, mit dem Stuhlgang, daß er vielleicht eine Wucherung hätte, weißt du, im Darm.«

»Und das ist es nicht?«

»Was?«

»Keine Wucherung. Haben sie gesagt, daß es keine ist? Oder sind sie sich noch nicht sicher?«

»Deswegen muß er ja noch mal hin.«

»Sie sind sich also nicht sicher?«

»Lynnie, ich weiß nicht, was ich machen soll.«

»Du kannst gar nichts machen. Nicht bevor sie sich nicht sicher sind.«

»Kannst du kommen?«

»Was meinst du? Jetzt?«

»Lynnie, er will sich nicht hinsetzen, er will nicht essen, er sieht mir noch nicht mal in die Augen. Wenn wenigstens du hier wärst...«

»Mama, ich war doch eben bei euch. Erst vor ein paar Tagen. Er hat doch auch mit mir kaum geredet.«

»Du kommst also nicht?«

»Ich seh' nicht, wie.«

»Er braucht dich, Lynnie. Ich brauche dich.«

»Mami, tut mir leid, aber es ist gerade ziemlich schwierig hier.«

»Meinst du vielleicht, das hier ist ein Zuckerlecken?«

»Hab' ich doch nicht gesagt.«

»Dein armer Papa ist dir nicht wichtig genug, das hast du gesagt.« Sie war den Tränen nahe, das war Lynn klar.

»Dann geh mit ihm ins Krankenhaus.«

Lynn legte sich das obere Ende des Hörers gegen die Stirn.«

»Lynnie...?«

»Mal sehen, was sich machen läßt. Ich versprech's. Aber du weißt doch, wie das mit Krankenhäusern ist, das dauert doch noch ewig.«

»Nein, im Gegenteil. Der Mann, bei dem dein Papa war, dieser Facharzt, hat gesagt, er will ihn so bald wie möglich drannehmen. In den nächsten Tagen.«

Dann ist's doch was Ernstes, dachte Lynn. »Du erinnerst dich nicht vielleicht an den Namen von dem Facharzt?«

»Der steht sicher irgendwo, ich weiß nicht, ich werd' mal sehen, ob ich ihn finden kann, wenn du mal...«

Sie hörte ihre Mutter in dem Haufen Papiere kramen, der immer neben dem Telefon lag. »Mama, ruf mich zurück, wenn du ihn gefunden hast, ja? Also dann, bis gleich. Tschüs.«

Die Haut an Lynns Oberarm war kalt und ihr Gesicht ungewöhnlich blaß. Das kleine medizinische Handbuch, das sie neben dem Wörterbuch und der Handvoll Taschentücher stehen hatte, fiel fast von selbst auf der gewünschten Seite auf: der andere Name für Mastdarmkrebs war Rektalkarzinom. Kam am häufigsten bei Männern zwischen sechzig und neunundsiebzig vor. Fünfzig Prozent der Geschwüre befinden sich direkt im Rektum. Das Buch fiel ihr aus den Fingern. In der Küche kippte sie den Rest einer Milchtüte weg, die schon sauer roch, und mühte sich ab, eine frische zu öffnen, ohne sich dabei zu viel über die Hände zu schütten. Sie gab einen Löffel Zucker in einen Becher, dann einen zweiten. Rührte um. Zwei Schlückchen, und sie nahm den Becher mit ans Telefon.

Als ihre Mutter sie zurückrief, weinte sie am anderen Ende der Leitung.

Lynn ließ sie ein Weilchen schluchzen und fragte dann, ob sie den Namen gefunden hatte. Sie ließ ihn sich zweimal wiederholen und buchstabierte mit, während sie ihn notierte.

»Ist Paps da?« fragte Lynn.

»Ja.«

»Laß mich mit ihm reden.«

»Er ist draußen im Schuppen.«

»Ruf ihn rein.«

Ein dumpfes Geräusch, als sie den Hörer unsanft ablegte; Lynn trank ihren Tee und lauschte auf die Stimmen der jungen Leute auf der Straße hinter ihrer Wohnung, laut und wütend, aber ohne Überzeugung dahinter. Einer ihrer Nachbarn hörte sich eine Oper an; ein junger Mann, der immer schwarze Rollis trug und Lynn ignorierte, wenn sie sich auf der Treppe begegneten.

»Ich bekomme ihn nicht dazu reinzukommen«, sagte ihre Mutter.

»Hast du ihm gesagt, daß ich's bin?«

»Natürlich.«

Der Nachbar von oben sang nicht nur mit, er stampfte den Refrain mit dem Fuß. »Ich setze mich mit dem Facharzt in Verbindung«, sagte Lynn, »mal sehen, ob ich erfahren kann, wann Paps voraussichtlich wieder hin muß. Und dann werd' ich versuchen, daß sie mir freigeben. Okay?«

Sie hörte ihrer Mutter noch einige Minuten zu, versuchte sie soweit wie möglich zu beruhigen. Sie kippte den Rest ihres Tees in die Spüle und schenkte sich eine zweite Tasse ein. Nachdem sie im Bad das heiße Wasser aufgedreht hatte, gab sie etwas Kräuterschaumbad direkt in den Strahl. Erst als sie sich in die dampfende Wärme gleiten ließ, entspannte sie sich ein wenig; die Bilder von ihrem Vater, die ihr gekommen waren, verblaßten, wenigstens vorübergehend.

23

Resnick hatte die Katzen gefüttert, Kaffee gemacht, eine halbe Zitrone auf ein Stück Huhn geträufelt, das bereits mit Knoblauch eingerieben war, das Ganze in den Grill gesteckt. Während es briet, hatte er eine Flasche tschechisches Pils geöffnet und die Hälfte davon im Wohnzimmer über einem Nachruf auf Bob Crosby getrunken. Eine von den alten 78ern, die sein Onkel, der Schneider, besonders gern gehabt hatte, war »Big Noise in Winnetka« von den Bobcats gewesen. Bob Haggart und Ray Bauduc an Baß und Drums, dazu eine Menge Gepfeife. Sollte Graham Millington je darauf stoßen, das gesamte Revier wäre in Gefahr.

In der Küche drehte er das Hühnchen um und gab mit dem Löffel noch was von der Zitrone darüber. Er schnitt sein letztes Stück Fleischtomate und gab etwas welken Spinat dazu, ein bißchen Chicorée, auch nicht mehr taufrisch; das Ganze kam in eine Schüssel und wurde mit einem Schuß Himbeeressig, einem Teelöffel Estragonsenf und einem kräftigen Spritzer Olivenöl angemacht.

Er aß am Küchentisch, fütterte dabei Bud mit Hühnchenresten, spülte mit dem Rest seines Biers nach. Es gab da was, was ihm keine Ruhe ließ, der Eindruck, den Robin Hidden am Nachmittag bei ihm hinterlassen hatte, zum einen, zum anderen die Vorstellung von einem Mann, der attraktiv und lebhaft genug war, um in Nancy Phelans Bett zu landen – zwei Teile eines Puzzles, die einfach nicht passen wollten.

Er zerschnitt den Rest des Hühnchens in zwei Hälften und teilte sie sich mit der Katze; sich die Finger leckend, ging er ans Telefon.

»Hallo, ist dort Dana Matthieson?« Als Resnick die Stimme hörte, stand ihm das Bild einer ziemlich großen Frau mit einer unglaublichen Mähne und rundem Gesicht vor Augen. Fast wie Lynn, hätte er gesagt, nur eine Ecke knalliger. Durch die bunte Kleidung. »Ja, Inspector Resnick. Wir haben miteinander gesprochen... Ich frage mich, ob Sie... ich meine, wenn Sie nicht zu beschäftigt sind, ob Sie nicht etwas Zeit für mich hätten? Sagen wir, in einer halben Stunde? ...Ja, okay, danke. Ja, ich weiß, wo das ist... Ja, Wiedersehen.«

Dana hatte etwas Wäsche gebügelt, die schon seit Tagen herumlag, dann war ihr langweilig geworden, und jetzt lagen Blusen, Baumwolltops und knallbunte Hosen über Lehnen und Arme einiger Sessel verteilt, ein weiterer Haufen zierte das Bügelbrett. Der Fernseher lief, ein Flüsterton, ein Streifen mit James Belushi, einer Menge Autojagden und mindestens einem großen Hund. Ihre fünf unvollendeten Versuche eines Kündigungsschreibens an das Architekturbüro Andrew Clarke und Partner waren zu Fitzelchen zerrissen über die Glasplatte ihres Tisches verstreut.

Sie hatte bereits gut eine halbe Flasche neuseeländischen Rieslings geleert, als Resnick angerufen hatte, und als es an der Tür klingelte, konnte sie ihm gerade noch ein Glas anbieten. Aber wenn es nötig sein sollte, dachte sie – nicht, daß sie damit rechnete –, konnte sie ja immer noch eine neue aufmachen.

Resnick schüttelte seinen Mantel ab, tauschte ein paar Artigkeiten mit ihr und setzte sich in den angebotenen Sessel. Danas Gesicht war voller, als er es in Erinnerung gehabt hatte, und um die Augen herum geschwollen, ob vom Alkohol oder von Tränen, das wußte er nicht.

Sie hielt ihm die Flasche entgegen, und als er den Kopf schüttelte, leerte sie den Inhalt in ihr eigenes Glas.

»Nichts Neues«, sagte sie, und es war wohl kaum eine Frage.

Resnick schüttelte den Kopf.

Dana stocherte am Saum eines orangen Tops herum, das entweder halb im Gürtel war oder halb draußen. »Hab' ich auch nicht angenommen, sonst hätten Sie ja was gesagt. Am Telefon.« Sie neigte das Glas und trank. »Es sei denn, Sie hätten schlechte Nachrichten.«

Offen blickte er zu ihr auf.

»O Gott«, sagte sie, »sie ist tot, nicht wahr? Sie muß ja tot sein.«

Resnick reagierte gerade noch rechtzeitig, um das Glas aufzufangen, das ihr aus den Fingern glitt, und bekam den Rest des Weins über den Ärmel. Mit dem anderen Arm hielt er Dana, die gespreizten Finger hoch in ihrem Kreuz, als sie schwer gegen ihn fiel. Die Augen geschlossen, das Gesicht nahe an dem seinen; er fühlte ihren Atem auf seiner Haut.

»Deswegen bin ich nicht hier.«

»Nicht?«

»Nein. Ganz und gar nicht.«

Durch den weichen Stoff ihrer Kleidung spürte er ihre Brust, die sich an seine drückte, ihre Hüfte bohrte sich in seinen Schenkel.

»Es ist alles in Ordnung.«

Sie öffnete die Augen. »Tatsächlich?«

Er war sich ihres Körpers in höherem Maße bewußt, als ihm lieb war. »Ja«, sagte er.

Nur eine einfache Bewegung, mit der sie ihren Mund an den seinen hob. Einen Augenblick lang versuchte ihn etwas zu warnen, daß das nicht richtig war. Ihr Atem war warm und roch nach Wein. Ihre Zähne schlugen gegeneinander und dann nicht mehr. Er konnte kaum glauben, wie weich ihr Mund innen war. Sachte nahm sie seine Unterlippe zwischen die Zähne.

Ohne daß er so recht gewußt hätte, warum, lagen sie plötzlich auf dem Boden neben der Couch. Der Ärmel seines Jacketts und die Hemdmanschette waren dunkel vom Wein.

»Ich habe dir deine Klamotten ruiniert«, sagte Dana.

Sie befreite ihn von seinem Jackett; einen nach dem anderen leckte sie ihm die Finger sauber.

»Ich kenne noch nicht mal deinen Namen«, sagte sie. »Deinen Vornamen.«

Als er ihre Brust berührte, war ihr Nippel so hart in seinem Finger, daß ihm die Luft wegblieb. Dana schob sich unter ihn, so daß sie eines seiner Beine zwischen die ihren bekam. Sie nahm sein Gesicht in ihre Hände; ihrer Meinung nach mußte es ein Weilchen her sein, daß er jemanden geküßt hatte.

»Charlie«, sagte er.

»Was?« Die Stimme weich und laut, während die Zungenspitze mit seinem Ohrläppchen spielte.

»So heiße ich. Charlie.«

Das Gesicht in seine Schulter gedrückt, begann sie zu lachen.

»Was?«

»Nicht zu fassen...«

»Was denn?«

»Daß ich drauf und dran bin, es mit einem Polizisten zu treiben, der Charlie heißt.«

Er bewegte das Bein und rollte sich weg, aber sie rollte

mit, und als sie sich über ihn beugte, fiel ihr das Haar ins Gesicht, und aus ihrem Lachen war ein Lächeln geworden.

»Charlie«, sagte sie.

Er hatte noch immer den erschrockenen Blick in den Augen.

Sie nahm noch mal seine Hände und legte sie auf ihre Brüste. »Sachte«, sagte sie. »Sachte, Charlie. Laß dir Zeit.«

»Charlie? Alles in Ordnung mit dir?«

Sie lagen in Danas großem Bett unter einer großen Decke voll lila und oranger Blüten. Der Rauch roch nach einem Potpourri aus Schweiß, Sex und einem Hauch von Chanel No. 5. Dana hatte eine weitere Flasche Wein geöffnet, und bevor sie damit ins Bett zurückgekommen war, hatte sie Musik gemacht; »I Don't Want to Talk About It«, sang Rod Stewart durch die halb offene Tür; in Resnicks Kopf blies Ben Webster »Someone to Watch Over Me« und »Our Love is Here to Stay«.

»Mir geht's gut«, sagte er. »Ausgezeichnet.« Abgesehen vom Offensichtlichen hatte er keine Ahnung, was vor sich ging, und im Augenblick war er zufrieden, es dabei zu belassen.

»Wieso dann so still?« sagte sie. Er sah sie an, um zu sehen, ob sie lächelte; sie lächelte.

»Hungrig?« fragte sie.

»Vermutlich.«

Sie küßte ihn auf den Mundwinkel, schob sich vom Bett und ließ sich beim Rausgehen viel Zeit. Er konnte nur staunen, wie ungeniert sie mit ihrem Körper umging; als er raus mußte, hatte er erst mit den Zehen seine Boxershorts vom Fußende des Bettes geangelt und übergezogen.

Dana hatte ihm die Uhr abgenommen, weil sie kratzte, so daß er sie jetzt vom Nachttischchen nahm; siebzehn nach elf. Er legte die Hände hinter dem Kopf übereinander und schloß die Augen.

Ohne es zu wollen, nickte er ein.

Als er wieder aufwachte, kam Dana mit einem Tablett voll kaltem Truthahn – zwei Flügel, ein Schenkel, mehrere Scheiben weißes Brustfleisch –, einem Stück Blauschimmelkäse und Plastiktöpfen mit Hummous und Taramasalata zurück, letztere zu zwei Dritteln leer, dazu Weintrauben, die an den Stielen bereits braun wurden, einen Becher Kaffee und einen weiteren mit Orangen-Hibiskustee.

»Rutsch mal«, meinte sie grinsend und stellte das Tablett in die Bettmitte, bevor sie es sich bequem machte. »Nicht ein Scheibchen Brot«, sagte sie, »noch nicht mal einen Keks in der ganzen Bude.«

Langsam fuhr sie mit dem Zeigefinger in die rosa Taramasalata und führte ihn mit einer vollen Ladung davon an seinen Mund.

»Als du angerufen hast«, sagte sie, »ob du vorbeikommen könntest, hast du an so was gedacht?«

Resnick schüttelte den Kopf.

»Ehrlich?«

»Natürlich nicht.«

Dana nippte an ihrem Tee. »Was heißt hier ›natürlich‹?«

Resnick wußte nicht, wie er reagieren, was er sagen sollte. »Ich hab' eben einfach nicht… ich meine, ich würde doch nie…«

»Nie?«

»Nein.«

Sie wölbte eine Braue. »Rein in Gedanken, Wort und Tat, der Polizistencodex.«

»Das meine ich nicht.«

»Du meinst, du findest mich nicht attraktiv.«

»Nein.«

»Nein, du findest mich nicht, oder nein, du findest mich attraktiv?«

»Nein, das wollte ich nicht sagen.«

»Was dann?«

Um Zeit zu gewinnen, probierte er den Kaffee; mit einiger Sicherheit ein löslicher und mit Sicherheit zu schwach. »Ich meine, natürlich wußte ich, daß du attraktiv bist, aber ich hatte nicht in dieser Hinsicht an dich... das hier, meine ich, in sexueller Hinsicht, und wenn doch, dann hätte ich wahrscheinlich nicht einfach angerufen und mich so aufgedrängt, als...«

»Warum nicht?«

Er setzte den Becher wieder ab. »Weiß ich auch nicht.«

»Bist du mit jemandem zusammen?«

»Nein.«

»Na, dann warum nicht?«

Er hätte nicht sagen können, warum ihm das derart peinlich war, trotzdem wandte er sich ab. »Es wäre einfach nicht richtig gewesen.«

»Ach.«

»Und außerdem...«

»Ja?«

»Ich hätte doch nie gedacht, daß du interessiert sein könntest.«

»An Sex?«

»An mir.«

»Ach, Charlie.« Sie strich ihm übers Gesicht.

»Was?«

»Weißt du denn nicht, daß du ein gutaussehender Mann bist?«

»Nein«, sagte er. »Keine Ahnung.«

Lächelnd ließ sie ihre Hand in seinen Nacken gleiten, als sie sich vorbeugte, um ihm einen Kuß aufzudrücken. »Natürlich nicht«, sagte sie, »das macht dich ja gerade so anziehend.« Und dann: »Aber du freust dich doch, hier zu sein?«

Darauf brauchte er nicht zu antworten; es war deutlich zu sehen.

»Bevor's zu spät ist«, sagte sie, »warum stellen wir das Tablett nicht einfach woanders hin?«

Als sie sich streckte, um es auf den Boden zu stellen,

fuhr Resnick mit beiden Händen ihren Rücken hinab bis zu den Pobacken und dann, etwas langsamer, über die Schenkel. Er hörte ihren Atem schneller werden.

»Dana«, sagte er.

»Mmm?«

»Nichts.« Er hatte nur hören wollen, wie der Name aus seinem Mund klang.

Es war nach eins. Die zweite Tasse Kaffee war stärker und schwarz. Im Zimmer nebenan lief noch immer derselbe Rod-Stewart-Sampler, nur leiser. Resnick lag auf dem Bauch, Dana hatte unbekümmert einen Arm und ein Bein über ihn gelegt. Diesmal war sie eingeschlafen, jetzt jedoch war sie, wenn auch schläfrig, wieder wach.

»Weißt du, daß ich den mal gesehen habe«, sagte Resnick.

»Wen?«

»Rod Stewart. Das ist er doch, oder?«

»Mm.«

»Vor einer Ewigkeit. Mit Steam Packet. In einem Club unten am Trent. Man kam fast nicht zur Tür rein.«

»Wen wundert's?«

Resnick lächelte über die Schulter. »Die, die schon mal von ihm gehört hatten oder gar wegen ihm gekommen waren, die konntest du wahrscheinlich an einer Hand abzählen. Die wollten Long John Baldry sehen.«

Dana schüttelte den Kopf; nie von ihm gehört.

»Er und Julie Driscoll waren damals die Sänger der Band. Stewart trat als erster auf, spielte ein paar Nummern am Anfang des Sets. Ein spilleriges Kerlchen mit einer Mundharmonika. Nannte sich damals Rod the Mod.«

»Aber gut war er doch, oder?«

Resnick lachte. »Furchtbar.«

»Jetzt nimmst du mich auf den Arm.«

»Nein, überhaupt nicht. Er war grauenhaft. Entsetzlich.«

Danas Gesicht wurde ernst. »Ich frag' mich wirklich.«

»Was?«

»Ob du mich bloß zum Narren hältst? Oder ob du bloß mit mir spielst?«

Resnick schob sich herum, setzte sich auf. »Glaub' ich nicht.«

»Von einmaligen Gastspielen hab' ich nämlich die Nase voll.«

Sie hatte sich abgewandt, ihre Schultern waren nach vorn gefallen, und obwohl er sie weder sah noch hörte, wußte er, daß sie weinte. Er wußte nicht, was er tun sollte; er ließ sie in Ruhe, ließ sie weinen, dann beugte er sich vor und küßte ihren Nacken, direkt unter dem dunklen Haaransatz, und sie drehte sich in seine Arme.

»O Gott!« sagte sie. »Ich habe einfach das Gefühl, daß es nicht recht ist, das hier. Sich so gut zu fühlen. Nachdem, was Nancy passiert ist. Weißt du?«

Ihre Tränen hatten das bißchen Make-up auf ihrem Gesicht verschmiert.

»Wir wissen doch noch gar nicht, was Nancy passiert ist«, sagte Resnick. »Nicht mit Sicherheit.«

Obwohl sie im Grunde sehr wohl sicher waren, beide.

»Wie spät ist es?« sagte Dana. In der Dunkelheit des Zimmers sah sie, daß Resnick angezogen zwischen Bett und Tür stand.

»Kurz nach zwei.«

»Und du gehst?«

»Ich muß.«

Sie setzte sich auf, der Zipfel des Federbetts bedeckte eine ihrer Brüste. »Ohne was zu sagen?«

»Ich wollte dich nicht wecken.«

Dana streckte den Arm aus, und Resnick setzte sich auf die Bettkante und hielt ihre Hand. Sie fädelte die Finger zwischen die seinen.

»Du hast mir gar nicht gesagt, wieso du mich sehen wolltest.«

»Ich weiß. Ich dachte, ich sollte dir damit lieber nicht mehr kommen.«

»Worum ging's?« Sie hob seine Hand an ihr Gesicht und rieb sich mit den Knöcheln die Wange.

»Um Robin Hidden...«

»Was ist mit ihm?«

»Ich wollte dich ein paar Dinge fragen.«

Dana ließ seine Hand los und beugte sich nach hinten. »Den hast du doch nicht etwa in Verdacht? Doch nicht Robin?«

Resnick antwortete nicht. Sie sah kaum mehr als die Konturen seines Gesichts; unmöglich, den Ausdruck in seinen Augen zu lesen, zu sagen, was er wohl dachte.

»Du verdächtigst ihn tatsächlich, nicht wahr?«

»Du weißt, was zwischen den beiden war, oder?«

»Nancy hat ihm den Laufpaß gegeben, ja. Aber das heißt doch nicht...«

»Er hat sie in jener Nacht gesehen, Heiligabend...«

»Nicht möglich.«

»Er ist zum Hotel gefahren, auf der Suche nach ihr, kurz vor Mitternacht.«

»Und?«

Resnick antwortete nicht sofort; er hatte vermutlich bereits mehr gesagt, als er sollte.

»Und?« sagte Dana noch mal und berührte seine Hand.

»Nichts. Er hat sie gesehen und ist dann gefahren.«

»Ohne mit ihr zu reden?«

Resnick zuckte mit den Achseln. »Sagt er jedenfalls.«

»Aber du glaubst ihm nicht?«

»Ich weiß nicht.«

»Du meinst, die beiden haben sich furchtbar gestritten, Robin gingen die Gäule durch und...« Dana hatte die Hände gehoben, während sie sprach, und ließ sie jetzt neben sich fallen.

»Möglich wär's«, sagte Resnick.

Dana beugte sich vor. »Du hast doch mit ihm gesprochen, oder? Mit ihm geredet?«

»Ja.«

»Und da glaubst du immer noch, daß er so was tun könnte? Ihr weh tun? Ihr was antun?«

»Wie gesagt, möglich wäre es. Es ist...«

»Das würde der nicht. Könnte er gar nicht. Er ist einfach nicht der Typ. Wenn du ihn mit Nancy gesehen hättest, dann wüßtest du das. Was immer sie von ihm gehalten hat, er hat sie wirklich geliebt.«

Genau, dachte Resnick. »Manchmal«, sagte er, »genügt das.«

»Mein Gott!« Dana zog an der Decke und wich rasch von ihm ab auf die andere Seite des Bettes. »Ich nehme an, es braucht einen nicht weiter zu überraschen, wenn man in deinem Beruf so zynisch wird wie du.« Barfuß nahm sie einen Bademantel von der offenen Schranktür und zog ihn sich über.

»Zynisch«, sagte Resnick, »ist das zynisch? Jemanden so zu lieben, daß man jede Perspektive verliert?«

»Genug, um jemandem weh tun zu wollen? Oder gar Schlimmeres? Das ist nicht zynisch, das ist krank.«

»Kommt aber vor«, sagte er. »Immer wieder. Und ich habe nun mal damit zu tun.« Er sprach bereits mit der offenen Tür.

Dana nahm einen Beutel Kräutertee aus einem Päckchen und hängte ihn über den Rand einer frisch ausgespülten Tasse. Als sie auf die Büchse Golden Blend deutete, schüttelte Resnick den Kopf. »Nein danke, ich warte, bis ich daheim bin.«

»Wie du meinst.« Sie saß am Tisch und spielte mit einem Löffel, mied dabei Resnicks Blick.

Resnick fühlte sich von Minute zu Minute unwohler in seiner Haut; er wünschte, er wäre längst nicht mehr da, brachte es aber nicht übers Herz zu gehen. »Ich wollte dich nicht aufregen«, sagte er.

»Das war ich schon. Ich hab's nur eine Weile vergessen wegen dem, was zwischen uns war, das ist alles.«

Der Blitzkocher auf dem schmalen Regal begann laut zu sprudeln. Sie weigerte sich nach wie vor, ihn anzusehen, und er stand noch immer unschlüssig in der Nähe der Tür, konnte sich nicht zum Gehen entscheiden. »Diese Beziehung zwischen Nancy und Robin, war die, ich meine, soweit du das weißt, war das was Sexuelles?«

Dana lachte, aber völlig humorlos, mehr ein schlichtes Ablassen von Luft als ein Lachen. »Du meinst, ob ich die üblichen Stöhner und Seufzer durch die Wand gehört habe? Warum nicht? Sie ist eine attraktive Frau, Robin ist ein sportlicher Typ mit einem brauchbaren Körper, und was weiß ich.«

»Es ging also leidenschaftlich zu zwischen den beiden?«

Jetzt starrte sie ihn an. »Reicht dir das schon als Beweis, Charlie? Daß jemand zu Leidenschaft fähig ist? Reicht das schon, um den Ausschlag zu geben?«

»Ich ruf' dich an«, sagte Resnick und trat in die Diele. Falls Dana ihn gehört hatte, während sie den Teebeutel in ihrer Tasse auf und ab bewegte, ließ sie sich jedenfalls nichts anmerken. In Anbetracht der Zeit schloß Resnick die Tür fest, aber leise.

24

Das klägliche Bißchen dessen, was vom Fest der Liebe zu spüren war, verschwand bald in dem Dunst aus Mißgunst und Unzufriedenheit. Uniformierte Beamte, die auf den Notruf eines Lokals in der Stadt reagierten, man hätte einen Mann niedergestochen, liefen in ein Bombardement aus Flaschen, Backsteinen und einen hastig zusammengebastelten Molotow-Cocktail, der unter ihren Wagen rollte. Ein Zug der Feuerwehr, der einen Brand im oberen Stockwerk eines Reihenhauses zwei Straßen von Gary und Michelle löschen kam, wurde von einer Bande weißer Jugendlicher mit Unrat und Unflätigkeiten beworfen, einer ihrer Schläuche mit einer Axt aufgeschlitzt, die Reifen ihres Löschwagens zerstochen. Die Familie in dem Haus – zwei zogen sich Brüche zu, als sie aus dem Fenster sprangen, während andere, Kinder zwischen anderthalb und fünf Jahren, schlimme Verbrennungen erlitten – war aus Bangladesch.

Eines Morgens, so gegen fünf, stolperte eine junge Frau mit Glasgower Dialekt in die Wache am Canning Circus, sie blutete stark aus einer Wunde an der Schläfe, ein Auge war völlig zu. Sie und ihr Freund, ein Neunundzwanzigjähriger, der Polizei als Kleindealer bekannt, hatten in einem leerstehenden Haus in der Nähe des Parks Crack geraucht; sie war eingeschlafen und wieder aufgewacht, weil man ihr das Gesicht mit Fäusten traktierte. Die ärztliche Untersuchung in der Unfallstation ergab einen gebrochenen Wangenknochen und eine Netzhautablösung am Auge.

Der Fahrer des letzten Busses vom Old Market Square nach Bestwood Estate weigerte sich, einen eindeutig betrunkenen Mann mitzunehmen, der ihn heftig beschimpft hatte, und bekam dafür einen Ziegel durch die Windschutzscheibe geworfen. Ein weiterer Taxifahrer wurde überfallen, diesmal mit einem Baseballschläger.

Bei der Polizei kursierte ein Rundschreiben, das Freiwilligen bezahlte Überstunden bot, den Kollegen oben in Mansfield bei einem Konzert rechtslastiger Skinheads im alten Palais de Dance unter die Arme zu greifen. Man hatte in den faschistischen Publikationen ganz Europas dafür Reklame gemacht, und die Polizei erwartete wenigstens zwei Busladungen aus Deutschland und Holland.

»Hört sich ganz nach was für unseren Mark an«, bemerkte Kevin Naylor, der das Rundschreiben im Büro der Kripo weitergab.

»So wie ich den kenne«, sagte Lynn, «hat der schon eine Karte. Für die erste Reihe.«

Nancy Phelans Eltern hatten ein Ritual daraus gemacht, zweimal, manchmal sogar dreimal am Tag auf die

Wache zu kommen und dort Resnick oder Skelton zu verlangen, um sich über die Fortschritte zu informieren. Dazwischen tauchten sie hier und da bei Lokalsendern auf, schrieben an die *Post*, an die unabhängigen Blätter, die überregionalen, wandten sich an den Oberbürgermeister und den Parlamentsabgeordneten. Charlie Phelan suchte Zuflucht darin, sich vor die Säulen des Rathauses am oberen Ende des Market Square zu stellen, vor sich ein Plakat mit einem großen Foto von Nancy mit der Legende: *Meine hübsche Tochter – vermißt, und niemanden kümmert es.*

Achtundvierzig Stunden nachdem die Temperaturen so weit gestiegen waren, daß Resnick Schal und Handschuhe zu Hause ließ, schlug das Wetter zurück. Mit Minusgraden; und so blieb es dann auch. Züge wurden gestrichen, der Busverkehr eingeschränkt, Autos rutschten machtlos aufeinander und blockierten für Stunden die Straßen. Unterbesetzt, kurz vor der Kapitulation, gaben sich Skelton und Resnick alle Mühe, zu delegieren, Prioritäten zu schaffen, den Boden unter den Füßen nicht zu verlieren.

Nancy Phelans bisher abgängige Freunde kamen zurück, beide, schockiert über das, was passiert war, aber außerstande, Licht auf das Wie und Warum zu werfen. James Guillery wurde am Flughafen Luton mit einem Beinbruch aus der Maschine getragen, Opfer nicht etwa des Schnees, sondern eines Sessellifts mit einem gebrochenen Bolzen. Eric Capaldi war in seinem tiefliegenden Sportflitzer bis in die Vorstädte von Kopenhagen gekommen und wieder zurück. Er hatte, für eine eigene Radiosendung, die man ihm in Aussicht gestellt hatte, einen Percussionisten interviewt, einen zweiundfünfzigjährigen Mann, der Ende der Sechziger für eine Viertelstunde ein Star der Gegenkultur gewesen war und jetzt minimalistische religiöse Musik fürs transeuropäische Radio komponierte. Nach dem Interview und fast einer ganzen Flasche Brandy war Eric, zu seiner nachhaltigen Verwirrung, in den Armen des Percussionisten gelandet und schließlich in dessen Bett.

Robin Hidden behauptete weiterhin, daß er an besagtem Abend losgefahren sei, ohne mit Nancy Phelan zu sprechen, und ließ schließlich durch seinen Anwalt die Erklärung abgeben, er habe, was dieses spezielle Theater anbelangte, nichts mehr zu sagen.

Wie David Welch, der ausnahmsweise mal lächelte, schon gesagt hatte, als er Graham Millington den Umschlag gab: »Entweder Sie haben was vorzubringen, oder Sie lassen ihn in Ruhe, wir verstehen uns, ja?«

Ganz schön keck, dachte Millington. Daß du dich nur mal nicht übernimmst. Aber wie Resnick wußte Graham nur allzu gut, daß Welch recht hatte. Wenn sie Hidden beim derzeitigen Stand der Dinge verhafteten, wäre er in vierundzwanzig, maximal sechsunddreißig Stunden wieder auf der Straße, und was wäre gewonnen?

Es konnte schließlich nicht ausbleiben, daß Harry Phelan Wind davon bekam. Ein frischgebackener Freund eines Freundes hatte ihm bei einem späten Glas in seinem Hotel an der Mansfield Road den Tip gegeben, daß der Kriminalreporter der *Post* um die Mittagszeit in der Blue Bell zu finden sei, wo er Geschichten erzähle und einige Biere trank. Tags darauf war Harry mitgekommen, hatte einige Zeit herumgestanden und noch beim ersten Bier erfahren, daß die Polizei einen jungen Mann verhört hatte.

»Wo ist der Saukerl?« hatte Harry Phelan später gebrüllt, als er vor der Wache Skelton abfing, der vom Joggen kam. »Wieso haben Sie ihn nicht verhaftet, verdammt noch mal? Warten Sie mal, wenn ich den in die Finger kriege, das kann ich Ihnen sagen. Da warten Sie mal!«

Skelton beruhigte ihn und forderte ihn auf, ihn in sein Büro zu begleiten, wo er es mit einer Erklärung versuchte. »Mr. Phelan, ich versichere Ihnen –«

»Beleidigen Sie mich nicht«, sagte Harry Phelan. »Versichern. Schauen Sie sich doch an. Vertrödeln da draußen die Zeit in Ihrem Angeberaufzug, statt, verdammt noch mal, meinem armen Kind zu helfen! Sie – einen Dreck können Sie mir versichern!«

In der Zwischenzeit hatten Reg Cossall und seine Leute einhundertneununddreißig Männer und dreiundvierzig Frauen befragt, von denen sich siebenunddreißig genau daran erinnerten, Nancy an Heiligabend gesehen zu haben. Fünf der Frauen hatten mit ihr gesprochen, insgesamt acht erinnerten sich daran, was sie angehabt hatte. Sieben der Männer hatten sich mit ihr unterhalten, fünf mit ihr getanzt, zwei hatten sie gefragt, ob sie sie nach Hause fahren könnten. Sie hatte beiden nein gesagt. Und beide waren mit einer anderen nach Hause gegangen.

Die Arbeit der Polizei war mühselig und gründlich, schien aber zu nichts zu führen. »Der reinste Furz in einem offenen Gully«, sagte Cossall verdrossen. »Lohnt sich noch nicht mal, die Backen auseinander zu nehmen dafür.«

Als Resnick nach seiner Nacht mit Dana Matthieson nach Hause kam – er war den ganzen Weg durch die Stadt zu Fuß gegangen, am Friedhof lang bis an die Pforte des Arboretums, zur alten Victoria Station und schließlich an der Moschee in der Woodborough Road vorbei –, hatte er sich eingeredet, daß das alles ein großer Fehler gewesen war. Angenehm, ja, sogar aufregend, aber ganz entschieden ein Fehler. Auf beiden Seiten.

War ja ganz natürlich, sagte er sich, daß Dana, nach dem, was ihrer Mitbewohnerin zugestoßen war, aufgebracht, desorientiert war, daß sie nach Trost und etwas Ablenkung suchte. Was ihn anbelangte – Herrgott, Charlie, sagte er sich auf den leeren Straßen, wie lang ist das wohl jetzt her, daß du einer nachgegeben hast?

War es das? Und nichts weiter? Daß er einer nachgegeben hatte? Als ihn mit einemmal fröstelte, schlug er zitternd seinen Mantelkragen hoch und dachte dabei an Danas warmen Körper.

Und natürlich hatte er sich nicht an sein Versprechen

gehalten und angerufen. Die ersten beiden Tage war er, wann immer zu Hause oder im Büro das Telefon klingelte, mit einer merkwürdigen Mischung aus Angst und Hoffnung rangegangen. Aber sie hatte nicht angerufen. So war es denn kein Problem, nicht weiter zu warten.

Als Dana drei Tage später doch noch anrief, sprach Resnick gerade mit Lynn Kellogg über ihr Urlaubsgesuch: Sie wollte einen Tag freihaben, um mit ihrem Vater in die Ambulanz am Norfolk and Norwich zu gehen.

»Eine Endoskopie«, sagte Lynn, das unbekannte Wort auf der Zunge.

Resnick sah sie fragend an.

»Eine innere Untersuchung. Soweit ich das sagen kann, schiebt man ihm dieses Ding, dieses Endoskop, in den Darm.«

Resnick schauderte bei dem Gedanken.

Lynn atmete nervös durch. »Wenn sie Krebs vermuten, machen sie wahrscheinlich eine Biopsie.«

»Und wenn es Krebs ist«, sagte Resnick, »was für Behandlungsmöglichkeiten...?«

»Operieren«, sagte Lynn. »Sie schneiden ihn raus.«

»Tut mir leid«, sagte Resnick. Mit einemmal standen Lynn Tränen in den Augenwinkeln. »Furchtbar leid.« Auf halbem Weg um seinen Schreibtisch herum blieb er stehen. Er wollte sie in die Arme nehmen, sie ordentlich drücken, um sie zu beruhigen.

»Ist schon gut.« Lynn fand ein Papiertaschentuch und schneuzte sich, womit Resnick zur Tatenlosigkeit verurteilt war. Gott sei Dank klingelte das Telefon.

»Charlie?« sagte die Stimme am anderen Ende.

»Hallo?«

»Ich bin's, Dana.«

Aber das wußte er bereits.

»Du hast nicht angerufen.«

»Nein, tut mir leid. Hier ging's, na ja, etwas hektisch zu.» Ohne es zu wollen, fing er Lynns Blick auf.

»Ich denke ständig an dich«, sagte Dana.

Resnick nahm den Hörer in die andere Hand, musterte den Boden.

»Soll ich draußen warten?« sagte Lynn.

Resnick schüttelte den Kopf.

»Ich mußte an deinen Körper denken«, sagte Dana.

Was Resnick nicht so recht glauben konnte. Er dachte an seinen Körper sowenig wie möglich, und wenn, dann für gewöhnlich mit Entsetzen.

»Ich will dich nur sehen, das ist alles«, sagte Dana. »Keinen großen Empfang.«

»Hören Sie«, sagte Lynn, schon fast an der Tür, »ich kann später noch mal kommen.«

»Störe ich?« fragte Dana. »Kannst du nicht reden?«

»Nein, schon in Ordnung«, sagte Resnick und winkte Lynn zurück ins Büro.

»Wann kann ich dich sehen?« fragte Dana.

»Warum trinken wir nicht was zusammen?« sagte Resnick, nur um sie loszuweden.

»Morgen?«

Resnick konnte keinen klaren Gedanken fassen. »In Ordnung«, sagte er.

»Gut. Um acht?«

»Prima.«

»Warum kommst du nicht vorbei? Wir können dann irgendwohin gehen, wenn du willst.«

»In Ordnung. Ich seh' dich dann. Tschüs.« Als er wieder auflegte, war er ins Schwitzen geraten.

»Haben Sie sich wohl schon für Neujahr angemeldet?« fragte Lynn.

»Was?«

»Als großer dunkler Fremder, der mit einem Stück Kohle über die Schwelle kommt.«

»O Gott!«

»Gibt's ein Problem?«

Nur daß er vergessen hatte, daß Silvester war. Und sofort hatte er Marian Witzcaks Stimme im Ohr: »Was hältst du davon, Charles,wenn wir beide unsere Tanzschuhe anziehen?«

»Haben wohl doppelt gebucht?« fragte Lynn.

»So in der Art.«

»Tut mir leid, ich sollte nicht lachen.« Sie sah gar nicht aus, als wäre ihr zum Lachen zumute.

»Wegen Ihrem freien Tag«, sagte Resnick, »wird zwar etwas eng, aber Sie müssen auf jeden Fall zu Ihrem Vater. Wir kommen schon irgendwie klar.«

»Danke. Und viel Glück.«

»Was?«

»Für morgen.«

Dana zündete sich eine weitere Zigarette an und schenkte sich nach. Sie hatte bereits einige Gläser intus, hatte sich Mut angetrunken, um ihn anzurufen, nachdem er sich nicht gemeldet hatte. Obendrein in der Arbeit. Hätte sie wahrscheinlich nicht machen sollen; vermutlich ein Fehler. Aber er hatte schließlich ja gesagt, oder? Hatte sich einverstanden erklärt, auf ein Glas vorbeizukommen. Sie hob lächelnd das Glas. Er war's wert, ihn aufs Korn zu nehmen, ihm ein bißchen nachzulaufen. Sie mochte ihn, die Erinnerung an ihn: großer Kerl – große Männer, dachte sie, haben halt was. Sie lachte.

25

Gary hatte sich auf die Couch gefläzt, sein County-Torhüterhemd über zwei Pullovern, damit er nicht fror. Er sah fern – was über indonesische Küche –, und Michelle begriff beim besten Willen nicht, wozu. Garys Kocherei die letzten Monate über hatte sich darauf beschränkt, eine Büchse gebackener Bohnen aufzumachen, deren Inhalt er fünf Minuten darauf lauwarm auf verbranntem Toast aufschlabberte; und dann hatte er noch Karl angebrüllt, weil er nichts davon wollte. Alles, was Gary darüber hinaus zum Thema Kochen zu sagen hatte, waren zwei Fragen: »Was gibt's zum Abendessen?« und »Wo bleibt mein Tee?«

Michelle sagte nichts; sie war gescheit genug, ihn in Ruhe zu lassen. Brians Frau Josie hatte ihnen angeboten, Karl mit ihren eigenen beiden in den Park mitzunehmen, und Michelle hatte sich nicht lange bitten lassen. Natalie hatte, abwechselnd gurrend und schreiend, in ihrem Bett gelegen, noch zwanzig Minuten nach dem Stillen, war aber jetzt ruhig. Michelle hatte um die Spüle in der Küche herumgewischt, den Müll in die Tonne gebracht; und einmal im Leben hatte Gary auf das Angebot einer Tasse Tee »nein« gegrunzt statt »ja«; also hatte sie den ihren mit nach oben genommen, um ihre Wäsche durchzusehen, bißchen herumzuräumen.

In den Ecken der Treppe sammelten sich die Staubbällchen. In dem kleinen Zimmer nach hinten hinaus schlief Natalie, den Daumen im Mund, ein Bein durchs Gitter des Kinderbettchens gesteckt; Michelle nahm den winzigen Fuß und steckte ihn unter die Decke zurück. So was von kalt! Sachte berührten ihre Lippen das Bäckchen des Babys, wenigstens das war warm. Sie ließ die Tür einen Spalt offen, ging ins Schlafzimmer und erschauerte; das war ja wie ein Eisschrank hier drin!

Vom Fußende des Bettes hingen zwei Strumpfhosen, eine davon so voller Laufmaschen, daß sie womöglich kaum noch zu flicken war. Gary schien seine Klamotten im ganzen Zimmer verteilt zu haben, ein Hemd, Boxershorts, eine Socke. So wie der Kragen aussah, konnte er das Hemd wohl noch einen Tag tragen, also hängte sie es zurück in den Preßspanschrank von Family First. Garys Windjacke, die mit dem Reißverschluß, sein Lieblingsstück, lag zwischen die Schuhe gestopft, ganz zerknittert, mußte dies sein – Michelle bückte sich, um sie aufzuheben, und da fiel das Messer heraus.

Sie fuhr zurück und dachte, sie mußte wohl laut aufgeschrien haben, aber es rührte sich nichts; das Baby wachte nicht auf, Gary rief nicht herauf. Der Fernseher war weiterhin als Geräusch zu hören, die einzelnen Worte nicht zu verstehen.

Der Griff des Messers war abgerundet und mit Klebeband umwickelt; die Klinge, fast fünfzehn Zentimeter lang, bog sich erst nach außen, dann wieder nach innen und lief dann spitz zu. In der Nähe der Spitze war ein Stück herausgebrochen, als wäre man damit auf etwas Hartes gestoßen.

Jetzt lag es neben ihrem einzigen anständigen Paar hochhackiger Pumps, forderte sie geradezu auf, es aufzuheben.

»Sie haben Nancy also nicht mehr gesehen? Später, meine ich. Heiligabend.«

»Hab' ich das nicht gerade gesagt? Ich war nicht mehr weg.«

Langsam, ohne es zu wollen, bückte sich Michelle. Sie versuchte es sich vorzustellen, erhoben, in der Hand eines zornigen Mannes.

»Chelle? Michelle?«

Einen Augenblick vor der Stimme hörte sie das Knarren der losen Diele auf dem Treppenabsatz. Ihr stockte der Atem. Sie legte die Jacke über das Messer, schob das Ganze zurück in den Schrank, schloß die Tür.

»Da bist du.« Er lächelte wieder auf seine typische Art, die Lippen leicht geöffnet, die Mundwinkel verzogen. »Hab' mich schon gefragt, wo du steckst.«

Sie war sicher, daß er ihr Herz hörte, so laut wie es schlug.

»Was machst du?«

Da sie sich nichts zu sagen traute, schüttelte sie einfach den Kopf.

»Diese Kocherei«, er deutete mit dem Kinn in Richtung Wohnzimmer, »ist überhaupt nichts dahinter, man hackt alles klein, Fleisch und Zeug, und steckt es in ein Glas Erdnußbutter.« Er blinzelte. »Ich denk', das könnten wir auch mal versuchen.«

Michelle hatte ihren Atem soweit unter Kontrolle, um von der Schranktür weggehen zu können.

»Natalie schläft wohl?«

»Ich schau' mal nach ihr...«

Im Vorbeigehen erwischte Gary sie am Arm. Irgend etwas hatte sich in dem leichten Flaum neben seinem Mund verfangen.

»Hab' mich gefragt, wieso du wohl rauf bist?«

»Ich wollte aufräumen. Die Sachen...«

»Ach ja? Und ich dachte, du hättest was ganz andres im Sinn. Weißt du...« Sein Blick wischte über das Bett. »...Wo Karl ausnahmsweise mal aus dem Weg ist.«

»Die kommen jeden Augenblick...«, begann sie.

Er lachte, während er mit einer Hand nach dem Gürtel an ihrer Jeans griff. »Ach was.«

Während sie so dalagen, unter dem knarrenden Auf und Ab der Matratze, ging Michelle das Messer nicht aus dem Kopf. Gary, der auf sie einstieß, die Augen fest zu, den Mund nur offen, um diesen verhaßten Ausdruck zu rufen, immer und immer wieder, bis er schließlich aufschrie; und sie sah die ganze Zeit über nur den Schwung der Klinge, spürte die Spitze.

Als er seitlich wegkippte, sich aus ihr zurückzog, das Gesicht ins Laken gedrückt, fühlte sie vorsichtig nach in der Gewißheit, daß sich unter der Feuchtigkeit auch Blut befand.

»Michelle?«

»Ja?«

»Sei ein Schatz und mach uns 'ne Tasse Tee.«

Sie war auf dem Weg nach unten, in Pulli und Jeans, ungekämmt, als Josie mit den Kindern zurückkam.

»Großer Gott, Mädel! Siehst ja aus, als hätten sie dich an den Füßen durch 'ne Hecke geschleift.« Dann beugte sie sich weit genug vor, um ihr ins Ohr flüstern zu können. »Er hat sich dich doch nicht schon wieder vorgenommen, oder?«

Michelle schüttelte den Kopf. »Nicht so, wie du meinst.«

Josie verdrehte die Augen. »Ach so! Weißt du, als ich – wie alt war ich da? – siebzehn, achtzehn, also da hab' ich gedacht, wenn's mir nicht jeden Abend einer besorgt, dann geht die Welt unter. Und jetzt...?« Sie schüttelte den Kopf und sah Michelle wissend an. »...jetzt ist es mir so was von wurst. Und was Brian anbelangt, ist mir eine Wurst manchmal sogar lieber.«

Sie lachte derart, daß sie sich an Michelle festhalten mußte, um das Gleichgewicht nicht zu verlieren. Josie. Michelle schätzte sie auf gerade mal einundzwanzig.

26

Lynn wachte schweißgebadet auf, und es dauerte einige Augenblicke zu lange, bis sie merkte, daß sie nur geträumt hatte. Die Decke, die sie nachts übers Federbett legte, um gegen die Kälte anzukommen, hatte sie, zu einem Tau gewunden, zwischen den Beinen. T-Shirt, Schlüpfer, Socken, alles klitschnaß. Die schwarzen Locken klebten ihr am Kopf.

In ihrem Traum war sie zwischen den Hühnerställen herumgelaufen, in einem Nachthemd, das sie nie gehabt hatte, einem langen, steifen Ding, geradewegs aus *Rebecca* oder *Jane Eyre*, als sie das Geräusch gehört hatte.

Während sie lief, warf der Mond Schatten auf die gestampfte Erde und die wettergegerbten Bretterwände der Ställe. Ein Schrei, hoch und schrill, wie der Paarungsruf einer Wildkatze; nur daß es was anderes war. Zuerst dachte sie, die hohe Holztür sei abgeschlossen, aber als sie sich dagegenwarf, merkte sie, daß sie nur klemmte. Ruckweise gab sie nach, dann sprang sie plötzlich auf, und Lynn stolperte hinein.

Durch die hohen, mit Hasengitter versehenen Fenster fiel gedämpft das Mondlicht. Ihr Vater war auf das hohe

Förderband geklettert und hing jetzt da oben, am Nacken, mit offenem Hals. Durch die Stille angespornt, ließen blaue Fliegen die Flügel summen, während sie sich an dem dunken, trockenen Blut gütlich taten.

Als Lynn gegen seine Beine stolperte, löste sich die Leiche und krachte auf sie herab. Füße und Hände waren knochig, kalt, hart, und als sein Blick sich mit dem ihren traf, lächelte er.

Sie schrie so laut, daß sie aufwachte. Laken und Kissen waren durchweicht. Lynn zog das Bett ab und warf alles neben der Decke und ihrer Kleidung auf den Boden. Einige Augenblicke stand sie da, mit gesenktem Kopf, versuchte ihre Atmung in den Griff zu bekommen. Es war fünf vor halb vier. Wider alle bessere Einsicht hätte sie am liebsten zu Hause angerufen, um sich zu vergewissern, daß ihr Vater in Ordnung war. Sie zog sich ihren Bademantel über, machte einen festen Knoten, füllte den Wasserkocher, schaltete ihn ein, holte dann ein Handtuch aus dem Bad und frottierte sich kräftig das Haar.

Wäre etwas passiert, hätte ihre Mutter längst angerufen. Und sie hatte auch so schon genug Sorgen, auch ohne Lynns Träume auseinanderzuklauben.

Lynn hatte sie noch gut in Erinnerung, die unvermeidliche Schürze mit Mehl eingestäubt, auf der Kante des schmalen Bettes, das Lynn sich mit einer Familie leicht behinderter Puppen und einem zerzausten Panda geteilt hatte; eine Hand auf der ihren, hatte sie sie beruhigt: »War doch nur ein Traum, Mädchen. Es war alles nur ein dummer Traum.«

Lynn hatte vergessen, auf dem Nachhauseweg Milch mitzunehmen, und so trank sie eine halbe Tasse Tee, schwarz, bevor sie ins Bad ging und sich unter die Dusche stellte. Erst als ihr das heiße Wasser über Kopf und Schultern rauschte, begann sie zu weinen.

Beunruhigt über den Mangel an Fortschritt im Fall Phelan, über Lynns ungewöhnlich abgespannten Ausruck, die

Schatten unter ihren Augen und nicht zuletzt über das anscheinend unlösbare Silvesterdilemma, war Resnick in der Überzeugung zu Bett gegangen, unmöglich schlafen zu können – nur um sofort weg zu sein wie der sprichwörtliche Stein. Es hatte schon Dizzys Hartnäckigkeit bedurft, ihn zurückzuholen; rhythmisch, geradezu verzweifelt, hatte die Katzenpfote an seinem Kissen gekratzt. Es war kurz vor sechs, aber Resnick hatte das Gefühl, verschlafen und den Kopf voller Baumwolle zu haben.

Dizzy wartete vor dem Bad, während Resnick duschte, schärfte sich dabei am Türstock die Krallen. Die anderen Katzen warteten in der Küche darauf, ihn zu begrüßen, und Pepper schnurrte erwartungsvoll in dem alten Sieb, das er requiriert und zu seiner Lieblingsschlafstatt gemacht hatte.

Nachdem der Kaffee gurgelte und das Katzenfutter auf die bunten Näpfe verteilt war, konzentrierte sich Resnick darauf, halbgetoastete Roggenscheiben abwechselnd mit Räucherschinken und Jarlsberg zu belegen. Er fügte eben einen Tupfer Dijon-Senf hinzu, als Lynn anrief: Sie müsse mit jemandem reden.

»Ist was mit Gary James?« fragte Resnick.

»Nein, es ist persönlich«, sagte sie.

»Okay«, sagte Resnick, »geben Sie mir eine halbe Stunde.«

Er klappte seine getoasteten Scheiben zu einem Sandwich zusammen, schnitt es in der Mitte durch, schenkte sich Kaffee ein, nahm beides mit nach oben und zog sich an. Bevor er wegging, rief er Millington zu Hause an.

»Graham, ich war nicht sicher, ob ich Sie noch erwische.«

»Gerade noch.« Millington hatte an dem runden Tisch in der Küche gesessen und sich durch ein Mischmasch aus Kleie und Weizenkeimen gekaut – der Boden des Sittichkäfigs bei seiner alten Oma hatte appetitanregender ausgesehen.

»In deinem Alter, Graham«, hatte seine Frau insistiert,

»zahlen sich Risiken einfach nicht aus. Du mußt dir deine Arterien freihalten.« Hat sie sich die Merkblätter angesehen, die sie wieder mal von der Gesundheitsfarm mitgebracht hatte? hatte Millington überlegt.

»Sieht ganz so aus, als würde es bei mir ein paar Minuten später«, sagte Resnick. »Halten Sie doch so lange die Stellung, ja?«

Was Millington selbstverständlich mit Freuden tat. Sein Sergeant, so argwöhnte Resnick, verbrachte einen Gutteil seines Lebens in der Erwartung, daß seinen Vorgesetzten ein unvorhergesehener schrecklicher Unfall zustieß. Noch im selben Augenblick wäre Graham Millington zur Stelle, als einziger, aufgeweckt, mit gewichsten Schuhen und glänzendem Haar, bereit, in die Bresche zu springen. Der Augenblick seines Triumphs. Was hatte der Tanzdirektor der kleinen Ruby Keller in *Die 42. Straße* gleich wieder gesagt? »Du kommst als Niemand aus der Garderobe, aber zurück gehst du als Star.«

Der Briefträger war am Ende seiner Straße, als Resnick das Haus verließ, und ging ein Bündel Post durch.

»Die sind hoffentlich nicht alle für mich?« sagte Resnick, kaum daß er sich aus dem Tritt bringen ließ.

Der Briefträger schüttelte den Kopf. »Nur das Übliche, *Reader's Digest*, Versicherungen, Automobilclub und ein Knoblauchbrot gratis bei einer großen oder zwei mittleren Pizzas.«

Resnick hob dankend die Hand. Genau die Art von Postbeamten, wie es sie öfter geben sollte: sortierte die Reklame schon mal aus, so daß man sie bloß noch in den Abfall zu werfen brauchte.

Lynn erwartete ihn an der Tür, sie hatte seine schweren Schritte schon im Hof gehört und die Flamme unter ihrer relativ neuen Espressokanne höher gedreht. Man gab den Kaffee gemahlen in einen kleinen perforierten Behälter, der im unteren Teil über das kalte Wasser kam; man zündete das Gas an, und es dauerte nur einige Minuten, schon war das Wasser – weiß Gott wie – hochgestiegen, und man hatte seinen Kaffee: stark und schwarz, fertig zum Eingießen. Um die Wahrheit zu sagen, sie bezweifelte, daß sie die Kanne mehr als ein paarmal benutzt hatte, seit sie sie im Herbst gekauft hatte. Sie hoffte, daß der Kaffee stark genug war und nicht angebrannt schmeckte.

»Riecht ja gut«, sagte Resnick, kaum daß er in der Wohnung war.

»Möchten Sie Toast? Ich mach' grade welchen.«

»Nein danke.« Er sah sich nach etwas um, wo er seinen Mantel hinlegen konnte. »Ich hatte schon.« Und dann: »Aber was soll's, warum nicht. Aber nur einen.«

»Kommen Sie, geben Sie her«, sagte Lynn und hängte seinen Regenmantel an einen der Haken gleich neben der Tür.

In einer Ecke lief das Radio, leise und nicht exakt auf der richtigen Wellenlänge. Trent-FM. »Ich stell' das nur mal rasch ab.«

»Ach was, lassen Sie's ruhig.«

Sie stellte trotzdem ab, und Resnick lungerte im Wohnzimmer herum, während sie in der kleinen Küche hantierte, las die Titel der Bücher auf dem Regal, warf einen Blick in eine alte Ausgabe der *Mail*, die Rückseite, auf der es *Forest vor dem Abstieg!* hieß. Unter den Fotos über dem Kamin war eines mit einer glücklichen Lynn: pausbäckig, lächelnd, in den Armen ihres Vaters. Fünf Jahre alt? Die Fotos ihres ehemaligen Freundes, dem Radfahrer, schienen in die Mülltonne gewandert zu sein.

»Butter oder Margarine?«

»Wie bitte?«

»Auf den Toast, Butter oder...«

»Ach so, Butter.«

Resnick ließ sich in der Mitte des Zweisitzersofas nieder, Lynn auf einem Sessel im Winkel zu ihm.

»Wie ist der Kaffee?«

»Prima.«

»Ist er auch stark genug?«

»Warum sagen Sie mir nicht einfach, was Ihnen zu schaffen macht? Was ist passiert?«

Sie erzählte ihm ihren Traum. Eine Weile sagte keiner von beiden etwas.

»Es ist doch völlig natürlich, daß Sie Angst haben«, sagte er schließlich. »In bezug auf sich selbst und auf ihn. Es ist eine schwierige Zeit.«

Lynn zog die Beine an die Brust und schlang ihre Arme um die Knie. »Wenn es Krebs ist«, sagte Resnick, »wie stehen seine Chancen?«

»Das sagt einem doch keiner.«

»Und die Behandlung? Chemotherapie?«

Sie schüttelte den Kopf. »Glaub' ich nicht.« Sie konzentrierte sich auf einen Punkt an der Wand, nur um ihm nicht in die Augen zu sehen. »Sie schneiden ihn raus. So weit sie können. Wahrscheinlich eine Kolostomie. Das ist…«

»Ich weiß, was das ist.«

»Ich kann mir das einfach nicht vorstellen… damit wird er nicht fertig, nie und nimmer. Er…«

»Ist immer noch besser als die Alternative.«

»Ich weiß noch nicht mal, ob das stimmt.« Sie schlug mit dem Knie gegen den Stuhl, als sie aufstand. Sie hatte nicht die Absicht, vor ihm zu heulen, kam gar nicht in Frage. Ihre Finger gruben sich ins Fleisch ihrer Hände, während sie vor dem kleinen Fenster stand und hinausstarrte.

»Ich erinnere mich daran«, fuhr Resnick fort, »als mein Vater ins Krankenhaus kam. Er hatte Probleme mit dem Atmen, mit der Lunge. Ein halbes Dutzend Stufen, und schon hörte er sich an wie eine alte Dampfmaschine, der langsam der Schwung ausgeht. Er kam ins Stadtkrankenhaus, erst zur Untersuchung, dann zur Behandlung, danach mußte er noch bleiben, um sich auszuruhen. Er bekam, ich weiß nicht, irgendwelche Antibiotika. Physiotherapie. Ich habe ihn hin und wieder besucht, wenn ich grade mal in der Nähe war, wissen Sie, wenn ich vorbeikam, und da hatte er dann eine Frau neben sich, weißer Kittel, weiße Hosen, freundlich, aber ernst – todernst: ›Nun kommen Sie schon, Mr. Resnick, wir müssen Ihnen das Atmen beibringen.‹ ›Was meinen Sie, hab' ich die letzten sechzig Jahre über gemacht, Charlie, wenn nicht geschnauft?‹ sagte er jedesmal, wenn sie draußen war.« Resnick stieß einen Seufzer aus. »Ich nehme an, die haben wohl getan, was sie konnten, aber leichtgemacht hat er's ihnen nicht. Selbst als ich noch klein war… also ohne Zigarette kann ich mir ihn kaum vorstellen.«

Lynn wandte sich abrupt um. »Und, glauben Sie, daß es die Sache wert war?«

»Ja, alles in allem, doch.«

»Und er?«

Resnick zögerte. »Ich denke schon. Aber um ehrlich zu sein, ich weiß es nicht.«

»Hat er denn nichts gesagt?«

»Der? Gestöhnt und geächzt hat er. Und gejammert. Ich möchte Sie nicht anlügen, es gab Tage, da sagte er, er wollte, sie hätten ihn sterben lassen, er wollte, er wäre tot.«

»Und trotzdem können Sie sagen, daß es das Richtige war? Das alles über sich ergehen zu lassen, die Schmerzen, den… den Verlust an Würde, und all das – wofür? Ein paar Monate Leben?«

Resnick trank seinen Kaffee, ließ sich Zeit. »Es gab das eine oder andere, was er noch sagen konnte, was wir uns noch sagen konnten. Also mir war das wichtig.«

»Ja, Ihnen.«

»Hören Sie, Lynn, Ihnen muß eines klarwerden, so schwer Ihnen das auch fallen mag, aber es geht hier nicht nur um ihn. Um Ihren Vater. Es geht auch um Sie. Um Ihr Leben. Wenn er… wenn er stirbt, wann immer, dann werden Sie auf die eine oder andere Weise damit zurechtkommen müssen. Und das werden Sie auch.«

Jetzt hielt sie sich nicht länger zurück und weinte. Er trat neben sie, legte ihr eine Hand auf die Schulter, und ein Weilchen neigte sie den Kopf so, daß ihr Gesicht auf seinem Handgelenk, seiner Hand zu liegen kam.

»Danke«, sagte sie. Sie schneuzte sich und wischte sich über die Augen. Dann trug sie die leeren Tassen und Teller in die Küche und spülte sie aus. »Wir machen uns besser auf die Beine«, sagte sie. »Ist schließlich nicht so, als hätten wir nichts zu tun.«

Cossall ging auf dem Flur auf und ab und zog dabei an seiner fünften oder sechsten Zigarette des Morgens, als ginge es um sein Leben. »Charlie, komm doch mal. Das mußt du dir anhören.«

Resnick vergewisserte sich bei Millington, daß auch alles gut lief, und folgte dann Cossall in den Vernehmungsraum; unterwegs sagte ihm Reg, worum es ging.

Miriam Richards hatte Heiligabend wie des öfteren schon im Hotel zur Aushilfe gekellnert, um ihre Ausbildungsförderung aufzubessern. An diesem speziellen Abend hatte man sie einem der größeren Ballsäle zugewiesen, den sich zwei Gesellschaften teilten: die Chefetage eines der größeren Kaufhäuser am Ort und eine Gruppe von Zahnärzten, Zahnarzthelferinnen und Zahntechnikern, die nur zusammen Weihnachten gefeiert hatten. Kurz nach halb zwölf, Miriam war eben dabei, die letzten Kaffeetassen abzuräumen, griff ihr ein Mann zwischen die Beine und schob ihr den schwarzen Rock, den sie tragen mußte, zwischen die Schenkel. Völlig ausgeschlossen, daß es sich um ein Versehen gehandelt hatte. Miriam hatte sich umgedreht, ihm gesagt, er solle seine Hände bei sich behalten, und ihm dann eine geknallt. Nur daß sie zu diesem Zeitpunkt eine Tasse mit Untertasse in der Rechten gehabt hatte. Der Mann schrie auf und ging mit einem ordentlichen Radau auf die Knie; zwischen einer Menge Blut fanden sich die Teile von nicht weniger als zwei abgebrochenen Zähnen. Miriam hielt das für ausgleichende Gerechtigkeit, bis sie erfuhr, daß der Mann nicht mit Füllungen zu tun hatte, sondern mit Möbeln.

Natürlich leugnete er zuerst, Miriam auch nur angerührt zu haben; alles, worauf er sich schließlich einließ, war die Möglichkeit, in seinem angeheiterten Zustand beim Aufstehen das Gleichgewicht verloren und nach einer Stütze gegriffen zu haben.

»Bullshit!« erklärte Miriam resolut, und der Ausdruck biß sich irgendwie mit ihrem Akzent. Aber sie studierte Amerikanistik und nahm die amerikanische Kultur nun mal ernst.

Als einer aus der Geschäftsleitung des Hotels sie aufforderte, sich zu entschuldigen, sagte sie ihm klipp und klar, wo er sich Rock und Schürze hinstecken konnte. Sie war schon auf dem Weg auf die Straße, gereizt, weil sie sich darauf eingerichtet hatte, zu Fuß zu ihrer Bleibe in Lenton zu laufen, als sie direkt vor sich einen Wagen neben einer jungen Frau halten sah. Der Fahrer rief einen Namen aus dem Fenster und sprang dann, als die Frau nicht stehenbleiben wollte, heraus, lief ihr nach und ergriff ihren Arm.

Mariam war eine Weile in der Nähe geblieben, da sie befürchtete, hier könnte einer anderen dasselbe passieren wie ihr. Aber nach einigen Minuten, in denen die beiden – vor allem er – ziemlich laut wurden, nach einigem Ziehen und Schieben schien die Frau es sich mit einem Achselzucken noch einmal zu überlegen. Jedenfalls ging sie zur Beifahrerseite und stieg ein; der Fahrer stieg ebenfalls wieder ein, und sie fuhren zusammen los und dann links den Hügel hinunter.

»Beschreibungen?«

Cossall grinste. »Red ruhig selber mit ihr.«

Miriam trug eine blaue Jeansjacke mit zwei Buttons am Revers, auf der einen Seite einen mit *Alte Fräuleins für Randale*, auf der anderen Seite einen größeren mit *Hillary for President*. Darunter trug sie ein verwaschenes Jeanshemd, aus dem ein gelber Rolli guckte, schwarzwollene Leggins und Doc Martens. Sie begrüßte Resnick mit einem argwöhnischen Lächeln.

»Tut mir leid, Sie alles noch mal fragen zu müssen...«
»Schon okay.«
»Also, diese Frau, die Sie da in den Wagen steigen sahen, auf wie alt würden Sie die schätzen?«
Miriam rollte die Zunge, und Resnick sah, daß sie Kaugummi kaute. »Könnte ein paar Jährchen älter gewesen sein als ich, aber nicht mehr.«
»Anfang Zwanzig also?«
»Ja.«
»Und was hatte sie an?«
Miriam warf einen Blick auf Cossall, bevor sie antwortete. »Wie gesagt, silbernes Top, passende Strumpfhose, kurzer schwarzer Rock, dazu hatte sie einen roten Mantel über die Schulter gehängt. Bißchen übertrieben, dachte ich. Aber...« Sie blickte von Resnick zu Cossall und wieder zurück. »Sie ist es doch, stimmt's? Die, die vermißt wird. Himmel noch mal, ich hätte was tun können! Ich hätte das verhindern können.«
»Ich bezweifle, daß Sie was hätten tun können«, sagte Resnick. »Sie haben ja sogar abgewartet, um zu sehen, was passiert, das ist mehr, als die meisten anderen gemacht hätten. Aber sie ist aus freien Stücken in den Wagen gestiegen. Sie hatten keinen Grund, sich einzumischen.«
»Aber als ich in den Nachrichten davon gehört habe, zu Hause, wissen Sie, über die Feiertage – ich meine, so was von blöd! –, ich hab' noch nicht mal dran gedacht.«
»Ist schon in Ordnung, Mädchen«, sagte Cossall. »Sie brauchen sich nicht so aufzuregen.«
»Wenn Sie«, sagte Resnick, »mir noch was über den Wagen sagen könnten.«
»Vier Türen, Pkw, blau, dunkelblau. Ich meine, natürlich, wenn ich nicht so stinkig gewesen wäre wegen dem Wichser da... diesem Idioten aus dem Hotel, hätte ich dran gedacht, mir die Nummer zu notieren, wissen Sie, ich meine, nur für den Fall. Aber es war ein älteres Baujahr, da bin ich sicher.«

»Die Marke?«

»Kann ich nicht mit Sicherheit sagen. Ich würde ihn aber wahrscheinlich erkennen, wenn ich ihn sehe.«

»Sagen Sie noch was über den Fahrer«, sagte Cossall. »Wie er ausgesehen hat.«

Miriam beschrieb Robin Hidden – seine Größe, die leicht gebeugte Haltung, die Drahtigkeit, Brille – bis aufs I-Tüpfelchen. Nur das Stottern fehlte.

»Wußt' ich doch, daß der lügt«, sagte Millington. »Als hätt' ich's nicht gewußt, verflucht.«

»Hatten es wohl im Urin, Graham, was?« Cossall grinste.

Sie befanden sich wieder in Resnicks Büro, während Lynn Kellog Miriam kurz die Wache zeigte, ihr eine Tasse Tee anbot und sie fragte, was Amerikanistik eigentlich sei.

»Das gehen wir besser sachte an«, sagte Resnick. »Bloß keine Ausrutscher jetzt.«

»Was wir brauchen, ist eine Gegenüberstellung«, sagte Cossall, der ein Bein über Resnicks Schreibtischkante gelegt hatte. »Am besten, wir reden mit Paddy Fitzgerald, mal sehen, ob er das hinkriegt. Graham könnte wahrscheinlich sicherstellen, daß der junge Hidden uns nicht ausbüxt.«

Klar, dachte Millington, herzlichen Dank!

»Wenigstens haben sie das noch nicht an irgendwelche Privatsheriffs abgegeben. Wir schnappen sie, bringen sie vor Gericht, und irgend so ein armseliger Wach- und Schließheini läßt sie wieder laufen.«

»Wird etwas dauern, die Wagen aufzutreiben«, sagte Resnick. Seit der Neuregelung des Beweismittelparagraphen mußten dem Zeugen mindestens zwölf Fahrzeuge ähnlichen Typs vorgesetzt werden.

Cossall nickte. »Ist trotzdem besser, wir vergewissern uns erst, was den Wagen anbelangt, und warten noch, bevor wir uns Hidden für die Gegenüberstellung greifen.

Wenn wir bei beiden einen Volltreffer landen, können wir ihn gleich hier auf der Wache kassieren.«

Resnick nickte. »Dann mal an die Arbeit.«

»Weiß unser alter Herr und Meister schon Bescheid?« fragte Cossall auf dem Weg zur Tür über die Schulter.

»Der kommt gleich als nächstes«, sagte Resnick. Und dann: »Ach, Graham, wenn Sie sich Hidden greifen, dann so unauffällig wie möglich. Wir werden hier auch so schon genug Zirkus haben.«

27

Dana war mit den besten Absichten zu Bett gegangen. Den Wecker hatte sie auf halb acht gestellt, fest entschlossen, früh anzufangen, um ordentlich was wegzuschaffen, sich um all die Dinge zu kümmern, für die sie ihres Berufs wegen, wie sie behauptete, nie Zeit hatte. Tja, nun hatte sie ihre Chance; sie würde sich sofort an die Arbeit machen, duschen, einen klaren Kopf bekommen, eine Liste machen.

Während sie müßig ihre Garderobe durchsah, überlegte sie, ob sie sich für den Abend nicht was Besonderes zulegen sollte. Inspector Resnick, der sachbearbeitende Beamte, hatte sich für Punkt acht zu einem Hausbesuch angemeldet. Charles. Charlie. Ihre Hände fuhren den Ärmel einer Seidenbluse entlang, apfelgrün, weich. Dann lächelte bei der Erinnerung daran, wie zärtlich er gewesen war. Eine Überraschung. Als sie die Bluse mitsamt dem Bügel aus dem Schrank nahm, stellte sie sich seine Hände auf dem weichen Stoff vor. Große Hände. Als sie daran dachte, war sie – und das nicht zum erstenmal – überrascht, wie gründlich sich seine anfängliche Unbeholfenheit gegeben hatte. Ja, dachte sie, als sie die Bluse aufs Bett drapierte. Apfelgrün. Gut. Sie würde sie später noch aufbügeln; die würde sie anziehen.

Unter der Dusche hatte sie sich wieder gefragt, ob es

wohl richtig war, ihn im Büro anzurufen und, seiner Reaktion nach zu urteilen, zu einem ungünstigen Zeitpunkt obendrein. Diese Mischung aus Umsicht und Knappheit. Aber es gab nun mal Männer, bei denen half sonst nichts. Man mußte ihnen mit Händen und Füßen beibringen, was Sache war.

Langsam und genußvoll seifte sich Dana die Schultern ein, die Seiten, was immer sie von ihrem Rücken erreichte; besser, bestimmt zu sein, dachte sie, als die Initiative von Anfang an abzugeben.

Miriam saß da und las abwechselnd *Licht im August* und den *New Musical Express*; aus dem Kopfhörer ihres Walkman schwappte etwas Chris Isaak ins Büro der Kriminalpolizei. Lynn Kellogg, die mühsam hinter dem endlosen Papierkrieg herhinkte, versuchte nicht an ihren Vater zu denken und wartete dabei direkt unter der Bewußtseinsschwelle ständig auf das Klingeln des Telefons, auf die Stimme ihrer Mutter: »Ach, Lynnie…«

Divine und Naylor kamen zurück aus dem Krankenhaus, optimistisch. Raju hatte sich Sandra Drexlers Skizzen angesehen und bestätigte, daß sie den Tätowierungen seiner Angreifer sehr nahe kamen.

»Guck mal!« sagte Divine und deutete auf Miriam. »Was hältst du von der?«

Miriam ließ ihn wissen, daß sie ihn gehört hatte; seinem Blick standhaltend, bis er wegsah, drehte sie ihren Walkman lauter und schlug in ihrem *New Musical Express* eine neue Seite auf. Nach den Besprechungen der neuen Singles wollte sie sich wieder Faulkner widmen. Morgen im Seminar sollte es um wechselnde Erzählungen gehen.

Lynn gab sich bei der Erklärung der Prozedur mehr Mühe, als Miriam für nötig gehalten hätte; aber dann sagte sie sich, daß wohl so mancher, mit dem sie hier, bei der Polizei, zu tun hatten, nicht sonderlich helle war.

Die Fahrzeuge standen sich in zwei Reihen gegenüber; Miriam durfte die Schneise abschreiten und sich Zeit dabei lassen. Einmal hätte sie fast kichern müssen, weil sie sich wie die Queen vorkam – bei der Inspektion ihrer treuen Armee auf irgendeinem Fleckchen Erde am Arsch der Welt. Was für eine Farce! Je mehr da ans Licht kam, desto mehr hatte man den Eindruck, daß das Leben der königlichen Familie eine Mischung aus *Twin Peaks* und *Ausgerechnet Alaska* war. Ohne auch nur einen Augenblick zu zögern, hatte sie den Wagen erkannt. Ein mitternachtsblauer Vauxhall Cavalier.

Robin Hidden hörte sie draußen halten, und fast noch bevor sie auf das Haus zukamen, war ihm klar, wer das war. Millington erkannte er an der Stimme, dann den adretten Anzug, das selbstgefällige Lächeln, als Robin die Haustür aufmachte.

Zwei weitere Beamte warteten hinter ihm auf dem Weg, auch sie in Zivil; der Ausruck des einen leicht spöttisch, als hoffe er vage darauf, Robin würde in Panik geraten und flitzen, ihnen eine Entschuldigung für eine Verfolgungsjagd liefern, etwas Action.

Es sei alles kaum mehr als eine Formalität, erklärte Millington. Ein Zeuge könne bestätigen, daß er in der Nacht, in dem seine Nancy verschwunden war, dort gewesen sei, wo er behauptete. Nichts, worüber er sich Sorgen machen müsse, solange er nur die Wahrheit sagte.

Harry Phelan stand im Portal der Wache, als der Wagen mit Robin Hidden ankam. Selten hatten zwei und zwei so rasch vier ergeben. Phelan konnte sich beherrschen, bis Hidden auf seiner Höhe war, dann stürzte er los und setzte ihm beide Fäuste zugleich hinters Ohr. Millington reagierte schnell und ging dazwischen, so daß ihm Phelans Stiefel gegen das Schienbein schrammte, bevor er den zu Boden gehenden Hidden am Schenkel traf.

Bevor er noch mehr anrichten konnte, nahm Millington Harry Phelan in den Würgegriff und zerrte ihn auf den uniformierten Beamten vom Dienst zu, der, die Handschellen bereit, um seine Theke gelaufen kam.

»Das reicht!« rief Millington gerade noch rechtzeitig. »Alles unter Kontrolle.«

Günstigerweise hatte sich nämlich Divine diesen Augenblick für seinen Auftritt ausgesucht. Er packte Phelan mit einer Hand am Hemd und hob ihm die andere als Faust vors Gesicht.

»Mark«, sagte Millington. »Lassen Sie's gut sein.«

Divine trat zurück, und Phelan sah sich herumgewirbelt und gegen die Wand gedrückt, man trat ihm die Beine auseinander, riß ihm die Arme nach hinten, dann schlossen sich mit einem Klicken die Handschellen um seine Gelenke.

»Rein mit ihm und einsperren«, sagte Millington, während er sich die Krawatte zurechtzog. »Und nachdem wir unser Pflicht getan und Mr. Hidden beschützt haben«, sagte Millington lächelnd, »eskortieren wir ihn doch zur Sicherheit gleich hinein.«

Robin Hidden warf einen Blick auf die sieben Männer, die mehr oder weniger in einer Reihe standen. Aus irgendeinem Grund hatte er erwartet, man würde, wenn schon nicht Klonen, so doch Leute nehmen, die mehr als nur eine flüchtige Ähnlichkeit mit ihm hatten. Aber die hier – in etwa in seiner Größe, sicher, keiner zu dick, ungefähr im selben Alter – sahen ihm nicht im geringsten ähnlich. Aber das, so nahm er an, war wohl Sinn der Sache.

»Wie gesagt«, meldete sich der Beamte, der hier das Sagen hatte, zu Wort, »suchen Sie sich einen Platz aus.«

Sieben, dachte Robin, die Zahl, die die meisten nehmen, wenn sie sich einen aussuchen wollen. Er stellte sich zwischen einen Mann, dessen Haar eher rot als blond war, und einen weiteren, der größer war als er selbst.

Nummer vier.

»Erst bitte die Brille auf, meine Herren.«

Als Robin Hidden seine Brille aus dem Etui fummelte, bemerkte er, daß sie alle die Brillen hervorholten, die man ihnen gegeben hatte, und aufsetzten.

Miriam ließ sich Zeit. Zweimal die Reihe auf und ab, wie es vorgeschrieben war, dann zögerte sie, fragte, ob sie die Reihe noch ein drittes Mal abgehen durfte. Stille, während alle warteten, die Polizisten, der Anwalt, der sie beobachtete, die Männer, die geradeaus starrten; einige, die die Brille nicht gewöhnt waren, blinzelten. Stille, bis auf den Atem des einen, von dem sie bereits wußte, daß sie ihn benennen würde. Sie hatte es praktisch vom ersten Augenblick an gewußt; aber sie genoß die Dramatik der Situation und spielte sie aus.

»Ist der Mann, den Sie Heiligabend gesehen haben, hier in der Reihe?« fragte der ermittelnde Beamte, als sie schließlich wieder vor ihm stand.

Miriam, die eine gewisse Nervosität jetzt doch nicht verhindern konnte, nickte.

»Und würden Sie uns bitte die Nummer dieser Person nennen?«

»N-nummer vier«, sagte Miriam, das erste Mal in ihrem Leben, daß sie ins Stottern geriet.

28

In Skeltons Büro sperrten die geschlossenen Rollos den kärglichen Rest Winterlicht aus. Seine Unterhaltung mit dem Leitenden Polizeidirektor hatte Skelton den Schweiß auf die Stirn getrieben. Die Nachmittagsausgabe der *Post* hatte Harry Phelans Festnahme vor der Wache eine Schlagzeile gewidmet und dazu ein Foto gebracht, auf dem er nach seiner Entlassung zornig die Treppe herunterkommt. Eine weitere zitierbare Hetzrede auf die Polizei und deren phlegmatische Inkompetenz. »Die machen sich heutzutage doch gerade mal dann Ungelegenheiten, wenn es politisch ist oder um einen ihrer eigenen Leute geht.«

»Man stellt schon Fragen, Jack«, hatte ihm der Polizeidirektor gesagt. »Was, in Gottes Namen, ist bei euch drüben bloß los? Sie haben doch mal ein so strenges Regiment geführt, hatten alles eisern im Griff. Das Problem bei einem Ruf wie dem Ihren ist, daß man sofort merkt, wenn man zu schlampen anfängt, wenn was aus dem Ruder läuft. Dann will man wissen, warum. Ach, und Jack, bestellen Sie doch Alice schöne Grüße von mir, ja?«

Resnick war aufgefallen, daß die Fotos von Alice und Kate, die immer so auffallend und exakt ausgerichtet auf Jack Skeltons Schreibtisch gestanden hatten, letzte Woche verschwunden waren. Jetzt war er in Skeltons Büro, während Robin Hidden seine Pause in Anspruch nahm, und brachte den Chef auf den neuesten Stand.

»Robin«, hatte Resnick gesagt, sein Ton vernünftig, beruhigend, »kein Mensch sagt, daß Sie lügen, bewußt lügen. Wir wissen, Sie machen eine schwere Zeit durch, emotionell. Was da passiert ist, so einfach abgewiesen zu werden, wie sollten Sie da nicht aufgebracht sein? Immerhin war das jemand, den Sie geliebt haben, jemand, von dem sie gedacht haben, er würde diese Liebe erwidern. Jeder von uns hier hätte seine Probleme, mit so was fertig zu werden. Also fahren sie durch die Gegend, verzweifelt, wollen sie sehen, lassen sich alles durch den Kopf gehen, was Sie ihr so gern gesagt hätten. Und dann, mit einemmal, ist sie da.«

Resnick ließ den Augenblick im Raum hängen, wartete, bis Robin Hidden ihm in die Augen sah. »Wie schon gesagt, jeder von uns hier hätte in so einer Situation seine Probleme. Wie soll man reagieren? Und da tut man sich hinterher dann auch schwer, sich zu erinnern, was genau man nun gesagt oder getan hat.«

Hidden senkte den Kopf. Es war nicht eindeutig zu erkennen, ob er heulte.

David Welch hatte sich auf seiner Stuhlkante vorgebeugt. »Ich denke, mein Mandant…«

»Nicht jetzt«, sagte Millington leise.

»Mein Mandant…«

»Nicht«, wiederholte Millington, »jetzt.«

Nicht einen Augenblick wich Resnicks Blick von Robin Hidden, bis der Kopf wieder hochkam und er ihn durch einen Tränenschleier hindurch ansah. »S-sie h-hat mir gesagt«, begann er, »d-daß sie m-mich für blöd hält, f-für ein armseliges W-Würstchen. Sie wollte n-nicht mit mir reden. S-sie wünschte, s-sie hätte nie w-was mit m-mir angefangen, m-mich n-nie k-kennengelernt.«

Skelton saß kerzengerade da, die Fingerspitzen aneinandergelegt, die Unterarme auf der Tischplatte. »Und der Junge, wie hat er reagiert?«

»Er gibt zu, wütend geworden zu sein, die Beherrschung verloren zu haben.«

»Er hat sie geschlagen?«

»Nicht direkt, nein.«

»Keine Haarspaltereien, Charlie.«

Resnick blickte zu Boden; irgendwo hatte er einen Spritzer dunkelbraunes Etwas auf die Flanken seines linken Schuhs bekommen, das jetzt am Eintrocknen war. »Er sagt, er hätte sie gepackt, an den Armen. Ich kann mir vorstellen, daß er ganz ordentlich zupacken kann. Bißchen gebeutelt, sagt er, hätte er sie, damit sie's sich anders überlegt. Darauf hat sie dann eingewilligt, zu ihm ins Auto zu steigen.«

Skelton stieß einen Seufzer aus und drehte sich mit seinem Stuhl zur Seite, wartete ab.

»Sie fuhren in Richtung Schloß und dann weiter in den Park. Am ersten Kreisverkehr an der Lenton Road hielten sie an. Er wollte, daß sie ihm sagt, was los ist.« Resnick, der sich alles andere als wohl fühlte in seiner Haut, setzte sich zurecht. »In Wirklichkeit wollte er natürlich, daß sie es sich anders überlegte, daß sie wieder mit ihm ging. Alles, solange sie es sich nur anders überlegte. Hauptsache, sie schloß ihn nicht so einfach aus ihrem Leben aus.«

»Ich liebe dich doch«, sagte Robin. Gegen ihren Willen hielt er ihre Hand.

Nancy blickte durchs Seitenfenster des Wagens auf die abschüssige Straße, die Schatten der Gaslichter schwach und verschwommen. Frost auf der Ligusterhecke. Tut mir leid, Robin, aber ich liebe dich nun mal nicht.

»Eine Schande, daß sie nicht lügen konnte«, sagte Skelton.

»Sie zog ihre Hand weg, und er tat nichts, um sie aufzuhalten. Sie stieg aus und ging die Lenton Road abwärts, bog rechts ab, Richtung Boulevard.«

»Und er hat einfach dagesessen?«

»Er hat ihr im Spiegel nachgesehen.«

»Sonst nichts?«

»Er hat sie nie wieder gesehen.«

»Sagt er.«

Resnick nickte.

Skelton war wieder auf den Beinen, vom Schreibtisch an die Wand, von der Wand ans Fenster, vom Fenster zurück zum Schreibtisch, als messe er nach. »Sie ist spurlos verschwunden, Charlie. Eine hübsche junge Frau. Sie wissen doch, wie das in solchen Fällen meist ist. Man verschwendet mehr Zeit, als man hat, darauf, den Meldungen von Knallköpfen und kurzsichtigen Großmütterchen nachzugehen, die die Betreffende gesehen haben wollen. Und das zwischen Ilkeston und Arbroath. Und diesmal? Tote Hose! Kein Aas hat was gesehen.«

Als er wieder vor seinem Schreibtisch stand, nahm Skelton seinen Füllfederhalter, schraubte die Kappe ab, warf einen Blick auf die Feder, setzte die Kappe wieder auf, legte den Füller wieder zurück. Resnick rutschte auf seinem Stuhl herum, verschränkte die Finger, nur um sie wieder auseinander zu nehmen.

»Neun- von zehnmal, Charlie, ist es nicht irgendein streunender Spinner, der stundenlang Artikel über Serienkiller studiert wie die Lebensgeschichten der Heiligen. Es sind die Ehemänner, die Freunde, die frustrierten Frauen.«

Die Schublade, in die die Fotos von Alice verbannt waren, befand sich in Reichweite von Skeltons rechter Hand.

»Sie haben schon recht, vorsichtig vorzugehen, Charlie, weiß Gott. Aber daß er mir nicht die Oberhand gewinnt und meint, er kann Katz und Maus mit uns spielen, bißchen hiervon, bißchen davon. Wir haben ihn schon so weit, Charlie, daß er uns jetzt bloß nicht noch mal auskommt.«

29

Dana hatte den größten Teil des Tages mit Einkaufen verbracht und dann auf dem Heimweg noch Station im Potter's House gemacht, auf einen Kaffee. Liza, ihre Nachbarin aus dem Stock über ihr, Liza mit dem spitzen Lachen und dem quietschenden Bett, saß an einem Tisch im Obergeschoß. Sie erholte sich von einer Enthaarungssitzung im Sonnenstudio bei einem Stück Mokka-Walnuß und einem Kännchen Earl Grey. Sie war Gerichtssekretärin und hatte etwas Zeit totzuschlagen, bis sie sich ins Haus des vierundsechzigjährigen Gerichtspräsidenten wagen konnte, mit dem sie heimlich was hatte. Als er Liza mal besucht und Dana ihm aus Versehen die Haustür geöffnet hatte, da hatte sie glatt gedacht, er sammelte für den Seniorenverein. Jetzt hielt sie, wann immer sie das Bett über sich knarren hörte, den Atem an und wartete auf den Anruf bei der Notrufzentrale und die Sirene des Krankenwagens.

Dana überredete Liza zu einem frischen Kännchen Tee und setzte sich zu ihr auf einen entspannenden Plausch über Winterkreuzfahrten in wärmere Zonen, die beschwerliche Notwendigkeit einer Bikinifigur. Als sie sich schließlich trennten, Liza, um zu ihrem heimlichen Liebhaber zu gehen, und Dana, um ihre Einkaufstüten den Rest des Wegs zurück zum Newcastle Drive zu schleppen, war es fast sechs.

Dana hatte sämtliche Päckchen geöffnet, die neue Bluse sorgfältig weggehängt, die neue Unterwäsche in die richtige Schublade geräumt und die Sting-CD aufgelegt. Der arme Sting, sie wünschte, er könnte endlich aufhören, die Welt auf den Schultern zu tragen und noch mal was wie »Every Breath You Take« schreiben.

Die Flasche Chardonnay, die sie für später aufheben wollte, im Kühlschrank verstaut, öffnete sie einen bulgarischen Landwein vom Safeway; sie brauchte etwas, um das Warten erträglicher zu machen. Ein Schluck, und sie merkte, daß sie auch gleich etwas essen sollte. Sie kippte eine Packung Kartoffelsuppe mit Brunnenkresse zum Aufkochen in einen Topf, fand ganz hinten im Kühlschrank den letzten Muffin, den sie halbierte, um ihn zu toasten.

Sie aß die Suppe in der Küche und blätterte dabei einige Reisebroschüren durch; noch bevor sie ihr zweites Glas Wein getrunken hatte, war sie im Kreuzworträtsel für Flinke bei drei waagrecht, neun senkrecht, und bis sieben war es noch immer eine Ewigkeit hin. Noch über eine Stunde, und das, wenn er pünktlich war. Aus reiner Verzweiflung rief sie ihre Mutter an, die – Gott sei Dank – nicht zu Hause war. Ach, was soll's, dachte sie, wenn überhaupt nichts hilft, läßt du dir eben ein Bad einlaufen.

Ausgezogen, griff sie nach dem Roman von Joanna Trollope, den sie zu Weihnachten von einer Freundin bekommen hatte; ein Geschenkeinstecker ragte aus dem Taschenbuch – damit sie wußte, bei wem sie sich zu bedanken hatte. Die Spiegel waren bereits angelaufen, als sie sich, wonnig nach Luft schnappend, in die Wanne ließ. Sie las ein Kapitel, bekam aber kaum etwas mit, warf das Buch schließlich über den Wannenrand und schloß die Augen. Sie kam zu dem Schluß, daß Charlie eine Ausgeburt ihrer Phantasie sein mußte. Zumindest der, mit dem sie auf dem Bett herumgerollt war, mit dem sie gekuschelt hatte, der sie mit schockiertem, ja erschrecktem Blick angesehen hatte in dem Augenblick, bevor es ihm kam.

Als sie schließlich aus der Wanne stieg und sich abzufrottieren begann, war es halb acht. In dem Kreis, den sie mit dem Handtuch in den Spiegel wischte, ertappte sie sich, nicht zum erstenmal, bei dem Gedanken, daß sie drei, vier Kilo weniger vertragen konnte.

Als sie sie mit dem neuen Rock anprobierte, der auf der Seite zu knöpfen war, sah die apfelgrüne Bluse genau richtig aus. Was sie natürlich brauchte, war eine andere Strumpfhose. Nancy hatte eine, fiel ihr ein, eine taubengraue, die genau das richtige wäre. Na ja, wäre sie hier gewesen, sie hätte sie ihr sicher gegeben.

Sie ersetzte Sting durch die Dire Straits und ging in Nancys Zimmer. Als sie die Tür öffnete, sah sie den silbernen Häkelpulli an der Schranktür hängen, den Nancy an Heiligabend getragen hatte; der kurze schwarze Rock hing sauber gefaltet über der Lehne eines Stuhls, die silbergraue Strumpfhose hing über dem Spiegel am Schrank, und die Lederstiefel standen in der Mitte des Raums.

Wie eine zweite Haut legte sich die Kälte über Danas Arme und Hals.

30

Er hatte einen sauberen Anzug gefunden, holzkohlegrau mit schmalen roten Streifen, der noch in der Plastikhülle der chemischen Reinigung steckte; ein hellblaues Hemd, das nicht allzuviel Bügeln brauchte und dem nur ein Knopf an einer der Manschetten fehlte. Fast ganz hinten in der Schublade fand Resnick die dunkelblaue Krawatte, die Marian ihm aus Verzweiflung für eine ähnliche Gelegenheit geschenkt hatte. Vor zwei Jahren. Vielleicht auch drei. Als Resnick sie unters Licht hielt, sah er schwach die Spritzer, vermutlich Borschtsch, die auf dem Stoff getrocknet waren, und begann sie, mehr oder weniger erfolgreich, mit dem Daumennagel zu bearbeiten.

Es war bereits zehn nach acht, und das Taxi, das er für Viertel vor bestellt hatte, war noch immer nicht da: Silvester. Bud drückte sich um seine Füße herum, und er bückte sich, um die kleine Katze aufzuheben, nahm sie, gegen die Wange gedrückt, mit durch den Raum. Das arg mitgenommene Plattencover auf dem Tisch zeigte einen lächelnden Thelonius Monk. Winkend auf der hinteren Plattform einer San Franciscoer Tram. Unter dem Kratzen der abgenudelten Platte klimperte sich der Pianist durch »You Took the Words Right Out of My Heart«. Resnick erinnerte sich daran, sie gekauft zu haben, nachdem County in den letzten fünf Minuten einen Vorsprung von zwei Toren eingebüßt hatte; es war Winter gewesen, der Reif hatte auf den Geländern gelegen, einige Tassen Maggisuppe zur Halbzeit, die Hände fest um die Tasse gelegt, damit sie was von der Wärme abkriegten. Neunundsechzig? Siebzig? Resnick hatte sie mit nach Hause genommen und aufgelegt, beide Seiten, von vorn bis hinten und gleich noch mal, fasziniert. Es war erst seine zweite oder dritte Platte von Monk.

Er wollte gerade anrufen, um sich zu beschweren, als er draußen das Taxi vorfahren hörte; er stellte die Anlage ab, löschte die Lichter, nahm seinen Mantel von der Garderobe und klopfte gegen die Taschen, ob er seinen Schlüssel eingesteckt hatte. Er setzte gerade einen Fuß in die eisige Nacht, als das Telefon ihn noch einmal nach drinnen rief.

»Wann?« unterbrach er den Anrufer. »Wann war das?«

Die Beamtin vom Dienst sagte ihm, was sie wußte.

»Na schön«, unterbrach Resnick sie gleich noch mal. »Fragen Sie nach, ob die Spurensicherung alarmiert ist. Setzen Sie sich mit Graham Millington in Verbindung, sagen Sie ihm, wir treffen uns dort.«

Instinktiv war Dana nach ihrem Anruf bei der Polizei

davongelaufen. Nur raus aus der Wohnung, irgendwohin, absperren und warten. Sie hatte zuerst nach Resnick gefragt, und nachdem sie erfahren hate, daß er nicht mehr da war, hatte sie alles so sorgfältig wie möglich erklärt; es handle sich nicht um einen gewöhnlichen Einbruch, es sei nichts gestohlen. Glücklicherweise hatte die Beamtin, mit der sie gesprochen hatte, schnell genug geschaltet, um die Lücken in Danas Bericht zu füllen.

»Bitte«, hatte die Beamtin gesagt und Dana dabei nicht noch mehr zu verschrecken versucht, »was immer Sie machen, rühren Sie auf keinen Fall irgendwas an.«

Sie war sich idiotisch vorgekommen, unten in der Halle, draußen auf der Straße; nach einigen Minuten ging sie in die Wohnung zurück und gab sich alle Mühe, nicht auf die Uhr zu starren. Ihr Weinglas und die Flasche hatte sie ohnehin schon oft genug angefaßt, sie glaubte nicht, daß die Polizei sich dafür interessierte; sie schenkte sich nach, und zum erstenmal seit einer Ewigkeit war ihr wieder nach einer Zigarette. Ihre Hand zitterte, als sie das Glas an den Mund führte, und das so heftig, daß der Wein über Finger und Handgelenk schwappte und auf der apfelgrünen Bluse einen dunklen Fleck hinterließ.

»Gott«, sagte sie zu den Wänden, »jetzt wird auch noch eine versoffene Schlampe aus mir.«

Und das alles, dachte sie, noch lange vor meinem Vierzigsten. Sie stützte sich ab, um das Gleichgewicht nicht zu verlieren, und setzte sich vorsichtig hin. Nancy fehlten genauso viele Jahre zum Dreißigsten. Dana seufzte. Sie hatte zu verstehen versucht, was das alles zu bedeuten hatte, und sich schließlich dagegen gewehrt. Sie setzte das Glas ab und sah auf die Uhr.

Als Resnick ankam, standen zwei Polizeifahrzeuge vor dem Haus und versperrten seinem Taxi den Newcastle Drive. Er verschwendete keine Zeit darauf, den Leuten zu sagen, sich ordentlich hinzustellen, nur dem, bei dem das Blaulicht noch blitzte, befahl er, es abzustellen. Millington war einige Minuten vor ihm eingetroffen. Er stand vor der Wohnung und unterhielt sich ernst mit dem Leiter des Spusi-Teams. Resnick unterbrach die beiden nicht, sondern ging einfach vorbei.

Dana stand mitten im Wohnzimmer, die Hände an den Seiten. Kaum sah sie Resnick, kippte sie ihm entgegen, und er fing sie auf wie schon einmal, nur daß diesmal die Umstände anders waren; sie hatten drei Beamte in Zivil im Zimmer, die Kameras und Ausrüstung einsatzbereit machten. Alles, was Resnick tun konnte, war, sie zu halten, während sie weinte. Zwei der Männer zwinkerten sich zu, vermieden es, sie anzusehen, und kümmerten sich um ihren Job. Die Kleidungsstücke, die plötzlich aufgetaucht waren, mußten so fotografiert werden, wie man sie gefunden hatte. Dann wurden sie mit Zetteln versehen, in Tüten gepackt und ins Labor gebracht; danach konnte man den Rest der Wohnung nach Fingerabdrücken und Fasern durchkämmen, nach allem, was nicht hineingehörte. Nancys Zimmer und der Wohnungstür schenkte man dabei besondere Aufmerksamkeit; so vorsichtig so einer auch sein mochte, es kam selten vor, daß er keine Spur hinterließ. Das Problem war, aus dieser Spur was zu machen.

»Soll ich Lynn anrufen?« fragte Millington über Resnicks Schulter, mit einem Blick auf die Art, wie Dana an seinem Inspector hing. »Daß sie uns hier zur Hand gehen soll?«

»Nicht nötig«, sagte Resnick. »Nicht jetzt. Die hat auch so schon genug um die Ohren.«

Er sprach leise auf Dana ein, sein Mund nahe an ihrem Haar, und als sie den Kopf hob, führte er sie in die Küche und half ihr sich setzen.

»Kommst du einen Augenblick allein klar? Ich sollte mir das mal ansehen.«

Sie brachte ein Lächeln zustande und nickte.

»Bin gleich wieder da«, sagte er.

Er ließ sie sitzen und schloß sich Millington an, der auf

der Schwelle zu Nancys Zimmer stand. So wie er nach wie vor an der Schranktür hing, fing der silberne Pulli das Licht der Blitze ein und warf es in Resnicks Augen.

»Na, wie war's? Haben Sie sich gut amüsiert?«

Lange Beine, pailettenbesetzte silberne Tasche, ein Lächeln.

»Na dann noch mal frohe Weihnachten. Frohes neues Jahr.«

Rock, Pulli, Stiefel, Strumpfhose. Die Haut auf Resnicks Armen brannte vor Kälte. »Eine Spur von der Tasche?«

»Was war's denn für eine?«

»Von der Größe.« Er zeigte die Form mit den Händen, etwa die Größe eines gebundenen Buches. »Nichts Alltägliches. Silberpailletten auf beiden Seiten.«

»Also eine Abendtasche.«

»Wenn man's so nennt.«

»Passend zum Pulli.«

»Mehr oder weniger, ja.«

Der Mann von der Spurensicherung schüttelte den Kopf. »Bisher nicht.«

Resnick fragte Dana, ob sie Nancys Tasche gesehen hätte, und sie sagte nein. Aber die Wohnung mußte ohnehin durchsucht werden, von oben bis unten, von Wand zu Wand, und falls sie da war, würde man sie auch finden.

»Ich zieh' mir nur was anderes an«, sagte Dana mit einer Geste auf den seitlich geknöpften Rock und die glänzende grüne Bluse. »Ich komme mir blöd vor.«

»Siehst prima aus.«

»Ich zieh' mich trotzdem um.«

Als sie wieder aus dem Schlafzimmer kam, trug sie Jeans, einen weiten blauen Pulli und blaue Leinenschuhe. Das Haar hatte sie sich mit einem Streifen gemusterten Stoff nach hinten gebunden.

»Nancy kann es wohl nicht gewesen sein, oder?« fragte sie. »Daß sie die Sachen selbst zurückgebracht hat?«

»Unmöglich ist es nicht.«

»Aber nicht wahrscheinlich.«

»Nein.«

»Dann war es also er.«

Resnick sah sie an.

»Der, mit dem sie losgezogen ist. Der, der sie mitgenommen hat. Er war hier in der Wohnung.« Angst flackerte in ihren Augen auf, eine sehr lebhafte Angst.

Einer der Leute von der Spurensicherung kam auf sie zu, und Resnick wandte sich ab, um mit ihm zu reden.

»Keinerlei Anzeichen für ein gewaltsames Eindringen. Nirgendwo. Höchstwahrscheinlich wurde ein Schlüsel benutzt.«

Resnick nickte. Nancys Schlüssel dürfte in der vermißten Tasche gewesen sein.

»Aber wieso macht er das?« fragte Dana, als der Beamte sich wieder entfernte. »Wieso macht er sich solche Mühe? Was soll das für einen Sinn haben?«

»Ich weiß nicht«, sagte Resnick. »Noch nicht. Jedenfalls bin ich noch nicht sicher.«

»Das macht er aus Angabe, stimmt's? Um zu zeigen, wie schlau er ist. Das ist es doch, oder?« Dana verschränkte die Arme vor der Brust, die Finger zu Fäusten geballt. »Dreckskerl!«

Draußen klopften Beamte an Türen, klingelten, sprachen mit Nachbarn, jedenfalls denen, die noch zu Hause waren, fragten, ob ihnen was Ungewöhnliches aufgefallen war, ob sie einen Unbekannten ins Haus hatten kommen oder draußen herumlungern sehen. Dana war von Mitte Vormittag bis Spätnachmittag nicht zu Hause gewesen; wer immer Nancys Sachen in die Wohnung gebracht hatte, könnte das während dieser Zeit bewerkstelligt haben. Das waren immerhin fast acht Stunden.

Resnick überlegte noch mal, was Nancys Kleidung anbelangte, was genau davon zurückgebracht worden war. »Was ist mit der Unterwäsche?« sagte er. »Ich nehme nicht an, du weißt, was sie angehabt haben könnte?«

»Du meinst, was genau?«

»Ja.«

Dana schüttelte den Kopf. »Nicht direkt.« Sie zuckte mit den Achseln. »Was Hübsches.«

»Wenn die hier durch sind, würdest du dann mal nachsehen? In den Schubladen. Wo immer sie so was aufbewahrt hat. Vielleicht fällt dir ja irgendwas auf, man kann nie wissen.«

»Natürlich.«

»Kann ich mal dein Telefon benutzen?« fragte Resnick.

»Nur zu.«

Als er die Nummer wählte, sah er sich nach Dana um, die jetzt auf der Lehne des Sofas saß, die Hände auf den Schenkeln, das breite blasse Gesicht wieder den Tränen nah.

Alice Skelton hatte den ganzen Abend über einen stillen Zermürbungskrieg geführt und ihren Gatten vor den beiden Paaren, die sie zu Gast hatten, ostentativ ignoriert. Zu Beginn des Hauptgangs war sie so gut wie betrunken und begann, ihn ganz offen zu beleidigen.

»Jack«, gab sie, das Johannisbeergelee weiterreichend, bekannt, »ist der Mann, für den der Begriff analretentiv geprägt wurde.«

Skelton verschwand, um noch eine Flasche Wein zu holen. Seine Gäste wünschten, sie könnten dasselbe tun.

Als sich ein Weilchen später das Telefon meldete, war Skelton noch vor dem zweiten Klingeln auf den Beinen. Er betete, daß es für ihn war.

»Ist wahrscheinlich sie«, stichelte Alice höhnisch hinter ihm her, »die Eisjungfrau. Will dir sicher ein frohes Neues wünschen.«

Sie war es nicht; es war Resnick. Skelton hörte lange genug zu und sagte Resnick dann, sie würden sich, sobald er dort fertig sei, auf der Wache treffen.

»Etwas Dringendes?« höhnte Alice. »Was sie unmöglich ohne dich schaffen?«

Skelton entschuldigte sich bei ihren Gästen und war auch schon auf dem Weg zur Tür.

»Richte ihr schöne Grüße aus«, rief Alice ihm nach. Und dann leise, zu den mit Parmesan überbackenen Auberginen: »Dem eingebildeten Luder!«

»Kannst du irgendwo unterkommen?« fragte Resnick. »Wenigstens für heute nacht?«

»Du glaubst doch nicht, daß er wiederkommt?«

»Nein. Dazu sehe ich keinen Grund, nicht den geringsten. Falls du dir wirklich Sorgen machst, könnten wir einen Mann vor die Tür stellen. Ich dachte nur, du würdest dich woanders wohler fühlen, das ist alles.«

Dana beugte sich etwas vor und sah ihm in die Augen. »Ich könnte nicht vielleicht bei dir bleiben?«

Resnick warf einen Blick durch den Raum, um zu sehen, ob jemand was gehört hat. »Unter diesen Umständen besser nicht.«

»Schon gut«, sagte Dana. Es war deutlich zu sehen, daß es nicht gut war.

»Es gibt doch sicher eine Freundin, zu der du gehen kannst?«

»Wenn ich hierbleibe«, meinte Dana beharrlich, »kommst du noch mal vorbei? Später?«

Resnick dachte an Marian, die im Polnischen Club die Stunden bis Mitternacht zählte. »Ich weiß nicht«, sagte er. »Versprechen kann ich's nicht. Wahrscheinlich nicht.«

Dana griff nach dem Adreßbuch neben dem Telefon. »Ich finde schon jemanden«, sagte sie. »Keine Bange.«

»Möchtest du, daß ich mir die Nummer notiere?« fragte Resnick. »Von da, wo du hingehst?«

»Hat wohl keinen großen Sinn, oder?« sagte Dana.

Er berührte ihren Arm dort, wo der Ärmel ihres Pullis aufhörte, und spürte die Gänsehaut unter seinen Fingern. »Tut mir leid«, sagte er, »daß es so gekommen ist.«

Sie rang sich ein Lächeln ab, auf der Hut, weil Millington kam.

»Bleiben Sie hier, Graham«, sagte Resnick. »Sorgen Sie dafür, daß man nichts übersieht. Und daß man Miss Matthieson fährt, wo immer sie hinwill. Ich mach' mich auf den Weg zum Alten.«

Auf der Schwelle blieb er noch mal stehen und warf einen Blick zurück in die Wohnung, aber Dana war bereits in ihrem Zimmer verschwunden.

31

Nachts war die Wache anders, ruhiger, aber mit mehr Atmosphäre. Das Blut auf der Treppe und im Eingangsbereich war frisch und so hell unter dem Deckenlicht, daß es leuchtete. Abgesehen von einem plötzlichen Schrei aus dem Gewahrsamstrakt waren die Stimmen verhalten, die Schritte auf den Korridoren, die Treppen hinauf und hinab gedämpft. Nur die Telefone, deren Klingeln scharf und fordernd war, hatten nichts von ihrer Schrillheit verloren.

Zu Resnicks Überraschung war Skelton nicht in seinem eigenen Büro, sondern im Gemeinschaftsbüro der Kripo, wo er an der hinteren Wand vor dem riesigen Stadtplan stand. Statt des üblichen Anzugs trug er einen dunklen Blazer und hellgraue Hosen. Nicht weniger ungewöhnlich war die Tatsache, daß der oberste Hemdknopf über dem Krawattenknoten nicht zugeknöpft war. Er sagte nichts, als Resnick hereinkam, und als er schließlich den Mund aufmachte, äußerte er sich nicht zu dem, was passiert war. »Seit Sie und Elaine geschieden sind, Charlie, hatten Sie da schon mal das Gefühl, Sie hätten wieder heiraten sollen?«

Vor Staunen um eine Antwort verlegen, trat Resnick an das Tablett mit dem Wasserkocher, den er anhob, um zu sehen, ob noch genug drin war, bevor er nach dem Schalter an der Wand griff.

Skelton ließ ihn nicht aus den Augen; er wartete auf eine Antwort.

»Manchmal«, sagte Resnick schließlich.

»Mal ganz ehrlich«, sagte Skelton. »So zu leben wie Sie, so ganz allein, also ich habe Sie immer für ein armes Schwein gehalten. Abend für Abend in ein leeres Haus zu kommen. Das letzte, was ich gewollt hätte, so zu leben.«

»Tee?« fragte Resnick.

Skelton schüttelte den Kopf, und Resnick warf einen Teebeutel in den Becher mit der dünnen Patina.

»Ich nehme an, man gewöhnt sich dran«, sagte Skelton. »Findet sich damit ab. Lernt, die Vorteile zu genießen. Nach einer Weile muß es wohl schwierig werden, anders zu leben.«

Vom Korridor her kamen Schritte, dann sah Resnick Helen Siddons die Tür aufschieben. Von welcher Feier man immer sie weggeholt hatte, von zwanglos konnte jedenfalls keine Rede gewesen sein. Sie trug das Haar hochgesteckt und ein Kleid nicht ganz unähnlich dem, das Resnick noch von Heiligabend her in Erinnerung hatte, nur daß das hier blau war, wenn auch so hell, daß es ausgebleicht schien. Irgendwo hatte sie die Schuhe gegen was Flaches getauscht, und der Regenmantel um ihre Schultern hätte auch von einem Mann stammen können.

»Ich habe Helen hergebracht«, sagte Skelton. »Ihre Erfahrung könnte uns vielleicht helfen.«

Resnick ertappte sich bei dem Gedanken: Welche Erfahrung? »Das Wasser kocht«, sagte er. »Falls Sie Tee wollen.«

»Während ihrer vorübergehenden Versetzung nach Bristol und Avon hatte sie mit dem Fall Susan Rogel zu tun, erinnern Sie sich?«

Irgendwas mit einer Frau, deren Wagen man leer in den Mendip Hills gefunden hatte, zwischen Bath und Wells. Kein Anzeichen für einen Kampf, kein Abschiedsbrief, nichts, was ihr Verschwinden hätte erklären können; falls man es mit einem Gewaltverbrechen zu tun hatte, so war jedenfalls keine Leiche zu finden, die das bewiesen hätte, nicht ein einziger Hinweis darauf.

»Ich dachte, man ging davon aus, sie wäre aus freien Stücken verschwunden«, sagte Resnick. »War da nicht irgendeine Affäre im Spiel, die aus dem Ruder gelaufen war?«

Helen Siddons zog sich einen Stuhl unter einem der Schreibtische hervor, und Skelton sprang herbei, um ihr aus dem Mantel zu helfen. »Sie hatte was mit dem Geschäftspartner ihres Gatten angefangen«, sagte Helen. »Sie hatten ein Antiquitätengeschäft, mit Filialen im ganzen Südwesten.« Sie nahm eine Zigarette aus einem Etui in der Tasche, und Resnick erwartete fast, daß Skelton sich vorbeugte und ihr Feuer anbot, aber er ließ es sie allein machen. »So wie es aussah, wußte der Gatte Bescheid, schon seit einer ganzen Weile, nur daß er nie was gesagt hatte, weil das Geschäft ohnehin schon auf ziemlich wackligen Beinen stand.« Sie legte den langen Hals zurück und blies den Rauch gegen die Decke. Skelton starrte sie an wie gebannt. »Als schließlich klar wurde, daß die Pleite nicht mehr zu umgehen war, stellte er seiner Frau ein Ultimatum. Schluß damit, oder ich will die Scheidung. Die Frau, Susan, wäre nur allzu gern abgesprungen, aber es bestand ja immerhin die Möglichkeit, daß ihr Liebhaber einen Rückzieher machte. Daß er lieber weiterhin heimlich fummelte und gar nicht daran dachte, sie zu einer anständigen Frau zu machen, zu heiraten, einen Hausstand zu gründen.« Sie warf Skelton einen flüchtigen Blick zu, der wahrscheinlich nur Zufall war. »Susan hatte die ganze Geschichte krank gemacht, sie war deswegen in Behandlung und schluckte diverse Pillen gegen Streß, Depressionen, was auch immer. Es gibt eine, wenn auch unbewiesene Behauptung, daß sie wenigstens einen Selbstmordversuch unternommen hat. Wir wissen, daß sie einer Freundin mehr als einmal erzählt hat, sie halte es mit keinem von beiden Männern aus. Daß sie einfach alles hinwerfen wolle.«

»Und da hat sie diese Geschichte mit dem Wagen als falsche Spur inszeniert und ist auf und davon nach Spanien oder wohin auch immer?« fragte Resnick. »Ist das die Annahme?«

Helen tippte ihre Asche in den metallenen Papierkorb zu ihren Füßen. »Es deutete so einiges darauf hin. Aus ihrem Haus fehlten ein Koffer und Kleidung, und auch ihr Paß wurde nie gefunden. Nur daß ich das nie geschluckt habe.«

»Warum nicht?«

Helen Siddons lächelte durch den blaugrauen Rauch. »Wegen der Lösegeldforderung.«

Mochte Resnick zuvor nicht sonderlich interessiert gewesen sein, jetzt hatte sie ihn. »An eine Lösegeldforderung erinnere ich mich gar nicht«, sagte er.

»Wir baten die Medien, darüber zu schweigen, und niemand brachte es.«

»Und Sie meinen, dasselbe passiert jetzt hier?« fragte Resnick. »Mit Nancy Phelan? Daß man Lösegeld fordert?«

Helen Siddons ließ sich Zeit. »Natürlich«, sagte sie. »Sie etwa nicht?«

Eine halbe Stunde war vergangen. Mehr. Skelton hatte von irgendwoher eine halbe Flasche Teacher's gezaubert, den sie aus dicken Porzellanbechern tranken. Irgendwie rutschten die Zeiger der Uhr über Mitternacht, ohne daß sie es merkten, so daß auch keiner auf den Gedanken kam, auf das neue Jahr anzustoßen. Während sie sprach, sprenkelte Helen Siddons hie und da Asche auf ihr hellblaues Kleid.

Gewissenhaft, Phase für Phase, führte sie durch den Fall Rogel. Als die erste Lösegeldforderung kam – sie wurde während der frühen Morgenstunden bei den Eltern der Vermißten unter der Tür durchgeschoben –, hatte man sie fast einen ganzen Tag lang übersehen, da sie zwischen einen Stapel alter Zeitungen und unangeforderter Kataloge geraten war. Als schließlich jemand anrief, um vier Uhr nachmittags, hatte Susan Rogels Mutter keine Ahnung, worauf sich der Anruf bezog; sie hielt das Ganze für einen perversen Scherz und legte auf. Bis schließlich der zweite Anruf kam, hatte man den Brief jedoch gefunden. Man verlangte zwanzigtausend Pfund in gebrauchten Scheinen.

Rogels Vater war Oberst im Ruhestand, kein Mann, mit dem man Schabernack trieb. Er stellte klar, daß er nicht daran dachte, auch nur einen Penny zu zahlen ohne Beweis. Außerdem rief er auf der Stelle die Polizei.

Drei Tage lang passierte nichts.

Am vierten Tag, während die Rogels im nächsten Supermarkt ihre wöchentlichen Einkäufe tätigten, stemmte jemand eines der kleinen Fenster auf der Rückseite des Hauses auf. Natürlich dachten sie, man hätte sie beraubt, und sie sahen sich entsprechend besorgt um, aber es fehlte nichts. Was sie jedoch fanden, in der Kommode in Susans ehemaligem Zimmer, feinsäuberlich in Seidenpapier gefaltet, war eine ihrer Blusen – die, die sie getragen hatte, als sie zuletzt gesehen worden war, beim Tanken an einer Tankstelle an der Straße nach Wells.

Die Familie wollte das Lösegeld bezahlen und bat um etwas Zeit, um das Geld aufzutreiben; man gab ihnen weitere drei Tage. Sie hatten die Anweisung, es auf dem Hof eines Pub hoch oben in den Mendips zu hinterlassen. Sie informierten sofort die Polizei. An dem Morgen, an dem das Geld überbracht werden sollte, wurde die Gegend behutsam observiert; diskreter hätte man wohl kaum vorgehen können.

»Und was ist passiert?« fragte Resnick.

»Nichts. Das Geld wurde in einer Reisetasche an der Außentoilette des Pub abgestellt. Kein Mensch kam auch nur in die Nähe. Kaum daß an dem Tag überhaupt jemand über die Hügel kam, und jeder, der kam, wurde überprüft. Nicht ein Verdächtiger.«

»Hat er es also mit der Angst gekriegt? Oder?«

»Die Rogels bekamen tags darauf noch einen letzten Anruf. Wütend, daß man ihn hatte austricksen wollen, daß man zur Polizei gegangen war, um ihn zu schnappen. Danach meldete er sich nicht mehr.«

»Und Susan Rogel?«

Helen Siddons stand vor dem Fenster, deutlich abgehoben von den weißen Streifen der Jalousie. »Keine Spur. Kein Wort. Falls sie davongelaufen und die Lösegeldforderung nur ein Bluff war, ist sie jedenfalls nie wieder aufgetaucht, keiner der Menschen aus ihrem alten Leben hat je wieder von ihr gehört. Weder der Gatte noch der Liebhaber oder die Eltern – niemand.«

»Und wenn es doch echt war?«

Helen strich mit der Hand das Kleid über dem Schenkel glatt. »Das ist jetzt fast zwei Jahre her. Wenn sie jemand gekidnappt hat, dann kann man schwerlich glauben, daß sie noch am Leben ist.«

»Und sie haben damals jeden im Umkreis des Pub überprüft?« fragte Skelton.

»Doppelt und dreifach.« Helen schüttelte den Kopf. »Unmöglich, einen davon mit Susan Rogel oder mit der Art und Weise, wie sie verschwand, in Verbindung zu bringen.«

»Wie leicht hätte die betreffende Person herausfinden können, daß Sie und ihre Eltern unter einer Decke steckten?«

Helen Siddons steckte sich eine weitere Zigarette an. »Ich war der Mittelsmann. Sämtliche Treffs zwischen uns fanden weit weg statt und nie am selben Ort. Wir telefonierten von Zelle zu Zelle, nie in ihr Haus oder die Wache. Wir benutzten auch keine Funktelefone, die ja noch leichter abzuhören sind. Falls er es tatsächlich herausgefunden und nicht nur erraten hat, dann war das sicher nicht die Schwachstelle.«

»Und haben Sie eine Vorstellung, was die Schwachstelle gewesen sein könnte?«

Sie schüttelte rasch den Kopf. »Nein.«

»Das wären jetzt fast zwei Jahre«, sagte Skelton mit einem Blick auf Resnick. »Genügend Zeit, um Gras über die Sache wachsen zu lassen, vielleicht sogar umzuziehen. Und jetzt versucht er es wieder.«

»Mal abgesehen von der Bluse«, sagte Resnick, »deutete nicht gerade viel darauf hin, daß es sich um einen ähnlichen Fall handelt.«

»Noch nicht, Charlie.«

»Warten wir ab, bis Nancy Phelans Eltern die Morgenpost kriegen«, sagte Helen. »Per Sonderzustellung.«

»Und wenn nichts kommt?«

Helen blinzelte und wandte sich ab.

Skelton kippte den Rest der Flasche in die drei Tassen. »Also, Charlie, was meinen Sie? Wenn da was dran ist, wo bleibt dann unser junger Hidden?«

»Zwischen dem Zeitpunkt, an dem Dana Matthieson ihre Wohnung verlassen und wir Hidden zur Vernehmung abgeholt haben, hatte er genügend Zeit, dort vorbeizufahren und die Kleidung ins Zimmer zu legen. Außerdem kannte er die Wohnung sehr gut, das sollten wir nicht vergessen, er könnte in Null Komma nichts wieder draußen gewesen sein.«

»Ich dachte, Sie hätten Ihre Zweifel, was Hidden anbelangt«, sagte Skelton. »Jedenfalls hatte ich das Gefühl. Und jetzt ist er plötzlich darin verwickelt?«

»Das ist er auf die eine oder andere Weise sowieso.«

Skelton machte ein nachdenkliches Gesicht, nippte an seinem Scotch. »Helen?« sagte Skelton.

»Ich denke, wir sollten sicherstellen«, sagte sie, »daß wir es noch im selben Augenblick erfahren, wenn die Phelans von jemandem hören. Und daß wir uns einig sind, wie wir reagieren, wenn es soweit ist.«

»Charlie?« sagte Skelton.

»Scheint mir nur vernünftig«, sagte Resnick. Er fühlte sich gar nicht wohl in dem Wissen, daß es ihm jedesmal aufstieß, wenn Helen Siddons *wir* sagte – die Art, wie sie sich hier nach und nach in den Vordergrund drängte.

»Dann werd' ich Sie mal nach Hause bringen, Helen«, sagte Skelton und half ihr hoffnungsvoll in den Mantel.

Resnick trank den letzten Fingerbreit Whisky, spülte seinen Becher aus und wünschte den beiden eine gute Nacht; was immer da vor sich ging, solange es der Erfüllung der Aufgabe nicht in die Quere kam, brauchte es ihn nicht zu kümmern.

»Nacht, Sir. Frohes neues Jahr, Sir«, sagte der junge Constable vom Dienst.

Resnick nickte zur Antwort und trat auf die Straße; es war nicht zu sehen, ob jemand das Blut aufgewischt hatte oder ob Füße es weggetragen hatten. Es hatte sich aufgeklart, Sterne scharten sich um den Mond.

Es dauerte nur wenige Minuten, da stand er am hinteren Ende des Newcastle Drive, die Hände in den Taschen, und blickte zu den leeren Fenstern von Danas Wohnung hinauf. Falls sie sich entschlossen hatte, zu Hause zu bleiben, so hoffte er, daß sie sicher war und inzwischen schlief. Einige lange Augenblicke gestattete er sich, an ihren warmen Körper zu denken, üppig neben ihm in ihrem Bett.

»Wenn ich hierbleibe, kommst du noch mal vorbei? Später?«

Als er die Stadt durchquert hatte, die lautstarken Feierlichkeiten um die Brunnen am Old Market Square hatte er umgangen, und vor dem Polnischen Club angekommen war, fuhr fast schon der letzte Wagen vom Parkplatz, seine Auspuffgase schwer in der Luft. Die, die noch da waren, gehörten dem Personal. Ein Taxi stand mit laufendem Motor am Straßenrand, aber Resnick blieb nicht stehen, um zu sehen, auf wen es wartete. Er würde Marian morgen anrufen und sich entschuldigen, wenn er einen klaren Kopf hatte.

Dizzy saß auf der Gartenmauer, als Resnick zu Hause ankam, streckte die Beine und trottete dann, mit zum Gruß hochgebogenem Schwanz, neben ihm her.

Frohes neues Jahr.

32

Michelle öffnete die Augen und sah, daß Karl auf sie herabstarrte, sein Gesicht so knapp über dem ihren, daß die zarte Wärme seines Atems zu spüren war. Unmöglich zu sagen, wie lange er schon so dastand. Durch den Spalt über den Vorhängen kam das verhaltene Orange der Straßenbeleuchtung herein. Karl wollte etwas sagen, aber sie kam ihm mit einem *Schhhh* zuvor, lächelte dann und legte ihm sacht einen Finger auf den Mund, erst ihm, dann sich selbst. Wie gewöhnlich hatte Gary sich fest an sie gedrückt, so daß Michelle erst seitlich davonrutschen mußte, um sich vom Gewicht seines Arms und Beins zu befreien.

»Kann nicht schlafen«, sagte Karl. »Kalt.«

Michelle zauste ihm den wirren Schopf und schob ihn ins Wohnzimmer. Natalie lag quer über dem Kopfende ihres Bettchens. Als Michelle unter die Decke griff, um sie umzudrehen, erschrak sie, wie kalt das Kind war. Natalie bewegte sich, wimmerte leise und schlief wieder ein.

»Komm schon«, flüsterte sie Karl zu, »machen wir Tee.«

Selbst mit Schlappen und zwei Paar Socken schien ihr die Feuchtigkeit des Küchenbodens in die Füße zu sickern. Sie sah zu, als Karl zwei Scheiben Brot aus der Packung nahm und sie zum Taosten auf den Grill legte; nachdem sie die Kanne mit nahezu kochendem Wasser ausgespült hatte, nahm Karl zwei Teebeutel aus der Schachtel und warf sie hinein.

»Braver Bub«, sagte Michelle ermutigend.

»Baver Bub.«

»Bald kannst du das alles ganz allein. Dann kannst du mir und Gary das Frühstück ans Bett bringen.«

Karl sah sie unsicher an. Die Schwellung auf der Seite seines Gesichts war fast abgeklungen, und selbst die Färbung verblaßte.

Michelle ertappte sich beim Gähnen, und als sie die Hand vor den Mund nahm, merkte sie, daß sie Kopfschmerzen hatte. Sie und Gary waren am Abend zuvor im Pup gewesen, zusammen mit Brian und Josie. Wo Brian das Geld her hatte, das er da vertrank, das wußte sie nicht, wollte es auch gar nicht wissen. Aber er war großzügig, das mußte sie ihm lassen. Freilich war er sich, hatte er erst mal einen in der Krone gehabt, nicht zu schade gewesen, sein Bein gegen das ihre zu schieben, ihr ein-, zweimal mit der Hand über den Schenkel zu fahren. Michelle hatte es Josie gegenüber erwähnt, als sie mal kurz allein waren, aber die hatte nur gelacht. Brian amüsiere sich doch nur ein bißchen. Gary freilich würde das gar nicht zum Lachen finden, wenn er es wüßte, darauf konnte sie sich verlassen. Wenn Gary sah, daß er sie auch nur mit dem kleinen Finger anfaßte, würde er ihn umbringen.

Sie nahm das Grillblech heraus, kurz bevor der Toast Feuer fing. »Darauf mußt du aufpassen«, sagte sie. »Was möchtest du drauf? Orangenmarmelade oder was von der Erdbeer?«

Pam Van Allen kam früher zur Arbeit, noch früher als üblich; nur der Escort ihres Vorgesetzten stand schon vor ihr auf dem Parkplatz, ein Gutteil der Heckscheibe war mit passenden Slogans beklebt. Obwohl es bis zum Eingang kaum dreißig Meter waren, wickelte sie sich den Schal um den Hals, bevor sie Aktentasche und *Guardian* vom Rücksitz nahm und den Wagen abschloß. Wieder mal richtig eisig heute morgen, aber wenigstens war es schön.

Neil Park war in seinem Büro, blätterte Berichte auf grünem und gelbem Papier durch und schlürfte an der ersten von vielen Tassen Maxwell. Er rief Pam einen Gruß zu, als sie an der Anmeldung vorbeikam, und während sie sich selbst Kaffee machte, kam er heraus und schloß sich ihr an.

»Es soll Büros geben«, sagte Pam, »in denen es eine anständige Kaffeemaschine gibt. Für richtigen Kaffee.«

»Dafür haben wir Kekse«, sagte Neil und hielt ihr die Dose hin. Darin lagen einige schlichte Roggenkekse, ein Kokoscremekeks ohne Füllung, ein Rich Tea und ein Haufen Krümel.

»Gut amüsiert heute nacht?« fragte Pam und entschied sich für einen der Roggenkekse.

»Wahnsinnig. Mel und ich sind vor dem Fernseher eingeschlafen und im nächsten Jahr wieder aufgewacht.«

Pam lächelte. Nachdem sie nicht einen ihrer Freunde hatte überreden können, sich ihr auf ihrer Suche nach etwas Eßbarem anzuschließen, hatte sie sich mit Hühnchen und schwarzen Bohnen zum Mitnehmen begnügt, den Rest einer Flasche Weißwein dazu. Die ideale Gelegenheit, sich endlich die Serie über Frauenschicksale zwischen Weltkriegen anzusehen, die sie aufgenommen hatte. Nur daß sich die als derart deprimierend entpuppten, daß sie sich eine Dokumentation über den Sequoia National Park heraussuchte und gleich zweimal ansah.

»Wen hast du denn heute?« fragte Neil. »Was Interessantes?«

»Gary James, gleich als ersten.«

»Na ja«, sagte Neil und machte sich mit dem letzten halben Kokoscremekeks davon, »da springst du ja gleich mitten rein.«

Gary kam fast eine Viertelstunde zu spät, was bei ihm zwar normal, aber alles andere als wünschenswert war. Die alte Ethel Chadbond saß bereits draußen, hatte sich und ihre Habseligkeiten über drei Stühle verteilt und erfüllte das Haus mit dem gesunden Geruch von Lysolin und Methylalkohol.

Pam beherrschte sich, nicht allzu ostentativ auf die Uhr zu sehen. »Setzen Sie sich doch, Gary.«

Er lümmelte sich seitwärts auf den Stuhl, Fußballtrikot, Pullover, Jeansjacke, Jeans. Dann bedachte er sie mit einem Blick, der besagte: Also, was jetzt?

»Das Vorstellungsgespräch, das ich für Sie arrangiert

habe, im Ausbildungszentrum.« Pam nahm das Blatt mit der Notiz zur Hand, als wäre es wichtig. »Sie waren nicht dort?«

»Nein.«

»Darf man fragen, warum?«

So ging es eine Viertelstunde weiter; alles, was Pam vorbrachte – Fragen, Bemerkungen, Vorschläge –, quittierte er mit derselben verdrossenen Gleichgültigkeit; Teil eines Rituals, durch das sie durchmußten, das wußten sie beide. Herrgott! dachte Pam, die bereits eine Schublade öffnete, nur um etwas zu tun zu haben, und fast hätte sie sie wieder zugeknallt. Sollte das der erste Tag des Jahres sein? Und das noch dreihundertundvierundsechzigmal?

»Gary!«

»Was!« Er fuhr kerzengerade auf, die Augen weit offen, und erst dann wurde ihr klar, daß sie geschrien und ihn erschreckt hatte.

»Nichts, tut mir leid. Es ist nur...«

Nur daß du deine Geschichte kriegst, dachte Gary.

»Es ist nur, daß wir das alles schon mal hatten. Es ist immer wieder dasselbe.«

Er schnaufte schwer und lehnte sich zurück. »Was erwarten Sie denn von mir?«

»Das Haus«, fragte Pam, »sind Sie schon weitergekommen auf Ihrer Suche nach was anderem?« Kaum hatte sie das gesagt, war ihr klar, daß das ein Fehler gewesen war.

»Die versiffte Scheißbude«, sagte Gary. »So was sollte, verflucht noch mal, verboten sein, in so was Kinder großzuziehen.«

»Gary...«

»Wissen Sie, wie kalt es heute morgen gewesen ist? Als ich aufgestanden bin? Wissen Sie das? Ich hab' dem Baby die Hand aufs Gesicht gelegt und gedacht, die Kleine wär' tot, verfluchte Scheiße! So kalt ist das gewesen.«

»Gary«, sagte Pam, »tut mir leid, aber ich habe Ihnen doch schon gesagt, daß das eigentlich nicht in meine Zuständigkeit fällt. Das ist Sache des Wohnungsamtes, nicht...«

Er kam so schnell auf die Beine, daß der Stuhl unter ihm wegschoß und gegen die Wand krachte. Seine Fäuste befanden sich so nah vor ihrem Gesicht, daß Pam mit einem ungewollten Schrei die Hände hochnahm, um sich zu schützen.

»Sie wissen doch verdammt genau, was passiert ist, als ich auf dem Wohnungsamt war, verfluchte Scheiße! Das wissen Sie doch, oder? Was? Steht doch sicher auf einem ihrer verfluchten Zettel hier!« Mit einer ausladenden Bewegung wischte er alles vom Tisch: Stifte, Papiere, Terminkalender, Telefon, Büroklammern. Pam war sofort auf den Beinen und wich zurück, starrte ihn an. Sie hatte einen Alarmknopf unter der Schreibtischkante, aber der war jetzt nicht mehr zu erreichen. »Sie und die Schlampe vom Wohnungsamt, die kleine Sau, die für die Kumpels von meinem Bruder die Beine breitgemacht hat, wann's immer ging, Sie glauben, Sie können auf mich scheißen, daß ich nichts bin, stimmt's?« Er trat vor und stieß mit dem Schenkel gegen den Tisch, der gleich knarrend ein Stück verrutschte. »So ist's recht, Gary, braver Gary, hier Gary, braver Hund, Gary.«

Er schnaubte sie zornig an und trat einen weiteren Schritt nach vorn, bevor er sich plötzlich seitwärts zur Tür wandte. »Sie würden Ihren Hund nicht so behandeln, wie Sie mit Chelle und mir umgehen.« Er riß am Türknauf und zog die Tür weit auf. Neil Park stand besorgt draußen, fragte sich, ob er wohl eingreifen sollte. »Keiner von euch!«

Neil Park mußte rasch zurücktreten, um Gary aus dem Weg zu gehen.

»Wie geht's?« fragte er schließlich, als er in Pams Büro trat.

»Wunderbar.«

»Komm, laß mich mit anfassen«, sagte er und griff nach dem Ende des Schreibtisches.

»Sag Ethel Chadbond, daß ich womöglich noch ein paar Minuten brauche«, sagte Pam, nachdem das meiste vom Boden gerettet war.

»Soll ich sie drannehmen?«

»Nein, das ist schon in Ordnung. Danke.«

Nachdem Neil draußen war und sie die Tür zugemacht hatte, saß Pam ein Weilchen da und dachte über die Plötzlichkeit, die Heftigkeit von Garys Wutanfall nach, über die Art seiner Bemerkungen über Nancy Phelan, die Schlampe, die kleine Sau – sie überlegte, ob sie nicht Resnick anrufen, ihm von diesem erneuten Ausbruch erzählen sollte.

33

Resnick war mit den besten Absichten aufgewacht. Er würde Marian schreiben, sich wegen gestern abend entschuldigen, ihr alles Gute fürs neue Jahr wünschen. Auf dem Weg zur Arbeit wollte er am Markt vorbeischauen, einen Strauß Blumen bestellen, zusehen, daß man ihn ihr lieferte. Drei Versuche brauchte er für den kurzen Brief, und als er ihn fast richtig hinbekommen hatte, rutschte ein fetter Klumpen Aprikosenmarmelade vom Frischkäse auf seinem Frühstückshörnchen und löschte Marians Namen und die Hälfte des ersten Satzes. Als er später in dem kleinen Café saß, überlegte er sich das mit den Blumen noch mal; so ein Strauß wäre etwas zu dramatisch. Führte womöglich gar zu falschen Auslegungen. Außerdem, so dachte er bei seinem zweiten Espresso, erinnerten ihn die Blumenarrangements immer an die Beerdigung seines Vaters. Der Sarg war geradezu übergequollen; und dann hinterher, als er im Rosengarten hinter dem Krematorium aufgebahrt war, gleich noch mal. »Sieh zu, daß sie mir das nicht antun, Charles. Pfarrer und Totenamt. Einen Sarg für meine sterblichen Überreste.« Gegen Ende, wenn so viele Leute zu Gott finden, hatte sein Vater seinen Glauben verloren. »Als bißchen Dünger bin ich wenigstens noch zu was gut.«

Resnick verließ das Marktzentrum mit schwerem Herzen und einer Verstopfung. Er würde Marian vom Büro aus rasch anrufen. Vielleicht auch irgendwann tagsüber. Oder morgen.

Divines Nacht bei den Faschisten war eher enttäuschend ausgefallen. Keine nennenswerten Keilereien, kein Aufruhr, noch nicht mal besonders viele Festnahmen. Fast den ganzen Abend über miserable Musik und problemlos zu bändigende Grüppchen Jugendlicher mit Abzeichen der BNP und Naziinsignien von der Stange; Spott und eine Halbe warmes Bier, das war so ziemlich das Schlimmste, was Divine nachgeworfen bekam. Auf der Habenseite verbuchte er die Begegnung mit zwei Jungs, die aufs I-Tüpfelchen der Beschreibung entsprachen, die Raju und Sandra Drexler von ihren Angreifern geliefert hatten: blond, sandfarbenes Haar, die Tätowierung von St. Georg und dem Drachen.

Zusammen mit sechs Kollegen und zwei Hunden hatte Divine etwa ein Dutzend junger Burschen aufgegriffen und gegen die Wand getrieben. Die Durchsuchung ergab drei Messer, zwei Ketten, ein Kantholz mit einem Nagel, eine muffige Socke voll Sand, eine Handvoll Pillen. Nicht gerade spektakulär.

Der Jugendliche mit der Tätowierung war mittendrin gewesen, Kampfhose, Jeansjacke. Maulte was von wegen Polizeischikanen. Divine war ihm gegen die Wade getreten, aus Versehen. Instinktiv war der Junge herumgefahren, die Fäuste gehoben.

Der edle St. Georg, die Lanze bereit, direkt vor Divines entzückten Augen. Wenn es auch allein nichts bewies. Als der Junge und sein Spezi jedoch auf Divines höfliche Frage, ob er in letzter Zeit mal gut Taxi gefahren war, in Panik gerieten und zu flitzen versuchten, na ja, da lag der Fall wohl klar, oder?

Schade nur, daß Divine bei der folgenden Balgerei auch nicht einen ordentlichen Schlag hatte anbringen können. Die Jungs jedoch hatten eine traurige Nacht im Bau der Mansfield Wache verbracht und waren bereits diesen Morgen unterwegs in die Stadt. Falls man sie erkannte, stünden sie in Null Komma nichts vor dem Richter. Das Problem war nur, daß ein windelweicher Saftsack auf der Richterbank ihnen, statt sie ordentlich zu verdonnern, höchstwahrscheinlich sechs Monate Gemeinschaftsdienst gab; man stellte sie unter Aufsicht, ermahnte sie, brav zu sein und einmal die Woche höflich mit dem Bewährungshelfer zu plauschen.

Manchmal mußte man sich wirklich fragen, wieso man sich überhaupt die Mühe machte.

Divine wünschte, er hätte dem kleinen Scheißkerl ordentlich die Fresse poliert, wo er schon mal Gelegenheit gehabt hatte.

Es gab gute Gründe dafür, mittags zu Jallans zu gehen, und das Hühnensandwich, das alle anderen in der Stadt mit links in den Schatten stellte, war sicher nicht der geringste davon. Aber nicht nur das, an einem guten Tag bekam man dazu Miles Davis, Mose Allison und Billie Holiday, eine CD nach der anderen rutschte in den Spieler hinter der Bar. Resnick dachte erst, er wäre vor ihr da, aber kaum hatte er sich einen Tisch an der hinteren Wand ausgesucht, sah er Pam Van Allen von der anderen Seite zwischen den Tischen durchkommen.

»Ist Ihnen der hier recht?« fragte Resnick.

»Bestens«, sagte Pam und zog sich einen Stuhl zurecht. »Bestens.«

»Hab' Sie gar nicht gesehen.«

»Ich war auf der Toilette.«

Sie sah ihn an, seinem Eindruck nach mehr als nur etwas verspannt. Nicht daß sie nicht elegant gewesen wäre in ihrem gestreiften Wolljackett und dem grauen Rock, dem gut geschnittenen silbergrauen Haar; aber das diskrete Make-up vermochte die Müdigkeit nicht zu kaschieren, die Nervosität um die Augen.

»Ich habe schon an der Bar bestellt«, sagte Resnick.

»Ich auch.«

»Sie sagten, Sie wollen über Gary James reden«, sagte Resnick. »Haben Sie ihn gesehen?«

Sie hielt Resnicks Blick stand, bevor sie antwortete: »Und wie«, sagte sie dann.

Die Bedienung brachte Resnicks Hühnchensandwich und für Pam eine Pellkartoffel mit Garnelen; auf Resnicks Frage, ob sie was trinken wolle, schüttelte sie nur den Kopf. Er selbst trank schwarzen Filterkaffee.

»Das Stückchen, das er sich auf dem Wohnungsamt geleistet hat«, sagte Pam, während sie noch etwas Butter über die Kartoffel strich, »hätte nicht viel gefehlt, und er hätte bei mir dasselbe gemacht.«

Resnick hörte zu, als sie ihm genau erzählte, was passiert war, nahm hin und wieder eine Sandwichhälfte zur Hand und biß hinein, versuchte nicht allzuviel vom Belag auf die Ärmel zu kriegen. »Und dieser Zorn«, sagte Resnick, als sie fertig war, »glauben Sie, daß der genauso schnell wieder verraucht, wie er aufkommt? Oder war es die Sorte, die sich hält?«

»Wie ein Groll, meinen Sie?«

Er nickte, und sie verstand; sie wußte, was er dachte: Konnte sich sein Zorn auf Nancy Phelan über fast zehn Stunden gehalten haben? Konnte er ihn lange genug gehegt haben, um sich schließlich auf die Suche nach ihr zu machen, ihn an ihr auszulassen?

Pam ließ sich Zeit. Eine Gruppe Frauen aus der Filiale der Midland Bank in der Victoria Street, in ihren blauen Uniformblusen unter dem Mantel, nahm an dem langen Tisch hinter den beiden Platz: »Ich weiß nicht«, sagte sie.

Resnick ließ sich Kaffee nachschenken und beendete die Abrißarbeiten an seinem Sandwich; mehr als die Hälfte von Pams gebackener Kartoffel war noch in der Schale, aber sie hatte den Teller bereits weggeschoben.

»Ihnen schmeckt's, was?«

»Das Hühnchensandwich? Es ist...«

»Ich meine, überhaupt.« Sie lächelte. »Daß sie gern essen. Das ist alles.«

»Ich nehm's wohl an«, sagte Resnick, den Mund viertelvoll. »Sieht ganz so aus.«

Sie wartete, bis er fertig war, bevor sie sich an der Theke ein Streichholzbriefchen holte und eine Zigarette ansteckte. Resnick wußte zwar nicht, warum, aber er hätte nicht gedacht, daß sie rauchte.

»Der Streß«, sagte sie trocken, als sie seine Gedanken las. Und dann: »Es ist was passiert, nicht wahr?«

»Bei unseren Ermittlungen?«

Sie blies den Rauch durch die Nase und schüttelte dabei sachte den Kopf. »Ihnen.«

»Tatsächlich? Wieso?«

»Sonst, wenn wir uns unterhalten haben, am Telefon oder wie auch immer, waren Sie an mir interessiert.«

Resnick blickte auf den Tisch, die paar übriggebliebenen Kressestengel auf seinem Teller, nur sie sah er nicht an.

»Nicht daß Sie mich falsch verstehen, ich spreche hier nicht von der großen Leidenschaft, aber, na ja, wie gesagt, Sie waren interessiert.« Sie zuckte mit den Achseln. »Und jetzt, über Nacht, ist es damit aus.«

»Über Nacht?«

Ihr Lächeln erwärmte sich und betonte die Fältchen zu beiden Seiten ihres Mundes. »Ich nehme doch an, es war über Nacht.«

Mit den Augen gab ihr Resnick etwas von dem Lächeln zurück.

»Gratuliere. Wer ist denn die Glückliche? Könnte es sein, daß ich sie kenne?«

»Glaube ich nicht, nein.«

»Und, sind Sie glücklich? Läuft es?«

Und wie, dachte Resnick. Toll. Er hätte es gern dabei belassen, aber Pam sah ihn an, sie wartete auf eine Antwort. »Es ist nicht das, was Sie meinen, keine... ich meine, so wie Sie das sagen, hört es sich nach einer ordentlichen Beziehung an...«

»Eine unordentliche tut's auch.«

»...und ich glaube nicht, daß es das ist. Wenigstens noch nicht.«

»Und das wird sie auch nicht?«

Abgesehen von der nicht unbeträchtlichen Komplikation, daß Dana so eng in seinen aktuellen Fall verwickelt war, sah Resnick noch eine ganze Reihe anderer Hindernisse. Ihre schrille Art, die Tatsache, daß sie trank – außer Sex, was könnten sie wohl gemeinsam haben?

»Wahrscheinlich nicht«, sagte er.

Pam Van Allen lachte. »Typisch Mann«, sagte sie.

»Lassen Sie mich das machen«, sagte Resnick mit einem Griff nach der Rechnung. »Oder ist das auch typisch Mann?«

»Heutzutage nicht mehr«, meinte Pam lächelnd.

»Ist Ihnen klar«, sagte Pam, »daß ich, falls Gary erfährt, daß ich mit dem, was heute morgen passiert ist, sofort zu Ihnen gelaufen bin, auch das bißchen Vertrauen verliert, das ich aufgebaut habe?«

»Keine Sorge. Er braucht es ja nicht zu wissen.«

Sie gingen zum Holy Cross und zu Pams Wagen. Es war so kalt, daß sie beide Handschuhe trugen.

»Sie behalten ihn doch im Auge, ja?«

»Sicher, wenn auch nicht selbst. Constable Kellogg. Ich weiß nicht, ob Sie sie kennen.«

Pam nickte. »Ich kenne ihren Ruf. Maureen Madden hält große Stücke auf sie.«

»Ich auch.«

Dann waren sie auf der Höhe von Pams Wagen. »Viel Glück«, sagte sie. »Mit allem.«

Resnick dankte ihr und ging in Richtung Low Pavement davon. Den Schlüssel in der Tür, stand Pam noch ein Weilchen da und sah ihm nach. Sie hätte nie so recht sagen können, was sie von ihm hielt, nur daß sie ihn nicht zu mögen schien; jetzt jedoch, so dachte sie, mochte sie ihn – könnte ihn jedenfalls mögen. So altmodisch es sich auch anhören mochte, letztendlich war er – ihr wollte nichts Besseres einfallen – ein netter Kerl.

Sie öffnete die Tür und rutschte hinters Steuer.

Der richtige Zeitpunkt, dachte sie etwas wehmütig; es war alles eine Frage des richtigen Zeitpunkts.

34

Helen Siddons hatte ihre Kleidung mit besonderer Sorgfalt gewählt. Das letzte, was sie sich leisten konnte, war, Nancy Phelans Eltern vor den Kopf zu stoßen. Das schloß alles aus, was teuer und allzu modisch war; andererseits hatte sie auch nicht die Absicht, mit Schulterpolstern, spitzen Absätzen und einem Kostüm aufzumarschieren, dem ihr Autoritätsposten auf den ersten Blick anzusehen war. So trug sie einen Rock mittlerer Länge und ein Jackett in neutralen Farben, einen wollenen Schal und flache Schuhe. Ihre Frisur war ordentlich, das Make-up so diskret, daß man es schlicht nicht sah. Kein Parfüm.

Sie saß mit Harry und Clarise in der kleinen Lounge ihres Hotels in abgewetzten roten und goldenen Sesseln, die das Vorbeugen unbequem machten. Clarise schenkte Tee aus einer Metallkanne ein und reichte einen Teller mürber Kekse herum. Höflich ließ Helen, so gut es ging, Harry Phelans Aggressionen abprallen, seine Behauptung, die Polizei handle das alles als Pflichtübung ab. Penetrant hing der Geruch von Möbelpolitur und Tabakrauch in der Luft. Helen lehnte die Zigarette ab, die Harry Phelan ihr widerwillig anbot, und steckte sich eine ihrer eigenen an. »Es gibt etwas Neues«, sagte sie.

Hätte sich Resnick von der Laboruntersuchung viel erwartet, er wäre enttäuscht gewesen. »Wir suchen hier«, sagte der Techniker, »den Durchschnittsperversen, der's nicht erwarten kann, sich über dem Zeug einen runterzuholen. Bringen Sie mir das, und geben Sie mir etwas Zeit, dann könnte ich Ihnen weit mehr geben als seine Blutgruppe. Sogar seine Telefonnummer. Aber so...«

Das beste, was er gefunden hatte, war ein Fettfleck auf der einen Seite von Nancys Pulli, gleich neben dem Arm; irgendein Öl, das mit menschlichem Schweiß vermischt war. Der Schweiß freilich war höchstwahrscheinlich Nancys eigener, aber mit Sicherheit war das noch nicht zu sagen. Sie waren noch bei weiteren Tests.

Dana war die Nacht über öfter aufgewacht, als ihr lieb war; schon das geringste Geräusch hatte sie aufgeschreckt. Das Zuschlagen einer Autotür auf der Straße, das Knarren des Bettes über ihr, alles ließ sie, die Adern voll Adrenalin, nach ihrem Bettzipfel greifen. Als sie am Morgen in die Wanne stieg, war sie ein Wrack.

Sie trank Kräutertee und versuchte sich krampfhaft auf Radio Four zu konzentrieren, als das Telefon sie aus ihren ohnehin schon nervösen Gedanken schreckte.

»Es ist Andrew«, sagte Yvonne Warden, »er hat deinen kleinen Überraschungsgruß gefunden. Da den Namen drunterzusetzen war womöglich ein Fehler.«

Bei allem, was in den letzten Tagen passiert war, hatte Dana doch tatsächlich die beschwipste Nachricht vergessen, die sie ihrem Chef an der Wand seines Büros hinterlassen hatte – ihre Lippenstiftgraffiti, der plastische Kommentar zu seinem fehlgeschlagenen Verführungsversuch.

»Ach du liebe Scheiße!«

»Genau.«

Dana wußte nicht, was sie sagen sollte.

»Ich würde sagen, du gibst ihm eine Stunde, um von der Decke zu kommen«, sagte Yvonne, »und läßt dich dann mal sehen. Ich kann mir vorstellen, daß er mit dir reden will.«

»Ich mir auch.«

»Ganz im Vertrauen«, sagte Yvonne, »es wurde langsam Zeit, daß den eine bloßstellt.«

»Großer Gott«, sagte Dana, »sag bloß nicht, er hat's auch bei dir versucht?«

»Wann«, sagte Yvonne, »soll ich ihm sagen, daß du kommst? Zehn? Halb elf?«

Dana saß einige Minuten da und starrte das Telefon an. Dann nahm sie sich zusammen, legte ihren guten schwarzen Hosenanzug und die lila Seidenbluse an und schminkte sich sorgfältig; sie trank zwei Tassen starken Kaffee und machte sich auf den Weg.

»Siehst überraschend gut aus«, sagte Yvonne bewundernd. »Unter den Umständen.«

»Man darf sich von den Scheißkerlen nicht aufreiben lassen«, sagte Dana.

»Er erwartet dich schon«, sagte Yvonne.

Dana lächelte und huschte an ihr vorbei.

Es roch nach frischer Farbe, und das noch stärker, als Dana die Tür öffnete. Andrew Clarke sprach mit jemandem am Telefon, aber kaum trat sie ein, legte er den Hörer weg und stand auf. Hinter ihm strich ein Arbeiter im blaugrauen Overall die Wand, an die Dana mit Lippenstift ihre plastische Version des Kampfes mit ihrem Arbeitgeber an Heiligabend gemalt hatte. Das letzte Bild, das gerade noch durch den ersten Anstrich spitzte, zeigte einen wahnsinnigen Andrew auf der Straße, wie er mit fliegendem Schweiß hinter Dana her rannte, den Hosenstall offen, sein schlaffer Penis im Wind.

»Ich nehme an, Sie finden das komisch.«

»Sie nicht?«

Der Maler hinter ihnen kicherte.

»Raus!« bellte Clark den Mann an.

»Aber ich bin...«

»Raus. Sie können das später fertig machen.«

Der Maler drückte sich mit einem selbstgefälligen Grinsen an Dana vorbei und ließ sie allein.

»Ihnen ist doch klar, daß Sie mir keine andere Wahl lassen, als Sie zu entlassen?« sagte Andrew Clarke.

»Eine Kündigung?«

Er hustete gegen den Handrücken. »Na schön, wenn Sie das wollen.«

»Ich dachte an die Ihre, nicht an meine.«

»Daß Sie sich da nur mal nicht täuschen.«

Dana lächelte. »Entlassen Sie mich, und ich erstatte Anzeige wegen sexueller Belästigung und versuchter Vergewaltigung. Haben Sie etwas Geduld, während ich mich nach einer anderen Stelle umsehe, geben Sie mir eine ordentliche Referenz und einen Bonus, so in etwa ein halbes Jahresgehalt, würde ich sagen, dann gebe ich noch nicht mal den Brief an Ihre Frau auf, den ich hier in der Tasche habe. Denken Sie drüber nach, Andrew, überlegen Sie sich genau, was Audrey sagen und tun könnte. Wenn Sie zu einem Entschluß gekommen sind, ich bin in der Bibliothek. Ich habe eine neue Lieferung Dias zu katalogisieren.«

Vor der Tür zwinkerte sie dem Arbeiter zu. »Ich denke, Sie können jetzt wieder rein.«

Der Umschlag war mit der zweiten Post gekommen, an Superintendent Jack Skelton adressiert und mit dem Vermerk »Persönlich« versehen. Er hatte bis zum Nachmittag unten gelegen, erst dann hatte der Beamte vom Dienst ihn zusammen mit einem Stapel Zeitungen und weiterer Post nach oben geschickt. Dort lag er dann am Schreibtischrand bis kurz vor fünf, als Skelton ihn zwischen zwei Rundschreiben aus dem Innenministerium hervorzog und versuchsweise schüttelte. Die Klappe war mit zwei Heftklammern geschlossen und dann mit Klebestreifen umwickelt. Skelton schnitt den Klebestreifen an den Rändern durch und zog die Klammern heraus; als er den Umschlag über den Schreibtisch hielt, rutschte ihm eine Kassette in die Hand.

35

Ein Doppelklicken mit deutlichem Abstand machte dem sekundenlangen Rauschen ein Ende. Eine Viertelsekunde Pause, kaum wahrnehmbar, dann die Stimme.

Hallo, ich bin es, Nancy. Ich muß euch sagen, daß mit mir alles in Ordnung ist. Es geht mir gut, und bisher ist mir nichts... nichts Schlimmes passiert, ich möchte also nicht, daß ihr euch Sorgen macht...

Es hörte sich an, als würde die Stimme ausgeblendet, eine winzige Pause, während der gerade noch das Hintergrundrauschen zu hören ist. Die Stimme selbst ist leise, aber durchaus kräftig, was vielleicht überrascht; nur am Ende bestimmter Worte hört man ein leichtes Beben.

Aber man hält mich hier fest, ich bleibe nicht weg, weil ich es will, sondern... sondern weil ich keine andere Wahl habe...

Die meiste Zeit über bin ich gefesselt und angekettet, und ich... ich muß in der Hocke sitzen oder mich gegen die Wand lehnen oder auf den Boden legen... ich wollte, ich könnte mich mehr bewegen...

Ich bekomme Wasser zum Waschen und einen Eimer, den ich als Toilette benutzen kann, und ich habe keinen Hunger, es gibt zu Essen und Wasser zu trinken, und einmal am Tag bekomme ich eine Tasse Tee und...

Was ich sagen will, ist folgendes, Mama, Paps, wer immer das hier hört, die Person, die mich hier festhält und mich das hier sprechen läßt, ihr solltet tun, was er sagt. Er ist clever, ja, wirklich clever, und bitte, bitte, wenn ihr mich wiedersehen wollt, dann tut, was er sagt.

Ein Klicken, als das Gerät abgeschaltet wird. Einige Sekunden ununterbrochenes Rauschen. Die Sachverständigen, die sich Kopien der Kassette anhören, werden sich in ihren Interpretationen, was die geistige Verfassung der sprechenden Person anbelangt, uneinig sein; der eine meint, sie ist am Ende, der andere bescheinigt ihr eine ungebrochene Widerstandskraft. Einig sind sie sich darin, daß Nancy unter Zwang spricht, und daß man den Text, auch wenn sie nicht abzulesen scheint, vorher gründlich mit ihr durchgegangen ist. Beträchtliche Bedeutung mißt man der detaillierten Schilderung ihrer Haftroutine bei, ihrer Unterwürfigkeit gegenüber ihrem Entführer, der erzwungenen Regression in die nahezu absolute Abhängigkeit eines Kleinkindes.

Der Pause folgte ein weiteres Doppelklicken, ähnlich dem ersten. Die Stimme des Mannes ist leicht verzerrt, bei der Aufnahme verlangsamt und entsprechend undeutlich. Er spricht mit regionalem Akzent, wenn auch nicht stark; gerade mal genug, um die Ecken und Kanten der Standardaussprache etwas zu verschleifen. Erste Plazierungsversuche setzten ihn in den Nordwesten, nicht direkt Manchester, aber in die Nähe, einen Hauch weicher und weniger definiert. Vielleicht irgendwo südlich, an die Grenze zu Wales. Es besteht die hohe Wahrscheinlichkeit, daß ein natürlich erworbener Akzent sich mit einem zweiten vermischt hat.

Ich hoffe doch, Sie folgen dem Rat und hören mir aufmerksam zu. Aber da bin ich ganz sicher; ich bin sicher, Sie hören mir sogar im Augenblick ganz besonders aufmerksam zu, spielen meine Stimme rückwärts und vorwärts und wieder rückwärts, stellen sie auf den Kopf und kehren sie von innen nach außen, um zu sehen, ob Sie mich dabei nicht irgendwie rausschütteln können.

Aber das können Sie nicht.

Nancy, müssen Sie wissen, hat nämlich recht. Ich meine, was mich anbelangt. Oh, nicht daß ich so clever bin, nein, das bin ich nicht, nicht wirklich. Ich bin keiner von den Genies, die mit dreizehn, vierzehn nach Oxford gehen, um Mathematik zu studieren, nein, ich war noch nicht mal sonderlich gescheit in der Schule, aber nur weil ich nie eine echte Chance hatte. Weil nämlich nie einer auf mich gehört hat, wissen Sie, kein Mensch hat mir je wirklich zugehört.

Und genau das werden Sie jetzt.

Ein Lachen ganz nah am Mikrofon; leise und voll, zog es den Hörer in seinen Bann.

Tut mir leid, es ist nur, daß ich Sie vor mir sehe, wie Sie wild überlegen, ah, jetzt hat er sich verraten, jetzt hat er uns mehr gesagt, als wir wissen sollten. Aber nein. Es stimmt ja alles gar nicht, und wenn, dann würde es auch keine große Rolle spielen. Ich könnte Ihnen sogar mein Geburtsdatum, meine Schuhgröße nennen, die Farbe meiner Augen. Selbst Nancy könnte Ihnen die Farbe meiner Augen sagen. Wenn auch nicht mehr. Aber es würde keine Rolle spielen. Sie haben einfach nicht genug Zeit.

Also, dann hören Sie mal genau zu: Machen Sie keine Fehler. Tun Sie haargenau, was ich sage, und Nancy kann wieder nach Hause, frei und unversehrt.

Am Tag, nachdem Sie diese Kassette bekommen, nehmen Sie zwei gleiche Taschen, jede davon mit 25 000 Pfund, und bringen Sie an zwei Orte. Ich möchte Matchbeutel, schwarz, keinerlei besondere Kennzeichen, und das Geld in gebrauchten Scheinen, nur Fünfziger und Zwanziger. Der erste Ort ist das Little Chef an der Kreuzung der A15 mit der A631 bei Normanby. Der zweite ist das Little Chef an der A17 südlich von Boston. Sie fah-

ren die Taschen in zivilen Wagen hin, jeweils nur Fahrer und Beifahrer; keine Uniformen. Beide Wagen müssen ihr Ziel um Viertel vor fünf nachmittags erreichen. Parken Sie draußen mit laufendem Motor, während der Beifahrer die Tasche in die Herrentoilette bringt und auf dem Boden unter dem Händetrockner abstellt. Ist das passiert, geht der Betreffende auf der Stelle wieder zum Wagen, und der Wagen fährt los. Es gibt keinen Grund warum das länger als zwei Minuten dauern sollte und falls doch, wird daraus nichts. Falls andere Polizeifahrzeuge in der Nähe sein sollten, egal ob zivil oder nicht, wird daraus nichts. Falls die Orte vorher bereits Besuch bekommen, um Mikrophone oder versteckte Kameras zu montieren, dann wird daraus nichts. Machen Sie einen Versuch, mich festzunehmen, und unsere Abmachung ist null und nichtig.

Also, denken Sie dran, es muß nichts passieren, aber falls was passiert, dann geht das auf Ihre Kappe, es ist Ihre Schuld – und ich bin sicher, damit werden Sie nicht leben wollen. Vor allem, wenn es auch eine andere Person nicht überlebt.

Noch mal das gleiche Lachen wie zuvor, dann ein Klicken, lauter diesmal. Stille. Er genießt es, werden die Experten, die Psychologen, sagen: die Präzision seiner Anweisungen, die Kontrolle – wie jemand, der mit den Figuren eines Brettspiels agiert. Ein Mann, der die Chance ergreift, über andere zu lachen, weil man bisher immer nur ihn ausgelacht hat. Was sein offensichtliches Selbstvertrauen anbelangt, wird man geteilter Meinung sein: Die einen gehen davon aus, daß es sich um eine Illusion handelt, die leicht zu zerstören ist, für die anderen ist es echt – das Selbstvertrauen eines Menschen, der dabei ist, sich eine Welt zu schaffen, in der er der Herr ist, und in zunehmendem Maße selbst daran glaubt.

Aber das alles kommt später.

Jetzt ist man in dem Raum, in dem man sich das angehört hat, Skelton, Resnick, Helen Siddons und Millington; keiner bewegt sich, sagt etwas, dreht sich auf seinem Stuhl, keiner möchte für einige Augenblicke etwas anderes sehen als den Boden. *Es muß nichts passieren, aber falls was passiert, dann geht das auf Ihre Kappe, es ist Ihre Schuld.* Schließlich räuspert sich Millington und ordnet die Beine neu; Helen Siddons greift in ihre Handtasche nach Zigaretten. Skelton und Resnick sehen sich an: morgen um Viertel vor fünf. In etwa dieselbe Zeit wie jetzt.

36

Durch die Lamellen der Jalousie in Resnicks Büro gesehen, verlief die Stadt zu einer Reihe oranger Flecken, über die sich wie ein Schleier der Regen legte. Er wußte nur zu gut, was bei den Profilen herauskommen würde, die man bei dieser Art von Verbrechen machte; das FBI hatte derlei Studien als erstes durchgeführt, das Institut für Psychiatrie hier in England hatte sie bestätigt. Es gab vier Grundtypen: Leute, die eine von ihnen empfundene sexuelle Unzulänglichkeit zu kompensieren versuchen; Leute, die die unmittelbare Reaktion ihres leidenden Opfers stimuliert; dominante Persönlichkeiten, die ihr Machtbedürfnis ausleben wollen, und schließlich die, deren Feindseligkeit eine Reaktion auf einen tiefsitzenden Haß darstellt.

Außerdem war er sich darüber im klaren, daß für einen hohen Prozentsatz der sexuell Motivierten, jenen also, denen es um Macht über das Opfer ging, die Polizei zur Obsession geworden war. Sie lasen Bücher und Artikel, verfolgten Fälle, Prozesse, sammelten alles und jedes, von Dienstmarken bis hin zu Uniformen, was nur zu kriegen war. Soweit Resnick wußte, hatten solche Leute sogar die *Police Review* abonniert.

Er war sich all dessen bewußt er kannte die Theorie und wußte, daß ihnen das im Augenblick alles nichts half. Vierundzwanzig Stunden. *Es würde keine Rolle spielen... Sie haben einfach nicht genug Zeit.* Und außerdem mußten sie sich erst noch vergewissern, ob die Stimme auf dem Band echt, ob das auch tatsächlich Nancy war.

Resnick wandte sich vom Fenster ab und seinem Telefon zu.

Kaum erkannte sie die Stimme, erschien ein Lächeln auf Danas Gesicht, das ebenso abrupt wieder verschwand. »Tut mir leid, daß ich dich das fragen muß«, sagte Resnick, »aber wir würden die Eltern lieber nicht informieren, bevor es nicht unbedingt nötig ist.«

Trotz aller gegenteiliger Versicherungen betrat Dana das Büro der Kripo mit einer Miene, als sollte sie eine Leiche identifizieren. Dann saß sie in Resnicks Büro, der Kassettenrecorder stand zwischen ihnen auf dem Tisch, und man hätte meinen können, sie kannten sich kaum, hätten sich nie berührt.

Beim ersten Ton von Nancys Stimme blieb Dana die Luft weg, und sie begann zu zittern. Resnick hielt die Kassette an, damit sie sich wieder in den Griff kriegen konnte. Auf ein Zeichen durch das Glas in der Tür hatte Naylor einen Becher Tee hereingebracht, den sie jetzt vor sich hatte. Als er das Band noch mal abspielte, hörte sie schweigend zu; Tränen liefen ihr übers Gesicht.

»Du bist also sicher?« fragte sie Resnick.

»Du etwa nicht?«

»Es besteht kein Zweifel daran, daß das ihre Stimme ist?«

»Nein, Herrgott noch mal! Nein. Was ist los mit dir?«

»Möchtest du, daß dich jemand nach Hause fährt?« fragte Resnick von der Tür.

»Geht schon. Ich komm' schon zurecht.« Und dann: »Wenigstens lebt sie noch.«

»Ja. Da hast du auch wieder recht.« Aber die Pause vor

seiner Antwort war einfach zu lang gewesen, um sie wirklich zu trösten.

Helen Siddons jagte mit einer Plastikgabel die letzten Reiskörner ihres Chicken Tikka zum Mitnehmen über den Aluteller. Die Spitzen der Finger, die sie zu Hilfe genommen hatte, waren orangerot gefärbt. Neben dem Aschenbecher hatte sie eine fast leere Flasche Mineralwasser stehen. Telefonisch hatte sie von ihrem alten Hauptquartier sämtliche Unterlagen über den Fall Susan Rogel angefordert. Die Kopie der Lösegeldforderung hatte man ihr bereits gefaxt. *Folgen Sie haargenau meinen Anweisungen.* Sie erinnerte sich noch an den Hohn auf den Gesichtern einiger ihrer sogenannten Kollegen. In diesem Fall war sie ja wohl etwas übers Ziel hinausgeschossen? Und sie hatte dagestanden, neben ihrem Wagen, im Wind, und nichts weiter aufzuweisen gehabt als aufgeplatzte Lippen und eisige leere Hände.

»Sie hätten zu gern, daß er's ist, was?« sagte Resnick von der Tür. »Derselbe wie damals.«

»Ich will, daß man ihn schnappt, egal wer's ist.«

»Aber wenn es sich so ergäbe...«

»Dann ja, prima. Aber keine Bange, ich werde mir deswegen keine Scheuklappen aufsetzen.«

»Sehe ich so besorgt aus?« fragte Resnick.

»Ich kenne Sie nicht gut genug. Vielleicht führen Sie sich ja immer so auf.«

»Wie denn?«

Helen zuckte andeutungsweise mit den Achseln. »Argwöhnisch. Ärgerlich. Fast feindselig.«

»Und das bin ich alles?«

»Soweit es mich angeht, ja.«

»Das glaube ich nicht.«

Helen lächelte. »Natürlich.« Ihr Lächeln hatte nicht die Spur von Wärme.

»Diese Anrufe bei Susan Rogels Eltern«, sagte Resnick. »Die hat man wohl nicht zufällig auf Band?«

Helen schüttelte den Kopf. »Es kommt aber gleich morgen früh jemand vorbei. Von der Universität in Loughborough. Um die Nachricht an die Rogels und die Stimme auf der Kassette zu vergleichen. Vokabular, Ausdrucksweise, was immer.«

Resnick nickte. Der anhaltende Hühnchengeruch machte ihm seinen eigenen Hunger bewußt. Ein Teil seiner Gedanken machte Inventur in seinen Regalen, dem Kühlschrank: ein Happen zum Schlafengehen. »Ich seh' Sie dann morgen. Wir fangen früh an.«

»Ich denke, ich bleibe hier«, sagte sie. »Schlafe eine Stunde im Sessel.«

Resnick wünschte ihr eine gute Nacht und steuerte auf die Treppe zu. Draußen bemerkte er, daß Skeltons Wagen noch immer mit dem Heck zum Zaun geparkt war.

37

Lynn hatte sich entschlossen, schon am Abend zuvor loszufahren. Ihr Tag war alles in allem ganz gut gelaufen: Sie war zwei Einbruchsmeldungen nachgegangen, beide Male große Häuser im Park mit Kutschlampen zu beiden Seiten der Haustür und genug Schmuck im Schlafzimmer, um ein Dutzend Obdachlose auf Lebenszeit von der Straße zu holen. Eine Frau war ganz nett gewesen, nüchtern, hatte ihr Tee und Nußkuchen angeboten und sogar was Nettes über Lynns Haare gesagt. Im anderen Haus hatte sie mit einem Mann gesprochen, einem Anwalt mit feisten Backen, der Zigarillos rauchte und immer wieder halbherzige Versuche unternahm, Lynn unter den Rock zu sehen, wenn sie die Beine überschlug. Sie sah an der Art seiner Antworten auf ihre Fragen, was gestohlen wurde, daß seine Liste für die Versicherung zu fünfzig Prozent spekulativ ausfallen würde.

Ach ja, und dann hatte sie bei Martin Wrigglesworth vorbeigeschaut, den sie zwischen zwei seiner Fürsorgefälle erwischte, und sich ein bißchen mit ihm über Gary James und seinen jüngsten Ausbruch unterhalten. Wrigglesworth war zurückhaltend und sah sich ständig über die Schulter, wie Sozialarbeiter das heute so an sich haben, immer in Sorge, auf der anderen Seite einer Anhörung zu landen, falls er irgendwo zu früh und ohne triftigen Grund eingreifen sollte. »Aber was ist mit den Kindern?« hatte Lynn ihn gefragt. Wrigglesworth hatte an einigen widerspenstigen Haaren seines Schnurrbartes gezupft. »Wir haben den Jungen einmal zum Arzt gebracht, und der konnte James nichts nachweisen. Wir brauchen schon was Neues, bevor wir uns das noch mal leisten können.« Wieviel mehr als das übel zugerichtete Gesicht eines Zweijährigen braucht es? hatte sich Lynn gefragt. »Sie hätten nicht vielleicht eine gute Ausrede, da während der nächsten paar Tage mal vorbeizuschauen?« Er würde es versuchen, hatte Wrigglesworth ihr gesagt. Lynn ging in dem Wissen, daß mehr nicht zu erreichen war; sie hoffte immer noch, daß Michelle Paley die Nummer benutzte, die Lynn ihr gegeben hatte, und bei ihr anrief.

Eigentlich war Lynn ja nicht hungrig gewesen, als sie abfuhr, aber andererseits wollte sie ihre Fahrt auch nicht unterbrechen müssen. Weil sie keine Lust hatte, lange zu überlegen, fuhr sie zum McDonald's am neuen Sainsbury's, der mittlerweile so neu nicht mehr war, setzte sich ans Fenster und blickte auf die Lichter des Verkehrs hinaus. Sie versuchte dabei nicht allzusehr an das Fischfilet zu denken, das sie aß. Neunundzwanzig Prozent frischen Fisch, hatte die Werbung getönt. Und der Rest?

Sie hatte, wenn auch nur am Rande, die erneute Aufregung in der Geschichte um Nancy Phelan auf der Wache gespürt, wußte aber noch nicht Bescheid. Man hätte eine Leiche gefunden, hatte jemand gesagt, im Kanal an der Schleuse bei Beeston. Bestätigung hatte sie jedoch noch keine gehört. Sie hatte Kevin Naylor gefragt, der im Büro mit seinem Papierkram kämpfte. »Der Typ, der sie verschleppt hat, hat sich gemeldet, offensichtlich fordert er

Lösegeld, mehr weiß ich auch nicht.« Sie hatte an ihrem Schreibtisch gesessen, als Dana Matthieson, ganz teigig im Gesicht und den Tränen nahe, Resnicks Büro verließ; so wie sie Resnick von der Tür her ansah, hatte Lynn sich bei dem Gedanken ertappt, daß da womöglich etwas zwischen den beiden war. Und wenn schon, sagte sie sich mit einem Biß in die Panade ihres Fischfilets. Was ging es sie an? Fünf Minuten später war sie dann unterwegs.

Als sie von der Straße abbog und ihre Scheinwerfer über den gekiesten Hof strichen, dachte Lynn einen Augenblick lang, das Haus liege im Dunkeln. Aber es brannte Licht in der Küche, und ihre Mutter riß sofort die Hintertür auf und erdrückte sie schier.

»Wie geht's ihm?« fragte Lynn, als sie sich freimachte.

»Ach, Lynnie, es ist einfach schrecklich.«

Ihr Vater saß in dem Raum nach vorn hinaus, den man nur gelegentlich sonntags zum Tee und für besondere Anlässe benutzte; das letzte Mal, so erinnerte sich Lynn, daß sie ihn dort gesehen hatte, war bei Tante Cissies Beerdigung gewesen: unbeholfen mit seinen roten Händen in dem schwarzen Anzug, hatte er gar nicht mehr erwarten können, von all der höflichen Trauer und den Wurstbrötchen weg und wieder zu seinen Hühnern zu kommen.

Jetzt saß er steif und aufrecht auf einem Mahagonistuhl, dessen Sitzfläche er sich mit zwei Kissen gepolstert hatte.

»Paps, warum ruhst du dich nicht auf dem Sofa aus?«

Sein Blick erreichte sie aus zwei schmerzgefüllten grauen Brunnen. »Ach, weißt du«, sagte er und verzog dabei leicht das Gesicht, »die Saukerle vergönnen mir noch nicht mal ein Glas Milch.«

Er war zwei Tage auf halbfeste Diät gesetzt, und an diesem letzten Tag erlaubte man ihm nur noch klare Flüssigkeiten, nichts weiter. Lynn, die auf der Armlehne des Sofas saß, griff nach seiner Hand. Das Abführmittel, das ihm der Arzt gegeben hatte, schien alles Leben aus ihm gesaugt zu haben. Als sie sich vorbeugte, um mit den Lippen seine Wange zu berühren, war diese kalt und fahl.

»Was soll aus deiner Mutter werden?« sagte er.

»Was soll das heißen, ›aus ihr werden‹? Nichts wird aus ihr werden.«

»Wenn ich nicht mehr bin.«

»Ach, Paps, um Himmels willen. Es ist doch nur eine Untersuchung, eine reine Vorsichtsmaßnahme. Dir fehlt gar nichts, wirst schon sehen.«

Die Venen auf seinen Handrücken ließen diese wie Landkarten aussehen.

»Paps.« Sie nahm eine der Hände und hielt sie sich gegen den Mund; die Finger rochen nach Fäulnis und Verfall.

»Was soll nur aus deiner Mutter werden?« sagte er.

Das Krankenhaus lag in der Nähe des Zentrums und sah aus der Ferne aus, als hätte es ein phantasieloses Kind aus Legosteinen gebaut. Die Räume waren niedrig, ausgeleuchtet wurde das ganze von Neonröhren. Auf den Fluren eilte medizinisches Personal herum, während die Besucher immer wieder stehenblieben, um nach den sauber gravierten weißen und grünen Hinweisschildern zu spähen. Sie teilten sich den Aufzug mit einer älteren Frau, die auf einer Rollbahre schlief – von zwei Infusionsröhrchen führten Schläuche in ihr Handgelenk. Der Assistent pfiff »Mr. Tambourine Man« und lächelte Lynn mit den Augen an.

In die Schwester hätte Lynn zweimal gepaßt, und es wäre noch Platz gewesen. Sie nannte Lynns Vater »mein Guter«, sagte ihm, sie würde sich um ihn kümmern und versprach ihm eine gute Tasse Tee für danach. »Wenn Sie mit Mr. Rodgers kurz über die Endoskopie sprechen wollen«, sagte sie zu Lynn.

Auf dem Schreibtisch hatte er Blumen und eine polierte Holzschüssel, die gebeizt war, damit die Maserung besser zur Geltung kam. Der Darmspezialist trug einen weißen

Kittel, Anzughose und Tennisschuhe; seine Brille hatte achteckige Gläser, und sein Akzent hatte die sieben Jahre Privatschule nie loswerden können. Er begrüßte Lynn mit einem kräftigen Handschlag und einem Blick auf die Uhr. »Bitte«, sagte er, »setzen Sie sich.«

Lynn entschied sich fürs Stehen.

»Wir machen folgendes«, sagte der Arzt, »wir werfen einen kurzen Blick in den Dickdarm Ihres Vaters. Das geschieht mit Hilfe eines Endoskops, eines kleinen Schlauches mit Fiberglasoptik, der in den Darm eingeführt wird.« Lynn spürte, wie sich ihr bei dem Gedanken der Magen zusammenzog. »Das kann mitunter etwas unangenehm werden, braucht aber deswegen nicht unbedingt schmerzhaft zu sein. Es hängt in hohem Maße von der Einstellung Ihres Vaters ab. Und von der Ihren.«

»Er steht Todesängste aus«, sagte Lynn.

»Ah.«

»Er ist überzeugt, daß er stirbt.«

»Dann ist es an Ihnen, ihn vom Gegenteil zu überzeugen. Seien Sie stark für ihn.«

»Wenn Sie was finden«, fragte Lynn, »was passiert dann als nächstes?«

Ein weiterer Blick auf die Uhr. »Wenn wir auf etwas stoßen, was nach einer Wucherung aussieht, dann ziehen wir eine Biopsie in Betracht, um uns das näher anzusehen. Danach wissen wir mehr.«

»Und wenn es Krebs ist?«

»Dann behandeln wir ihn.«

Er trug ein weißes Hemd, das hinten zu binden war; er hatte ein Beruhigungsmittel bekommen, war aber wach.

»Machen Sie sich keine Sorgen«, sagte die Schwester, »wir zwei halten Händchen, bis es vorbei ist.« Sie lachte. »Wir haben einen Monitor mit drin, wenn er will, kann er sich ansehen, was passiert.«

Was Lynn für unwahrscheinlich hielt: Er setzte sich ja noch nicht mal zusammen mit Mama zu *Blockbu-*

sters hin. Sie ging nach unten in die Kantine und plauderte mit einer der Freiwilligen, die die Kantine betrieben, übers Wetter. Die Marmeladetörtchen, so versicherte sie ihr, seien hausgemacht. Lynn nahm zwei, Kirsch und Aprikose, und eine Tasse Tee. Die Wände schmückten Kindergemälde aus der hiesigen Grundschule; sie waren strahlend wie die Hoffnung und voller Leben. Das Gebäck mochte ja hausgemacht sein, aber die Marmelade kam aus der Dose. Sie fragte sich, wie sie jemals zurechtkommen sollten, wenn Vater etwas passierte. Sie zählte sich die Gründe auf, warum sie, was immer passierte, nicht um eine Versetzung eingeben und nach Hause zurückgehen sollte.

»Ihr Vater ist völlig in Ordnung«, sagte der Arzt, als sie wieder in seinem Büro waren. »Hat ein bißchen gejammert über die Unannehmlichkeiten, aber ansonsten ist er in Odnung. Ein richtiges Original.«

Lynn schluckte einen Mundvoll Luft: Es würde also alles gutgehen.

»Wir haben allerdings eine Verengung gefunden. Eine kleine Wucherung.«

»Aber...«

»Wir haben auch sofort eine Biopsie vorgenommen, da wir schon mal dabei waren.«

»Sie haben ge...«

»Falls es sich als Krebsgeschwulst erweist, hat er insofern Glück, als es ziemlich hoch oben im Darm sitzt. Das macht es uns leichter: Nachdem wir den befallenen Teil herausgeschnitten und den Rest wieder zusammengeflickt haben, ist so ziemlich alles wieder beim alten.« Er schaute Lynn an, um zu sehen, ob sie ihm folgen konnte. »Sehen Sie, es besteht also kein Anlaß für eine Kolostomie.«

Die ganze Heimfahrt über starrte ihr Vater aus dem Fenster auf die Konturen von Häusern, die mit der zunehmenden Dunkelheit zu verschmelzen begannen, Erinnerungen an Felder. Mehrere Male sprach ihn Lynn an, bekam aber keine Antwort, was sie insgeheim auch wieder freute, da sie nicht diskutieren wollte, was wie ein großes Gewicht zwischen ihnen stand und diskutiert werden sollte. Im Autoradio ging es von der Rezession über ethnische Säuberungen bis zum Wiedererstarken der deutschen Rechten. Lynn schaltete ab und starrte die Löcher entlang, die ihre Scheinwerfer in den leichten Regen bohrten.

Ihre Mutter hatte zu essen gemacht, kalten Schinken, Salat, gekochte Eier, halbiert und mit einem Teelöffel Mayonnaise garniert, dazu dicke Scheiben Weißbrot, Butter und Tee.

»Bleib doch die Nacht über, Liebes.«

»Tut mir leid, Mama, aber das geht nicht. Ich habe früh Dienst.«

An der Tür drückte sie ihren Vater an sich, bis sie sicher war, seinen Herzschlag zu fühlen.

Der Regen hatte zugenommen und tanzte jetzt auf dem schwarzglänzenden Asphalt; jedesmal wenn ein anderes Fahrzeug vorbeiraste, schwappte er über die Windschutzscheibe. Mit einemmal begann sie zu weinen. Aus dem Nichts fielen die Tränen über ihr Gesicht her, und sie begann zu zittern. Sie packte das Steuer fester, beugte sich vor, spähte hinaus. Ein Laster scherte hinter ihr aus, und als er überholte, zog sie der Sog auf die Gegenspur. In ihrem Spiegel blitzten Scheinwerfer auf, sie hörte Hupen. Geblendet mühte sie sich, wieder auf ihre Seite zu kommen, als sie der Wind voll von der Seite erfaßte. Mit offenem Mund und einem Stoßseufzer spürte sie, wie der Wagen ins Schleudern kam, und als ihr Fuß nach der Bremse suchte, rutschte er ab. Mit einem markerschütternden Knall traf sie auf etwas Festes und wurde nach vorn geschleudert; ihr Gurt rettete sie vor der Scheibe, aber nicht vor dem Steuer; Blut und Tränen brannten in ihren Augen.

38

Das Besondere am Blue Stilton, so dachte Resnick, war, daß sein Geschmack, wenn er nur reif genug war, alles überlebte, womit man ihn mischte. Er drückte den Brocken vor ihm, der Rest eines großen Stücks, das er schon vor Weihnachten vom Markt mitgebracht hatte, auf eine Scheibe dunkles Roggenbrot und belegte es mit schmalen Streifen sonnengetrockneter Tomaten und einem halben Dutzend Scheiben Pfeffersalami, einer Scheibe Schinken und einer Handvoll halbierter schwarzer Oliven; er rieb eine zweite Brotscheibe mit Knoblauch ein, bevor er sie mit Butter bestrich, und legte sie oben drauf. Im Gemüsefach fand er Tomaten, einen Gurkenzipfel, ein paar kränkliche Radieschen und etwas Eisbergsalat, den er mit dem Messer in Streifen schnitt. Irgendwie war ihm sein Vorrat an tschechischem Budweiser ausgegangen, er wußte aber, daß er hinten im Kühlschrank noch ein Worthington's White Shield hatte, bereits in der neuen Flasche. Er fand sogar zwei.

Natürlich hatte er sich noch immer keinen CD-Spieler zugelegt, und auf der Billie-Holiday-Box auf dem Kaminsims sammelte sich langsam der Staub. Ein teurer Rüffel. Resnick setzte sein Sandwich auf dem Tisch ab, direkt vor seinem Stuhl, achtete dabei darauf, daß nicht etwa einer der Unternehmungslustigeren aus seiner Katzenbande, Dizzy oder Miles, heraufsprang und die Kanten anfraß. Er holte eine seiner Lieblingsscheiben aus dem überfüllten Regal, das Clifford-Brown-Memorial-Album, und nahm es aus der ramponierten Hülle. Zur Musik schenkte er sich sein Bier ein, sorgsam darauf bedacht, nichts vom Bodensatz ins Glas gelangen zu lassen. Beidhändig manövrierte er die Hälfte seines Sandwiches an den Mund und fing mit der Zunge das Öl ab, das von den getrockneten Tomaten tropfte.

The Penguin Guide to Jazz erwies sich als klasse Lektüre, genau das Richtige, um hie und da drin zu schmökern, das, was drin stand, nicht weniger interessant als das, was fehlte: Branford, Ellis und Wynton Marsalis, aber nicht Delfeayo. Endlose Kapitel über europäische Avantgardisten auf Kassetten, die so gut wie unmöglich zu kriegen waren, und nicht ein Wort über Tim Whitehead, dessen Quartett Resnick erst jüngst in Birmingham gehört hatte, dasselbe galt für Ed Silver, den Altsaxophonisten und Resnicks Freund, der so großen Anteil an den Anfängen der britischen Bop-Szene gehabt hatte.

Resnick legte das Buch beiseite und griff nach seinem Glas.

Vor einigen Jahren hatte er Ed Silver ausgeredet, sich den Fuß abzuhacken, und ihn dann mit nach Hause genommen, wo er ihm tagelang bis in die Nacht hinein Gesellschaft geleistet hatte. Er hatte sich Silvers Reminiszenzen über Gigs angehört, die er gespielt, Platten, die er gemacht hatte, Agenten, die ihn um seine Tantiemen betrogen hatten. Der Tag, an dem er Charlie Parker sprachlos auf einer New Yorker Straße gegenübergestanden hatte; der Abend, an dem er beinahe mit Coltrane gejamt hätte. Und die ganze Zeit über hatte Resnick versucht, ihn vom Alk wegzubringen, ihm Mut zu einem neuen Leben zu machen.

So plötzlich, wie Ed aufgetaucht war, hatte er sich denn auch wieder davongemacht. Acht Monate darauf dann eine Karte aus London: *Hallo, Charlie, bin wieder im Smoke. Im Jazz-Café wollen sie mich, weiß Gott, warum, nicht haben, aber ich habe da einen kleinen Gig im Brahms & Liszt in Covent Garden. Freitagabend. Komm doch mal runter und hör's dir an. Ed.* Irgendwie hatte Resnick es jedoch nie geschafft.

Als er sich schließlich das zweite White Shield aus der Küche holte, hatte er bereits wieder was ganz anderes im Kopf: Harry und Clarise Phelan, die wach in ihrem Hotelbett lagen und auf ein Lebenszeichen ihrer Tochter warteten; Lynn, auf der Rückfahrt von Norfolk, nachdem sie ihren Vater ins Krankenhaus gebracht hatte; ganz allein da draußen. Was sie wohl für Nachricht brachte?

Michelle war halb auf der Treppe, als sie Gary vor der Tür hörte. Oder wenigstens nahm sie an, daß er es war. Sie hörte zuerst nur zornige Stimmen, laut und scharf, wenn auch gedämpft durch die Tür. Sie drückte das Baby an sich, und Natalie wimmerte; Michelle beruhigte sie, indem sie ihr Gesicht auf das flauschige Haar senkte, und eilte mit ihr ans Kinderbett. Sie war jetzt sicher, daß es Gary war, er und Brian. Was in aller Welt war da bloß los? Die beiden waren doch seit Jahren die besten Freunde.

Sie steckte Natalie unter die Decke, als Gary zur Tür hereintaumelte.

»Gary, ich habe mich schon gefragt...«

Beim Anblick des Blutes stockte sie. Eine Spur, leuchtend wie eine Weihnachtsgirlande, auf der Seite seines Gesichts.

»Gary, was ist...?«

Er stieß sie mit dem Armrücken weg.

»Gary, du blutest ja.«

»Meinst du, das weiß ich nicht, verfluchte Scheiße?«

Beim Lärm ihrer erhobenen Stimmen rollte sich Karl in seinem provisorischen Bett auf dem Sofa herum; Natalie begann zu schreien. Michelle folgte Gary ins Bad, stellte sich in die Tür und sah ihm zu.

»Diese Drecksau!« sagte Gary mit einem Blick in den Spiegel. »Drecksau!« Er zuckte, als er seine Wange berührte.

»Gary, laß mich...«

Mit einem Knurren schlug er ihr die Tür vor der Nase zu.

Sie lag im Bett und lauschte auf den Regen, der auf die losen Schindeln prasselte; darüber das Geräusch ihres eigenen Atems. Draußen auf dem Treppenabsatz, dort, wo das Wasser durchkam, fielen rhythmisch die Tropfen in einen

Plastikeimer. Natalie war wieder eingeschlafen und Karl Gott sei Dank erst gar nicht richtig aufgewacht. Nachdem Gary im Bad fertig war, hatte sie ihn in der Küche lärmen gehört; vermutlich, um sich eine Tasse Tee zu machen. Sie dachte schon, er würde den Fernseher anmachen, sich neben Karl legen und einschlafen; dann hörte sie jedoch seine Schritte auf der Treppe.

»Michelle?«

Mit einem dumpfen Plumps landeten seine Jeans auf dem Teppich, etwas weicher Pullover und Hemd.

»Chelle?«

Seine Hand auf ihrer Schulter war so kalt, daß sie zusammenfuhr.

»Tut mir leid. Wirklich.«

Das Gesicht an ihren Rücken gedrückt, griffen seine Finger um sie herum und fanden ihre Brust.

»Ich hätte nicht gleich ausrasten sollen. Nicht bei dir. Hatte schließlich mit dir nichts zu tun.«

Michelle rollte sich weg, befreite sich von seiner Hand. »Was ist passiert? Sag's mir.«

»Nichts. Wirklich. Wir haben nur so 'n bißchen rumgesponnen, Brian und ich.«

»Hört sich aber nicht an wie Herumspinnen. Und das hier...« Er zuckte, als sie die Hand nach ihm ausstreckte, erlaubte ihr aber, den Schnitt direkt unter dem Haaransatz zu berühren.

»Wir haben nur rumgealbert, das ist alles. Bißchen Blödsinn gemacht. Weißt ja, wie Brian ist, wenn er 'n paar Bier intus hat.«

Einmal mehr mußte Michelle sich die Frage verkneifen, woher er bloß das viele Geld hatte.

»Trotzdem«, sagte Gary, »Schwamm drüber, ja? Wie hat Mutter immer gesagt? Geschehen ist geschehen.« Er hob seine Hand wieder an ihre Brust, und sie erschrak über seine Zärtlichkeit, als er sie streichelte, bis sein Daumen durch das dünne T-Shirt ihre Brustwarze hart werden spürte.

39

Lynn hätte nicht sagen können, wie lange man gegen ihr Fenster geklopft hatte. Jedenfalls öffnete sie stöhnend die Augen und sah zähneknirschend hinaus. Der Wagen stand am Zaun eines Bauernhofs, der Kotflügel der Beifahrerseite von einem Betonpfosten eingedrückt. Wieder klopfte die behandschuhte Hand. So eine Scheiße! dachte sie. O mein Kopf! Im Rückspiegel sah sie, durch den Regenschleier, die Begrenzungslichter des Wagens, der hinter dem ihren gehalten hatte. Dann das Gesicht eines Mannes, der sich an die Scheibe beugte; die Worte brauchte sie nicht zu hören, sie las sie ihm von den Lippen ab: »Alles in Ordnung mit Ihnen? Kann ich irgendwie helfen?«

Ungerührt rauschte der Verkehr an ihnen vorbei.

Sie drehte den Zündschlüssel, aber der Motor stotterte nur einen Augenblick und starb dann wieder ab.

Sah aus, als wäre er Mitte Vierzig. Sauber rasiert, das Haar vom Regen dunkel gegen den Kopf geklatscht. Schultern und Ärmel seines Mantels waren durchnäßt, und Lynn fragte sich, wie lange er wohl schon dagestanden hatte, ganz erpicht darauf, ihr zu helfen. Sie kurbelte das Fenster einige Zentimeter herab, genug, um mit ihm reden zu können.

»Ich habe gesehen, wie Sie von der Straße abkamen. Wollte mich nur vergewissern, daß Sie in Ordnung sind.«

»Danke. Ich denke, ich bin okay.«

Ihr rechter Mundwinkel war taub, und als sie mit der Zungenspitze darüberfuhr, spürte sie, daß er geschwollen war. Sie wischte den beschlagenen Spiegel ab und sah die Schwellung über dem linken Auge, die bereits die Größe eines kleinen Eis hatte und noch weiterwuchs.

»Haben Sie aber Glück gehabt.«

»Ja, danke.«

Lynn wußte, daß sie aussteigen und nach dem Wagen

sehen sollte, den Ausmaß des Schadens in Augenschein nehmen. Selbst angenommen, sie bekam den Motor zum Laufen, womöglich konnte sie ja gar nicht wegfahren. Sie wollte nur nicht aussteigen, solange der Mann da stand.

»Sie haben nicht vielleicht ein Telefon im Wagen?«

»Ich fürchte nein.«

Und sie selbst hatte auch keines, nicht in diesem Wagen.

»Hören Sie«, sagte Lynn und kurbelte das Fenster noch etwas weiter herab, »es war nett von Ihnen anzuhalten, aber ich bin in Ordnung, wirklich, ich komme schon zurecht.«

Er lächelte und trat dann langsam einige Schritte zurück. Lynn holte tief Luft und stieg in den Regen. Sie schien mit dem Heck an einen Schotterhaufen geprallt zu sein, als sie von der Straße abgekommen war, und dann gegen das Tor geschleudert zu sein. Lynn schlug den Kragen hoch und ging neben dem Vorderrad in die Hocke. Der Kotflügel war in den Reifen gebogen , und der Reifen war platt. Der Scheinwerfer war ein Kuddelmuddel aus silbrigem Metall und Scherben. Vielleicht konnte sie das Blech herausbiegen und den Reifen wechseln, aber selbst wenn, sie bezweifelte, daß sie weit kam.

»Warum fahren Sie nicht ein Stück mit mir?« Er war wieder näher gekommen, stand jetzt hinter ihrer linken Schulter und sah ihr zu. Der Wind hatte etwas nachgelassen, wenn auch nicht sehr. »Nur bis zur nächsten Werkstatt.«

Lynn schüttelte den Kopf; sie hatte nicht die Absicht, einer Dummheit noch eine zweite hinzuzufügen.

»Sechs, sieben Meilen weiter ist eine. Ich glaube, sie hat Tag und Nacht offen.«

Lynn sah ihm offen ins Gesicht, zwang sich, zu einer Entscheidung zu kommen. Was, so dachte sie, sollte sie unter diesen Umständen sonst tun? Zu Fuß gehen und von einem vorbeikommenden Auto erfaßt werden? Den Daumen heben und auf das Beste hoffen?

»Na schön«, sagte sie. »Nur bis zur Werkstatt. Danke.«

Regen lief ihm übers Gesicht. »Schön.« Er lächelte.

Lynn holte ihre Handtasche aus dem Wagen, schloß die Fahrertür ab, lief zum Auto des Mannes und setzte sich auf den Rücksitz.

»Michael«, sagte er über die Schulter. »Michael Best. Meine Freunde nennen mich Pat.«

Lynn lächelte, wenn es auch mehr eine Grimasse wurde. »Lynn Kellogg. Nett von Ihnen zu halten.«

»Wohl wegen der Pluspunkte da oben«, erwiderte er lächelnd und nickte dabei gegen den Wagenhimmel. »Ein paar gegen all die vielen Minuspunkte.«

Er setzte den Blinker und wartete eine deutliche Lücke ab, bevor er sich in den Verkehr einfädelte. Unsinnig, jetzt unnötige Risiken einzugehen.

Die Zeichen waren alles andere als gut. Michael bog auf den Vorhof ein und parkte hinter den Zapfsäulen, aber die Lichter im Gebäude nebenan gingen trotzdem nicht an. Nur das Sicherheitslicht brannte und beleuchtete die übliche Ansammlung von Autokarten, Motorenöl, abgepackten Lebensmitteln und Süßigkeiten; im Angebot gab es Musikkassetten längst vergessener Gruppen und, besonders günstig, Trolle mit lila Haar.

»Tut mir leid«, sagte Michael. »Ich hätte schwören können, daß die hier die ganze Nacht offen haben.«

»Keine Sorge«, sagte Lynn. »Ist ja nicht Ihre Schuld.«

»Aber ich fahre die Strecke hier ziemlich oft. Ich sollte es wissen.«

»Ich auch. Ich hab' selbst irgendwie gedacht, daß Sie recht haben.«

»Daß sie vielleicht um zwölf zumachen?«

»Vielleicht.«

Lynn kam sich mit einemmal etwas albern vor, sich nach hinten gesetzt zu haben. Da hatte sie einen furchtbar netten Mann vor sich, der sich ein Bein ausriß, ihr zu helfen, und sie saß hier hinten wie Gräfin Rotz.

»Tja, was…«
»Was?«
Ihre Sätze kollidierten, und sie mußten beide lachen.
»Ist vielleicht das beste, ich fahr' Sie wieder zu Ihrem Wagen zurück, oder?« fragte Michael.
»Sieht ganz so aus.«
»Es sei denn…«
»Es sei denn?«
»Es sei denn, Sie wollen nach Derby.«
»Nottingham?«
»Alles klar.«
Lynn lehnte sich in den Sitz zurück. »Danke«, sagte sie.

Es war warm; der Wagen war wie ein Kokon gegen Kälte und Regen. Eine Zeitlang plauderte Michael über dies und das, seine Worte halb verloren im Zischen der Reifen entgegenkommender Autos und den Wischern, die rhythmisch ihre Bögen über die Scheibe zogen. Vor zehn Jahren habe er seinen geregelten Beruf aufgegeben und, dem damaligen Trend folgend, ein eigenes kleines Geschäft aufgemacht; vor zwei Jahren sei er dann pleite gegangen, wenn auch nicht spektakulär. Jetzt sei er dabei, sich wieder aufzurappeln, angefangen bei Null. Er arbeite für einen Papierwarengroßhandel in den East Midlands und East Anglia, ein besserer Vertreter. Er lachte. »Sollten Sie mal ein Gros braune Umschläge brauchen oder ein paar hundert Meter Luftpolsterfolie, bin ich genau der Richtige für Sie.«

Als sie die Vorstadt erreichten und von einer orangen Lichtpfütze in die andere glitten, ließ schließlich der Regen nach und mit ihm der Wind. Während sie sich dem Trent näherten, leuchtete in den Vorstadtvillen blaß das Leben durch die Gardinen im ersten Stock.

»Wohin?« fragte Michael. Am Cricketplatz drosselte er das Tempo; die letzten Kunden verließen eben die Fastfood-Restaurants gegenüber, mit Kebab die einen, die anderen mit Fritten und Kabeljau.

»Irgendwo im Zentrum.«

»Am Markt?«

»Sie können mich auch am Hockley rauslassen. Am unteren Ende vom Goose Gate, irgendwo um den Dreh.«

»Sicher.«

In der Senke, in der sich die Bowlingbahn befand, wechselte er auf die linke Spur und fuhr dann unterhalb vom Obdachlosenheim an den Rand. Ein Grüppchen Männer stand an der Wand und reichte eine Flasche Cider herum.

»Danke«, sagte Lynn, als Michael die Handbremse anzog. »Sie waren wirklich toll.«

»War doch nichts.«

»Ohne Sie wäre ich wahrscheinlich noch immer irgendwo da draußen. Dazu verurteilt, die Nacht auf der A52 zu verbringen.«

»Na ja…«

Lynn rutschte über den Sitz, um auszusteigen. »Gute Nacht.«

»Sie hätten wohl…«

Sie sah ihn an.

»Ach was, schon gut.«

»Was?«

»Es ist schon spät, ich weiß, aber Sie hätten nicht vielleicht noch Zeit für einen Kaffee oder irgendwas? Was meinen Sie?«

Lynns Hand lag auf der Tür, und die öffnete sich bereits, aber sie wußte, das letzte, was sie in diesem Augenblick wollte, war, diese Straße hinaufzugehen, die vier Ecken bis zu ihrer Wohnung, und sich dort im Spiegel zu sehen.

»Okay«, sagte sie. »Aber zu lange darf's nicht werden.«

Das Nachtcafé lag in der Nähe des Standorts der alten Markthalle, gegenüber vom ehemaligen Busbahnhof, der jetzt ein Parkplatz und The World of Leather war. Außer ihnen waren nur Taxifahrer dort und ein Pärchen, das der Kleidung nach auf dem Weg zu Michael Isaac's, dem Nachtclub ein Stück die Straße hinauf, war, und schließlich noch eine Frau im karierten Mantel, die leise vor sich hinsang, während sie mit Zucker Muster auf den Tisch malte.

Sie bestellten Kaffee und Michael ein Wurstbrötchen, das Lynn so neidisch machte, als es kam, daß er ein ordentliches Stück abbrach und nicht eher Ruhe gab, bis sie es aß.

»Ich bin bei der Polizei«, sagte sie. Sie hatten ihre erste Tasse schon vor einiger Zeit geleert und machten sich an die zweite.

Er schien überhaupt nicht überrascht. »In welcher Abteilung? Ich meine, was genau machen Sie?« Seine Augen lächelten; um die Wahrheit zu sagen, sie hatten die letzte halbe Stunde über kaum einen Augenblick nicht gelächelt. »Haben Sie eine Uniform oder was?«

»Gott!« sagte sie und lachte.

»Was?«

»Warum müssen Männer das immer als erstes fragen?«

»Tun Sie das?«

»Für gewöhnlich, ja.«

»Und, haben Sie eine?«

Lynn schüttelte den Kopf. »Ich bin bei der Kripo. Ich trage Zivil.«

»Tatsächlich?« Er schien beeindruckt. »Und was für Fälle lösen Sie?«

»Alles, was anfällt.«

»Sogar Mord?«

»Ja«, sagte sie. »Sogar Mord.«

Das Pärchen ihnen gegenüber lachte, ihre wohlerzogenen Stimmen in diesem Lokal nicht weniger fehl am Platz als gutes Porzellan; das Mädchen trug einen langen durchgeknöpften Rock aus Seide, der den größten Teil ihres Schenkels freigab. Von Zeit zu Zeit streichelte sie der junge Mann geistesabwesend. Sie mochten vielleicht neunzehn sein.

»Was ist?« fragte Michael.

Lynn merkte, daß sie weinte. »Nichts«, sagte sie,

konnte aber nicht aufhören. Zwei der Taxifahrer drehten sich um.

»Wird wohl der Unfall sein«, sagte Michael. »Eine verzögerte Reaktion. Der Schock, wissen Sie.«

Lynn schüttelte schniefend den Kopf. »Ich habe schon geheult, als es passierte. Deswegen ist es ja erst passiert.«

»Aber wieso?« fragte Michael und beugte sich vor. »Warum haben Sie geweint? Worum ging's?«

Sie erzählte ihm alles. Von ihrem Vater, ihren Ängsten, einfach alles. Mittendrin griff er über den Tisch und nahm ihre Hand. »Tut mir leid«, sagte er, als sie fertig war. »Wirklich – aufrichtig leid.«

Lynn entwand ihm ihre Hand, wühlte in der Tasche nach einem halbwegs trockenen Papiertaschentuch und schneuzte sich tüchtig.

»Soll ich Sie vielleicht nicht doch nach Hause begleiten?« sagte er, als sie wieder auf der Straße standen.

»Nein, es geht schon.«

»Mir wäre wohler dabei.«

»Michael…«

»Eine junge Frau wie Sie sollte um diese Zeit nicht allein herumlaufen… Herrgott, ist es wirklich schon so spät?«

»Sehen Sie.« Lynn konnte nicht anders, sie lachte. Die Tränen waren verschwunden.

»Kommen Sie«, sagte er und nahm ihren Arm. »Zeigen Sie mir den Weg.«

Sie entzog sich seiner Hand, ließ ihn aber trotzdem neben sich hergehen, am Palais vorbei in die Broad Street mit dem neuen Kino, dem Broadway, wo sie schon immer mal hinwollte, aber nie dazu kam.

»*Spurlos*«, sagte Michael mit einem Blick auf die Plakate. »Schon mal gesehen?«

Lynn schüttelte den Kopf. »Nein.«

»Guter Film«, sagte er.

Am Eingang zum Hof blieb sie stehen und drehte sich um. »Da wären wir.«

»Sie wohnen hier?«

»Mit freundlicher Genehmigung einer Wohnungsgenossenschaft, ja.«

Langsam griff er nach ihrer Hand. Gott, wie ich diesen Teil hasse, dachte Lynn. Flink trat sie auf ihn zu und küßte ihn auf die Wange. »Gute Nacht. Und danke.«

»Werd' ich Sie wiedersehen?« rief er ihr nach, und seine Stimme bekam durch die Wände ein kleines Echo.

Sie wandte ihm einen Augenblick den Kopf zu, antwortete jedoch nicht; was Michael nicht störte: Er wußte, er würde sie wiedersehen.

40

Die letzten Worte des leitenden Polizeidirektors zu Skelton: »Wie immer das Spielchen hier ausgeht, Jack, lassen Sie mir ja das verfluchte Geld nicht aus den Augen.«

»Da ist genug drin«, hatte Millington gesagt, nachdenklich einen der Matchbeutel wiegend, »um die Drogenfahndung bis ins nächste Jahr mit Crack zu versorgen.«

Skeltons Anweisungen waren klar gewesen: kein Zugriff, Abstand halten, daß ja keiner da reinstürmte; jetzt hieß es abwarten und Tee trinken. Als er nach der Einsatzbesprechung die Treppe herunterkam, war ihm die Belastung deutlich anzusehen.

»Wenn uns der Dreckskerl vorführt, Charlie«, sagte Reg Cossall, »dann kann sich unser guter Jack noch wochenlang die Scheiße von seinen Sohlen kratzen.«

Resnick und Millington hatten das Team an der A17 unter sich, Helen Siddons und Cossall waren weiter nördlich an der A631. »Ist doch eine Mordsgelegenheit, was Charlie?« hatte Cossall noch lachend gemeint. »Ich und die Siddons, ein paar Stunden in einem geparkten Wagen, da müßte sich doch feststellen lassen, was den Alten an der so verrückt macht. Reine Vorsichtsmaßnahme, versteht sich.« Zwinkernd zog er einen Lederhandschuh aus der Tasche. »Will mir schließlich keine Frostbeulen holen.«

Seit dem Abend zuvor waren in jedem der beiden Little Chefs zwei Beamte postiert; Parkplätze und Eingänge beider wurden mit Infrarotfilm und Telelinsen überwacht, wie man sie sonst nur zum Ausspionieren der königlichen Familie verwendete. Die beiden Gespanne, die das Geld überbringen sollten, hielten sich, die Matchbeutel auf dem Rücksitz, bereit und rissen Witze darüber, es sich selbst unter den Nagel zu reißen, um damit für einen Monat in die Karibik oder an die Costa del Sol zu verschwinden. Untereinander durch Sprechfunk verbundene Abfangfahrzeuge waren in bestimmten Intervallen an den größeren Straßen postiert, die von den Restaurants wegführten. Die Beute brauchte nur aufzutauchen, schon könnte man ihr abwechselnd folgen, bis sie in ihrem Bau verschwand. Alles in allem hatte die Polizei dreier Bezirke ihre Kräfte aufgeboten.

Jetzt hieß es abwarten und Tee trinken; der Countdown lief.

Divine saß auf einer Kiste im Lager, die Füße auf einem Karton ofenfertiger Fritten. Es war vier Uhr nachmittags, aber er genehmigte sich bereits zum zweitenmal ein englisches Frühstück. Dazwischen hatte er das Schweinesteak versucht, die Scholle und eine Portion der Bratkartoffeln, die zum amerikanischen Frühstück gehörten, nur vier Kellen voll, mit zwei Eiern. Alles in allem fand er das englische Frühstück am besten.

»Solltest was essen, solange du Zeit hast«, rief er Naylor zu, der aus dem kleinen Fenster an der rückwärtigen Wand spähte. »Gibt ja schließlich nicht jeden Tag was umsonst.«

»Nicht mehr lange, und da draußen ist nichts mehr zu sehen«, sagte Naylor. »Absolut null.«

»Hast du nicht gehört?« fragte Divine und biß in eine Wurst.

»Halbe Stunde noch, und er könnte aus den Bäumen da drüben kommen, direkt übers Feld, und kein Schwein würde ihn sehen.«

»Herrgott!« rief Divine. »Ich könnte grade so gut mit mir selber reden, verflucht noch mal!«

Naylor kam herüber und nahm sich eine Scheibe Frühstücksspeck vom Teller.

»Hol dir gefälligst selbst was!«

Naylor schüttelte den Kopf. »Ich mag mein Bacon knuspriger.«

»Ach ja? Kann mir schon vorstellen, daß es Debbie gern gründlich hat, ej?«

Naylor warf ihm einen warnenden Blick zu: Halt ja den Mund!

Aber so leicht war Divine nicht abzuwimmeln. »Diese Gloria, die draußen bedient, hat ein Auge auf dich geworfen. Spiel deine Karten richtig aus, und schon kann's losgehen. Schnelle Nummer hinter dem Herd.«

Die Tür zum Lager ging auf, und Gloria kam herein, eine beleibte Frau aus King's Lynn, die einige zusätzliche Sicherheitsnadeln brauchte, um den weißen Kittel zu halten. »Die Füße runter«, bellte sie mit einem Blick auf die Ofenchips. »Die Leute sollen die schließlich essen.«

»Kevin hier«, sagte Divine, »meinte eben, daß Sie ihm gefallen könnten.«

»Schön«, sagte Gloria und schenkte Naylor ein Lächeln. »Mir sind die Stillen auch lieber, die haben eher mal 'ne Überraschung auf Lager – ganz im Gegensatz zu anderen.« Mit den Spitzen ihrer feisten Finger nahm sie den Wurstzipfel von Divines Teller. »Die quatschen zwar recht viel, aber wenn's drauf ankommt, zeigen Sie nicht mehr als so ein armseliges Dingelchen wie das hier. Sehen Sie sich das an. Ist doch grade mal um drei Ecken mit 'ner Hartwurst verwandt.«

Resnick warf einen Blick auf die Uhr; noch nicht mal fünf Minuten waren vergangen. Und die ganze Zeit über hoffte er, daß er nicht recht hatte und sich der Fall Susan Rogel hier nicht wiederholte: eine sinnlose Jagd nach einer Frau, die dennoch nie wieder auftauchte. Weil sie längst kalt in einem flachen Grab lag. Millington neben ihm schraubte seine zweite Thermoskanne auf und hielt sie ihm hin. Resnick nickte und wartete, während Millington ihm den Plastikbecher zur Hälfte füllte.

Unter den gegebenen bescheidenen Verhältnissen, dachte er, schmeckte der Tee vielleicht besser als der letzte. »Die Gattin ist doch wohl nicht wieder beim Löwenzahnkaffee gelandet, Graham?«

»Sie vergoldet jetzt, Sir.«

»Wie meinen?«

»Vergolden. Sie wissen schon, alte Möbel und dergleichen. Restaurieren. Sie hat um Auskünfte über einen Kurs gebeten, irgendwo bei Bury St. Edmunds. Zweihundert Pfund für ein Wochenende. Fünfundachtzig fürs Video. Der reinste Wucher, sagte ich zu ihr, aber sie: Ach was, Graham, das ist für das Blattgold…«

Resnick verkniff sich eine Grimasse, nippte an seinem Kaffee und starrte weiterhin zum Fenster hinaus, bis das Geplapper seines Sergeanten zum bedeutungslosen Hintergrundgeräusch geworden war. Er konnte Danas Bild nicht so recht loswerden, ihr blasses Gesicht, als sie sich die Kassette anhörte. *Bisher ist mir nichts… nichts Schlimmes passiert, ich möchte also nicht, daß ihr euch Sorgen macht…* Dana, wie sie der Stimme ihrer Freundin zuhörte, während am Rand ihrer Phantasie die Ängste lauerten. Die Frau, die Resnick gegenüber so lebhaft gewesen war, so unbezähmbar – plötzlich saß sie vor ihm, zusammengesunken, als hätte man ihr das Leben ausgesaugt. Wenn er nichts mehr zwischen ihnen spürte, so lag das nur daran, daß Dana nichts mehr hatte, was ihn mit ihr verbinden könnte. Na, jedenfalls spielte das mit. Seit jenem ersten erstaunlichen, erfreulichen Abend spürte er, wie sich die Tür zu ihr schloß; und er selbst war es, der sie zumachte.

»Da!« sagte Millington plötzlich und fiel sich damit selber ins Wort.

Aber Resnick hatte es bereits gesehen. Der grüne Orion war vorhin schon an der Litte-Chef-Reklame vorbeigekommen und kam jetzt, zwei Minuten später, aus der anderen Richtung noch mal darauf zu.

»Er wird langsamer«, sagte Millington. »Mach schon, Kerl, bieg ab, bieg ab!«

Sie sahen zu, wie das Fahrzeug dem weißen Pfeil auf dem Asphalt des Parkplatzes folgte und einige Meter auf den Eingang zufuhr, anhielt, scharf links einschlug und dann rückwärts in die breite Lücke zwischen einem grünen 2CV und einem umgemodelten Postauto stieß.

Durch den Feldstecher sah Resnick das Gesicht des Mannes am Steuer: weiß, rasiert, mittleren Alters, allein.

»Wie spät, Graham?«

»Sechzehn-zweiundvierzig.«

Nachdem er geparkt hatte, machte der Mann keinerlei Anstalten auszusteigen.

»Soll ich die Nummer durchgeben?« fragte Millington.

»Noch nicht. Womöglich hat er einen Kurzwellenempfänger für den Polizeifunk dabei. Warten Sie, bis er aus dem Wagen ist. Und dann sagen Sie als erstes Divine und Naylor Bescheid.«

Millington sah auf die Uhr. »Sechzehn-vierundvierzig.«

Resnick nickte. »Da kommt das Geld, pünktlich auf die Minute.«

»Dann wartet er also darauf.«

»Vielleicht. Vielleicht ist er auch nur müde und hält ein Nickerchen.«

»Mit offenen Augen?«

Das zivile Polizeiauto rollte über den Vorhof und hielt so nahe am Haupteingang wie nur möglich. Resnick wischte sich den ersten Schweiß von der Stirn. Die

Scheinwerfer beleuchteten den unteren Teil des Zaunes zum Feld hin, die roten Hecklichter blinkten auf. Der Beamte auf der Beifahrerseite rutschte heraus, beugte sich über die Lehne und nahm den schwarzen Matchbeutel heraus.

»Na, komm schon«, sagte Millington, »paß gefälligst auf!«

Der Kripobeamte und der Matchbeutel verschwanden.

»Was macht er?« fragte Millington.

»Nichts.«

»Mach schon, du Scheißkerl. Beweg dich!«

Sechzehn Uhr siebenundvierzig tauchte der Beamte in Zivil wieder auf, ging forsch um den Wagen herum und setzte sich wieder hinein; ohne sich zu beeilen, zog der Wagen davon.

»Ich glaub's einfach nicht«, sagte Millington. »Er rührt sich nicht vom Fleck!«

»Doch, jetzt.«

Resnick hielt den Atem an, als sich die Tür des Orion öffnete und der Fahrer den Fuß auf den geteerten Platz setzte. »Geben Sie's durch, Graham.«

Aber Millington gab Divine bereits ein Signal.

»Alles klar!« sagte Divine hinten im Lager und war auch schon unterwegs. Draußen, im Hauptteil des Restaurants, ließ er sich Zeit, sah den Mann durch die beiden Flügel der Glastür auf sich zukommen. An der Kasse blieb er stehen, nahm eine Rolle extrastarke Pfefferminzbonbons und drückte der Kassiererin das Geld in die Hand. Der Mann mußte einen Zwischenschritt einlegen, um um ihn herumzukommen; Divine entschuldigte sich, trat ihm aus Versehen in den Weg, entschuldigte sich noch mal und ging dann zur Tür.

»Raucher oder Nichtraucher, Sir?« fragte die Kassiererin.

»Ich muß erst mal raus«, sagte der Mann. »Mir ist beides recht.«

»Der Orion ist auf einen Patrick Reverdy zugelassen«,

sagte Millington draußen im Wagen, »auf eine Adresse in Cheadle.«

»Ist auch nicht gerade um die Ecke«, sagte Resnick, der das Fernglas auf den Eingang gerichtet hielt.

Als der Mann von der Toilette kam, rieb er sich noch die Hände, nachdem er den Trockner benutzt hatte. Naylor saß inzwischen in der Raucherecke gleich neben der Tür und rührte Zucker in seinen Kaffee. Er sah zu, wie der Mann der Kellnerin sagte, er erwarte noch jemanden, und sich einen Zweiertisch am rückwärtigen Fenster geben ließ. Während er wartete, bestellte er getoasteten Teekuchen und Tee. Auf der Straße wurde der Berufsverkehr allmählich dicht. Resnick sprach kurz mit Skelton, um ihn auf dem laufenden zu halten; Siddons und Cossall, am anderen Little Chef, hatten wohl eine Niete gezogen.

Es vergingen weitere zehn Minuten, der Teekuchen war verzehrt, der Mann sah auf die Uhr, nahm seine Rechnung und ging zwischen den Tischen durch zur Kasse; als er bezahlt hatte, ließ er fünfzig Pence Trinkgeld auf der Theke, wandte sich dem Ausgang zu, überlegte es sich anders und ging noch mal zurück zu den Toiletten. Naylors Magenmuskeln bildeten eine Faust.

»Er bleibt zu lang«, sagte Millington, der auf die Uhr starrte.

»Vielleicht ist er vorsichtig«, antwortete Resnick.

Als der Mann wieder ins Restaurant trat, den Matchbeutel in der Hand, blieb Naylor die Luft weg. Lässig, als wäre nichts, schwenkte er ihn in der rechten Hand. »Ist womöglich nichts dran«, sagte er dann zur Kassiererin, »aber jemand scheint den hier auf der Herrentoilette vergessen zu haben. Ich dachte, vielleicht ist er hier draußen bei Ihnen sicher. Bei allem, was man so über Bomben hört, womöglich gerät jemand in Panik und stopft ihn ins Klo.« Er hielt der Kassiererin den Matchsack entgegen, aber sie machte keinerlei Anstalten, ihn zu nehmen. »Keine Bange«, sagte er. »Ich hab' ihn ans Ohr gehalten und mal richtig reingehorcht. Also, ticken tut nichts.«

Divine hielt den Mann fest, bevor er abfahren konnte, und während Resnick sich noch mal bei Skelton meldete, um ihm die neueste Entwicklung zu erklären, ging Millington hinüber und sprach mit dem Mann. Nichts Ernstes, kein Grund zur Panik. Sein Führerschein wies den Mann als Reverdy aus; er war hergekommen, um ein Stündchen mit einer Frau zu verbringen, die er im letzten Jahr auf dem Sommertreffen des Telekollegs kennengelernt hatte. »Sie wohnt in Spalding, kann aber nicht so einfach weg. Sie ist verheiratet, wissen Sie.«

»Und Sie kommen extra von Cheadle hierher?« fragt Millington.

»Ich weiß«, sagte Reverdy. »Aber was tut man nicht alles aus Liebe?«

In ihrem Wagen auf dem Hof der Werkstatt an der A631 legte Helen Siddons grimmig den Hörer auf und seufzte. »Fahren wir nach Hause. Es ist vorbei.«

»Kleiner Fick ist wohl nicht drin, nehm' ich an«, murmelte Cossall, »damit der Tag nicht total umsonst war.«

Falls sie ihn verstanden hatte, ließ sie es sich jedenfalls nicht anmerken.

41

Skelton erwartete Resnick gleich innerhalb der Doppeltür und schloß sich ihm auf dem Weg die Treppe hinauf an; kein frühmorgendliches Jogging diesmal, seine Erschöpfung zeigte sich in seinen Bewegungen, den roten Äderchen in den Augen. Zweimal hatte er Helen Siddons zu erreichen versucht, aber sie hatte das Telefon ausgesteckt; schlaflos hatte er neben dem eisigen Tadel von Alices Rücken gelegen.

»So ziemlich das einzige, was im Augenblick sonnenklar ist, Charlie, ist, daß man mir auf die ein oder andere Weise die Rechnung dafür präsentieren wird.«

Resnick schüttelte den Kopf. »Ich sehe nicht, was wir sonst hätten machen können. Solange eine Möglichkeit besteht, daß das Mädel noch lebt, mußten wir mitspielen.«

Auf dem Treppenabsatz wandte sich Skelton mit hängenden Schultern ab. »In einer halben Stunde bei mir«, sagte er, »mal sehen, wo wir im Augenblick stehen.«

Aber die halbe Stunde war noch nicht vorbei, da hatten beide Lokalsender bereits Auszüge aus der zweiten Kassette gebracht. Man hatte sie persönlich abgegeben, ein Bote mit Motorradhelm und einem Schal um die untere Hälfte des Gesichts; unmöglich, ihn zu erkennen. In der Redaktion hatte sich einer das Band flüchtig angehört und nach einigen Minuten abgeschaltet, nachdem klar war, was man da hatte. Nach einigen Anrufen bei der Sendeleitung und einigen Anwälten zog man Kopien und schickte sie der Polizei; man hatte nur eine Frage: Ob die Behauptung stimme, daß es ein erstes Band mit einer Lösegeldforderung gab. Der Polizeisprecher wollte das weder bestätigen noch bestreiten. Was den Sendern genügte.

Radio Nottingham setzte die Nachricht gleich an den Anfang der regulären Nachrichten, während Radio Trent sein Programm für eine Sondermeldung unterbrach. Beide Nachrichtensprecher gaben eine kurze Einführung in Nancy Phelans Verschwinden und den ausbleibenden Erfolg bei der Suche nach ihr, bevor sie schließlich von einem offensichtlich fehlgeschlagenen Versuch der Polizei sprachen, einen Mann zu fassen, der sich als Nancys Entführer ausgegeben und Lösegeld gefordert hatte. Die Auszüge aus der Kassette, die folgten, glichen sich auffallend.

Die Anweisungen an die Polizei waren ebenso klar und präzise wie die Warnungen. Zum Unglück für alle Beteiligten hielt man sich nicht daran. Es war nämlich alles ganz einfach, müssen Sie wissen, diese Leute brauchten nur dem Folge zu leisten, was ich ihnen gesagt hatte, und ich hätte mein Versprechen halten können. Nancy Phelan wäre längst wieder heil bei Familie und Freunden. Aber so...

Ich hoffe, Sie hören sich das an, Jack, ich hoffe, Sie hören sich das gut an, Sie und Ihre Berater. Erinnern Sie sich, was ich Ihnen gesagt hatte, Jack, wenn irgendwas Schlimmes passiert, dann ist das Ihre Schuld, Jack, nicht meine? Ich hoffe, Sie werden damit fertig, mit dieser Verantwortung.

Lynn hatte schon in aller Frühe Kevin Naylor angerufen und mit ihm ausgemacht, daß er sie mitnahm. Während sie im Verkehr der Upper Parliament Street steckten, erzählte sie ihm von ihrem Mißgeschick mit dem Wagen.

»Hört sich ganz so an, als hätte das weit schlimmer ausgehen können.«

»Sag das noch mal.«

»Sie ist also noch nicht tot.«

Lynn berührte die Seite ihres Kopfes. »Nur ein bißchen aufgeschürft.«

Kevin grinste. »Nein, ich meine die Ritterlichkeit.«

»Ach so. Nein, offensichtlich nicht.«

»Siehst du ihn wieder?«

Sie sah sich durch die Scheibe das Knäuel Leute an, die an der Ampel vor der Unterführung warteten; ein Mann in einem leuchtendorangen Mantel fegte Unrat vor dem Café Royal. »Glaub' ich nicht.« Sie wußte weder, wie sehr sie daran glaubte, noch ob sie es tatsächlich so haben wollte.

Sie kamen auf die Höhe des Co-op, als man im Radio die Meldung brachte, und Kevin griff nach dem Knopf, um lauter zu machen, damit sie die Stimme vom Band hören konnten.

Robin Hidden ging seit Tagen kaum aus der Wohnung. Anrufe aus dem Büro, mit denen man sich nach dem

Grund seines Fehlens erkundigte, blieben unbeantwortet. Seine Post lag neben den Branchenbüchern und einem Stapel Zeitungen, die jemand mit einer Schnur zusammengebunden und dann liegen lassen hatte , um sie irgendwann zum Recycling-Container zu bringen. Robin aß Tomaten aus der Dose, Käse und mit Milchpulver angerührtes Müsli; während der ganzen Zeit hatte er den Fernseher an, wenn auch ohne Ton, dafür lief das Radio knapp unter der Lautstärke eines normalen Gesprächs. Er löste Kreuzworträtsel, bügelte seine Hemden gleich zweimal, kratzte auch das letzte Bröselchen eingetrockneten Schlamms von seinen Stiefeln und studierte Karten: Offa's Dyke. Der Lyke Wake Walk. Wainwrights Führer durch den Lake District. Der Cleveland Way.

Zum x-tenmal schrieb er Mark ein und denselben Brief; alles hing davon ab, ihn richtig hinzubekommen. Mark war sein bester, sein einziger Freund, er mußte unbedingt verstehen, warum Nancy so wichtig für ihn gewesen war, inwiefern sie sein Leben verändert hatte.

Er war an diesem Morgen schon seit kurz vor sechs auf; draußen war es noch kalt und dunkel gewesen. Dick lag der Reif auf Autodächern und den schwarzen Bäumen. Geistesabwesend trank er seinen Tee, während er sich eine Fassung nach der anderen abrang, seine Gedanken ein wirres Wollknäuel, das er Satz für Satz aufs Blatt zu spinnen versuchte; immer wieder schien alles so völlig klar, bis er aufs neue hoffnungslos steckenblieb. Nancy, jetzt und damals, damals und jetzt, immer und immer wieder. Die einzige Frau, die ihn, für wie kurz auch immer, so hatte sein lassen, wie er nun mal war. Die ihn als Mann akzeptiert hatte. Die ihn geliebt hatte. Und das hatte sie. Ein weiteres Blatt landete zusammengeknüllt neben all den anderen auf dem Boden.

Lieber Mark,
ich hoffe, es macht Dir nichts aus...

Als Nancys Name fiel, rollte Robin der Füller aus der Hand. Die Worte des Radiosprechers, die Stimme auf dem Band, alles verschwamm, noch während er es hörte, wie die Fetzen eines Traumes, den er nie geträumt hatte. Fast noch bevor die Meldung zu Ende war, griff er nach dem Telefon.

Weder Harry noch Clarise Phelan hatten Radio gehört; von der Existenz der Kassette erfuhren sie erst, als beim Frühstück ein Zeitungsreporter im Speisesaal ihres Hotels auftauchte, um sie nach ihrer Reaktion auf die Ereignisse zu befragen.

»Fahren Sie uns zur Wache, Sportsfreund«, sagte Harry, der bereits auf den Beinen war und sein Sakko anlegte, »und ich sag's ihnen unterwegs.«

»Charlie…«

Ohne zu klopfen drängte sich Skelton in Resnicks Büro und nahm Millington vor dem Schreibtisch noch nicht mal zur Kenntnis.

»Halten Sie mir die Eltern des Mädels vom Leib, ja? Sie sind unten und schlagen Krach, und ich muß noch die Presseerklärung fertig machen und sie vom Präsidium absegnen lassen.«

»Ich dachte, das geht mich nichts mehr an? Ist die Verbindung zu den Phelans nicht Sache der Siddons? Oder habe ich das falsch verstanden?« Resnicks Stimme hatte eine Schärfe, die den Superintendent überraschte. Nicht weniger als Resnick selbst.

»Herrgott, Charlie…«

Es war das erste Mal seit Menschengedenken, daß Resnick Skelton im zerknitterten Hemd und mit der Krawatte auf Halbmast sah. Er wußte, er sollte eigentlich mehr Mitgefühl für ihn haben, aber er hatte selbst einen schlechten Tag. Es war noch gar nicht so lange her, da hatte er Robin Hidden an der Strippe gehabt, in Tränen aufgelöst, schluchzend; fast eine Viertelstunde hatte er auf den Jungen eingeredet, um ihn zu beruhigen; dann hatte er ihm auch noch versprochen, mit ihm zu reden, wenn er kam. Resnick warf einen Blick auf die Uhr – dürfte jeden Augenblick soweit sein.

»Charlie, wenn ich nur die leiseste Ahnung hätte, wo sie steckt, ich würde sie drauf ansetzen. Aber um die Wahrheit zu sagen, sie hat sich heute morgen noch nicht sehen lassen.«

Mit einem Murmeln auf den Lippen und einem Nicken verdrückte sich Millington an seinen eigenen Tisch; er sah nur zu deutlich, welche Richtung die Unterhaltung nahm, und es hätte ihm gerade noch gefehlt, einen rasenden Vater mit der Statur eines guten Halbschwergewichtlers zu beschwichtigen.

»Graham«, sagte Resnick.

Ach du Scheiße! dachte Millington, der noch nicht ganz zur Tür hinaus war.

»Warum sehen Sie nicht mal, ob Lynn noch im Haus ist? Reden Sie beide mit den Phelans. Wenn Inspector Siddons kommt, kann sie ja übernehmen.«

»Wenn ich mich schon damit befasse«, sagte Millington, »dann lieber von Anfang bis Ende.«

Resnick warf Skelton einen raschen Blick zu, und der Superintendent nickte. »Na schön.«

»Was, wenn die sich das Band anhören wollen? Das mit der Stimme der Tochter?«

»Das geht in Ordnung«, gab Skelton mit gesenktem Kopf seine Einwilligung. »Lassen Sie es sie ruhig hören. Sie hätten es von vornherein hören sollen. Ich habe mich geirrt.« Er sah Resnick noch ein paar Sekunden lang an und ging dann hinaus.

Helen Siddons hatte ihre Zeit nicht verschwendet. Sie hatte sich von den Sendern die Originale der Kassetten mitsamt deren Umschlägen aushändigen lassen und dann ins Labor geschickt, auch wenn sie mittlerweile durch so viele Hände gegangen waren, daß sie wohl kaum noch was nützten. Aber es war eine Prozedur, die sich nicht vermeiden ließ. Nur für den Fall. Sie hatte sich die zweite Aufnahme angehört und mit der ersten verglichen, hatte sich mit Sachverständigen zusammengesetzt und über Kopfhörer mitgehört, Stückchen für Stücken, jede Nuance, immer und immer wieder.

Man einigte sich auf folgendes: Der nordenglische Dialekt auf dem ersten Band, der auf dem zweiten weit weniger deutlich war, dürfte mit einiger Sicherheit nicht der primäre Akzent des Betreffenden sein. Gewisse Element in der Phrasierung, die Weichheit einiger Vokale, wiesen auf den Süden Irlands, wenn auch vielleicht nicht Dublin. Eher eine ländliche Gegend. Vermutlich hatte er die Kindheit dort verbracht und war dann nach England gezogen, in den Nordwesten, nicht Liverpool, dafür war das Ganze zu hart – Manchester womöglich, Bury, Leigh, irgendeine verblaßte Baumwollstadt.

Dann die Lösegeldforderung aus dem Fall Susan Rogel: Helen Siddons wollte wissen, ob es eine Möglichkeit gab zu sagen, ob sie von ein und derselben Person stammte.

Möglich sei es, unter gewissen Umständen, aber sie müsse verstehen, daß es sich bei gesprochener und geschriebener Sprache um zwei völlig verschiedene Register handle. Alles, worauf sich ihre beiden Sachverständigen einlassen wollten, war, daß es nicht auszuschließen sei, daß sie von derselben Person stammten.

Was Helen vollauf genügte. Die Abschriften der Vernehmungen sämtlicher Verdächtiger im Fall Rogel, insgesamt siebzehn, waren ein zweites Mal durchzugehen, nötigenfalls mußte man sich den einen oder anderen noch mal vornehmen. Sie war jetzt hundertprozentig sicher, daß der Täter nicht nur in beiden Fällen derselbe, sondern obendrein auch bereits aktenkundig war.

42

Den ganzen Tag schon war Lynn sich ihrer nervösen Erwartung bewußt gewesen. Den ganzen üblichen Papierkrieg hindurch, die Nachfragen zu den Überfällen im Park, die Sitzung mit Maureen Madden im Fall eines angeblichen Vergewaltigungsopfers, das seine Aussage nun – aufgrund von Drohungen, wie sie glaubten – bereits zum zweitenmal widerrufen hatte; dazu das sexuelle Geplänkel, mit dem Divine und Konsorten einem den Tag vermiesten, das pausenlose Klingeln des Telefons, die gedankenlose Teetrinkerei – sie wurde das Gefühl nicht los, auf etwas zu warten.

Besorgt hatte Resnick am späten Nachmittag nach ihrem Vater gefragt und ihr dann mechanisch alles Gute gewünscht.

»Ein Bier?« rief Kevin Naylor, der eben an der Tür in den Mantel schlüpfte.

Lynn sah auf die Uhr. »Mal sehen.«

Als sie schließlich die Treppe herunterkam, am Büro des für die Gewahrsamszellen verantwortlichen Sergeant, am Eingang zum Zellentrakt vorbei, war ihr klar, daß sie nach Michael Ausschau hielt; sie wechselte einige Worte mit dem Constable vom Dienst, der auf ein Päuschen vor die Wache getreten war. Er war nicht zu sehen.

Obwohl sie wußte, sie würde es bereuen, und sich versprach, nicht lange zu bleiben, ging Lynn über die Straße zum Pub.

»Wenn ihr mich fragt«, übertönte Divines Stimme den Lärm, »war die schon zwei Stunden nach ihrer Entführung tot.«

Lynn hatte nicht die Absicht, ihren Atem darauf zu verschwenden, ihm zu sagen, daß ihn keiner gefragt hatte.

»Was ist dann mit der Lösegeldforderung?« fragte Kevin Naylor.

»Alles nur Quatsch, meint ihr nicht? Da versucht uns irgend so ein Klugscheißer zu verarschen. Ihr wißt doch selbst, daß das nicht das erste Mal wäre.«

»Nun hör aber auf, Mark«, Lynn konnte nun doch den Mund nicht mehr halten, »ihre Stimme war auf dem Band.«

»Na und? Was sollte ihn daran hindern, sie dazu zu zwingen?«

»Und das alles in zwei Stunden?«

Divine verdrehte die Augen an die verrußte Decke. Warum müssen Frauen immer alles so wörtlich nehmen, sich immer gleich auf jedes Wort stürzen wie auf das Evangelium? »Na schön, hat sie halt noch ein bißchen länger gelebt. Zwei Stunden, vier, sechs, was spielt das schon für eine Rolle?«

»Für Nancy Phelan oder für uns?«

Divine leerte sein Glas und schob es Kevin Naylor zu, der mit Bestellen an der Reihe war. »Alles, was zählt, ist, daß wir nach einer Leiche suchen sollten. Vergeßt diesen Undercover-Krampf draußen in der Botanik.«

»Hast du aber auch schon mal was anderes gesagt«, erinnerte Naylor ihn. »Als du da draußen dein zweites Frühstück auf dem Teller hattest.«

»Du mußt reden! Hör mal, hättest sie sehen sollen, unseren Kev hier und diese Gloria – wär' ihm die Zunge noch weiter rausgehangen, er hätte den Boden damit gewischt.«

Großer Gott, dachte Lynn, jetzt geht das wieder los. »Ich schieb' ab«, sagte sie und stand auf.

»Nicht jetzt, wo ich grad' noch was hole. Groß oder klein?«

Lynn dachte daran, was sie zu Hause erwartete: die Hälfte einer gefrorenen Pizza, ein Berg Bügelwäsche, der Anruf ihrer Mutter. »Na schön«, sagte sie und setzte sich wieder, »aber nur ein kleines.«

Es hatte leicht zu regnen begonnen, wenn auch nicht genug, um Lynn davon zu überzeugen, daß ein Schirm nötig war, als sie die Abkürzung neben Paul Smith's nahm und an den Cross Keys, gegenüber vom Parkplatz am Fletcher Gate, herauskam. Dem Wetterbericht nach sollte es später abkühlen, wahrscheinlich sogar frieren. In der Nacht zuvor war bei Retford, auf der Umgehungsstraße, bei Glatteis ein Fiesta ins Schleudern gekommen und mit einem Laster voll Alteisen zusammengeprallt: Eine fünfköpfige Familie wurde fast ausgelöscht, Mutter, Vater, zwei Jungs, ein sechzehn Monate altes Baby. Nur das Kleine hatte überlebt. Sie dachte daran, was sie für Glück gehabt hatte, an dem Wagen vorbeizukommen, der sie fast erwischt hätte, als sie total geblendet auf die andere Fahrbahn geraten war.

Als sie durch den Torbogen auf den Hof kam, hatte sie bereits die Schlüssel in der Hand.

Auf halbem Weg über den Hof zögerte sie und sah sich um. Hier und da drang, durch Vorhänge gedämpft, Licht aus den Fenstern; leise überlappten sich die Geräusche von Fernsehern und Radios. Eine Katze, rot und weiß, tappte rechter Hand den Balkon entlang.

Michael saß auf dem Absatz der Treppe, mit dem Rücken an der Wand, die Beine gestreckt, sein Atem in der Luft, eine aufgeschlagene Zeitung vor sich.

»Wissen Sie«, sagte er, als er die Beine einzog, »ich kann das Ding hier von vorn bis hinten lesen, Wort für Wort, und wenn Sie mich fünf Minuten später auch nur irgendwas fragen, ich habe keine Ahnung davon.«

Lynn machte immer noch keine Anstalten, auf ihn zuzugehen.

»Hier«, er hielt ihr die Zeitung hin, »prüfen Sie's nach. Nennen Sie mir den Regierungschef von Bosnien-Herzegowina. Den Altersvorsitzenden im Oberhaus. Definieren Sie mir ein für allemal die Verpflichtungen aus dem Maastrichter Vertrag. Ich wüßte nicht einen Strich davon.«

»Wie lange sind Sie schon hier?« fragte Lynn.

»Ach, wissen Sie, ich habe nicht auf die Uhr gesehen, aber zwei Stunden könnten's schon sein.«

Sie wandte sich ab, um an den Kreidegraffiti vorbei einen Blick auf das Licht zu werfen, das in einer Spirale am Fuß der Treppe landete, der Regen wie ein Schleier davor.

»Sie sind doch nicht böse?«

»Weswegen?«

»Weil ich hier bin.«

Böse? Sollte sie ihm deswegen böse sein? Als sie ihn ansah, wie er so dasaß, hoben und senkten sich ihre Schultern; sie versuchte zu verhindern, daß sich ihr ein Lächeln in die Augen stahl: Wie lange war es her, daß irgendwer auch nur zehn Minuten auf sie gewartet hatte? »Nein, ich bin nicht böse.«

Im Nu war er auf den Beinen. »Also dann, gehen wir?«

»Wohin?«

Enttäuschung überschattete sein Gesicht. Zweifel. »Sie haben meine Nachricht nicht gekriegt?«

»Nein. Welche Nachricht?«

»Wegen dem Abendessen.«

Kalt spürte sie das Metall des Geländers in der Hand. »Keine Nachricht.«

»Ich habe sie auf Ihrer Wache hinterlassen.«

»Sie wissen doch gar nicht, wo ich stationiert bin.«

»Ich habe die Personalabteilung angerufen.«

»Und die haben Ihnen das gesagt?«

Er hatte soviel Takt, ein dummes Gesicht zu machen. »Ich habe ihnen gesagt, ich sei Ihr Cousin aus Neuseeland.«

»Und das hat man Ihnen geglaubt?«

Ein bescheidenes Lächeln. »Ich war schon immer gut, was Akzente angeht, schon als Kind.«

Lynn nickte und ging eine Stufe hinauf, dann eine zweite. »Wo war das? Ihre Kindheit?«

»Was meinen Sie?« sagte er. »Ist es zu spät fürs Abendessen?«

Er hatte einen Tisch im San Pedro bestellt: rote Tischtücher, Kerzen, Fischernetze über die Wände drapiert. Aus den Lautsprechern säuselten, meist zur Begleitung von Möwen und einer Mandoline, italienische Schnulzen.

»Ich habe keine Ahnung, wie das Essen hier ist«, sagte Michael, als er ihr den Stuhl zurechtzog. »Ich dachte, wir versuchen es einfach mal.«

Der Kellner kam mit der Weinliste und zwei Speisekarten.

»Rot oder weiß?« fragte Michael.

»Für mich nicht, ich hab' schon genug.«

»Sind Sie sicher? Sie...«

»Michael, ich bin absolut sicher.«

Er bestellte für sich eine kleine Karaffe von der roten Hausmarke und eine Flasche Mineralwasser für sie beide. Als ersten Gang nahm er Schinken und Melone, Lynn Mozzarella und Tomaten. Sie saßen schon eine Zeitlang über dem Hauptgericht – Fusilli mit Gorgonzola und Sahnesoße, Kalbsschnitzel mit Spinat und sautierten Kartoffeln –, als Michael ihr die erste Frage über ihren Tag stellte.

»Hätte mich wohl nicht so zu überraschen brauchen, daß Sie so spät dran waren, ich meine, bei dieser schrecklichen Geschichte, das muß Sie doch verrückt machen.«

Lynn setzte die Gabel wieder ab, mit der sie schon auf halbem Weg zum Mund gewesen war. »Was für eine Geschichte?«

»Na das arme Mädchen, das vermißt wird.«

»Wie kommen Sie darauf, daß ich das bearbeite?«

»Nicht? Ich habe wohl angenommen, daß Sie alle daran arbeiten, ich meine, um sie zu finden, rund um die Uhr.«

»Tja, ich jedenfalls nicht, nicht direkt.«

»Aber Sie werden doch wohl Bescheid wissen. Ich meine, was so passiert.« Sie hob die Gabel ein zweites Mal, das Kalb war zart, süß, die Brotkrumen dazu nicht zu kroß.

»Diese letzte Geschichte, daß das Lösegeld nicht abgeholt wurde und so, ist das nicht komisch? Hab' ich nicht irgendwo gelesen, daß die Falle für den Mann tausend Pfund gekostet hat?«

»Sie scheinen wenigstens ebensoviel zu wissen wie ich.«

»Ach was, nur was man so in der Zeitung liest.«

»Ich dachte«, sagte Lynn, »Sie vergessen alles, kaum daß Sie's gelesen haben.«

Michael erwiderte ihr Lächeln und rief den Kellner, um noch eine Karaffe Wein zu bestellen.

»Sind Sie sicher, daß Sie nichts wollen?«

»Absolut.«

Den Rest des Essens fragte er sie nach dem Schaden an ihrem Wagen, der Gesundheit ihres Vaters und sprach über Pläne, sich wieder selbständig zu machen, wenn die Talsohle endlich überwunden wäre. Vertrieb, das wär's schon, Großhandel, alles freilich außer Schreib- und Papierwaren, das sei tödliches Zeug, das könne man abschreiben. Er warf ihr grinsend einen Blick zu, ob sie seinen Scherz zu goutieren wußte.

In der beißenden Kälte standen sie wieder im Hof; Lynn hatte sich den Schal zweimal um die Lücke zwischen dem hochgeschlagenen Kragen und ihrem Haar geschlungen, Michael hatte den ganzen Weg über vom Restaurant die Hände tief in den Taschen gehabt, aber jetzt...

»Wissen Sie«, sagte Lynn, »ich glaube nicht, daß ich schon soweit bin.«

»Wozu?«

»Was immer Sie von mir wollen.«

Er legte ihr die Hand auf den Arm, einige Zentimeter über dem Handgelenk. »Freunde zu sein, ist das ein Problem?«

»Nein. Es sei denn, daß das nicht alles ist.«

Er war nahe genug, um sie zu küssen, er hätte nur den Kopf etwas zu neigen brauche, schließlich war er nicht sonderlich groß, vielleicht neun, zehn Zentimeter größer als sie. »Bin ich also derart leicht zu durchschauen?« Er lächelte.

Wenn er lächelt, dachte Lynn, kommt Leben in sein Gesicht.

»Dann bekomme ich also keinen Kuß? Nicht mal 'n kleinen Schmatz auf die Wange?«

»Nein«, sagte Lynn. »Nicht diesmal.«

Als sie einen Blick vom Balkon warf, stand er immer noch reglos da und sah zu ihr herauf; noch bevor sie es sich anders überlegen konnte, ließ sie sich rasch ein, verschloß die Tür und legte den Riegel vor.

Erst dann ging Michael, ein leises Pfeifen auf den Lippen. Nicht diesmal, dachte er. Na ja, heißt das nicht, daß es ein nächstes Mal geben wird?

Das Badewasser war so heiß, wie sie es aushalten konnte, als sich Lynn in den aufsteigenden Dampf ließ. Wie genau mochte er wohl gewußt haben, daß sie ihn gern geküßt hätte, als sie so dastanden, mit kaum mehr als ihrem Atem zwischen sich? Es war so lange her, seit ein Mann auf diese Weise an sie gedacht, sie mit den Augen vernascht hatte. Trotz allem erschauerte sie, als sie sich seine Hand auf ihrem Körper vorstellte.

43

Alice Skelton war im Bademantel, hatte ein Handtuch um den Kopf und eine Zigarette zwischen den Lippen. Es war morgens, zwanzig nach sechs. Eher gegen drei als zwei hatte sie seine Tochter nach Hause kommen hören – so versuchte sie Kate in letzter Zeit in Gedanken zu nennen, weil es alles einfacher machte. Sie machte sich noch nicht mal mehr die Mühe, leise zu sein, kein verhaltenes Flüstern mehr, wenn sie irgendeinem jungen Kerl einen letzten feuchten Kuß aufdrückte, bevor sie sich bückte, um die Schuhe auszuziehen. Dieser Tage – dieser Nächte – wurden Türen geknallt, danke geschrien, und wer immer sie nach Hause gebracht hatte, drehte die Anlage in seinem Wagen auf, noch bevor er das Ende der Auffahrt erreicht hatte. Alice hatte wach gelegen, nichts gesagt, auf das Plündern des Kühlschranks gewartet, das Rauschen der Toilette, die Schlafzimmertür. Herrgott, Mädchen, dachte sie, was hätte ich aus meinem jungen Leben gemacht, hätte ich deine Freiheit gehabt? Hätte ich es noch schlimmer versaut?

Neben ihr, so nah am Rand der Matratze wie nur möglich, schlief Jack Skelton, der hin und wieder zuckte, als treibe ihn einer mit dem Stachelstock durch seine Träume.

Um vier hatte Alice aufgehört, so zu tun als ob, und war hinuntergegangen. Kekse. Eis. Kaffee mit einem Schuß Gin. Zigaretten. Schließlich nur Gin. Sie ließ sich ein frühes Bad ein, legte sich in die Wanne, den Kopf auf einem Plastikkissen, und hörte den World Service: Londres Matin, Frühnachrichten auf französisch.

Sie war bereits wieder aus der Wanne, trocken, und hatte daran gedacht, wieder nach oben zu gehen und sich anzuziehen, als das Telefon schellte.

»Hallo? Mrs. Skelton? Helen Siddons.«

»Es ist praktisch mitten in der Nacht.«

»Tut mir leid, ich würde nicht um diese Zeit anrufen, wenn...«

»... wenn es nicht wichtig wäre.«

»Genau. Ist Ihr Mann da?«

Wenn er nicht bei dir ist, dachte Alice, dann wird er wohl da sein. »Ich nehme an, er schläft noch, meinen Sie nicht? Er wird dieser Tage immer so schnell müde.«

»Könnten Sie ihn mir holen? Es ist...«

»Wichtig, ich weiß.« Sie ließ den Hörer fallen, so daß er gegen die Wand knallte und dann hüpfend am Ende des flexiblen Kabels baumelte. »Jack«, rief Alice nach oben, »ist für dich. Der Massageservice, glaube ich.«

Helen hatte die Vernehmungen im Fall Rogel durchgearbeitet, ohne so recht zu wissen, was genau sie eigentlich suchte, aber immer in dem Vertrauen darauf, daß es sie schon anspringen würde, wenn sie es fand. Motiv, Gelegenheit, irgendeine Verbindung, die sie damals übersehen hatten. Etwas, was ihnen damals nicht wichtig erschienen war, aber jetzt...

Die Leute, die man damals vernommen hatte, fielen in drei grobe Kategorien: alle, die einen Groll gegen einen der drei Hauptbeteiligten gehegt haben könnten, bekannte Gesetzesbrecher mit einem Hang zu Erpressungen und schließlich eine eher zufällige Sammlung von Leuten, die damals gerade in der Gegend gewesen waren und sich vermutlich irgendwie auffällig benommen hatten. Bei Hauptverdächtigen war der private Hintergrund gut dokumentiert, die Profile ziemlich vollständig; bei anderen, vor allem denen aus der letzten Gruppe, war man weniger liebevoll ins Detail gegangen. Damals schien das nicht wichtig zu sein. Aber gegen das Licht gehalten erwiesen sich die Lücken als erstaunlich.

Helen fragte sich, wie gründlich man ihre Geschichten wohl gecheckt haben mochte – das erste Alibi, aber womöglich nicht das zweite oder das dritte? Und was wußte man über sie, nachdem man sie erst einmal aus den Ermittlungen ausgeschlossen hatte? Sehr wenig, schätzte sie. In einigen Fällen nichts. Wie leicht war es für einen von denen, einige Zeit stillzuhalten, die Spuren zu verwischen und dann den Wohnort zu wechseln.

»Nimm noch jemanden mit«, hatte Skelton gesagt. »Einen von unseren Leuten, der dir, falls nötig, die Lauferei abnehmen kann. Divine, zum Beispiel. Er könnte dich fahren.«

Mark Divine war alles andere als glücklich, den Chauffeur für eine verdammte Frau zu spielen! Immerhin hatte er wenigstens einen ordentlichen fahrbaren Untersatz gekriegt; auf der Überholspur machte der problemlos seine hundertachtzig Sachen.

»Divine«, sagte Helen Siddons. Sie trug ein dunkles Kostüm mit einem Rock mittlerer Länge, das Haar streng nach hinten gekämmt. Divine kam der Gedanke, daß sie sich in dem Video vom Abend zuvor gar nicht so schlecht gemacht hätte: Death Daughters From Hell. Er konnte sich gut vorstellen, wie sie die Peitsche schwang.

»Ja, Madam.« Divine nahm spöttisch Haltung an, legte soviel Anzüglichkeit in seinen Blick, wie er sich traute. Man konnte ja nie wissen, ob nicht doch was rauskommt dabei; womöglich war sie gar nicht so und ließ sich auf der Rückfahrt mal richtig gehen.

»Ein ungehöriges Wort von Ihnen, Divine, und ich sorge dafür, daß man Sie kastriert und ihre Eier gedörrt auf dem nächsten Polizeiball am Schnürchen versteigert. Haben wir uns verstanden?«

Lynn war die Unmengen Papierkram auf und um ihren Schreibtisch herum durchgegangen, hatte am Schwarzen Brett des Kripobüros und in der Mitteilungskladde nachgesehen; im Verlauf des Vormittags hatte sie sich mit den Kollegen in Verbindung gesetzt, die sich als Beamte vom Dienst abgewechselt hatten, und dann die Telefonzentrale gebeten, sämtliche Anrufe durchzugehen. Schließlich schien es unbestreitbar: Keine persönliche Nachricht war während der letzten sechsunddreißig Stunden für sie eingegangen. Aus welchem Grund auch immer, Michael hatte gelogen.

»Probleme?« Resnick machte auf dem Weg in sein Büro an ihrem Tisch halt. Aus einer bauchigen braunen Tüte aus dem Delikatessengeschäft tropfte es gemächlich auf seine Hand.

Lynn schüttelte den Kopf. »Nicht unbedingt.«

»Sie machen sich Sorgen um den Papa?«

»Ich nehm's an. Irgendwie schon.«

»Wissen Sie, wann er wegen der Operation hin muß.«

»Noch nicht.«

Resnick nickte; was sollte er sonst noch sagen? Er hatte den Phelans versprochen, sie an diesem Nachmittag anzurufen, Bericht über ihre Fortschritte zu erstatten, nicht daß es da viel zu berichten gab. Wer immer das Band mit der Lösegeldforderung geschickt hatte, er hatte sie in der Hand. Sämtliche anderen Spuren, falls es welche gegeben hatte, waren längst kalt. An seinem Schreibtisch angelangt, öffnete er die Tüte und dämmte mit dem Finger ein Rinnsal aus Öl und Mayonnaise ein, bevor er die ganze Geschichte zum Mund manövrierte. Nur ein paar Tropfen landeten auf dem Bericht des Innenministeriums über private Bürgerschutzmaßnahmen. Wie lange war es her, seit er mit Dana gesprochen hatte? Er sollte sie anrufen, sich vergewissern, daß sie in Ordnung war. Und wenn sie vorschlug, etwas trinken zu gehen, was war schon dabei? Aber ihre Nummer hatte sich in seinem Kopf verkeilt wie ein schlecht gekauter Bissen in seinem Hals.

Lynn verbrachte den Nachmittag mit einigen Exemplaren der Gelben Seiten und anderen Geschäftsadreßbüchern. Beim elften Anruf sagte die Empfangsdame: »Mr. Best? Der wird oft außer Haus gerufen, aber wenn Sie kurz warten, werde ich sehen, ob er zu erreichen ist?«

»Entschuldigen Sie«, sagte Lynn rasch. »Aber ist das Mr. Michael Best?«

»Ja, richtig. Können Sie mir sagen, worum es geht? Wenn er nicht da ist, vielleicht kann Ihnen ja jemand anders helfen.«

»Hören Sie, das ist schon in Ordnung«, sagte Lynn. »Lassen Sie mal. Ich erreiche ihn bestimmt irgendwann.«

Diesen Abend lehnte sie alle Angebote, noch etwas trinken zu gehen, ab und kam relativ pünktlich weg. Als sie sich ihrer Wohnung näherte, begann ihre Haut zu prickeln. Aber diesmal saß niemand auf der Treppe, die Beine über den Weg gestreckt, eine Zeitung vor sich; unter ihrer Tür lag kein Zettel. Unzählige Male ging sie ans Fenster, um einen Blick in den Hof zu werfen, und jedesmal erwartete sie ihn zu sehen. Gegen Viertel nach neun merkte sie, daß sie im Sessel eingenickt war. Um zehn lag sie im Bett und war, überraschend ungerührt, wieder eingeschlafen.

44

Als wäre es nicht schon Handicap genug, schwarz zu sein, hatten sie ihre Eltern auch noch Sharon getauft – einer der wenigen Namen, der im gegenwärtigen Sprachgebrauch von vornherein als Beleidigung gilt. »Mit der brauchst du dich nun wirklich nicht abgeben, stimmt's, kleine Sharon?« Über die Anspielungen und Andeutungen hinaus, mit denen sie von Kindesbeinen an zu leben hatte, ganz zu schweigen von der unverblümten Intoleranz, den offenen Beleidigungen – »Schwarze Schlampe! Schwarze Kuh! Schwarze Sau!« –, war sie während der letzten fünf Jahre unzählige Male Zielscheibe von Essex-Girl-Witzen gewesen. Daß sie nicht die geringste Ähnlichkeit mit der mythischen Blondine im Freizeitanzug hatte, die statt des Hirns Busen hatte, schien dabei kaum eine Rolle zu spielen. Es war nur der Name. Freilich, so tröstete sie sich manchmal, hätte es noch schlimmer kommen können: Sie hätte Tracey heißen könne, die noch dußliger war.

Sharon Garnett war sechsunddreißig und seit sieben Jahren bei der Polizei. Sie war gelernte Schauspielerin, zwei Jahre Poor School, hatte mit mehreren, meist schwarzen Truppen gespielt, in der Regel Gemeindearbeit mit kleinstem Budget; zwei kleine Rollen in Fernsehserien – die obligatorische Schwarze mit dem Herz aus Gold. Ein Freund hatte mit ihr in der Hauptrolle ein halbstündiges Video für Kanal 4 gemacht, und für ein paar Minuten hatte es ganz so ausgesehen, als hätte sie es geschafft. Ein halbes Jahr später saß sie wieder in einem Transit und tourte mit einem Stück über Frauenrechte: ein aufgelassenes Krankenhaus in Holloway, ein Jugendzentrum in Cowdenbeath. Und sie war schwanger.

Es war eine lange Geschichte: Sie verlor das Baby, saß

zu Hause bei ihren Eltern in Hackney, sprach mit niemandem, starrte gegen die Wände, und das Tag für Tag. Eines Nachmittags – sie erinnerte sich noch sehr gut: Es war zwischen drei und vier, die Sonne schien, und selbst Hackney sah aus, als ließe es sich dort leben – ging sie in die Polizeiwache und bat um ein Bewerbungsformular.

»Die nehmen Sie mit Handkuß«, sagte der Sergeant vom Dienst, »Minderheiten und so – ihr Leute seid im Augenblick recht gefragt.«

Trotz der gelegentlichen Bemerkungen, der Grüppchen, in denen es still wurde, bevor man zusammenrückte, wenn sie einen Raum betrat, trotz des kotgefüllten Umschlags in ihrem Spind, verlief Sharons Ausbildung praktisch reibungslos.

Wen sollte das überraschen: Als erstes versetzte man sie ins so gut wie schwarze Brixton, an die Front sozusagen. Auf der Straße, mit ihrem schwarzen Gesicht und der glänzenden Uniform, war sie ein Beispiel für die Veränderungen bei der Großlondoner Polizei; die schwarzen Männer nannten sie eine Nutte, und ihre »Schwestern« bespuckten sie.

Ihre drei Anträge auf eine Versetzung zur Kripo lehnte man ab; schließlich ging es wieder zurück nach Hackney, zum ständigen Sonderdezernat »Häusliche Gewalt«, aber das wollte sie nicht. Sie hatte ihren Beitrag geleistet, sie hatte sich genug gekümmert, für genug Bewußtsein gesorgt. Wenn sie Sozialarbeiterin hätte werden wollen, so sagte sie ihrem Inspector, dann hätte sie sich nicht bei der Polizei zu bewerben brauchen.

Schön: durfte sie wieder Streife gehen.

Nachdem sie achtzehn Monate dabeigewesen war, eine Beziehung war drauf und dran, in die Brüche zu gehen, ging sie von London weg und zur Kripo nach Lincoln. Eine nette ruhige Stadt mit einer Kathedrale, in der Sharon so fehl am Platz war wie eine Papaya in einem Kartoffelsalat. Natürlich hatten sie Einbrüche, und das nicht zu knapp – schließlich schlug auch in Lincoln die Rezession kräftig zu –, Drogenhandel, wenn auch in kleinerem Maßstab, alles und jedes, was man sich in Zusammenhang mit Autos nur vorstellen konnte, solange sie nur anderen Leuten gehörten. Das aufregendste war, als ein kleiner Streit über einen Ladendiebstahl in einer Vorkriegssozialsiedlung mit einemmal zum Aufruhr geriet: Jugendliche warfen mit Benzinbomben und Beleidigungen, Zehnjährige schleuderten Steine, als die Polizei hinter ihren Schutzschilden, völlig unterlegen, den Rückzug antrat. Man hatte Verstärkung von außen anfordern müssen, und erst das Eintreffen einer Spezialeinheit hatte wieder für Ordnung gesorgt.

Seither hatte man sie nach King's Lynn versetzt, wo es noch ruhiger war.

Auch jetzt war es ruhig, eine halbe Stunde vor Sonnenaufgang, der Reif dick auf Weißdorn, Eichen und den dunklen Graten gepflügter Felder. Sharon kauerte mit zwei Kollegen hinter einem vorsintflutlichen Traktor, wo man in einer Thermosflasche – streng inoffiziell mit Whiskey versetzten – Kaffee kreisen ließ. Der Kaffee war heiß, und ihr Atem, der taubengrau in der Luft stand, legte Zeugnis über die Kälte ab. Sie nippte an der Flasche und reichte sie weiter; hätte ihr gerade noch gefehlt, hier zum Pinkeln davonkrabbeln zu müssen, was auch ohne die zwei Paar Strumpfhosen, die sie heute trug, schon kompliziert genug wäre.

»Mist, die tauchen doch nie auf«, sagte einer ihrer Kollegen. »Doch nicht in so kurzen Abständen.«

Sharon schüttelte den Kopf. »Die kommen schon.«

Sie ermittelte in diesem Fall jetzt bereits seit fünf Monaten, seit der ersten Meldung, auf einem Hof südlich von Louth seien sieben Schweine geschlachtet und in einem wartenden Lieferwagen auch gleich zerlegt worden. Auf den Märkten des Landkreises hatte es Sonderangebote gegeben: Schweinebauch, Haxen, Koteletts.

»In Zeiten wie diesen«, sagte Sharons Chef, »sieht man eben zu, wo man bleibt.«

Was wohl stimmte: Die Schafdiebstähle in Dartmoor und an den Seen hatten sich in den letzten beiden Jahren verdreifacht.

»Seht mal! Da!«

Ihr Herz begann zu pumpen. Scheinwerfer kamen, matt im langsam zunehmenden Licht, durch die Bäume. Sharon sprach in das Mikro an der Schulter ihrer wattierten Jacke – ihre Anweisungen waren präzise und klar.

»Hals- und Beinbruch«, sagte jemand im Vorüberhuschen. Sharon drohte der Atem zu stocken. Die Scheinwerfer waren jetzt deutlicher zu sehen, wie Schlote tasteten sie sich heran, dann kam, als vage Silhouette gegen den nach und nach heller werdenden Himmel, der Lieferwagen. Mit einem Knie auf der Erde, das andere Bein sprungbereit, bekam Sharon einen ganz trockenen Mund. Drüben am Schuppen bewegten sich einige der Tiere und wühlten verdrossen in den Resten des Strohs, das man ihnen auf den gefrorenen Boden geworfen hatte.

Die Haut unter ihrem Haar prickelte, als der Lieferwagen langsamer wurde. Noch bevor er stand, sprangen drei Männer heraus, dunkle Anoraks, schwarze Jeans, jeder mit einem hellen Gegenstand, in dem sich das erste Tageslicht fing.

»Wartet, bis es losgeht«, keuchte Sharon. »Um Himmels willen, wartet!«

Zwei der Männer stürzten sich auf das nächstbeste Schwein, einer versuchte, ihm eins ins Genick zu geben, das Tier kreischte zu Tode geängstigt und rutschte davon, als die Keule zum zweitenmal niederkam. Der Fahrer des Wagens kam auf sie zugelaufen, strauchelte und landete der Länge nach auf dem Boden; ein langes Messer fiel klappernd.

»Los!« rief Sharon und schoß nach vorn. »Los! Los! Los!«

»Polizei«, ertönte es überall. »Polizei! Polizei!« Sharon sprang auf den zu, der gefallen war, trat ihm den Turnschuh ins Kreuz und stieß ihn wieder zu Boden. Zufrieden damit lief sie weiter und überließ es ihrem Hintermann, die Handschellen zu zücken, um den Kerl abzuführen. Der Hartholzknüppel, den man als Keule benutzt hatte, lag vor ihr, und sie hob ihn im Laufen auf.

Zornige Stimmen rund um sie, Flüche, das schriller werdende Quieken der Schweine. Einer der Diebe riß sich los und rannte auf den Lieferwagen zu. Sharon sah, daß ihm zwei ihrer Kollegen nachsetzten, die Furchen, die den Boden wie gefrorene Wellen überzogen, boten einen hervorragenden Halt. Zwei der anderen keilten sich noch, ein Dritter war bereits auf den Knien, sein Kopf im festen Würgegriff eines Kollegen.

Der, der ausgebüchst war, konnte den Lieferwagen auslassen, der jetzt auf sie zugeschwankt kam, mit einem Beamten an der Seite, der, einen Arm durchs Fenster gesteckt, das Steuer festhielt. Sharon sprang zurück, als das Fahrzeug mit einem Seitwärtsschwenk steckenblieb; als der Fahrer das Gas durchtrat, gruben sich die Reifen nur noch tiefer ein, zwei hohe Fontänen schwarzer Erde spritzten hinter ihm auf. Dann landete eine Faust auf seiner Schläfe, eine Manschette fesselte ihm das Handgelenk ans Lenkrad, der Motor starb ab.

»Sharon!«

Die Warnung ließ sie herumfahren und gerade noch den Kopf zurückreißen, um dem Fleischerbeil vor ihrem Gesicht zu entgehen.

»Wie garstig«, sagte Sharon und ließ den Knüppel sausen, der ihren Angreifer am Ellenbogen erwischte, und das satt genug für einen Bruch.

Erst als man den Gefangenen ihre Rechte verlesen und sie in diversen Fahrzeugen nach Lincoln abgeschickt hatte, erst als endlich die Sonne blaß durch den spärlichen Baumbestand am Horizont drang, ging Sharon über den aufgewühlten Boden zu den eifrig quiekenden Schweinen zurück. Sie sah auf den ersten Blick, daß der Gegenstand, dem das Aufhebens galt, die Hand eines Menschen war.

45

Man hatte die Schweinefarm abgesichert: An den Straßen, die darauf zuführten, standen Umleitungsschilder; hüfthohe Metallstäbe hielten das gelbe Band der Polizeiabsperrung, das im Nordwind flatternd die Stelle sicherte, wo man die Leiche gefunden hatte. Von diesem Punkt aus bewegten sich Männer und Frauen in marineblauen Overalls in einem ständig größer werdenden Kreis und suchten den Boden ab. Andere untersuchten den Feldweg, bereiteten Abgüsse von Reifen- und Stiefelspuren vor. Nancy Phelans Leiche lag, aus dem flachen Grab befreit, unter einem Laken im Krankenwagen. In einem braunen, schlammverschmierten BMW saß der Pathologe aus dem Innenministerium über seinem vorläufigen Bericht. Harry Phelan, den ein grimmiger Graham Millington durch den Morgenverkehr gesteuert hatte, war nach der Identifikation der Leiche ein Stück von der Zufahrt zur Farm auf ein angrenzendes Feld gelaufen. Jetzt stand er da, die Hände in den Taschen, reglos, den Kopf gesenkt, während seine Frau Clarise weinend im Wagen saß und sich nicht zu ihm wagte, um ihn in die Arme zu nehmen.

Resnick, in Mantel und Schal, das Gesicht blaß in der Wintersonne, unterhielt sich mit Sharon Garnett. Fast einssechsundsiebzig und durch die Daunenjacke aufgeplustert, wirkte sie keineswegs klein neben ihm. Sie wußte von Nancys Verschwinden aus dem Fernsehen und den Plakaten mit ihrem Foto, die an alle Polizeidienststellen gegangen waren – so viele Frauen wurden ja, Gott sei Dank, nicht vermißt, als daß es bei ihr nicht auf der Stelle geklingelt hätte. Man hatte ihre Schweineschlächter noch nicht mal abtransportiert, da hatte sie ihren Verdacht bereits weitergegeben und innerhalb weniger Minuten Resnick selbst an der Leitung gehabt.

»Wie lange«, fragte sie jetzt, »meinen Sie, ist sie schon unter der Erde?«

»Schwer zu sagen. Aber meiner Schätzung nach noch nicht allzu lange. Die Schweine hätte sie sonst gefunden, sogar bei Temperaturen wie diesen.«

»Hilft es Ihnen weiter?« fragte Sharon. »Sie hier zu finden?«

»Um den Mörder aufzuspüren?«

Sie nickte.

»Womöglich schränkt es das Feld ein. Hängt ganz davon ab.«

»Aber es müßte doch einen Grund dafür geben, meinen Sie nicht?«

»Nur zu.«

»Ich meine, wieso grade hier? Auf den ersten Blick leuchtet das nicht ein.«

Resnick warf einen Blick über die flache Landschaft aus breiten Feldern. »Es ist abgelegen, soviel steht fest.«

Sharon legte ein kleines Lächeln in die Mundwinkel. »Hier ist alles abgelegen.«

»Eine Leiche zu verscharren braucht Zeit«, sagte Resnick. »Selbst wenn's nur ein halber Meter ist. Und falls einen dabei jemand stört, hier würde man ihn schon von weitem sehen.«

»Aber er müßte die Stelle kennen, nicht?« fragte Sharon. »Wissen, daß es sie gibt und daß hier tagsüber oft stundenlang niemand ist. Dergleichen mehr. Ich meine, man fährt nicht einfach eine Leiche durch die Gegend, sieht ein Fleckchen und denkt sich: Oh, das wär' doch was.«

»Möglich wär's.«

»Schon, aber glauben Sie, daß es so war?«

Resnick schüttelte den Kopf. »Nein, ich denke, wer immer es war, er kennt die Gegend sehr gut, die Farm, den Feldweg hier. Ich schätze, er hatte das hier im Hinterkopf, möglicherweise sogar schon vor der Entführung des Mädchens. Er wollte die Leiche hier vergraben.«

Sharon fiel der erste Anblick der Hand ein, die wühlenden Schweine. »Aber dann muß er doch gewußt haben, daß man sie über kurz oder lang findet?«

»Ja«, sagte Resnick, »das ist wohl der Sinn der Sache.«
»Und der wäre?«
»Da bin ich mir noch nicht sicher.«
Die Hose in grüne Schaftstiefel gesteckt, kam der Pathologe auf die beiden zu. »Ich brauche natürlich erst noch die entsprechenden Tests, aber ich würde sagen, sie ist seit, na ja, möglicherweise drei Tagen tot, vielleicht vier. Ich schätze, daß man sie erst woanders hatte, nachdem man sie umgebracht hat, und dann später hierhergeschafft hat. Sie weist auffallend wenig Zersetzungsspuren auf.«
»Todesursache?« sagte Resnick.
»Na ja, die Male am Hals haben Sie ja gesehen. Mit einiger Sicherheit stranguliert.«
»Womit?« fragte Sharon.
Der Pathologe sah sie über den Rand der Brille hinweg an, als sehe er sie zum erstenmal. Er machte keine Anstalten, ihre Frage zu beantworten.
»Womit wurde sie erdrosselt?« fragte Resnick.
Die Antwort kam prompt. »Nicht mit den Händen. Einem Band. Möglicherweise einem Strick, obwohl, die Haut wäre dann womöglich stärker eingerissen. Mit einem schmalen Gürtel vielleicht.«
»Wie schnell«, fragte Resnick, »können wir mit einem vollständigen Bericht rechnen?«
»Vierundzwanzig Stunden.«
»Und davor?«
»Ich lasse Ihnen was zukommen, so schnell ich kann. Am frühen Nachmittag.«
Sharon hatte sich während des Wortwechsels alle Mühe gegeben, nicht vor Zorn zu platzen. »Haben Sie auch Frauen in Ihrem Team?« fragte sie Resnick.
»Eine, warum?«
»Stehen Sie hinter der auch so wie hinter mir gerade?« Ein Blick in ihre Augen, und jeder Gedanke daran, daß sie ihm ein Kompliment hatte machen wollen, verschwand.
Harry Phelan stand noch immer da wie vorhin, eine Vo-

gelscheuche in der Mitte eines gepflügten Felds, in dem es nichts zu beschützen gab. Clarise hatte sich ein Stück auf ihn zu gewagt, wenn auch nicht weiter als bis zum Gatter. Resnick legte ihr einen Arm um die Schulter, und bei dieser Berührung begann sie wieder zu weinen, den Kopf seitwärts an die breite Front seines Mantels gelegt.

»Ich mache mir Sorgen um Harry«, sagte sie und schniefte in die Fetzen eines feuchten Papiertaschentuchs. »Er setzt seine ganze Energie hinter den Gedanken, Nancy wieder zum Leben zu erwecken. Sogar auf der Fahrt hierher hat er immer wieder gesagt, sie ist in Ordnung, wirst schon sehen. Sie ist es nicht. Nicht Nancy, das wird sie nicht sein.«

Resnick ließ sie stehen, um in das Feld zu stapfen, und Harry wandte einmal den Kopf, um zu sehen, wer da kam, rührte sich aber nicht vom Fleck. Eine kleine Weile sagten sie nichts, zwei Männer in mittleren Jahren, der eine am Anfang, der andere am Ende. Nicht zum erstenmal in seinem Leben kam sich Resnick nutzlos vor. Wie sollte man auch nur daran denken, einen Mann zu trösten, der eine Leiche identifiziert hatte, die mal sein Kind gewesen war? Die es in seinem Herzen immer noch war? Hätten er und Elaine Kinder gehabt, hätte er sich dann zu helfen gewußt? Hätten es ihm die Umstände eines Tages möglich gemacht, ihn zu verstehen?

»Hätte man das Lösegeld bezahlt, dann wäre das nie passiert.« Weder Zorn noch Leidenschaft sprachen aus Harry Phelans Stimme. Man hatte ihm das Leben ausgesaugt.

»Das wissen wir nicht«, sagte Resnick.

»Wenn alles richtig gelaufen wäre, wenn man es nicht verbockt hätte, das mit dem Geld...«

»Sie war da möglicherweise schon tot.«

Harry sah ihn an, viel zu betäubt, um so recht zu verstehen. Am anderen Ende des Feldes stob ein Pulk Kiebitze auf, zog einen Halbkreis und landete dann zwischen ihnen und der Rainhecke. Hinter ihnen an der Farm wurden Fahrzeuge angelassen, ihre Motoren entschlossen auf Touren gebracht; Resnick wußte, er sollte gehen, blieb aber stehen.

»Werden Sie ihn kriegen, was meinen Sie?«

Resnick ließ sich mit seiner Antwort Zeit. »Ja«, sagte er schließlich, und alles in allem glaubte er das auch.

»Aber was passiert ihm, nichts, stimmt's? Selbst wenn Sie ihn kriegen. Irgendein Schwachkopf mit einem Haufen Buchstaben vor dem Namen läßt vor Gericht Schwachsinn ab, sie sperren ihn in ein Krankenhaus, und in zehn Jahren läuft er wieder frei rum.«

Resnick antwortete nicht.

»Falls Sie ihn erwischen«, sagte Harry Phelan, »dann lassen Sie mich, um Gottes willen, nicht in seine Nähe. Ich bin sonst nämlich nicht verantwortlich für das, was ich dann tue.«

Einige Minuten später wandte sich Resnick ihm zu und sah ihn von der Seite her an, wartete darauf, daß der andere Mann seinen Blick erwiderte; dann gingen sie zusammen über das Feld zurück.

Sharon Garnett erwartete ihn am Wagen, etwas nervös, die Beine leicht gespreizt, ihr Gesicht eine Maske der Entschlossenheit. Resnick rechnete bereits mit einem weiteren Rüffel. »Ich frage mich«, sagte sie, »ob Sie in Ihrem Team wohl hin und wieder mal eine Stelle frei haben.«

Resnick brauchte einen Augenblick, um sich zu sammeln; damit hatte er nicht gerechnet. »Von Zeit zu Zeit«, sagte er, »wenn einer befördert wird, versetzt.« Er sagte ihr nicht, daß es noch gar nicht so lange her war, daß einer seiner Leute erstochen wurde, als er in der Stadt zwei junge Kampfhähne zu trennen versuchte.

»Die Sache hier«, sagte Sharon und blickte dabei über die Schulter auf die Stelle, wo man die Leiche gefunden hatte, »das habe ich doch richtig gemacht, oder?«

Resnick nickte. »Das möchte ich meinen.«

»Sollte ich mich also bewerben«, das zögernde Lächeln

von vorhin trat ihr wieder in die Mundwinkel, »dann könnte ich also mit einer Empfehlung von Ihnen rechnen.«

»Nach dem von vorhin überrascht es mich, daß Sie auch nur daran denken, mit mir zu arbeiten.«

Belustigt trat sie zurück und musterte ihn langsam von Kopf bis Fuß. »Im Prinzip, Sir, würde ich sagen, sind Sie ganz in Ordnung. Sie brauchen bloß jemanden, der Ihnen hie und da einen Schubs gibt.«

Resnick streckte ihr die Hand hin. »Danke für Ihre Hilfe. Vielleicht seh' ich Sie ja wieder.«

»Alles klar«, sagte Sharon, »vielleicht sehen Sie mich wirklich wieder.« Damit wandte sie sich ab, um sich um ihre eigenen Angelegenheiten zu kümmern; sie hatte zuviel um die Ohren, um ihm beim Wegfahren zuzusehen.

46

Sie fuhren in östlicher Richtung, über Newark, zurück, und die ganze Strecke über nicht eine anständige Überholmöglichkeit. Millington saß frustriert am Steuer und kaute ein extrastarkes Pfefferminz nach dem anderen; kaum daß er sie einen Augenblick im Mund hatte, begann er sie zu zermalmen.

»Ziehen Sie mal eine Senkrechte vom ersten Übergabeort zum zweiten«, sagte Resnick, »was kriegen Sie dann?«

Millington setzte den Blinker, schaltete herunter und bereitete sich aufs Überholen vor. »Wenn sie einen Knick haben darf, genau die Stelle, wo wir gerade herkommen.«

Resnick stieß einen Seufzer aus und nickte. Vom Fenster der Beifahrerseite aus sah er einen Bauern Futter vom Anhänger seines Treckers forken; wankend kam das Vieh über die kalte Erde auf ihn zu.

»Ich frage mich, wie das wohl ist«, sagte Resnick. »Für Harry Phelan. Da hat man etwas die ganze Zeit über schon halb gewußt, irgendwo im Hinterkopf, und dann… Herrgott, Graham! Sie aus einem gepflügten Feld gebuddelt zu sehen. Wie soll man auch nur daran denken, damit leben zu können?«

Millington wußte es nicht. Seine Hände, die fest um das Steuer lagen, waren mit einem kleinen Schweißfilm überzogen. Wie sollten sie das auch wissen? Zwei Männer mittleren Alters, die beide noch nie ein Kind gezeugt hatten.

Resnick ließ sich übers Autotelefon zur Wache durchstellen und fragte nach Lynn. Er sagte ihr kurz über ihren Fund Bescheid. »Sehen Sie zu, daß Sie so schnell wie möglich zu Robin Hidden kommen«, sagte er. »Nehmen Sie Kevin mit, falls er frei ist. Ist wohl das beste, Hidden hört es von euch, wenn ihr es noch rechtzeitig schafft. Nicht mehr lange, und er wird sich vor Reportern nicht mehr retten können.«

»In Ordnung«, sagte Lynn. »Ich tue, was ich kann.«

»Und, Lynn. Der Freund, den er da hat, in Lancaster oben oder wo immer, schlagen Sie ihm vor, für eine Zeit zu ihm zu fahren und zu verschwinden.«

»Alles klar.«

Millington fluchte leise vor sich hin, weil er gezwungen war, hinter einem hohen Laster einzuscheren, den zu überholen auf der zweispurigen Straße kein Platz war. Er fingerte ein weiteres Pfefferminz aus der Packung, bot Resnick eins an, aber der schüttelte den Kopf.

Das Telefon summte; es war Lynn, die Resnick zurückrief. »Nur um das klarzustellen, wenn ich mit Hidden rede. Er steht also nicht mehr unter Verdacht?«

»Nein«, sagte Resnick. »Er ist nur ein weiteres Opfer.«

Als Millington ihn am Kreisverkehr an der London Road absetzte, war es so düster, daß das Flutlicht auf dem County-Platz, eine Viertelmeile weiter, kaum noch zu sehen war.

»Sagen Sie Skelton, ich bin in 'ner halben Stunde da.«

»Der wird sich freuen«, sagte Millington.

Resnick war das egal; das hier war etwas, was er selbst erledigen mußte. Er nahm die leichte Steigung in Richtung Lace Market und geriet, als er links in den Hollowstone abbog, um zu St. Mary's zu kommen, direkt in den Wind. Ein Drittel den Hügel hinauf befand sich ein Loch in der Mauer; ein nicht allzu großer Mann konnte darin noch stehen. Zwei Gestalten kauerten dort, Zeitungen und Pappe um Füße und Beine; Resnick schätzte, daß die Nacht über noch drei oder vier mehr dort geschlafen hatten.

Als er vor der Kirche rechts abbog, sah er Andrew Clarkes roten Toyota verkehrswidrig vor dem Architekturbüro stehen; Clarkes Name stand, als Seniorpartner, in geschmackvollen Kleinbuchstaben auf der Scheibe neben der Tür.

Yvonne Warden plauderte mit der Empfangsdame, eine frische Tasse Kaffee in der Hand, während zu beiden Seiten des Schreibtisches lautlos Grünzeug gedieh. An den Wänden gerahmte Fotos von Büroblöcken und Hotels, die die Firma entworfen hatte, daneben Kopien der Originalpläne.

»Falls Sie Andrew sprechen wollen«, begann sie, »ich glaube, der ist in ein Besprechung…«

»Schon gut«, sagte er, »deswegen bin ich nicht hier.«

Dana saß an ihrem Tisch in der Bibliothek und sah sich durch einen Betrachter das Dia eines von Philipp Johnsons Houstoner Bauwerken an, eine Wolkenkratzerversion eines der Giebeldachhäuser, in die sie sich bei einem Besuch in Amsterdam mal verliebt hatte. Schade, dachte sie, daß Johnson seinen Entwurf für eine Investmentgruppe aus Kuwait nicht hatte durchführen dürfen – eine Replik des Parlamentsgebäudes gegenüber dem Londoner Tower, und das in der doppelten Größe des Originals. Wenigstens hatte der Mann Sinn für Humor.

Sie sah sich nach dem leisen Klicken der Tür um, und als sie Resnick erkannte, sagte sie »hallo« und lächelte, aber sie war noch nicht halb aus dem Stuhl, da erstarb das Lächeln auch schon.

»Es ist wegen Nancy, nicht wahr?«

Er nickte und streckte ihr beide Hände entgegen, aber sie wandte sich ab und trat ans Fenster; dort stand sie dann mit geschlossenen Augen, den Kopf an der Scheibe, und versuchte nicht umzufallen. Kalt spürte sie das Glas an der Stirn.

Resnick wußte nicht, wie er das sonst hätte angehen sollen. »Man hat heute morgen ihre Leiche gefunden. Man hatte sie auf einem Feld verscharrt. Sie wurde erdrosselt.«

Dana zuckte zusammen, als hätte man ihr einen Stromstoß versetzt; sie schlug mit der Stirn gegen die Scheibe. Vorsichtig zog Resnick sie an sich, bis sie an seiner Brust lehnte, ihr Haar weich an seinem Gesicht. Ihr Atem ging stoßweise.

»Wissen es ihre Eltern schon?«

»Ja.«

»O Gott!« Langsam diesmal, Resnick hielt sie immer noch, beugte sie den Oberkörper vor, bis ihr Kopf wieder die Scheibe berührte, diesmal mit dem Scheitel. Es kam jemand in den Raum und ging nach einem Blick von Resnick rasch wieder hinaus. »Sie war so... hübsch«, sagte Dana.

»Ja, das war sie.«

Sie drehte sich zitternd in seine Arme, und Resnick versuchte die Zeit zu vergessen, während er sie so hielt. Skelton würde sich inzwischen beraten lassen, Anweisungen geben, sich auf die Pressekonferenz vorbereiten. Als ranghöchster Beamter beim Ausgraben von Nancys Leiche würde auch Resnick selbst noch vor Dienstschluß vor die Kameras müssen. Vom Platz hörte man schwach die Rathausglocke, die eben zur vollen Stunde schlug.

»Du gehst besser«, sagte Dana, die sich losmachte und an ihm vorbei zu ihrem Schreibtisch ging, in dem sie Papiertaschentücher hatte. »Gott, ich muß ja furchtbar aussehen.«

»Du siehst prima aus.«

Dana zog die Nase hoch und bot etwas auf, was einem Lächeln glich. »Nur prima?«

»Toll.«

»Weißt du schon, daß ich einen neuen Job habe?«

Er schüttelte den Kopf.

»Doch, in Exeter. Ab nächsten Monat.« Sie lachte. »Andrew hat mir eine so phantastische Empfehlung geschrieben, daß die gar nicht verstehen konnten, wieso er mich gehen ließ.«

»Bist du sicher, daß du zurechtkommst?« sagte Resnick.

»In Exeter?«

»Jetzt.«

Dana seufzte. »O ja, ich... ich komm' schon zurecht. Wie du schon sagst. Ganz prima.«

Resnick drückte ihr beide Hände und küßte sie leicht auf den Mund. »Ruf mich an, wenn's schlimm werden sollte.«

Michelle hatte sich schon früh mit dem Baby hingesetzt, weil sie dachte, es müßte doch längst Zeit für Nachbarn sein, aber statt dessen erwischte sie das letzte Drittel der Nachrichten. Eine Schwarze vor einem Bauernhof beantwortete Fragen. Michelle dachte, es ginge um – wie nannten sie das gleich wieder? – Salmonellen oder Rinderwahnsinn, bis in der linken oberen Ecke Nancys Foto erschien. Rasch beruhigte sie Natalie und beugte sich vor, um lauter zu drehen. Fast unmittelbar darauf wechselte das Bild, und sie sah einen Mann mit rundem Gesicht, der traurig dreinschaute, wie sie fand, und etwas über dieselbe Geschichte sagte. Inspector Resnick, Kriminalpolizei, hieß es in einer Unterschrift, die seine Krawatte zerschnitt. Er sprach von »tiefem Bedauern« und »erneuten Anstrengungen«, und als der Interviewer von außerhalb des Bildes fragte, ob er Nancys Phelans Tod für eine direkte unglückliche Folge polizeilicher Inkompetenz hielt, straffte sich der Mund des Inspectors, und seine Augen wurden ganz schmal, als er sagte: »Unmöglich zu sagen, ob dem so ist. Jeder Versuch, hier etwas zu unterstellen, wäre reine Spekulation.«

Nicht daß das jemanden davon abhalten würde.

Robin Hidden, auf der anderen Seite des Trent, hatte den Telefonstecker herausgezogen, konnte aber nichts gegen den unablässigen Strom von lokalen Zeitungsleuten und Reportern tun, der vor seine Tür pilgerte. Schließlich kletterte er über drei Gärten, schlich durch Rosensträucher und um künstliche Teiche herum, bis er einen Weg auf die Straße fand.

Am Kiosk kaufte er sich eine Zeitung, um Kleingeld zu kriegen, und wählte dann aus dem Gedächtnis Marks Nummer. Sein Freund hatte einige Fliesen im Bad ausgewechselt und dabei in der Welt um Eins gehört, was passiert war. »Warum kommst du nicht rauf?« sagte er, ohne erst auf die Frage zu warten. »Ich habe noch ein paar Tage frei. Wir könnten doch uns noch mal den Helvellyn vornehmen. Tausend Meter hoch im Schnee.«

»Bist du sicher?«

»Natürlich bin ich sicher.«

»Ich werd' nicht gerade eine Stimmungskanone sein.«

»Robin, um Himmels willen! Wozu sind Freunde denn gut?«

Robin standen die Tränen in den Augenwinkeln. Die Schlagzeile über die ganze Titelseite lautete: LEICHE DES VERMISSTEN MÄDCHENS GEFUNDEN. Und darunter hieß es: PLAN DER POLIZEI GESCHEITERT. Kurz nach Morgengrauen, begann der Bericht, entdeckte man die Leiche der seit Heiligabend vermißten Nancy Phelan, nackt und offensichtlich erdrosselt, im Schlamm eines Felds…«

Wie betäubt ging Robin weiter bis zur Fußgängerbrücke über den Fluß, nahm dann den Weg an der Memorial Gardens vorbei bis zum Kreisverkehr an der alten Wilford Bridge. Mit hängenden Schultern lehnte er sich an die

Mauer, um zu Atem zu kommen. Durch das saure Grau des Tages war nichts weiter zu sehen als Nancys Bild, das letzte Mal, daß sie zusammen gewesen waren: Sie stieg aus dem Wagen und ging. Die Luft saß ihm in der Lunge wie eine Faust.

Auf einem Rad, die Rute über der Lenkstange, fuhr ein Angler vorbei, der sich nach ihm umdrehte, um ihn merkwürdig anzusehen.

Robin zwang sich weiterzugehen; ohne wirklich ein Ziel zu haben, durchquerte er die engen Straßen der Meadows, bis er in der Nähe des Bahnhofs herauskam. Obwohl er nur dabei hatte, was er am Körper trug, wußte er, daß er nicht noch mal in seine Wohnung gehen würde. Mark könnte ihm einen Anorak geben, sein zweites Paar Stiefel – wäre schließlich nicht das erste Mal. Das Ticket und was er sonst noch so brauchte könnte er mit der Karte bezahlen.

Eine Dreiviertelstunde bis zur Abfahrt des Zugs; Robin kaufte sich am Büfett einen Orangensaft und ging damit ans Ende des Bahnsteigs, den Kragen hochgeschlagen gegen den Wind. Der Zug, der ihn übers Land bringen würde, war nur ein kleiner »Sprinter« mit höchstens zwei Wagen, aber wenn er einfach stehenblieb, käme über kurz oder lang auch ein Eilzug. Durch verschleierte Augen sah er den matten Glanz der Schienen und hörte, wie ihm leise Nancys Name von den Lippen fiel.

47

Im Konferenzraum ging es eng zu, es fehlte an Luft, er war einfach zu klein für die Zahl der Beamten, die sich darin drängten. Die Wand entlang, angefangen mit dem Farbfoto einer lächelnden und lebendigen Nancy Phelan, waren körnige Schwarzweißvergrößerungen von ihr als Leiche gepinnt. Weitere Fotos zeigten den Ort, an dem man ihre Leiche vergraben hatte, farbige Fähnchen wiesen auf eine Reifenspur, die man noch nicht untergebracht hatte, und einen unvollständigen Stiefelabdruck, in einen harten Grat der Krume gedrückt. Eine Karte von Lincolnshire und East Anglia zeigte die beiden Raststätten, wo man das Lösegeld gelassen hatte; sie bildeten Nord- und Südpol einer Linie, die sich dort, wo sie der Küste des Wash folgte, in einer sanften Kurve landeinwärts bauchte. Fast genau in der Mitte, mit einem roten Kreis versehen, lag die Schweinefarm, auf der man Nancys Leiche gefunden hatte.

»Das muffelt ja vielleicht nach abgestandenen Fürzen hier«, sagte Cossall und drängte sich in den hinteren Teil des Raums.

Divine machte ein beleidigtes Gesicht. »Also mehr als einen hab' ich nicht ziehen lassen.«

Im Computerraum ein Stück den Korridor lang saßen zusätzliche Zivilkräfte, die eintippten oder zugänglich machten, was man bisher hatte, einschließlich des Materials, das Helen Siddons über Susan Rogels Verschwinden beigebracht hatte. Das alles würde schließlich mit Holmes, dem Computerzentrum der englischen Kripo, abgeglichen. Waren die Verbindungen erst einmal hergestellt, würde man auf dieser Basis von vorn anfangen.

»So viel Papier«, wie Cossall es ausdrückte, »wäre, verflucht noch mal, selbst einem mit vier Händen, zwei Ärschen und einem schlimmen Dünnpfiff zuviel.«

Jack Skelton kam von einer Pressekonferenz zurück, wo er um ein Haar die Beherrschung verloren hätte. Dem vorherrschenden Tenor der Fragen nach zu urteilen, hätte man meinen können, Nancy Phelan sei mit vereinten Kräften von Polizei und konservativer Regierung unter Vermittlung des Innenministeriums entführt und erdrosselt worden.

Das Haar zurückgesteckt, schwarzes Kostüm, die Schuhe fast flach, beugte sich ihm Helen Siddons kaum merklich zu; mit ernster Miene redete sie auf ihn ein.

Die Unterarme auf dem Schoß über Kreuz, saß Resnick

mit geschlossenen Augen da und versuchte das Knurren seines Magens zu ignorieren, während er seine Gedanken ordnete.

Skelton nickte Helen zu, die mit einem eleganten Schritt zurücktrat, während er aufstand und mit einer Geste um Ruhe bat. »Charlie, was haben wir bisher?«

Einen Notizblock in der Hand, stand Resnick auf und begab sich in eine zentralere Position. »Also, im vorläufigen Bericht des Pathologen heißt es ›Tod durch gewaltsame Verhinderung der äußeren Luftzufuhr‹; die Strangfurche weist auf einen Ledergürtel oder etwas in dieser Art; Breite: nicht mehr als anderthalb Zentimeter. Die Spuren unter dem Haar, am linken Hinterkopf, deuten auf einen schweren Schlag hin. Könnte sein, daß die Waffe, was auch immer es war, gepolstert oder sonstwie umwickelt war, da die Haut trotz eines enormen Hämatoms kaum Risse aufweist. Weitere Blutergüsse, vor allem an Armen und Beinen, lassen vermuten, daß Nancy mit ihrem Angreifer gerungen hat, womöglich unmittelbar vor ihrer Strangulierung.«

»Wie schön für sie«, sagte eine Stimme von der anderen Seite.

»Nicht daß es ihr viel genützt hätte. Armes Schwein!« sagte ein anderer.

»Es war also wahrscheinlich so«, fuhr Resnick fort, »daß er entweder auf sie losgegangen ist oder sie ihm zu entkommen versuchte, jedenfalls ringen die beiden miteinander, und er überwältigt sie mit einem Schlag auf den Kopf und erdrosselt sie, noch während sie bewußtlos ist.« Es gab natürlich noch andere Möglichkeiten, noch schlimmere.

»Soweit das festzustellen ist«, fuhr er fort, »kam es zu keinem sexuellen Übergriff, die Leiche weist weder innerlich noch äußerlich Spuren von Sperma auf. Es gibt keinerlei Hinweise auf einen Verkehr in letzter Zeit.«

»Verdammte Verschwendung«, murmelte Divine.

»Dachte, Sie wären einer von denen«, sagte Cossall, der

es gehört hatte, »denen es wurscht ist, ob sie tot oder lebendig sind.«

»Die Tatsache, daß man sie dort vergraben hat«, sagte Resnick, »macht die Untersuchung der Leiche besonders schwierig. Man fand allerdings Hautspuren unter ihren Nägeln, und hier und da mit Kunstdünger angereicherte Erde, die nicht so recht zu der zu passen scheint, in der man sie vergraben hat. Die Tests sind noch im Gange.«

»Die Todeszeit, Charlie«, gab Skelton das Stichwort.

»Auch das ist nicht so einfach, in der Hauptsache wegen der ungewöhnlich niederen Temperaturen. Die beste Schätzung im Augenblick ist vier, fünf Tage, und die Leiche wurde maximal sechs Stunden vor ihrem Fund an den Ort verbracht.« Resnick warf einen Blick in die Runde. »Ich brauche Ihnen wohl nicht zu erklären, was das bedeutet: Sie war mit fast hundertprozentiger Sicherheit bereits tot, als wir den Bedingungen der Lösegeldforderung nachzukommen versuchten.«

Gedämpfte Freude; hier waren mehr als nur ein paar Gebete erhört worden. Wenigstens mußte man sich dafür nicht den Schwarzen Peter zuschieben lassen.

»Ansonsten haben wir nicht mehr viel«, sagte Resnick, während er eine neue Seite aufschlug. »Wie Sie wissen, haben wir einen unvollständigen Stiefelabdruck, eine Gummimischung, womöglich Wellingtons oder was in der Art, Größe acht oder neun. Etwas interessanter sind da schon die Reifenspuren, deren Tiefe und Breite auf einen mittleren bis großen Pkw schließen lassen, aber ich denke, da ist bereits der Wunsch der Vater des Gedankens.«

»Nur daß Wünsche es hier, verdammt noch mal, nicht tun«, lamentierte eine anonyme Stimme.

»Was uns noch fehlt, ist etwas, was Nancy Phelans Mörder hundertprozentig mit der Person in Verbindung bringt, die ihre Kleidung in die Wohnung zurückgebracht hat. Möglicherweise liefert uns das die Analyse der Hautspuren aus ihren Nägeln, falls wir in unserer Kartei was Entsprechendes finden.«

»Wenn die Hunde mit dem Sprichwörtlichen bellen«, merkte Cossall sauer an.

»Was hinzuzufügen, Reg?« fragte Skelton.

Mit einem blöden Grinsen schüttelte Cossall den Kopf. Resnick ließ sich nicht beirren. »Wir haben aber möglicherweise einen weit besseren Verdächtigen, als irgendeiner hier vermutet hat. Jemanden, den der eine oder andere hier bereits gesehen hat.«

In dem darauffolgenden Stimmengewirr ging Resnick zurück an seinen Platz; jetzt war Helen Siddons an der Reihe. Es wurde wieder lauter, als sie nach vorn trat; mit einem Blick in den Raum wartete sie ab, bis wieder Ruhe einkehrte und sie sicher sein konnte, jedermanns Aufmerksamkeit zu haben.

»Die meisten von Ihnen werden das eine oder andere über den Fall Susan Rogel wissen und gewisse grundlegende Ähnlichkeiten festgestellt haben. Eine Frau verschwindet spurlos, kurze Zeit darauf wird eine Lösegeldforderung gestellt, und als man dieser nachzukommen versucht, wird das Geld ignoriert. Soweit so gut. Hier freilich haben wir eine Leiche, während wir im Fall Rogel nicht das geringste gefunden haben und es außerdem nicht völlig auszuschließen ist, daß sie ihr Verschwinden selbst inszeniert hat. Nur… hören Sie sich das an.

Eine halbe Stunde nach der für die Geldübergabe festgesetzten Zeit hielt ein Wagen vor dem Pub, in dessen Toilette das Geld hinterlegt wurde; der Fahrer ging hinein, bestellte sich ein Bitter und ein Schinkenbrötchen und ging zehn Minuten mit dem Rest seines Brötchens auf die Toilette.«

»Muß ihn wohl mit der Linken gehalten haben«, sagte Divine.

»Als er wieder losfuhr, folgte man ihm und hielt ihn an. Erst regte er sich ziemlich auf, weil er einen Alkoholtest vermutete, aber kaum hatte er gemerkt, daß es um was anderes ging, hätte er nicht entgegenkommender sein können. Fragte uns schließlich nicht weniger als wir ihn.

Er behauptete, er hätte mal Jura studiert, dann aber aufgehört. Er denke aber immer noch daran, wieder zu studieren – Kriminologie.

Er sagte, er arbeite im Augenblick als Vertreter einer Firma namens Oliver und Chard in Gloucester; Arbeitskleidung für Landwirtschaft und Fabriken, Sie wissen schon, Overalls, Schutzkleidung, Sicherheitsschuhe. Sagte, er wolle zu einem Milchbauern in Cheddar und daß er danach noch einen Termin in Shepton Mallet hätte. Seinen Wagen hatte er erst an diesem Morgen bei Hertz gemietet; normalerweise fahre er mit dem eigenen, hätte aber im Augenblick Schwierigkeiten beim Anlassen.«

Helen Siddons warf von links nach rechts einen Blick durch den Raum; kaum einer starrte auf seine Schuhe.

»Er hieß Barrie McCain. Selbstverständlich haben wir bei seinem Arbeitgeber nachgefragt, bei der Autovermietung, seinen Terminkalender geprüft und so weiter. Es stimmte alles. Weiter wurde nicht nachgeforscht, es schien ja keinen Grund dafür zu geben. Nicht, bis Patrick Reverdy in unserem Little Chef auftauchte und sich den Matchbeutel mit dem Geld aus der Toilette griff.«

»Was diesen McCain angeht«, sagte Reg Cossall, »ich nehme an, wir würden das hier nicht durchkauen, wäre er noch bei seiner alten Firma.«

»Er hat gekündigt«, sagte Helen Siddons, »noch in der Woche, nachdem das Geld abgeholt wurde. Er erzählte von einer kranken Mutter irgendwo bei Manchester, glaubt sich Mrs. Wilmslow, die Personalchefin, zu erinnern. Es war ein guter Vertreter, freundlich, man hatte ihn nur ungern gehen lassen.«

»Ein Foto«, sagte Cossall, »wäre wohl zuviel des Guten.«

»Eigentlich behält die Firma eines bei den Akten. Nur daß McCain vergessen hatte, eines herzugeben. Nach einer Weile wurde es ihnen zu dumm, danach zu fragen. Zudem waren die Verkaufszahlen in seinem Bezirk so gut, daß man es sich nicht verderben wollte mit ihm. Aber«, so fuhr sie unter allgemeinem Stöhnen und Ächzen fort, »Constable Divine hat uns eine Beschreibung dieses angeblichen Reverdy geliefert, den er im Little Chef aus nächster Nähe gesehen hat. Laut Aussage der Personalchefin trifft sie alles in allem haargenau zu: ähnliche Größe, einsvierundsiebzig, -fünfundsiebzig, mittlerer bis schmächtiger Körperbau, hin und wieder habe er sich den Oberlippenbart etwas wachsen lassen, ihn aber immer wieder abgenommen, bevor er richtig ausgewachsen war. McCain wurde auch von zwei anderen Beamten aus der Nähe gesehen – meiner Ansicht nach sollten wir uns gleich anschließend auf das Erstellen eines Phantombilds konzentrieren.«

»Danke, Helen«, sagte Skelton. »Charlie. Also, was die anderen hier anbelangt. Da wir uns andere Wege nicht verschließen wollen, gibt es eine Menge zu tun. Ich will jede Einzelheit von Reverdys Geschichte überprüft – vorwärts, rückwärts und dann gleich noch mal. Dasselbe gilt für diesen McCain. Wenn wir da eine einwandfreie Verbindung herstellen können, was Besseres als bloße Indizien, dann sind wir dem Mann womöglich zum erstenmal einen Schritt voraus.«

48

Lynn hatte sich in der Wanne zurückgelegt und hörte GEM-AM, und das schon so lange, daß sich die beschlagene Glastür des Wandschranks bereits wieder zu klären begann; der Fichtennadelschaum war so gut wie verschwunden; es wurde ihr langsam, aber sicher zu kalt. Sie dachte daran, noch heißes Wasser nachzulassen, kam aber zu dem Schluß, daß der Speicher trotz ihrer Ewigkeit in der Wanne noch nicht wieder ganz nachgeheizt hatte. Einige Minuten noch, und sie müßte raus. Im Radio ging die Werbung für einen Auspuffschnellservice zu Ende, und sie machten wieder Musik. Sie schienen schon den ganzen Abend über immer wieder mal was von den Everly Brothers aufzulegen. Jetzt lief wieder was: »Till I Kissed You«. Ihre Mama mochte das Zeug, sie hatte es in der Küche gesungen, als Lynn jung war. Sie war sogar mal in eines ihrer Konzerte gegangen, ihre Mama. Mußte wohl in Yarmouth gewesen sein. Phil und Don. War da nicht einer von ihnen krank gewesen? Hatte nicht auftreten können. Alkohol oder Drogen. Don oder Phil.

Lynn stemmte sich aus der Wanne, das Wasser, mittlerweile kalt, schwappte um ihre Taille. Vielleicht war irgendein Jahrestag. Für die Everlies. Vielleicht war einer von ihnen gestorben, vielleicht würdigte man ihr Werk. Sie hoffte nicht – das letzte, was ihre Mutter jetzt brauchte, war ein weiterer Grund zur Traurigkeit. Lange genug, um ein Bild zu bekommen, schloß Lynn die Augen und sah Robin Hiddens Gesicht.

Als sie ihm diesen Morgen das mit Nancys Leiche gesagt hatte, war er ganz grau geworden. Vor ihren Augen. Sein Gesicht fiel ein wie ein Luftballon, dem die Luft ausgeht; als sauge ihm etwas das Leben aus. »Warum setzen Sie sich nicht?« Ihre Worte schal, noch während sie sie sagte, unzulänglich und schal. »Soll ich Tee machen?« Aber das Wasser kochte bereits, und so hatte Lynn, mit ungespülten Kannen und leeren Päckchen kämpfend, schließlich die Teebeutel gefunden.

»Sie haben keine Milch.«

»Ich weiß. Tut mir leid, ich...« Er hatte sie angesehen, hilflos. Er hatte noch immer nicht weinen können.

»Bleiben Sie mal hier«, hatte Lynn gesagt. »Ich spring' rasch runter in den Laden an der Ecke und hole welche.«

Als sie wiedergekommen war, hatten sich die Tränen eingestellt, es war deutlich zu sehen. Tee trinkend saßen sie in dem ungelüfteten Raum, während er ihr von seiner ersten Begegnung mit Nancy erzählte, damals, als er beim Laufen den Krampf gekriegt hatte – das erste und letzte Mal in seinem Leben.

»Ich h-hätte ihr n-nachgehen sollen«, sagte er. »A-anstatt sie einfach so weg zu lassen.« In seine Stimme drängten sich Schuld und panische Angst. »W-wär' ich ihr nachgelaufen, d-dann wär das nicht passiert.«

»Das konnten Sie doch nicht wissen.«

»Aber wenn ich ihr nach wäre...«

»Hören Sie, es war ihre Entscheidung. Sie wollte nicht mit Ihnen zusammen sein. Nicht mehr. Wenn Sie hinter ihr hergelaufen wären, sie hätte es Ihnen nicht gedankt.«

Tränen kullerten ihm übers Gesicht. »Nein, das w-wohl nicht.«

Als er zu schluchzen anfing, stand sie auf, stellte sich neben ihn, tätschelte ihm die Schulter, sagte ihm, es sei völlig in Ordnung zu weinen; er tat ihr aufrichtig leid, und trotzdem sah sie dabei verstohlen auf die Uhr.

»Glauben Sie nicht«, hatte Lynn später gesagt, auf dem Boden hier und da ein feuchtes zerknülltes Papiertaschentuch, »daß es eine gute Idee wäre, hier rauszukommen? Irgendwo hinzufahren. Haben Sie Familie?«

Er ließ den Kopf hängen. »Da will ich nicht hin.«

»Dann eben Freunde. Haben Sie nicht diesen... diesen...«

»Mark.«

»Ja, Mark. Könnten Sie nicht zu dem. Rufen Sie ihn doch an.«

»Ich nehm's an... Ja, ich denke, d-das sollte ich wohl.«

»Ich würd's tun. Wenn ich Sie wäre. Klettern – war's das nicht, was Sie so machen?«

»Ja.«

Am Steuer ihres Mietwagens hatte Lynn sich noch einmal umgedreht in der Erwartung, ihn womöglich herabschauen zu sehen, aber die Lücke zwischen den halb vorgezogenen Vorhängen war leer. »Wie soll ich mich damit je abfinden?« hatte Robin Hidden gesagt. »Daß ich sie nicht mehr wiedersehe. Nie mehr.«

Als Lynn den Stöpsel zog und aus der Wanne kletterte, war ihr klar, daß sie die ganze Zeit über an ihren Vater gedacht hatte, jetzt wie auch bei Hidden. Wenn es so weit kommen sollte, wie würde sie damit fertig werden, ihn nie wiederzusehen? Wenigstens nicht lebend? »Dream, dream, dream«, sangen die Everly Brothers, und Lynn stellte sie ab. Sie hatte einen Fuß auf dem Wannenrand und war noch dabei, sich abzufrottieren, als es an der Tür klingelte.

Michael stand draußen und balancierte eine Flasche Wein in grünem Seidenpapier auf der offenen Hand. »Ich dachte, Sie hätten einen anstrengenden Tag hinter sich. Vielleicht Zeit abzuschalten, sich zu entspannen.«

Lynn hatte ihren Frotteebademantel über- und den Gürtel fest zugezogen. Sie sah seine Augen, die rasch auf die kleine Öffnung über ihrer Brust huschten. Dieser Blick.

»Wenn ich ungelegen komme, lasse ich den einfach hier und gehe wieder, was meinen Sie? Ist zwar noch früh, aber womöglich wollen Sie schon schlafen gehen.«

Sie trat beiseite und ließ ihn ein. »Augenblick, ich zieh' mich nur an.«

Michael lächelte.

»In der Küche ist ein Korkenzieher«, sagte sie auf dem Weg ins Schlafzimmer über die Schulter. »In der Schublade links von der Spüle.«

Sie stieg in Bluejeans, zog einen cremefarbenen Pullover über einen Baumwollrolli, Sportschuhe. Michael saß auf dem Zweiersofa und blätter in der Abendausgabe der *Post*; auf dem niederen Tisch vor ihm standen zwei Gläser Rotwein. »Ich kann nur staunen«, sagte er, »was für Blößen die Leute sich so geben.« Auf der Titelseite befand sich das Foto einer weinenden Clarise Phelan, ihr Mann führte sie auf einen wartenden Wagen zu. *MEINE QUALEN – die Mutter des ermordeten Mädchens.* »Ich meine, sollten sie solche Gefühle nicht lieber für sich behalten?«

Lynn nahm ihr Glas mit hinüber zum Sessel, der im Winkel zu dem kleinen gemieteten Fernseher stand.

»Aber ich nehme an, Sie haben inzwischen Fortschritte gemacht, ich meine mit der Leiche des armen Mädchens und so.«

»O ja«, sagte Lynn, »das haben wir allerdings. Da haben sich heute eine Menge neuer Spuren aufgetan.«

»Und Sie«, Michael probierte den Wein, »haben Sie jetzt mehr damit zu tun als zuvor?«

»In gewisser Hinsicht, ja, ich nehm's doch an.«

Er setzte das Glas ab und kam auf sie zu, ohne sich zu beeilen; dabei lächelte er mit den Augen. Als er sich zu ihr beugte, wappnete sie sich – ein letzter Rest von Angst. Sein Mund war merkwürdig weich, und die Lippen, die sich da über die ihren legten, waren angenehm warm und schmeckten nach Beeren wegen des Weins. Seine Zunge drängte sacht, und sie ließ sie ein.

»Davon träume ich seit einer Ewigkeit«, sagte er. Er saß auf der Lehne des Sessels, über sie gebeugt, das Gesicht gegen ihren Hals gedrückt. »Wirklich, seit einer Ewigkeit.«

»Ein paar Tage, so lange ist das auch wieder nicht.«

»O nein. Schon länger.«

Sie nahm den Kopf zurück, bis sie sein Gesicht sehen konnte.

»Du hast mich nicht wiedererkannt, nein?« sagte Michael.

Ohne den Blick von ihm zu nehmen, schüttelte Lynn den Kopf.

»Und du hast keine Ahnung?«

»Nein.«

Seine Hand strich über ihren Arm, die Finger unter dem Ärmel des Pullis. »Das war der blöde Tux...«

»Der was?«

»Der Smoking. Abendkleidung. Schwarze Krawatte. Ist mir schon öfter aufgefallen, wie das einen Mann verändert.« Er lächelte wieder, und sie bemerkte zum erstenmal den grünen Splitter in einem seiner graublauen Augen. »Moss Brothers. Ist billiger als beim Schönheitschirurgen um die Ecke.« Das Lächeln wurde breiter. »›Die gehen auf meine Rechnung.‹ Erinnerst du dich?« Er nahm einen Zwanziger aus der Tasche und fuhr damit unter ihrer Nase vorbei. »Du trugst ein blaues Keid. Und was für hübsche Schultern. Und dein Haar, das Haar hattest du nach oben frisiert, so...«

Sie packte ihn am Handgelenk und hielt es fest; sie spürte seinen Puls am Ohr.

»Jetzt erinnerst du dich aber, stimmt's? Oder habe ich überhaupt keinen Eindruck hinterlassen?«

Woran sie sich erinnerte, das war der schwarze Anzug, elegant, ein Gesicht unter vielen, eines neben dem anderen an einer übervölkerten Bar. Die Stimme, die sie im Weggehen verfolgte, sie für später auf ein Glas einlud – das war doch unmöglich dieselbe Stimme.

»Der Polizist, den du da bei dir hattest, war das nicht der, den sie heute abend im Fernsehen interviewt haben? Der was über die Leiche sagte?«

Lynn nickte. »Mein Inspector. Resnick.«

»Und, taugt er was? Beruflich. Würdest du sagen, daß er ein guter Bulle ist?«

»Ja, das würde ich sagen.«

Michael versuchte die Hand von ihrem Haar zu nehmen, und sie ließ sie gehen. Er beugte sich wieder über sie, um sie zu küssen, und noch kurz bevor er es tat, sagte sie: »Daß du mich auf der Straße getroffen hast, war das ein Zufall oder was?«

Sein Mund streifte ihre Lippen. »Oh, ich glaube nicht an Zufälle, du etwa? Ich denke lieber, daß alles vorherbestimmt ist, Teil eines größeren Plans. Que sara...«, er küßte sie noch mal, »...sara.« Kräftiger diesmal erwiderte sie seinen Kuß. »Geht doch nichts über die alten Songs«, seufzte er.

»Ich denke, ich geh' besser.«

Sie waren zwischen Sessel und Couch auf den Boden gerutscht, Lynns Pulli ein Knäuel um ihren Hals, der Gürtel an ihren Jeans offen. Michael, der sie nicht ansah, hatte ein Bein zwischen den ihren, seine Finger zogen kleine Kreise auf ihrer Haut.

»Bist du sicher?« fragte Lynn.

»Ich denke schon.« Er sah sie noch immer nicht an, merkwürdig für einen Mann, der sonst nichts anderes tat. »Ich muß morgen früh raus. Ich habe viel zu tun.«

Sie hob sein Bein und rollte sich weg; im Aufsetzen strich sie sich den Pullover zurecht. »Ich auch«, sagte sie.

»Euren Kerl fangen.«

»Könnte schon sein.« Als sie stand, zog sie den Gürtel zu. »Hoffen kann man ja.«

»Ja«, sagte Michael. »Nicht wahr?«

Lynn beugte sich vor, um ihm einen Kuß zu geben, aber er wich ihr aus. Sie nahm die Weingläser, eines vom Tisch, das andere vom Boden.

»Gib«, sagte Michael, »die nehm' ich. Ich brauche sowieso einen Schluck Wasser. Das Problem mit Rotwein ist, daß er einen so durstig macht.«

Während er in der Küche war, huschte Lynn ins Bad, warf einen Blick in den Spiegel und fuhr sich mit dem Kamm durch das Haar. Ihr Gesicht glühte.

»Dann bis zum Wiedersehen«, sagte Michael von der Tür her. Lynn drehte den Knopf, um ihn hinauszulassen. »Ruf mich das nächste Mal an. Ich werd' nicht gern überrascht. Ruf vorher an.«

Er küßte sie auf die Wange und ging hinaus. »Besser, du gehst rasch wieder rein, bevor du die Kälte reinläßt.«

Sie hörte das Echo seiner Schritte auf der Treppe, als sie abschloß und den Riegel vorlegte. Resnick nahm beim siebten Klingeln ab; im Hintergrund hörte Lynn leise Musik. »Hallo«, sagte sie, »ich bin es, Lynn.«

»Es ist doch hoffentlich nicht Ihr Vater«, sagte Resnick. »Ist doch wohl nichts passiert?«

»Nein. Es ist wegen der Ermittlungen.«

»Nancy Phelan.«

»Mmm.«

»Was ist damit?«

»Das ließe sich einfacher erklären, wenn wir uns treffen. Ist ja noch nicht zu spät, um was trinken zu gehen.«

»Das Partridge?«

Lynn warf einen Blick auf die Uhr. »In zwanzig Minuten.«

»Alles klar.«

Sie legte wieder auf und drehte sich, wie durch eine Ahnung, schon einen Sekundenbruchteil vor dem Geräusch um.

Als Michael in die Küche gegangen war, um ein Glas Wasser zu trinken, hatte er den Haken am Fenster zum Balkon hinaus aufgemacht. »Also, ich frage mich«, sagte er, »was genau du mit dem Kollegen besprechen willst. Bei einem freundlichen Bier.« Er hatte ein altmodisches Montiereisen in der Hand, das mit Gummi und Lumpen umwickelt war; wenn es sich vermeiden ließ, wollte er ihr Gesicht nicht verunzieren. Nicht, wenn's nicht unbedingt sein mußte – noch nicht.

»Michael...«, begann sie.

»Nein«, sagte er und lächelte, während er langsam den Kopf schüttelte. »Spar dir die Worte.«

Sie versuchte an ihm vorbeizustürzen, aber sein Arm war schnell, und das Eisen traf sie zweimal, das erste Mal hoch an der Schulter, und das so schwer am Knochen, daß sie aufschrie, das zweite Mal am Hinterkopf, als sie fiel; dann landete sie bewußtlos, mit dem Gesicht voran, auf dem Boden.

»Na dann, Mr. Resnick«, sagte Michael in Richtung des Telefons, »wollen doch mal sehen, was für ein guter Kriminaler Sie wirklich sind.«

49

Resnick war noch nicht lange zu Hause, als Lynn anrief, frisch zurück von einigen Stunden in Mapperley, wo er sich Marian Witczaks Bericht über die Silvesterfeier im Polnischen Club angehört hatte. Sie hatte ihm früher am Tag eine Nachricht durch den Briefschlitz geworfen, eine

Einladung, und Resnick hatte sie angenommen, teils weil ihn das Gewissen drückte, sie im Stich gelassen zu haben, teils um nicht schon wieder einen frustrierenden Abend in der Vorfreude auf die tolle Billie-Holiday-Box zu verbringen. In Marians Salon, bequem in von Schonern geschützten Sesseln, der Geist Chopins um den Flügel, hatte sich Resnick bei Pflaumenschnaps angehört, was er versäumt hatte: Politik, Polkas und das Mitglied, das nach fünfzehn Sorten Wodka auf den Tisch geklettert war, um die Verteidigung Krakaus durch die polnische Kavallerie nachzustellen – bis zum letzten verzweifelten Stich.

Mit zunehmend längeren Schritten war er nach Hause gegangen; die kalte Luft hatte rasch für einen klaren Kopf gesorgt. Er hatte gerade genug Zeit gehabt, einem hartnäckigen Dizzy ein kleines Abendessen zusammenzusuchen und Kaffee zu machen, bevor er ans Telefon ging und Lynns Stimme hörte. Noch mal rauszugehen, schon gar um etwas zu trinken, war so ziemlich das letzte, was er wollte, aber er wußte, sie würde kein Treffen vorschlagen, wenn es nicht wichtig war. Aus dem Gedächtnis wählte Resnick die Nummer von DG-Taxi und nahm seinen Überzieher vom Haken in der Diele.

Beide Bars des Partridge waren leidlich voll, und Resnick sah sich sorgfältig um, bevor er sich für ein kleines Guiness und einen Platz entschied. Linker Hand hielt sich ein älterer Mann, den er vom Sehen kannte, an seinem letzten Glas Bier fest, rechter Hand ging eine Vierergruppe, Ball für Ball, das Spiel vom letzten Samstag durch. Als sein Glas mehr oder weniger leer und Lynn noch immer nicht aufgetaucht war, ging Resnick ans Telefon und rief bei ihr an. Keine Antwort. Er fragte auf der Wache nach, um zu sehen, ob sie, aus welchem Grund auch immer, dort aufgetaucht war. Keiner hatte sie seit dem frühen Abend gesehen. Resnick leerte sein Glas, nahm sich am Stand unter der Uhr aus der alten Victoria Station ein weiteres Taxi.

Licht kam keines durch die Fenster von Lynns Wohnung, auf Klopfen und Kingeln rührte sich nichts. Als er durch die Scheibe spähte, spiegelte er sich darin nur selbst; er sah eine Angst, die er bisher nur spürte, nicht aber verstand. Da sie den Schlüssel nicht zweimal umgedreht hatte, dachte er daran, sich mit seiner Kreditkarte Eintritt zu verschaffen, die er sonst kaum benutzte, merkte dann aber, bei nochmaligem Hinsehen, daß der Haken am Fenster geöffnet war. Kein Problem, sich hoch- und hineinzuziehen, das Licht anzudrehen.

»Lynn?«

Im Abtropfständer standen, frisch gespült, zwei Gläser. Ein Korkenzieher lag mitsamt Korken neben einem zerknüllten Blatt Küchentuch. Resnick fand die Flasche im Wohnzimmer, nicht ausgetrunken und umgekippt; etwas Wein war auf den Teppich geraten, der Fleck war noch feucht. Der Couchtisch war verrutscht, der Stuhl in einem merkwürdigen Winkel gegen die Wand gerückt. Er fand eine zweite Gruppe von Flecken, dunkler und weniger süß; Resnick tippte mit dem Finger gegen den Teppich, hob ihn an die Nase: unverkennbar der Geruch von Blut.

Graham Millington stand oben an der Treppe und sprach mit zwei uniformierten Beamten, die man von ihrer üblichen Tätigkeit abgezogen hatte. Es war einer jener Abende, an denen Kneipenstreitigkeiten, die sich nicht von selbst legten, mit mehr als nur Tränen ausgingen. Millington hatte vor dem Fernseher geschlafen, als der Anruf durchkam, seine Frau war bereits im Bett mit einer Tasse Malztrunk und dem Leben von Henry Moore. »Wie würdest du das nennen?« hatte er sie mit einem Blick über die Schulter auf eines der Fotos gefragt. »Loch in Herzpatienten?« »Gibt's denn kein Fußball, Graham?« hatte die schwer geprüfte Gattin gefragt. Sie hatte recht gehabt: Wolverhampton Wanderers gegen Southend United. Noch vor der ersten gelben Karte hatte Millingon gespürt, daß ihm die Augen zufielen.

»Wird denen nicht grade gefallen, aus dem Schlaf gerissen zu werden«, sagte der erste Constable.

»Ist mir scheißegal, was denen gefällt«, sagte Millington, »jedenfalls solange wir nicht ein bißchen mehr haben als nichts.«

Divine, selbst nicht eben der Glücklichste, weil man ihn drei kurze Züge vor dem Matt von der letztjährigen Miß Ilkeston weggeholt hatte, trieb den ersten Zeugen auf. Sein Klopfen brachte Corin Thomas an die Tür seiner Wohnung, im Mantel, mit mehr als nur einer kleinen Bierfahne, den Frittentopf in der Hand. »Die verfluchte Zentralheizung ist wieder mal dicht«, sagte Thomas. »Wär' wohl zu optimistisch, Sie für den Klempner zu halten, was?«

Divine sagte ihm, das wäre es in der Tat. »Sie verlieren Öl«, sagte er. »Sie tropfen das ganze Linoleum voll.«

»Dann kommen Sie mal besser rein.« Als die Fritten zu zischen begannen, erzählte Thomas ihm, was er gesehen hatte: Ein Mann und eine Frau waren, der eine auf den anderen gestützt, die Treppe heruntergekommen, an ihm vorbei und dann auf einen Wagen zugegangen.

»Und auf die Idee, das zu melden, sind Sie nicht gekommen?« fragte Divine.

»Na, da würden Sie sich freuen, meinen Sie nicht, wenn ich mich jedesmal gleich ans Telefon hänge, sobald hier mal einer ein bißchen geladen hat.«

»Hatten Sie den Eindruckt, daß die geladen hatten?«

»Sie jedenfalls, also so viel steht fest. Hätte sich kaum auf den Beinen gehalten, wenn er sie nicht halb getragen hätte. Gerade daß sie nicht umgekippt sind, die zwei, und das mehr als einmal.«

»Die Frau«, fragte Divine, »Haben Sie die erkannt?«

»Und ob. Das war die von unten. Die Kellogg. Ist eine von euch, oder nicht? Deswegen wohl auch das ganze Spektakel hier, nehme ich an.«

»Und der Mann?« fragte Divine. »Haben Sie den schon mal gesehen?«

Corin Thomas schüttelte den Kopf.

»Sicher?«

»Ja. War zwar schon dunkel, aber sind ja genug Lampen da unten. Genug, um einen zu erkennen, den man kennt.«

»Aber Sie könnten ihn beschreiben?«

Thomas zuckte mit den Achseln. »Weiß nicht. Ich meine, ich hab' die beiden nicht gerade angestarrt. Ich kümmere mich um meinen eigenen Kram. Aber doch, ja, der Typ, also eher meine Größe als Ihre, einszweiundsiebzig, einsdreiundsiebzig. Dunkles Haar, soweit ich mich erinnere. Um die Vierzig vielleicht. Sein Gesicht habe ich nicht so genau gesehen.«

»Würden Sie ihn wiedererkennen?«

Thomas überlegte zum Blubbern des Frittenfettes. »Möglich. Mit Sicherheit sagen könnte ich's freilich nicht.«

»Ist zwar schade drum«, sage Divine, »aber Sie werden sich Ihr Frittensandwich ein andermal machen müssen.« Er drehte das Gas ab. »Ich weiß, Sie wollen uns helfen, so gut es geht.«

Resnick und Skelton lehnten am Balkon von Lynns Wohnung, während die Spurensicherung mit der sprichwörtlichen Lupe zugange war. In den meisten der Fenster rund um den Hof war Licht. Männer und Frauen, in Uniform und Zivil, gingen zielbewußt von Tür zu Tür, von einem Stock in den nächsten. Wie ein weißer Schleier hing der Atem der beiden Männer in der Luft.

»Das ist doch nichts, Charlie«, sagte Skelton. »Unmöglich, sich da auch nur annähernd sicher zu sein. Sie ruft Sie an, um über Nancy Phelan zu reden. Und dann, innerhalb – ja, was? – der nächsten Dreiviertelstunde, verschwindet sie.«

»Und Sie denken nicht, daß da eine Verbindung besteht?« Resnick hatte Schwierigkeiten, nicht laut zu werden.

»Wir brauchen nicht zu *wissen*, ob eine Verbindung besteht, wir können sie selber schaffen. Derlei Schlüsse gehören schießlich zu unserem Beruf. Oder haben Sie vergessen, daß wir, verdammt noch mal, bei der Kripo sind?«

Skelton fummelte an seinem Ehering herum. »Charlie, Sie laufen doch nicht etwa Gefahr, sich von Gefühlen leiten zu lassen?«

Verblüfft warf Resnick einen Blick durch den Raum. Sein Atem kam stoßweise und laut. »Wir sollen nicht denken, jetzt sollen wir obendrein auch noch nichts fühlen, was, zum Teufel, sollen wir denn überhaut tun? Außer uns fit zu halten und eine saubere Krawatte zu tragen, verflucht noch mal!«

»Charlie.« Skelton legte Resnick eine Hand auf den Arm und senkte die Stimme. »Charlie, ich weiß doch, was in Ihnen vorgeht. Sie halten große Stücke auf sie, das verstehe ich. Ich sage nur, daß wir nichts übers Knie brechen dürfen. Sie würde es uns nicht danken, wenn wir hier Zeit und Mühe verschwenden.«

Resnick ließ den Kopf hängen. »Ja, ich weiß. Tut mir leid. Vergessen Sie, was ich gesagt habe.«

»Am wahrscheinlichsten wird es doch sein«, sagte Skelton, »daß sie entweder für den Abend jemanden bei sich hatte: ein paar Gläschen, dann wurde die Sache unangenehm, geriet aus der Hand. Entweder das, oder es ist jemand eingebrochen, es kam zum Kampf…«

»Das kann ich nicht glauben. Warum sollte der nicht einfach abhauen, sobald er die Möglichkeit hatte?« Resnick sah Skelton in die Augen. »Das erste, ja, möglicherweise.«

»Aber Sie meinen, da steckt mehr dahinter?«

»Ja.«

»Sie denken, daß er es war. Wer immer die kleine Phelan auf dem Gewissen hat?«

»Ja.«

»Aber wie, Charlie? Wie um Himmels willen. Hat sie ihn durch Zufall kennengelernt? Und fand dann heraus, wer er ist? Ist aber doch etwas weit hergeholt.«

»Nehmen wir mal an«, sagte Resnick, »es war andersrum. Nehmen wir an, er hat sie kennengelernt.«

Hatte man Corin Thomas erst mal zum Reden gebracht, war er kaum noch aufzuhalten; zum Leidwesen von Divine und dem Fahrer erzählte er die ganze Fahrt zur Wache am Canning Circus, was er am Abend gemacht hatte (zielloser Kneipenbummel im Zentrum auf der Suche nach Frauen), wo er das Jahr zuvor den Urlaub verbracht hatte (vierzehn Tage an diversen Stränden den Frauen nachgeschaut, während er röter wurde als das Forest-Trikot, abends zielloser Clubbummel auf der Suche nach Frauen), und wie es war, einen Bus (einstöckig) für Barton zu fahren. Armes Schwein, dachte Divine, kein Wunder, daß er sich da nur ungern von seinen Fritten wegreißen läßt, wenn sie der Höhepunkt seiner verdammten Woche waren.

In der Wache hielt Thomas lange genug den Mund, daß man ihn in eine Ecke des Kripobüros setzen konnte, wo man ihm sagte, worum es ging. Divine und Naylor hatten, in gut zwei Stunden Arbeit, mit dem entsprechenden Beamten ein Phantombild zu erstellen versucht. Das Problem oder ein Teil des Problems war, daß dieser angebliche Reverdy abgesehen von Haarfarbe und Mund – klein, da war man sich einig, mit leicht hängenden Winkeln – sonst kaum was Besonderes an sich hatte. Das heißt, außer den Augen. Und etwas, worauf Divine und Naylor sich nicht einigen konnten, das war deren Farbe.

Nicht daß Corin Thomas die Augenfarbe groß beunruhigt hätte. »Ihnen ist doch klar, daß ich ihn so genau nicht gesehen habe? Ich meine, das wissen Sie doch, oder?«

Sie verstanden schon.

»Und bei dem Licht da draußen…«

Auch das mit dem Licht verstanden sie.

»Tja, in dem Fall – aber nicht, daß Sie mich da jetzt gleich drauf festlegen, ja, also nicht vor Gericht oder was, auf die Bibel beeiden möchte ich das nicht –, aber doch, ja, ich würde sagen, also meiner Ansicht nach ist der Typ, den ich da mit ihrer Kollegin auf dem Hof gesehen habe, also ich würde sagen, das könnte er sein.«

»Chef!« Divine stand strahlend in Resnicks Tür. »Der Typ aus dem Little Chef, er und der, der Lynn verschleppt hat – sieht ganz so aus, als könnte das ein und derselbe sein.«

»In Ordnung.« Resnick war bereits auf den Beinen und unterwegs. »Ich habe die Bestätigung von der Kripo Manchester reingekriegt. Der Wagen, den er fuhr, gehörte tatsächlich einem Reverdy. Er wurde irgendwann während der letzten zehn Tage gestohlen. Der Besitzer war nicht zu Hause. Urlaub. Die Versicherungspapiere lagen im Handschuhfach.«

»Glauben Sie, er hat das gleich noch mal gebracht?« fragte Divine. »Einen Wagen zu klauen, um das mit Lynn abzuziehen?«

»Wahrscheinlich. Gehen wir die Listen durch. Und sehen Sie, ob sich aus dem Zeugen nicht noch was über den Wagen herauskitzeln läßt. Womöglich haben wir inzwischen ja noch ein, zwei weitere, die was bestätigen können.«

»Alles klar, Chef.«

»Kevin«, rief Resnick.

»Sir?«

»Kopien des Phantombilds. Mit Vorrang! In so weitem Umkreis wie nur möglich.«

»Schon unterwegs.«

Als sich Naylor auf den Weg machte, nahm Resnick eine Kopie von Reverdys Aussage zur Hand; die Adresse in Cheadle war nicht erfunden. Wie so viele versierte Lügner hatte auch der hier gemerkt, daß es sich auszahlte, so nah wie möglich an der Wahrheit zu bleiben. Auf dem Weg zurück in sein Büro las Resnick die Aussage durch; er überlegte, welche Teile davon sie wohl darauf brachten, wo sie hin mußten, bevor es zu spät war.

50

Lynn war mit einem dumpfen Schmerz im Kopf aufgewacht, den Geschmack von Putzmitteln im Mund. Oder wenigstens stellte sie sich den so vor. Wahrscheinlich lag es am Geruch. Kaum war ihr der Gedanke gekommen, zuckten Hals und Schultern nach vorn, und sie erbrach sich. Herrgott! Sie spürte die Feuchtigkeit an der Innenseite ihres Schenkels. Als sie an sich hinabblickte, sah sie, daß ihre Beine nackt waren. Der Schmerz in ihrem Kopf wurde stechend und ließ sich genauer lokalisieren: Er kam von hoch oben am Hinterkopf. Die Augen tränten ihr, brannten, ein Faden aus Speichel und Schleim hing ihr aus dem Mund. Sie setzte zu der Bewegung an, mit der sie ihn abwischen wollte, aber natürlich hatte man ihr die Hände gefesselt. Und irgendwo festgemacht. Als sie die Arme hinter ihrem Rücken schüttelte, erkannte sie das Klappern, spürte, daß es Handschellen waren.

Großer Gott!

Sie blinzelte, um ihren Blick scharf zu bekommen. Sie befand sich in einem Wohnwagen, in einer Ecke, angebunden, irgendwas – eine Kette, vermutete sie, so sehr sie auch den Kopf verdrehte, sie konnte nichts sehen – war mit den Handschellen verbunden, so daß sie sich kaum mehr als einige Zentimeter in beide Richtungen bewegen konnte. Man hatte sie ausgezogen bis auf das Baumwollhemd und den blauen Schlüpfer; an den Beinen hatte sie eine Gänsehaut. Die und die blasse Spur ihres Erbrochenen – als wären ihr Schnecken über die Schenkel gekrochen. Wenigstens, so dachte sie, habe ich den Rat meiner Mutter über unvorhergesehene Unfälle und Unterwäsche befolgt. Man kann nie wissen... Sie wußte, daß an ihrer Lage nichts Unvorhergesehenes war. *Oh, ich glaube nicht an Zufälle, du etwa?* Plötzlich zitterte sie. Ihre Tränen erschreckten sie.

»Du bist ja wach.« Michael stand in der Tür und balancierte ein Tablett auf den Fingern einer Hand. »Ein schöner Tag für die Jahreszeit.«

Hinter dem Ärmel seines braunen Pullis erhaschte Lynn einen Blick auf den hellblauen Himmel, darunter, undeutlich, dunkles Grün. Mit einem Griff hinter sich warf Michael die Tür zu.

Die Einrichtung des Wohnwagens war nichts Besonderes: ein kleiner Resopaltisch, dürftige Stühlchen, eine schmale Koje an einer Wand, ein Butangaskocher, einige Schränke, eine Spüle. Etwa in der Mitte brannte eine Gasheizung, auf kleine Flamme gestellt. Lynn gegenüber hing ein mit Fliegendreck gespickter Kalender, mit den Tagen des Januars von vor zwei Jahren, unter dem Farbfoto eines Tulpenfelds.

»Hier, ich dachte, du wärst soweit.« Auf dem Tablett, das er neben ihr auf den Boden stellte, stand ein Becher mit etwas, das aussah wie Tee, der Dampf stieg hoch auf, eine Scheibe Brot mit Butter hier und da, irgendwas von Kellog's mit Milch. »Du mußt doch hungrig sein. So lange, wie du geschlafen hast.«

Seine Augen standen nicht einen Moment still. Lynn lauschte auf Verkehrsgeräusche, Menschen, hörte aber – abgesehen von ihrem Atem, ihrem und seinem – nur das träge Surren eines Motors.

»Ißt du was?«

Sie antwortete nicht; sie sah ihn an, sie wollte seine Aufmerksamkeit. Sie brauchte sie.

»Wäre es nicht furchtbar, wenn die dich völlig abgemagert finden?« Er fuhr mit der Unterseite des Löffels über den Rand der Schüssel, bevor er ihn an ihren Mund führte. »Ich möchte auf keinen Fall, daß die sagen, du wärst bei mir vernachlässigt worden. Ich hätte mich nicht gekümmert um dich. Wäre mir arg, wenn die so etwas denken würden.«

Die Spitze des Löffels drang zwischen ihre Lippen und klapperte gegen die Zähne, so daß Lynn an seinen Kuß denken mußte. Sie öffnete den Mund weit genug, um ihn einzulassen. Die Frühstücksflocken waren lauwarm und schmeckten nach Zucker und Kleie.

»Gut?« erkundigte Michael sich freundlich. »Schmeckt es? Willst du noch, oder soll's ein Schluck Tee sein?«

Mit dem Tee war das etwas schwieriger, dazu mußte sie den Kopf zurücklegen, und trotzdem ging etwas daneben und lief ihr über den Hals.

»Hier«, sagte er und öffnete ein Papiertaschentuch aus seiner Hosentasche, um es gleich wieder zu falten, »laß mich was dagegen tun.«

Ohne es zu wollen, zuckte Lynn vor seiner Hand zurück.

Michael lächelte nur und machte einen zweiten Versuch. Erst jetzt bemerkte er den feuchten Rest, der auf ihrem Schnenkel trocknete. »Kleiner Unfall«, sagte er, »was?« Sorgfältig faltete er das Papiertaschentuch um, bevor er etwas Speichel darauflaufen ließ, eine Geste, die Lynn hundertmal bei ihrer Mutter gesehen hatte. »So«, sagte Michael und tupfte ihr Bein ab, »so ist es schon besser.«

Zum Teufel mit dir, dachte Lynn, ich werde nicht noch mal heulen. Lächelnd hob ihr Michael einen weiteren Löffel Branflakes an den Mund, die sie dankbar schluckte.

Robin und Mark waren früh aufgebrochen; der Nebel hing noch tief, und als er sich schießlich verzog, wußten sie, daß es auf den Gipfeln schneien würde. Aber der lokale Wetterbericht war gut, und außerdem waren sie gut ausgerüstet: Kompasse, Extrakleidung, zu essen, die vorschriftsmäßige Überlebensausrüstung im Rucksack. Robin hatte Nancy seit seiner Ankunft kaum erwähnt, und Mark, der das für das beste hielt, hatte nicht die Absicht, es zu ändern. Was Robin vor allem brauchte, so dachte er sich, war rauszukommen, keine langen Gespräche im Kämmerchen, keine Reue, keine Nostalgie. Nicht daß er ihm das Mitgefühl verweigern würde, wenn es nötig war.

Sie waren jetzt eine gute Stunde unterwegs und stetig bergan gegangen. Zunächst hatte Mark die Führung übernommen, nach einer Weile hatten sie dann getauscht, und Robin, an der Spitze, legte ein schärferes Tempo vor. Obwohl sie noch immer ziemlich weit unten waren, genügte die Anstrengung, um sie zum Schnaufen kommen zu lassen, so daß sich die Unterhaltung schon aus reiner Notwendigkeit auf das Nötigste beschränkte.

»Schau mal. Da.«

Marks Blick folgte Robins Arm in östlicher Richtung, wo endlich die Sonne über die Gipfel getreten war.

»Hab' ich's dir nicht gesagt?« sagte Mark. »Hab' ich nicht gesagt, es wird ein herrlicher Tag?

Robin lächelte, bevor er sich abwandte, um weiterzugehen.

Lynn hatte sich über die Kälte beklagt und um den Rest ihrer Kleidung gebeten. Als Antwort hatte er die Heizung um eine Stufe höher gestellt und gelacht. Ein unheimliches Geräusch, fast melodiös. Sie glaubte jetzt, ihn vorher gehört zu haben, als er draußen herumlief und sang. Unmöglich zu sagen, ob dem so war. Jemand anderes? Ein Traum? »Ich dache, du wolltest dich um mich kümmern«, hatte sie ihm gesagt.

Er hatte den Wohnwagen auf der Stelle verlassen, war dann mit einem alten Sack wiedergekommen, den er ihr über die Beine warf. »Da.«

Als sich die Tür geöffnet hatte, um ihn hinauszulassen, hatte sie es deutlicher gehört, dasselbe aufdringliche Geräusch. Möglicherweise ein Generator, hatte es in der Analyse über das Hintergrundgeräusch auf einer Kassette geheißen. Wenn sie den Kopf etwas drehte, konnte sie die Schrift ausmachen, die fast im Gewebe des Leinensacks verschwunden war: *Knochendünger – Saddleworth & Sons.*

Eine halbe Stunde später kam Michael leise pfeifend wieder zurück. Lynn sah zu, wie er einen der Klappstühle umdrehte und sich setzte, ein Bein übergeschlagen, völlig entspannt. »Tut mir leid«, sagte er, »daß ich wütend geworden bin.« Er lächelte. »Ist gar nicht typisch für mich. Ich kann das nicht haben, schon seit jeher. Wie es sich auf einen auswirkt, wenn man die Kontrolle verliert. Das ist es nicht, was mir für uns vorschwebt. Mir wäre lieber, wir blieben Freunde.«

»Hätten wir sein können, Michael. Das weißt du. Deshalb ist das ja auch so schade.«

»Und jetzt sind wir keine mehr? Willst du das damit sagen?«

»Nicht direkt, Michael. Nicht mehr.«

Enttäuschung huschte über seine Augen. »Aber warum nicht, um alles in der Welt?«

»Nach dem hier? Nach dem, was du getan hast?«

»Was habe ich dir denn...?«

»Nicht nur mir.«

»Ich war doch gut zu dir. Ich mag dich.«

»Wirklich?«

Er stand auf und setzte sich neben ihr auf den Boden.

»Du hast eine merkwürdige Art, das zu zeigen. Mehr kann ich dazu nicht sagen.«

»Es ist aber so, und das weißt du.« Sie spürte seinem Atem an ihrem Schenkel.

»Wie sehr, Michael?«

Er sah sie fragend an.

»Genug, um mich gehen zu lassen?«

»Vielleicht.« Seine Hand ruhte auf ihrem Schenkel, etwas über dem Knie, der Daumen beschrieb kleine Kreise auf ihrer Haut. »Da muß ich erst überlegen. Ich weiß nicht.«

»Was braucht es dazu, Michael? Was muß ich dafür tun?«

»Was?«

»Damit du mich gehen läßt.«

Er betrachtete seine Hand, als gehöre sie jemand anderem, bevor er sie wegnahm. »So ist das nicht.«

»Nicht?«

»Drohungen. Versprechungen. Das braucht es bei mir nicht.«

»Nicht?«

»Ich könnte dich haben...«

»Könntest du?«

»Ich hätte dich haben können...«

»Was...?«

»Am Abend, in meiner Wohnung. Du hättest mich haben können. Was immer du gewollt hättest.«

Er sah sie nicht an, hatte die Schultern hochgezogen, den Kopf gesenkt. »Meinst du, das weiß ich nicht? So wie du dagelegen hast...«

»Warum hast du dann nichts unternommen? Was hat dich davon abgehalten?«

»Nichts hat mich abgehalten. Nur ich selbst. Ich...«

»Ist wohl nicht gut so, was? Unkompliziert. Normal. Normaler Sex. Zwei Leute. Du und ich, Michael. Du und ich.«

»Hör auf.«

»Ist es das, Michael? Ist das dein Problem?«

»Hör auf.«

»Oder zum Teil.«

»Hör auf!« Michael trat den Stuhl beiseite, er knallte gegen die Wand. Er hatte sich die Hände über die Ohren gelegt. Er zitterte.

»Michael«, sagte Lynn. »Ich könnte dir helfen. Wirklich. Aber du mußt mir vertrauen. Du mußt.«

Sie hatte keine Ahnung, ob er sie gehört hatte oder nicht. Ohne sie noch mal anzusehen, verließ er den Wohnwagen und schloß hinter sich ab. Großer Gott, dachte Lynn, die mit einemmal völlig ausgepumpt war. Ich hoffe bei Gott, ich habe ihn nicht zu weit getrieben

Er blieb weit über eine Stunde weg, und als er wiederkam, einen kleinen Kassettenrecorder in der Hand, summte er leise vor sich hin. »Ich dachte, du möchtest deinen Freunden vielleicht eine Nachricht zukommen lassen. Diesem Inspector – Resnick, hieß er nicht so?«

Robin und Mark waren höher geklettert, der Zustand des markierten Pfads hatte sie ein-, zweimal zu Umwegen gezwungen, aber jetzt waren sie wieder richtig und hielten auf Striding Edge zu. Links und rechts, so weit das Auge reichte, hatten sie niedere schneebedeckte Gipfel vor sich. Grau und weiß erhoben sich vor ihnen die Berge.

Einmal waren sie stehengeblieben, um aus ihren Thermoskannen zu trinken und etwas Schokolade zu essen; Mark hatte ein Stück Kendal Mint Cake abgebrochen.

Völlig unvermutet sagte Robin: »Vielleicht geht es ihr in gewisser Hinsicht ja besser, Nancy, meine ich, da wo sie jetzt ist.«

Da er nicht wußte, wie er reagieren sollte, sagte Mark nichts, nickte aber, wartete darauf, daß Robin noch mehr sagte. Aber es kam nicht mehr. Zehn Minuten später, nachdem sie alles verstaut hatten, waren sie wieder unterwegs.

Striding Edge war ein schmaler Grat, gerade breit genug, um Bergsteigern ein Vorankommen im Gänsemarsch zu gestatten; auf beiden Seiten fiel der Berg steil ab. Robin und Mark hatten ihn viele Male überquert.

»Soll ich vorgehen?« fragte Mark.

»N-nein, schon gut. Ich bin in Ordnung.«

Die Sonne fing seinen Schatten, als er sich vorsichtig auf den Weg machte, warf ihn platt gegen den Felsen. Sorgsam auf seinen Halt auf dem eisigen Boden bedacht, ließ Robin sich Zeit, ging bis zur Mitte, und als er sich umdrehte, verschwand sein Gesicht im blendenden Licht. Er stand da, reglos, vielleicht fünf Sekunden, und sah aus dem Zentrum des goldenen Dunstes zurück zu Mark; dann trat er ohne ein Wort einen Schritt ins Leere.

51

Michelle erwachte, als ein Regenschwall über die Fenster spülte; es tropfte blip-blip-blip durch das Dach in den Plastikeimer unter dem Riß. Garys Atem neben ihr ging regelmäßig, und als sie sich ihm, ihr Bein unter dem seinen drehend, zuwandte, roch sie den Zigarettenrauch in seinem Haar. Er war wieder trinken gewesen am Abend zuvor. Mit ihr. Sie konnte sich nicht erinnern, daß sie jemals soviel Zeit im Pub verbracht hätten. Sie hatte ein schlechtes Gewissen, die Kinder allein zu lassen, selbst mal für eine halbe Stunde, aber sie hatten schon tief geschlafen, und wenn die erst mal schliefen, weckte sie so leicht nichts auf. Außerdem hätte Gary nur wieder schlechte Laune gehabt, wenn sie nein gesagt hätte. Nur ein Glas, hatte sie gesagt, als sie dann dort waren, aber Brian, der alte Angeber, war wieder mal bei Kasse gewesen und hatte lachend einen Mordswirbel um sie gemacht; er hatte darauf bestanden, daß Josie und sie Bacardi und Cola nahmen und auch gleich seine Hand auf ihrem Schenkel gehabt, kaum daß sie saßen. Gary war Gott sei Dank bereits viel zu hinüber, um was zu merken.

Michelle war sicherer denn je, daß Brian in irgendeine heikle Geschichte verwickelt war. Er und Gary, sie steckten da zusammen drin, da brauchte man bloß die vielsagenden Blicke sehen, die Rippenstöße, ständig verdrückten sie sich in eine Ecke und steckten flüsternd die Köpfe zusammen. Nicht daß für Gary dabei so viel herauszuschauen schien, was immer es war. Gibt eben Dinge, dachte sie traurig, die ändern sich nie.

Jetzt blickte sie auf Gary hinab, dessen Züge im Zwielicht weich wirkten; er war einer von denen, die so alt werden konnten, wie sie wollten, sie würden immer wie in ihrer Kindheit aussehen. Einer von denen, die immer gerade in die falsche Richtung sahen, in der falschen Schlange standen. Er bewegte sich, und Michelle beugte sich aus einem zärtlichen Impuls heraus vor und küßte ihn lächelnd, während er sich mit der Hand übers Gesicht fuhr, als schlage er nach einer Fliege.

Michelle rollte sich von Gary weg auf die Bettkante zu.

Resnick hatte kein Auge zugetan. Zweimal, um eins und um halb vier, hatte er sich gezwungen, sich hinzulegen, nur um beide Male wieder aufzustehen, nachdem er sich eine halbe Stunde von einer Seite auf die andere geworfen hatte. Unmöglich, den Gedanken an Lynn aus dem Kopf zu bekommen. Wach war er besorgt von Zimmer zu Zimmer gelaufen, hatte immer wieder auf der Wache angerufen, um zu sehen, ob sich etwas getan hatte; in der Küche hatte er sich dann Toast gemacht, den er mit Käse aß; der Gorgonzola schmeckte nach nichts. Er war so sicher gewesen, daß die Listen des Telekollegs etwas ergeben würden. Weder McCain noch Reverdy waren seltene Namen. Aber nichts, eine Sackgasse nach der anderen, Sackgassen und falsche Spuren. Zeitverschwendung.

Resnick fiel Harry Phelans vom Zorn entstelltes Gesicht ein: *»Achtundvierzig Stunden, so rechnen Sie doch, oder? Achtundvierzig Stunden. Wenn man sie da noch nicht gefunden hat, dann sind sie wahrscheinlich verflucht noch mal tot!«* Harry Phelan, auf einem freien Feld, während hinter ihm in einem Krankenwagen, unter einem Plastiktuch, die Leiche seiner Tochter lag. Resnick mußte sich zwingen, nicht auf die Uhr zu sehen.

Maureen Madden, Kevin Naylor, jeden, mit dem Lynn auch nur geredet haben könnte, Resnick hatte sie alle gefragt, ob sie was davon gesagt hätte, mit jemandem zu gehen, was von einem neuen Freund, einem Mann, irgendwas. Naylor hatte erzählt, daß ihr auf der Heimfahrt von ihren Eltern der Wagen stehengeblieben sei, daß jemand gehalten hätte, um ihr zu helfen und sie mitzunehmen. Das war aber auch schon alles.

Resnick stand im obersten Zimmer des Hauses, eine der Katzen im Arm, und starrte in den Regen hinaus.

Michelle hatte den Eimer gerade noch rechtzeitig erreicht, das Wasser stand gerade mal zwei Fingerbreit unter dem Rand. Sie leerte ihn rasch in die Wanne und stellte ihn wieder auf, bevor sie nach unten eilte, um hinten aufzuwischen, wo der Regen durch einen Spalt am Rand der Tür kam, die Gary nicht wieder hingekriegt hatte. Die Tasse Tee, die sie sich gemacht hatte, war kaum mehr als lauwarm.

Natalie lag in ihrem Bettchen auf dem Rücken und gurgelte selig vor sich hin, jetzt, wo sie gewickelt und gefüttert war.

»O Karl, jetzt schau dir das an!«

In der Küche sich selbst überlassen, war es ihm gelungen, mehr Rice Kriespies auf den Boden zu kriegen als in die Schüssel. Der Rest der frischen Milch tropfte aus der Tüte in die Spüle.

»Karl, um Himmels willen!« Der Junge wich blinzelnd aus. Er trug Garys altes County-Trikot, das ihm bis weit über die Knie reichte. »Paß auf, aus dem Weg. Laß mich das aufwischen, bevor dein Papa herunterkommt.«

Karl wackelte zur Tür und stieß mit Gary zusammen, der sich noch den Schlaf aus den Augen rieb.

»Verflucht noch mal, Karl! Paß doch auf, wo du hinläufst, ja?«

»Wart noch einen Augenblick«, sagte Michelle. »Sonst trittst du das alles in den Boden.«

»Was hat's denn da zu suchen?«

»Karl hatte einen Unfall.«

»Der ganze Karl war ein Unfall, verflucht noch mal.«

»Gary, das ist nicht fair!«

»Nicht fair, aber wahr ist es, verdammt. Oder vielleicht nicht?«

»Gary, hör auf. Er hört dich doch.«

»Na und? Der weiß doch nicht, worum's geht, der hat doch keine Ahnung, stimmt's, Kamerad?«

»Umfall«, sagte Karl, der noch in der Küche stand. »Umfall.«

Kopfschüttelnd schob Michelle Gary beiseite, während sie den Rest der Rice Krispies auf die Schaufel kehrte.

»Essen lassen solltest du ihn das, das wäre das richtige. Dann würde er sich das schnell merken, zur Hölle.«

Michelle warf ihm einen Blick zu und kippte die Krispies in den Abfalleimer. »In der Kanne ist Tee. Wahrscheinlich kalt. Wenn du frischen willst, mach dir selber welchen.« Dann scheuchte sie Karl ins Wohnzimmer und schloß die Tür hinter sich. Sollte Gary seine miese Laune an sich selbst auslassen.

Die Katzen hatten beschlossen, es sei an der Zeit, daß Resnick für ihr leibliches Wohl sorgte. Dizzy hatte ihn auf sich aufmerksam gemacht, indem er ihm zwischen den Beinen herumstrich und den Kopf an die Knöchel schob.

In der Küche unten, das Radio auf den World Service gestellt, gab Resnick ihnen Whiskas in ihre Näpfe, malte die ersten Kaffeebohnen des Tages und sah nach, was es außer Toast noch zum Frühstück gab.

Fast ganz hinten im Kühlschrank fand er einen Zipfel geräucherte Wurst, von der, auch als er sie an die Nase hielt, keine Warnzeichen ausgingen. Mit einem scharfen Messer schnitt er die Wurst in Scheiben und schob sie auf dem Brett beiseite, setzte einen Topf auf den Herd, gab etwas Olivenöl hinein und stellt das Gas auf klein. Einige Knoblauchzehen, mit den Fingern geschält, wobei er ausgiebig die Nägel zu Hilfe nahm. Noch eine Zwiebel, und es wäre geschafft.

Bud stieß das vertraute klägliche Jaulen aus, und ohne hinzusehen, schob Resnick mit dem Fuß Dizzy vom Napf der kleinsten Katze.

Die Zwiebel schnitt er in der Mitte durch, immer wieder, drückte das Messer so lange durch, bis sie klein genug war. Als er fertig war, sah er vor Tränen kaum noch, was er machte. Er schniefte und fummelte nach einem Taschentuch, fand keines und griff statt dessen nach dem Geschirrtuch. Als sein Blick wieder klar war, sah er endlich etwas, was ihm schon längst hätte auffallen sollen.

Zwei der Katzennäpfe kippten um, als er auf die Tür zurannte; Pepper sprang sicherheitshalber gleich in den größten Topf. Erst als er den Mantel anhatte, die Wagenschlüssel in der Hand, fiel ihm das Gas ein, und er stürzte zurück in die Küche und stellte es ab. Als sie ihn kommen hörten, verkrochen Miles und Bud sich in die Ecken; Dizzy, der nicht weichen wollte, machte einen Buckel.

»Wo ist Karl?«

»Ich dachte, er wäre bei dir.«

Gary stand auf einer Stehleiter, die er sich vom Nachbarn gegenüber ausgeborgt hatte, und versuchte etwas gegen das Loch im Dach zu tun. Sie hatte bereits einen Schwall von Schreien und Flüchen gehört und wußte aus Erfahrung, daß er kurz davor war zu explodieren. Aber als Michelle mit dem Baby hereinkam, war Karl, den sie auf dem Bauch vor dem Fernseher vermutet hatte, nirgendwo zu sehen.

»Gary, wo –«

»Ich sag' doch, daß ich ihn nicht gesehen hab', verdammte Scheiße!«

Vom Schlafzimmer her kam die Antwort als Schrei. Als Michelle hineinstürzte, stand Karl vor dem Schrank und starrte, nach wie vor schreiend, auf seine Hände. Das Messer lag vor ihm auf dem Boden, blutverschmiert.

»Großer Gott!«

Als sie auf ihn zulief, wandte Karl sich ab und warf sich gegen die Wand.

»Karl, Karl, ist doch gut. Laß mich sehen. Laß mich sehen, Schatz, komm, zeig doch mal her.«

Gary stand an der Tür, sah das Messer. »Was, zum Teufel, hast du wieder getrieben, du blöder kleiner Hammel? Was, zum Teufel, steckst du deine Nase in anderer Leute Zeug? Was? Was?«

»Gary. Sei still und laß ihn in Ruhe.«

»Und wie ich den in Ruhe lasse!«

»Gary!«

Er packte Michelle am Arm und räumte sie, halb ziehend, halb schiebend, beiseite. Karl sah die Faust kommen und riß die Hände hoch, aber die Wucht des Schlags stieß sie beiseite, und die Faust landete genau auf der Schläfe des Kleinen.

Karl stieß einen Schrei aus, purzelte heulend in die Ecke.

»Gary, du Schwein! Du armseliges feiges Schwein!« Michelle hatte das Messer vom Boden gerissen und stellte sich zwischen Vater und Sohn, den Griff in beiden Händen, die Spitze auf Garys Brust gerichtet. »Wag es, ihn anzurühren! Wag es!«

Gary starrte sie an, er war ins Keuchen geraten, langsam senkten sich seine Hände. Was, zur Hölle, bildete sich das dumme Luder ein, ihm mit dem verdammten Messer zu drohen? Aber als er versuchsweise einen halben Schritt vortrat, war sofort klar, daß sie sich nicht vom Fleck rühren würde. Mit verächtlich geschürzten Lippen wandte sich Gary ab. Bis sie ihn schweren Schritts die Treppe hinuntergehen und das Schlagen der Haustür hörte, rührte sich Michelle nicht. Erst dann ließ sie das Messer aufs Bett fallen und nahm das zu Tode geängstigte Kind in die Arme.

Resnick war nicht der einzige gewesen, für den Schlaf fast ein Ding der Unmöglichkeit war. Gegen drei hatte Kevin Naylor es schließlich aufgegeben und war, um Debbie nicht aufzuwecken, mit der Ersatzdecke ins Wohnzimmer gewandert, wo er es sich auf dem Sessel bequem gemacht hatte. Er guckte eine Diskussion zwischen einem amerikanischen Akademiker, der ein Buch über Sex und Fesseln geschrieben zu haben schien, und einer bis zur Grimmigkeit unkomischen Komikerin; die beiden stritten sich über die Auswirkungen der zunehmenden Östrogenhaltigkeit des Wassers auf die Spermiendichte beim

Mann. Eine Viertelstunde genügte, dann duschte er rasch, zog sich an, schrieb Debbie eine Nachricht und machte sich auf zur Wache.

Es mußte einfach was geben, irgend etwas, was sie bisher übersehen hatten. Im Kripobüro begann er Lynns Schreibtisch durchzugehen, Schublade für Schublade, Akt für Akt, Blatt für Blatt. Fast eine Stunde später, zunehmend aufgebracht, frustriert, hätte er es beinahe übersehen. Die Gelben Seiten, durch die Ringe unzähliger Tassen Kaffee vernarbt, war er bereits ziemlich gründlich durchgegangen, aber alles, was sie angekreuzt hatte, waren Pizzalieferanten, Indisch zum Mitnehmen und Taxis. Kevin nahm das Geschäftsadreßbuch, das darunter gelegen hatte, und blätterte es rasch durch. Beim ersten Durchgang fiel ihm nichts auf, erst beim zweiten, als er das Buch auf die andere Seite des Büros mitnahm, um es zu den anderen zu legen, bemerkte er das mit Kugelschreiber gemalte Sternchen und den Namen, der im Winkel dazu an den Rand der Reihe geschrieben stand.

SCHOTNESS SCHREIBWAREN GmbH, Großhandel.

Die Adresse lag in einem Industriegebiet in der Nähe der Cliftoner Überführung.

Der Name, der daneben stand, lautete *Michael Best.*

Naylors nervöse Finger wählten die Nummer zweimal, und als er schließlich durchkam, klingelte es vergeblich.

»Scheiße!«

»Gibt's ein Problem, Kevin?«

Als er Resnick in der Tür sah, hätte Naylor ihn fast umarmt. Fast. »Schauen Sie sich das an«, sagte er und nahm das Adreßbuch zur Hand. »Hier.«

Resnick nahm es ihm ab und legte es wieder hin, um zu lesen. »Guter Junge«, sagte er. »Gut gemacht.«

Resnick zog seine Uhr zu Rate. »Zu früh, um zu erwarten, daß uns dort einer weiterhilft. In der Zwischenzeit können Sie folgendes tun. Die Namen von den Leuten auf der Weihnachtsparty im Hotel, wo Nancy Phelan verschwand, die haben wir doch bei den Akten, oder?«

»Im Computer, ja.«

»In Ordnung. Dann holen Sie die auf den Bildschirm. Ich würde drauf wetten, daß Michael Best einer von den Gästen dort war.«

Auf der anderen Seite des Raums nahm Resnick eines der Poster mit dem Phantombild zur Hand, die auf die Verteilung warteten. Kein perfektes Bild, deshalb hatte er es auch nicht sofort gesehen, aber jetzt schien kein Zweifel mehr zu bestehen. *»Später vielleicht? Ich lad' Sie später noch zu etwas ein.«* Ein dunkelhaariger Mann im Smoking, der Lynn die Bar entlang mit Blicken verfolgte.

»Sir. Sehen Sie sich das an.«

Bei Schotness Schreibwaren handelt es sich um eine von zwei kleinen Firmen, die sich für ihre Weihnachtsparty im dritten Stock des Hotels einen Raum geteilt hatten, und »M. Best« war einer der Gäste.

Resnick griff nach dem nächsten Telefon, als es klingelte. Es war Sharon Garnett aus King's Lynn. »Ich habe etwas zum Weiterschicken bekommen, an Sie adressiert. Persönlich. Eine Kassette.«

52

Lynn weckten die Geräusche eines ganz in ihrer Nähe masturbierenden Michael. Ohne den Kopf zu bewegen, sah sie die Konturen seines Körpers, der sich in der nahezu totalen Dunkelheit wiegte. Sie schloß die Augen und hörte nur, wie er dem Höhepunkt entgegenkeuchte, ein letzter Seufzer, ein Schauer, als es ihm schließlich kam.

Lynn wartete mit angehaltenem Atem. Sie hatte ihn überredet, ihr ihre Jeans wiederzugeben, indem sie sich über die schlimme Kälte beklagte. Bei Einbruch der Dunkelheit hatte er die Kette etwas gelockert, die die Handschellen hielt, immerhin so weit, daß sie die Arme an den Rücken ziehen konnte. Trotzdem war sie steif, wund; die

Seite, auf der sie die meiste Zeit über gelegen hatte, war taub.

Sie hörte, daß Michael sich bewegte, und merkte, daß er sich über sie beugte, um zu sehen, ob sie wach war. Obwohl sie nervös wurde, als seine Finger ihre Wange berührten, schaffte sie es dennoch, nicht zu reagieren. Einige Minuten lang stand er da, vornübergebeugt, und strich ihr übers Gesicht. Gerade als sie dachte, sie könnte es nicht länger ertragen, ging er hinaus.

Die Tür des Wohnwagens schloß sich, und sie hörte den Schlüssel im Schloß. Jetzt konnte sie nichts tun, als zu warten. Und noch mal zu warten. Nicht einer ihrer Versuche, Michael in ein Gespräch zu ziehen, hatte zu etwas geführt. Nur hin und wieder das Lächeln, das sie schon kannte: Du denkst wohl, darauf fall' ich rein? Meinst du, ich weiß nicht, was du da tust?

Irgendwie wußte Lynn, daß man nach ihr suchte. Resnick und andere – Kollegen, die sie noch nicht einmal kannte, nie kennen würde – suchten mit allem, was ihnen zur Verfügung stand, folgten der kleinsten Spur. Aber was hatten sie schon? Wie sahen ihre Hinweise aus? Sie war an jenem letzten Abend so nahe dran gewesen, Resnick Michaels Namen zu sagen. Statt dessen hatte sie aufgelegt. Den Augenblick hinausgeschoben. Warum? Womöglich würde sie das zeitlebens nicht mehr erfahren. Nicht, daß sie noch lange zu leben hatte.

Es dauerte keine Stunde, und Resnick war in King's Lynn: Motorradeskorte, Blaulicht, Sirenen, den ganzen Weg. Sharon Garnetts Sergeant begrüßte ihn mit einem kräftigen Handschlag und einem leisen »Wenn wir Ihnen nur irgendwie helfen können, den Dreckskerl zu kriegen«, als Resnick an ihm vorbeiging. Sie saßen in einem kleinen Raum mit niedriger Decke und Blick auf kopfsteingepflasterte nasse Straßen. Ganz in der Nähe läutete penetrant eine Kirchenglocke. »Ich wollte, sie würden das verdammte Ding endlich abschaffen«, bemerkte der Sergeant dazu. Sharon warf einen Blick auf Resnick, wartete auf ein Zeichen, das Band abzuspielen.

Obwohl er es erwartet hatte, ließ Lynns Stimme ihn so zusammenfahren, daß er die ersten paar Worte verpaßte.

... muß ich Ihnen sagen, daß ich in Ordnung bin. Ich meine, man gibt mir zu essen und zu trinken, und soweit ist mir noch nichts Schlimmes passiert. Ich werde wohl gut versorgt, nehme ich an. Ich habe keine Schmerzen. Der Grund... Sie zögerte. *... der Grund, weshalb ich hier bin, ist...* Wieder eine Pause, länger diesmal. Das Mikrofon wurde bewegt. Es rauschte. *... der Grund...* Nahtlos unterbrach sie die Stimme eines Mannes, der sich gerade noch in der Gewalt hatte: *Sie ist hier, weil sie sich für schlauer gehalten hat als mich, so ist das und nicht anders. Dachte, sie könnte mich reinlegen. Und mich benutzen, das kommt noch dazu. Mich in einem schwachen Augenblick erwischen. Und das muß sie lernen, Sie alle müssen das lernen, daß das keinem von euch je gelingen wird.* Eine weitere Pause, eine kurze nur, dann: *Und das gilt auch für Sie, Mr. Resnick, das gilt auch für Sie.*

»Das war's?« fragte Resnick. »Das ist alles?«

Sharon nickte. »Wir haben es ganz abgespielt, hinten und vorn.«

»Also keine Lösegeldforderung«, sagte der Sergeant, »nicht wie das letzte Mal.«

»Das war ein Spiel«, sagte Resnick.

»Ein Scheißspiel.«

»Seine Art Spiel. Aber jetzt ist es mehr. Das weiß er.«

Sharon Garnett sah ihn an. »Sie wissen, wer er ist, nicht wahr?«

»Wir haben da eine ganze gute Idee.«

»Wie das?«

»Wir haben's die ganze Zeit vor Augen gehabt«, sagte Resnick. »Mehr oder weniger.«

Ein Constable mit gesunder Gesichtsfarbe klopfte an

die Tür und wartete auf die Aufforderung, hereinkommen zu dürfen. »Inspector Resnick? Anruf für Sie. Soll ich ihn hier reinstellen?«

Es war nur eine kurze Fahrt vom Lager der Schreibwarengroßhandlung zu Michael Bests gemietetem Haus am Südrand von Ruddington. Eine kurze Straße voll anonymer Häuser mit schmucklosen Fassaden, die abrupt in einen Feldweg übergingen. Vorhänge zuckten, als die beiden Fahrzeuge vor der Nummer fünf hielten; die Haustür von gegenüber ging auf, und ein Mann und eine Frau kamen heraus auf den Weg, um zu gaffen. Ein, zwei Worte von Naylor, und die beiden verschwanden, wenn auch unwillig, wieder im Haus.

Millington war nicht in Stimmung für Artigkeiten. Er nickte Divine zu, der grinste und dann mit dem Vorschlaghammer auf die Haustür eindrosch, durch Holz und Glas; mit dem zweiten Schlag waren sie drin.

Der obere Teil des Hauses schien kaum benutzt worden zu sein, einige Schachteln, in der Hauptsache leer, ein kaputter Stuhl, an dem sich jemand erfolglos versucht hatte. Staubbällchen tanzten um ihre Füße, wo immer sie hintraten. Das Bad lag unten, nach hinten hinaus, eine umgebaute Spülküche mit feuchten schwarzen Flecken oben an der Wand; Zahnbürste, Zahnpasta und Rasierzeug fehlten. Die Schränke in der Küche enthielten vor allem Dosen – Baxters Erbsensuppe mit Schinken, gebackene Bohnen, HP, sieben Büchsen Sardinen. In der Ecke eines Emailbrotkastens der Rest eines Brotlaibs.

In dem kleinen Wohnzimmer nach vorne hinaus hing über dem gekachelten Kamin ein gerahmtes Foto von Michael Best und einer älteren Frau, die ihm ähnlich genug sah, um seine Mutter zu sein. Sie hatte ihm den Kopf halb zugewandt, während Michael etwas schüchtern dreinsah, unsicher, ihre Augen voller Mutterstolz.

Auf einem Regal in der Nische hinter dem einzigen Sessel Michael Bests Bibliothek: das Führen eines Kleinbauernhofs, Gartenbau, Tips für Selbständige, Zucht und Verkauf von Blumen. Ein Taschenführer zur byzantinischen Kunst, ein Band mit Gedichten von Andrew Marvel, zwei Taschenbücher von Thomas Clancy. Neben einem handlichen Führer durch Hyazinthen und Gladiolen stand ein Exemplar der Lebensgeschichte von Dennis Nilsen.

»Na und wenn schon,« sagte Millington, als Divine ihm diese fast schon triumphierend entgegenhielt. »Ich habe selbst eins daheim.«

Divine machte es wieder gut, indem er die Briefe fand, handgeschrieben, entweder Kopien oder einfach nicht abgeschickt.

Lieber Patrick,
tat gut, von dir zu hören und zu wissen, daß es dir gutgeht. Auch bei mir hat sich einiges getan, und es sieht ganz so aus, als würde aus meinen Plänen, mich selbständig zu machen, diesen Sommer, spätestens im Herbst etwas werden. Ich habe mich in der Gegend von King's Lynn umgesehen, wo meine Mutter herstammt, wie du ja weißt, und ich denke, ich habe da vielleicht was gefunden...

Liebe Mutter,
ich bin ja so froh, daß die Blumen sicher angekommen sind und die Karte und daß sie sich gut machen. Ich wünschte nur, ich hätte bei dir sein können, aber wie du weißt, habe ich praktisch zwei Jobs bei all der Reiserei und meinen Bemühungen, die Chance nicht zu verpassen, zu...

Sehr geehrter Mr. Charteris,
ich schreibe Ihnen mit beträchtlichem Bedauern über Ihre Entscheidung, mir den kürzlich diskutierten Kredit nun doch nicht in voller Höhe zu bewilligen. Ich hatte gehofft, Sie bei unserem letzten Gespräch überzeugt zu haben...

Liebe Lynn,
ich hoffe, dieser Brief von jemandem, der dir noch völlig fremd ist...

Auf dem Boden der Schublade, noch unter den Briefen, befand sich ein Anmeldeformular für einen Kurs über naturwissenschaftliche Grundlagen am Telekolleg, ausgefüllt, aber nicht abgeschickt. Man fand offizielle Wanderkarten von Norfolk und Lincolnshire, auf denen mit schwarzem und blauem Kuli Orte angekreuzt waren, einige davon mit roten Kreisen versehen; zerknittert und stark beansprucht eine Little-Chef-Autokarte von 1993. In einem Umschlag fand man Farbfotos, Innenaufnahmen mit Blitz von einer Frau, deren verwirrte Augen das Licht reflektierten.

»Irgendwelche Ideen?« fragte Divine und hielt sie hoch.

»Susan Rogel, darauf trau' ich mich wetten«, sagte Millington. »Lassen wird doch die Siddons kommen, um sicherzugehen. Inzwischen rufen Sie den Chef an, sehen Sie zu, daß man die Karten hier rüberfaxt. Ich hoffe bei Gott, wir finden die richtige Stelle rechtzeitig.«

Lynn hörte einen Hund bellen, ziemlich weit weg, unaufhörlich und immer dieselbe Note, wie es schien. Zuvor hatte sie Michael singen hören, näher am Wohnwagen, Hammerschläge, höchstens zehn Minuten, dann war wieder Schluß. Ihre Blase begann zu brennen. Sie betete um das Motorengeräusch nahender Wagen. Ein Schlüssel drehte sich im Schloß, und Michael trat ein.,

Er trug ein weißes Hemd, alte Cordsamthosen, Stiefel. »Laß mich erst mal die hier ausziehen. Hat ja keinen Sinn, den Dreck hereinzutragen.« Er setzte den Eimer ab, den er mit hatte, und zog erst den einen Stiefel aus, dann den anderen, stellte sie dann beide vor die Tür.

»Es hört zu regnen auf«, sagte Michael. »Wird ein schöner Tag.« Er trat mit dem Eimer auf sie zu, holte einen kleinen Schlüssel aus der Tasche. »Wenn ich dir vertraue, dich das selbst machen zu lassen, du machst doch keine Dummheiten, oder?«

Lynn sah ihn an, antwortete jedoch nicht.

Michael trat hinter sie und setzte ein Knie auf den Boden. »Wirst ja wohl nicht wollen, daß ich dir alles mache, wie einem Baby.« Er schloß eine der Handschellen auf, die gegen die Rückseite ihres Schenkels schlug. »Zieh die Jeans aus, ja, dann schiebe ich dir den Eimer unter.«

»Muß ich das vor deinen Augen tun?«

»Warum nicht? Ist doch nur natürlich.«

In einem plötzlichen Wutanfall schüttelte Lynn die gefesselte Hand, daß die Kette klapperte. »Natürlich? Wie das hier? Was, zum Teufel, ist daran natürlich?«

»Immer dieser Jähzorn«, meinte Michael lächelnd, »du weißt, was ich davon halte.«

»Schon gut«, sagte Lynn mit gesenktem Kopf. »Schon gut.«

Mit der freien Hand schob sie sich die Hose in Richtung Knie, wie sie gewußt hatte, strömte, kaum daß sie sich setzte, der Urin aus ihr und spritzte gegen die Rückseite ihrer Schenkel.

»Na so was«, sagte er einige Augenblicke darauf, als er den Eimer wegnahm, »was haben wir denn hier?« Er holte einige gefaltete Blätter Toilettenpapier aus der Tasche. »Willst du, oder soll ich?«

Während sie ihn anstarrte, tupfte sie sich ab und warf das feuchte Tuch in den Eimer, als er ihn ihr entgegenhielt.

»Ich nehme an«, sagte er, als er ihr die Handschelle wieder anzulegen versuchte, »jetzt erwartest du was zu trinken?«

Mit der freien Hand nahm sie ihn bei der seinen, aber er entzog sich ihr auf der Stelle. Sie wartete, bis er fast an der Tür war. »Ich habe dich beobachtet«, sagte sie, »heute morgen. Wie du mich dabei angesehen hast.«

Er blieb auf der Stelle stehen, und sie dachte schon, er würde sich umdrehen, zornig, sogar nach ihr schlagen, aber statt dessen ging er weiter, zur Tür hinaus, und bald hörte sie ihn wieder, wie er vor dem Wohnwagen herumhantierte, wobei er abwechselnd pfiff und den Fetzen einer Melodie sang, die sie nur von ihm kannte.

53

Als Michelle, eine quengelnde Natalie im Arm, aus der Unfallstation kam, war es später Vormittag. Karls Hand hatte neun Stiche gebraucht und war sorgfältig bandagiert. Zum Glück, hatte der Arzt gesagt, seien keine Sehnen verletzt. Der Stationsschwester, die Karls Namen mit ihren Aufzeichnungen verglichen hatte, war aufgefallen, daß das bereits sein zweiter Besuch innerhalb kürzester Zeit war. »Das habe ich doch schon alles erklärt, als der Sozialarbeiter mich ihn vorbeibringen ließ«, sagte Michelle. »Er hatte einen Unfall. Er ist gegen die Tür gelaufen.« Und diesmal, dachte die Schwester, hat er ganz zufällig ein Messer aufgehoben, das jemand hat rumliegen lassen. Wrigglesworth – der Name des Sozialarbeiters stand auf der Karte; die Schwester machte sich eine Notiz, ihn in seinem Büro anzurufen. Natürlich würde auch die Polizei informiert.

BERGWANDERER ZU TODE GESTÜRZT hieß es auf dem Poster vor dem Laden an der Ecke.

»Fischstäbchen, Karl? Möchtest du welche?«

»Ischdäben«, strahlte Karl und sprang auf und ab, die Hand war vergessen. »Ischdäben.«

Als sie die Haustür aufschloß und Garys Namen rief, erhielt sie zu ihrer Erleichterung keine Antwort.

»Was meinst du?« sagte Lynn.

Zu Mittag hatte er ihr warme Tomatensuppe aus der Büchse gebracht, einige Schnitten, mit Butter bestrichen und dann zusammengeklappt. Damit sie essen konnte, hatte er ihr wieder eine Hand losgemacht. Michael saß auf einem der windigen Stühle und plapperte selig vor sich hin; er selbst aß nichts außer dem Rest eines Schokoriegels und beobachtete sie dabei. Besorgt.

»Geht's so? Die Suppe, meine ich. Herzlich wenig Auswahl im Dorf, und außerdem weiß ich nie so recht, welche die beste ist. Heinz, denke ich, jedenfalls sagt man das. Ich persönlich kaufe am liebsten die schottische, aber die haben sie hier nicht. Das Brot war das letzte. Werd' ich morgen früher los müssen.«

»Michael, warum antwortest du nicht?«

»Was?« sagte er. »Tut mir leid, was hast du gesagt?«

»Ich habe gefragt, wie das deiner Ansicht nach weitergehen soll.«

Er schien sich das durch den Kopf gehen zu lassen. »Ach, ich denke, wir bleiben erst mal ein Weilchen hier. Ist doch ganz gemütlich, seit ich das Ding hier angeschafft habe, findest du nicht? Macht ganz schön warm.«

»Michael…«

»Aber was ich heute nachmittag tun muß – na ja, ich nehme an, morgen reicht wohl auch noch –, das ist, eine Gartenfräse oder was in der Art besorgen. Der Boden da draußen, also mit der Hand wende ich den einfach nicht gründlich genug.«

»Michael, du hörst mir nicht zu.«

Er blinzelte. »Nicht? Ich dachte…«

»Ich spreche von mir.«

»Was ist mit dir?«

»Was, meinst du, wird aus mir? Aus dieser… Situation?«

Er sah sie lange an, bevor er antwortetee. »Ach, wir kommen doch gar nicht so schlecht aus miteinander, findest du nicht?«

Fünf Jahre zuvor hatte Michael Stuart Best auf dem Kontoantrag einer Bausparkasse als Geburtsort Dublin angegeben; als Bürgen hatte er seinen Vater, Matthew John Best, genannt, mit einer Adresse in Deutschland, da er mit der britischen Armee im Ausland diene. Als er zwei Jahre darauf einen kleinen Geschäftskredit beantragte, gab er an, im Großraum Manchester geboren zu sein und daß sein Vater verstorben sei.

»Er hat nur ein einziges Mal darüber geredet«, hatte der Verkaufsdirektor bei Schotness Bürobedarf Graham Millington am Morgen gesagt, »von dem Unfall, meine ich, bei dem seine Eltern umgekommen sind. Beide. Tja. Wissen Sie, er hat Glück gehabt, auf dem Rücksitz und angeschnallt. Sie waren unterwegs zu Besuch bei Verwandten, irgendwo bei Norfolk. Schrecklich. Etwas, worüber man wohl nie wegkommt, so eine Geschichte. Aber ein guter Verkäufer, daß muß ich ihm lassen.«

Stiller Bursche, so das einstimmige Urteil der Nachbarn in Ruddington, die Divine und Naylor abklapperten. Zurückgezogen, aber freundlich, nicht etwa überheblich, nein. Und wie er seiner Mutter immer Blumen kaufte und sie ihr ins Pflegeheim brachte, richtig nett.

Man hatte ihnen in der Wache am Ort einen Raum zur Verfügung gestellt; Skelton war mittlerweile auch dort, ein gewisses Glitzern im Auge. »Sie lag also richtig«, war so ziemlich das erste, was er zu Resnick bei seinem Eintreffen sagte. »Helen. Was den Fall Rogel angeht. Daß da eine Verbindung besteht.«

Helen war Resnick scheißegal. Diejenige, die ihm hier am Herzen lag, wurde irgendwo festgehalten, ihr Entführer ein Mann, der bereits eine, vermutlich sogar zwei Frauen umgebracht hatte.

Nach und nach grenzte man die markierten Orte ein, und Resnick ging während der ganzen Zeit vom Schreibtisch zur Wand und wieder zurück und versuchte das Telefon zu hypnotisieren.

»Das SEK steht bereit, Charlie. Wir haben einen Hubschrauber auf Abruf, falls wir ihn brauchen. Zwei bewaffnete Einsatzfahrzeuge sind unterwegs, eines aus der Stadt, eines aus Leeds.«

Resnicks Gedanken waren um einige Jahre zurückgesprungen, in das nichtssagende Wohnzimmer eines ebenso nichtssagenden Hauses, in dessen Garten Lynn Kellogg auf ihre erste Leiche gestoßen war: eine Frau, kalt, das Blut wie rote Bänder im Haar. »Wie fühlen Sie sich?« hatte Resnick gefragt, und Lynn war ihm, die Finger einer Hand im Mund eingehakt, entgegenkippt, hatte ihr Gesicht an seine Brust gedrückt.

»Charlie?«

Noch bevor er antworten konnte, kam jäh Leben ins Telefon, und Resnick griff ungeschickt nach dem Hörer. Während er zuhörte, zeichnete sein Zeigefinger Linien über die Karte vor ihnen. »Sind sie sicher?« fragte er. »Kein Zweifel?«

»Nein«, sagte Sharon Garnett. »Nicht der geringste.«

Bevor er sich an Skelton wandte, nahm Resnick zwei der verbleibenden Nadeln von der Karte und legte sie beiseite, so daß nur noch eine einzige übrig war. »Wir haben ihn«, sagte er, seine Stimme merkwürdig ruhig.

»Dann fahren Sie schon mal los«, sagte Skelton. »Ich mobilisiere die Truppe.«

Michelle hatte Natalie zu essen gemacht, als Josie an die Tür kam, völlig außer Puste, da sie in ihren hochhackigen Schuhen fast die ganze Straße heruntergelaufen war.

»Die Polente, sie haben Brian geschnappt. Gary ist geflitzt.«

Michelle starrte sie mit offenem Mund an. »Was hat Gary... Brian... Ich versteh' nicht.«

»Herrgott, Mädel, bist du blind? Brian hat zu dealen angefangen, schon vor Weihnachten, ich hab' gedacht, du hättest das gewußt.«

»Aber Gary, der würde doch nie...«

»Ach was, Gary. Kennst doch Gary. Wollte auch mal den großen Maxe markieren, da hat er sich eben angehängt. Na, jedenfalls, die Sache ist die, ich muß mit Brians Rechtsverdreher reden. Kann ich dir die Kinder bringen?«

Michelle nickte, die Arme fest vor der Brust verschränkt. »Josie, was soll ich machen?«

»Mein Rat: Bete drum, daß sie Gary erwischen, bevor er wiederkommt. Und sitzt er erst mal, dann wechsle die Schlösser aus oder zieh um. Irgendwas. Gary ist der geborene Verlierer und wird immer einer bleiben. Was immer passiert, allein bist du besser dran.«

Michael saß im hinteren Teil des Wohnwagens und blätterte in einem Katalog, machte sich dabei Notizen an den Rand, notierte sich gelegentlich auf einem Extrazettel den Preis. Hin und wieder schürzte er die Lippen und stieß einen Pfiff aus. »Also die hier«, bemerkte er von Zeit zu Zeit, »die werden sich toll machen, wirst sehen.« In irgendeinem Winkel seines Hirns, so dachte sich Lynn, lebten sie beide, Michael und sie, auf einem Stückchen Land und arbeiteten glücklich Seite an Seite. Das perfekte Paar. »Wegen deinem Vater«, sagte er einmal und sah plötzlich auf. »Vielleicht gibt's eine Möglichkeit, ihn anzurufen, festzustellen, wie's ihm geht. Damit du beruhigt sein kannst.« Aber das war bereits fast eine halbe Stunde her, und er hatte es nicht wieder erwähnt. Lynn fragte sich, ob Skelton um eine Nachrichtensperre gebeten hatte oder ob die Erwähnung ihres Namens in den Nachrichten ihre Mutter bei der Arbeit in der Küche erschreckt hatte. Tränen brannten in ihren Augen bei dem Gedanken daran, und zum erstenmal war sie nahe daran zusammenzubrechen.

»Nancy«, sagte sie mit einem Schniefen, nur um irgend etwas zu sagen, da sie einfach nicht länger den Mund halten konnte, »hast du die auch gekannt? Vorher?«

Michael schien überrascht, den Kopf voller Rechnungen, Setzlinge, Erträge. »Das war doch nichts«, sagte er schließlich. »Eine Gelegenheitsbekanntschaft. Nicht wie bei uns.«

Die Hauptgebäude waren einige hundert Meter vom Wohnwagen und dem baufälligen Schuppen mit den krummen Wänden und dem rostigen Wellblechdach weg. »Ist einfach mehr, als ich allein schaffen kann«, sagte der Farmer, »seit mir mein Bein solchen Ärger macht. Als er letztes Jahr vorbeikam und das Stückchen Land pachten wollte, kam mir das wie ein Segen vor.«

Resnick nickte und ging in den hinteren Teil des Hauses. Sharon Garnett reichte ihm den Feldstecher, wies auf den cremefarbenen Wohnwagen, der weit hinten, an der Ecke eines Feldes, auf einigen Blöcken aufgebockt stand.

Auf drei Seiten hatten sich Scharfschützen postiert, der am nächsten flach auf dem Bauch, die Ellenbogen in die Erde gestemmt, kaum neunzig Meter vom Wagen. Nur wenige Augenblicke zuvor hatte er durch das Fenster des Wohnwagens einen Teil des Ziels im Visier gehabt; es hatte sich von links nach rechts durch sein Gesichtsfeld bewegt. Als er keinen Feuerbefehl erhielt, fluchte er leise.

»Ich versuche zum Schuppen zu kommen«, sagte Resnick.

»Michael«, hatte Lynn gesagt, »warum läßt du das mal nicht für einen Augenblick? Komm her, und sprich mit mir.«

Als Antwort hatte er gelacht. »Ich bin nicht blöd, weißt du. Ich falle nicht auf irgendeinen alten Trick herein.«

Lynn hatte mit den Handschellen gegen die Ketten geklappert. »Was kann ich schon tun?«

Also war er herübergekommen und hatte sich neben sie gesetzt, auf der Hut, als erwarte er zum erstenmal, seine Tat könnte sich womöglich rächen. Was sie an seinen Augen angezogen hatte, war verschwunden und durch die Unsicherheiten eines Kindes ersetzt.

»Du wolltest mir von Nancy erzählen«, sagte Lynn.

Michael rückte näher, fast berührte sein Bein das ihre. »Sie war nicht wie du. Sie schrie und fluchte. Bei jeder Gelegenheit trat sie nach mir. Ansonsten tat sie, als wäre sie nett, so nett sie nur konnte. Machte mir alle möglichen Versprechungen, was sie nicht alles für mich tun könnte, wenn ich sie laufen ließe.« Er lachte. »Was ihr passiert ist, war ihre eigene Schuld. Ich konnte gar nicht anders.«

»Du hast sie entführt. Du hast sie umgebracht. Wie sollte das ihre Schuld sein?«

»Hör auf!« Der Stuhl fiel nach hinten, als er ihn wegstieß. »Red nicht so mit mir. Als hättest du ein Recht dazu. Für wen hältst du dich? Ich habe hier das Sagen, ich. Und du tätest besser daran, das nicht zu vergessen. Hörst du?«

»Tut mir leid.«

»Ja, das sagst du so. Jetzt hab' ich dir Angst eingejagt, was? Na, vielleicht wurde das auch langsam Zeit.«

»Ich meine es ernst, tut mir leid.«

»Ja? Und du erwartest, daß ich dir das glaube? Das sagt ihr doch immer, eine wie die andere, wenn es zu spät ist.«

»Eine wie die andere, Michael?« fragte Lynn. »Wen meinst du?«

Aber da war es bereits zu spät; er hatte den Hubschrauber gehört, in der Ferne noch, aber bereits auf dem Weg.

Noch nicht ganz in Position hinter dem Schuppen, vielleicht noch zwanzig Meter davor, hörte auch Resnick ihn und fluchte wiederholt, als er schwerfällig und unter Verwünschungen zu dem, der den Befehl zu früh gegeben hatte, zu laufen begann.

Die Tür des Wohnwagens sprang auf, und als erste kam Lynn heraus, von Michael geschoben, der dicht hinter ihr kam, einen Arm um ihren Hals, das Messer zitternd vor ihrer Brust.

»Polizei«, rief Resnick, stolperte, lief weiter und stolperte gleich noch mal, als der Hubschrauber über ihnen zu kreisen begann. »Bewaffnete Polizei«, kam die verzerrte Warnung von oben. »Bleiben Sie stehen. Bleiben Sie, wo Sie sind.«

Sie liefen los. Lynns Knöchel gab nach, und sie stürzte seitwärts weg; Michael zerrte an ihrem Arm und verlor das Messer dabei, griff nach ihrem Haar, erwischte jedoch nichts, da Lynn sich abrollte, kaum daß sie auf dem Boden aufschlug.

Einen Augenblick lang schaute sich Michael um, sah Resnick mit fliegenden Armen auf sich zukommen, spürte den Wind des Hubschraubers an Kleidung und Haaren zerren. Er wandte sich ab und begann wieder zu laufen, zurück zum Wohnwagen; der Scharfschütze im Feld, der jetzt kniete, hatte Michaels Hinterkopf direkt im Visier.

»Michael!«

Lynn schrie seinen Namen so laut sie nur konnte, und er zögerte mitten im Schritt und drehte sich nach ihr um. Resnick erwischte ihn im Hechtsprung in der Körpermitte, rammte ihm den Kopf in den Bauch, den Ellenbogen scharf vor die Brust. Atemlos fiel Michael nach hinten und trat wild um sich, während Resnick mit rasselndem Atem mit solcher Kraft an ihm hing, daß es drei Beamte brauchte, um ihn zu befreien. Man legte Michael Best die Handschellen an, verlas ihm seine Rechte und zerrte ihn schließlich davon.

Erst dann wandte Resnick sich nach der Stelle um, an der Lynn jetzt kniete, und ging auf sie zu, langsam erst, dann begann er zu laufen. Die Tränen waren nun nicht mehr zu halten und ließen sich auch nicht mehr stoppen, bis er sie, schluchzend, aber in Sicherheit, in den Armen hielt, die Tochter, die er nie gehabt hatte, die Geliebte, die sie nie sein würde.